长篇历史小说

何辉・著

大宋王朝

VI

内廷的烛影

作家出版社

图书在版编目（CIP）数据

大宋王朝．内廷的烛影 / 何辉著．—北京：作家出版社，2021.11
ISBN 978-7-5212-1340-9

Ⅰ．①大… Ⅱ．①何… Ⅲ．①长篇历史小说—中国—当代 Ⅳ．①I247.5

中国版本图书馆CIP数据核字（2021）第020405号

大宋王朝：内廷的烛影

作　　者：何　辉
策划统筹：向　萍
责任编辑：向　萍
装帧设计：曹永宇
出版发行：作家出版社有限公司
社　　址：北京农展馆南里10号　　**邮　　编：**100125
电话传真：86-10-65067186（发行中心及邮购部）
86-10-65004079（总编室）
E-mail:zuojia @ zuojia.net.cn
http://www.zuojiachubanshe.com
印　　刷：唐山嘉德印刷有限公司
成品尺寸：152×230
字　　数：324千字
印　　张：23.75
版　　次：2021年11月第1版
印　　次：2021年11月第1次印刷
ISBN 978-7-5212-1340-9
定　　价：56.00元

目　录

卷一

一

路，仿佛永远都跑不到头。

赵匡胤牵着妹妹阿燕的手，飞快地跑着。真是好黑啊！“御医在那里吗？”他问阿燕。“是的，在那里呢。”他听到阿燕喘着粗气回答。她的手很凉。冰凉的。脚下被什么绊了一下，他几乎跌倒。一个趔趄之后，他继续往前跑去，手中还是拽着妹妹阿燕的手。他感觉汗从脑门子上流了下来，不是热汗。是冷的。直刺心底的冷。

宫内的松树冷冷地伫立在黑暗中，像是巨大的黑色高墙。黑色的“松树墙”与黑色的夜空连在一起，它们之间的边界是模糊的。

福宁殿门口的红色灯笼发着红色的光，像是伸出许多双带着温度的手，从黑夜的怀抱中争夺下一片属于自己的温暖空间。但是，沉重的黑暗，如同一个巨人，俯着身子，准备随时将巨大的手掌狠狠砸下来，将那块小得可怜的温暖空间砸到地狱里去。黑暗与寒冷的力量，仿佛总带着一种自然倾向，不放过任何机会，妄图摧毁光明与温暖。

赵匡胤急急跑入福宁殿内小皇子的寝室。他喘着气，一步未停地跑到孩子床边。那个可怜的小家伙，闭着眼睛，一动不动地躺着，出着气，发出轻轻的嘶嘶声，像是睡着了一般。赵匡胤用手一探孩子的额头，被烫手的热吓了一大跳。皇后如月扑在床边，不停地哭泣着，整个背部令人心碎地抽搐着。小皇子的寝室内，还有几个宫女，手足无措地站着。

寝室内几支烛台上的蜡烛都点着，灯芯无声地燃烧着。烛光将室内众人的影子投射在地上、墙上和各种家具上。室内有几处蜡烛的光源，它们所投射出的影子或浓或淡，几无规律地交错重叠在一起，有些地方分不清是谁的影子，有些地方的影子却可从它的轮廓形状，推测出它的主人是谁。

“怎么会这样？”赵匡胤扭头问御医。他的影子，在地上、墙上和小皇子卧床一角的床帐上同时晃了晃。

御医一惊，猛然抬起头，身子哆嗦着，吞吞吐吐道：“应是赤游丹毒。在下已经给皇子开了‘消毒犀角饮’的药方。吃了所配之药，如果腹部能够于一两日内变软，就说明挺过来了。如果——”他说到这里，舌头仿佛打了结，再也说不下去了。

坐在床沿上的皇后如月听了御医的话，突然不哭了。刹那间，世界被黑暗吞没了。她眼睛一闭，身体往后便倒。

“哎呀！”御医惊呼了一声。

幸好，长公主阿燕此时正站在皇后如月的身后，一把将这位伤心的母亲扶住了。

赵匡胤勉强稳住心神，赶紧让妹妹阿燕和两个宫女将皇后如月扶回去休息。御医和另外两个宫女被留了下来，负责看护小皇子。

待长公主阿燕扶着如月离开后，赵匡胤默默在孩子的床边坐了下来。这次，他不想离开。他呆坐在床边，坐了很久很久——像是一块石头，一块冻住了的石头。

事不遂人愿。小皇子没有挺过来。两天之后的中午时分，这个小家伙一声不吭地离开了这个世界。

皇后如月不久后苏醒了，但是当她听到了噩耗，便又晕厥过去。再次醒来时，她变得恍恍惚惚，连周围的人都不认识了。

在小皇子离世后的几天之内，赵匡胤也一直无法接受这个事实。就在六月初，太后刚刚去世，短短数月之中，他接连失去两个至亲之人，几乎被不幸击垮了。而在前年，他和皇后如月已经失去过一个孩子。那时，他还是后周的殿前都点检。那个孩子还没有满月便离开了他们。如今，命运再次无情地打击了他和如月。

眼看就快周岁了啊！还没有给孩子取名字。赵匡胤是特意没有给小孩儿取名字的。或许，厄运与阎罗王不知道小孩儿的名字，就捉不到他。这是赵匡胤心中那痴傻的美好愿望。可是没有名字的小孩儿也没有躲过残酷的命运啊。这究竟是怎么了？难道这是报应吗？赵匡胤想到了报应。他不信佛教的轮回。但是，佛教的轮回与报应，他是听说过的。传说佛教自西汉时便开始传入中土，到了唐朝，玄奘法师更从印度将大量佛经带入中土。报应之说，早已经在民间流传开了。难道真有所谓报应吗？在这种无法用理智去解释命运的时刻，赵匡胤怀疑真有所谓的报应。

“莫非是因为我的双手沾满了太多的鲜血？可是，如果真有报应，为什么不是双手沾满鲜血的我得到报应，为什么是无辜的小孩儿呢?！这刚刚出生的小孩儿又有何罪?！”

赵匡胤在心里头怀着疯狂的想法，他想将天下所有的和尚都聚集起来，好好问问他们这个问题。他们能回答吗？

将小皇子安葬后，赵匡胤开始将注意力集中在皇后如月身上。他亲自安排御医们对她进行医治。

半个多月后，在御医们的细心医治下，皇后如月慢慢恢复了神志，尽管依然被悲伤折磨着，但是已经能够渐渐认出身边的熟人了。

二

每当被苦闷困扰的时候，赵匡胤常做的事情之一，就是去找赵普聊上一阵。这个一直跟着他的“掌书记”，是他的智囊，也是他认为最靠得住的朋友。今年三月中旬，他赐给赵普一座宅邸。这座宅子位于皇城东华门东南界身南巷的东端路南。这座宅子里面，种了不少樱桃树。每年春天，那些樱桃树会开出如雪繁花，堆满枝头；到了农历四五月间，便结出满树红色的樱桃，鲜艳喜人，因此，赵普私下戏称此宅为“樱桃府”。

从东华门出去，有三条路可以到那个宅子。其中一条路是出东华门，走东西向的东华门街、十字街，行上一段路，再拐到南北向的赵十万街，在这条街上走一小段，遇到路口往东一拐，便进了界身南巷。沿着巷子往东走几步，便可见到那宅子。还有一条路，是出东华门，沿着东华门街、十字街走到一半的地方拐入南北向的马行街，沿着马行街南行到第一个路口，便往东拐入界身南巷，然后继续往东行即可。第三条路是出东华门，在东华门街与十字街的路口便拐入南北向的高头街，然后遇到路口拐入东西向的热闹街，热闹街很短，东头接着界身南巷。沿着热闹街、界身南巷，一直往东走到界身南巷的近东端，便可见到那宅子。界身南巷的东端，便是开封城的内城东城墙。赵匡胤将界身南巷东端的这座宅子赐给赵普，是因为它离皇宫很近，而且，东华门外的一片街区，是开封城内最热闹的一片地方。进入这片区域，他就会从精神上感到放松。街区上，熙熙攘攘的人群，摆卖琳琅满目商品的店铺，散发着香味的各种小吃，还有天南海北喧嚣的人声，对他来说，仿佛都是最好的安慰剂。不过，他每次正式仪仗出东华门时，侍卫、亲兵比他要紧张得多。对于护卫者来说，复杂的环境意味着可以隐藏更多的危险。为了防备潜在的危险，仪仗出行时总会做很多暗地的警戒工作，这也自然让赵匡胤觉得麻烦。所以，在平时，他更喜欢微服出行，尤其是仅仅在东华门外一片活动时，更是如此。微服出行时，他常常只带内侍李神祐和自己最信任的楚昭辅等人。

这天傍晚，太阳依照着老习惯往西边的山头落下去。西边的天空尽是红色云霞。夕阳和火烧云将热乎乎的红光洒在开封城内的屋顶上、街道上。赵匡胤带着李神祐一个人，出了东华门，沿着东华门街往东行去。他此行的目的地便是赵普的新宅邸。正是接近晚饭之时，东华门街上两面的店铺都开着，几家卖熟食的店门口更是热闹，有几家门口排着队，有几家门口或人来人往，或散乱地站着几个人往店里张望。

其中一家卖熟食的门口，聚着十来个人。一个胖子买了一包卤得红红的猪肘子、猪耳朵，正从人群中挤出来。一个穿着长白布衫戴着软脚幞头的高个子文士高喊："给切半斤猪肝啊！"高个子文士旁边，站着一个穿着粗布大红褙子的中年妇人。这妇人长着一张红通通的脸，手臂上挎着个竹篮子，篮子里面垫着干净白布，放着几个刚刚买来的热腾腾的蒸饼。

赵匡胤此时心情不好，正闷头想心事，忽然听到那个文士的高喊，便下意识地往那边望去。他看了那文士一眼，便将眼光往旁边扫去。这不经意的一扫，他看到了那妇人篮子中的蒸饼，不禁心中一动，心湖中泛起一圈圈酸楚的涟漪。

"那家蒸饼店好像便在这附近吧？"他侧头问李神祐。

"哪家？"李神祐愣了一下。

"便是去年那天早晨，咱俩在那里买了蒸饼带回去的店。"

"啊！想起来了。应该就在前边不远处。"

李神祐说着便往前行去。果然，几步之外，便见到了那家蒸饼店。店面没有变化，但是店门口撑着的一面招幌，说明这家店已经换了主人。白色红边的招幌上绣着几个红字：李六郎蒸饼店。此时，夕阳的光已经将招幌的白底子变成了金红色。

赵匡胤与李神祐在店门口站住了。

"是这里吗？"赵匡胤问道。

"应该就是这里。不过——换了主人了。"李神祐说道。

去年的那个清晨，赵匡胤曾经带着李神祐在这家蒸饼店里买过蒸饼。那时的店主人是钱阿三夫妇。这对老夫妇，将一个流浪街头的少年收留下来，一开始让那少年当帮工，后来便认他做了干儿子。那个少年是后周大将韩通的儿子韩敏信。被钱阿三夫妇收留时，韩敏信已经化名为韦言。那天，赵匡胤和李神祐来买蒸饼的时候，韩敏信正在这店里面揉着面团。当时，他们都不知道对方是谁。后来，韩敏信潜伏于皇宫东华门待漏院的厨房多时，终于找到了毒杀赵匡胤的机会。可是，他没有想到，自己下了毒的粥，竟然被他深深暗恋的阿燕误吃了。他更没有想到，那个他暗恋的阿燕，竟然是"杀父仇人"赵匡胤的妹妹——当朝的长公主。为了不伤害自己深爱的阿燕，韩敏信放弃了自己本可成功的计划，向赵匡胤自首，交出了解药。赵匡胤为了给韩敏信悔过的机会，最终放了他。被羁押期间，韩敏信没有隐瞒自己潜入皇宫待漏院厨房的过程，但是为了不连累自己的恩人，他也再三澄清，收留他的蒸饼店钱阿三夫妇并不知晓他的身世，引荐他进入待漏院厨房的李昉也不知道他的真实身份——他们都被他利用了。赵匡胤因此没有追究李昉的责任，更没有派人去查捕蒸饼店的钱阿三夫妇。可是，为什么如今钱阿三夫妇不在自己店里了呢？

赵匡胤脑海里浮现出韩敏信清瘦的面容和微微驼着的脊背，又想起自己母亲杜太后和孩子们一起吃蒸饼的那个早晨。如今，母亲杜太后已经不在了，韩敏信也死在了泽州城头——死在了李筠的剑下。赵匡胤又想到了李筠。是的，还有柳莺姑娘，和韩敏信一样，都死在了泽州城头。是韩通的门客陈骏刺死了她。陈骏本来要杀的不是她，而是德昭。“柳姑娘是为了救我的孩子德昭而死的啊！”李筠也死了。自焚于熊熊的火焰中。李筠的小妾、自己少年时的恋人阿琨也自那天后杳无音讯。钱阿三夫妇又去了哪里呢？只是短短一年多啊！物是人非。蒸饼的香味，像细细的透明的丝线，将那些故去的亲人、敌人，离去的杳无音信的爱人与他紧紧缠绕在一起。他满怀酸楚的情绪，缓缓向那蒸饼店的门口走去。

有两个人正在等着买蒸饼。赵匡胤便在那俩人的身后站定了，抬眼往蒸饼店里细细看去。李神祐见赵匡胤竟然去排上了队，也只好跟在他身后，眼睛却警惕地左顾右盼。

卖蒸饼的是一个穿着灰色短布衣的高个子青年人。这个青年人身体壮实，一张方方的红脸膛，一副笑眯眯的样子。他高高挽着袖子，手熟练地操作着，飞快地切开一个又一个蒸饼，麻利地往里头夹五花爊肉。他的身后，在白色的蒸汽中，一个胖胖的年轻女子正在案板上忙着和面。她梳着一个随意的发髻，两根竹筷插在头上，将发髻牢牢地固定住了。蒸饼店里一定很热。那女子不时抬起肘部，用小臂擦拭一下额头和脸颊上渗出的汗珠。

在前面两个人买了蒸饼离开后，赵匡胤往前迈了两步走到柜台前。

“来十个。”赵匡胤说道。

“好嘞！”那青年人欣喜地答道。

趁着卖家忙活之际，赵匡胤问道：“有些日子没来买了，记得之前——”他顿了顿，停住了，等候那个青年人的反应。

“原来是老顾客啊。不错，俺们是前不久刚刚租下这个门脸的。”

“小哥就是李六郎吧，听小哥口音，不像是中原人啊。”

“大官人果然见多识广啊。俺老家在淮南，前朝与南唐开战时，俺家出门去山里躲避兵灾。兵灾是躲过了，却遇上了强盗。俺爹娘都当场被强盗杀了。俺的大哥二哥，被砍伤后不久便死了。三哥、四哥、五哥逃跑后不知所终。都失散了啊。俺一个人逃到了中原。”说到这里，李六郎打住了话头，淡淡笑了一下，眼眶却已经湿润了。他微微侧过头，眼神茫然地往街对面看了一眼。他其实什么也没有看，只不过是为了避免自己落下泪来。

稍顿了片刻，李六郎继续说道：“后来，俺遇上了俺家娘子。她也是苦命人，父母早亡。俺是在她村子里遇到她的。俺当时已经没了盘缠，一身破衣烂衫，沿路乞讨。是她可怜俺，收留了俺。俺们成亲后，便一起到京城谋生。俺在城南一家蒸饼店学手艺，俺娘子在一大户人家做下人。俺学了手艺，想租个门脸自己干，便找到了钱阿三夫妇，就是原来的店主。他们当时正好想把自己的门脸房租出去。如今，他俩都离开京城了，去洛阳投奔亲戚啦，说至少待上几年。这不，这门脸店面，订了租契约，俺租了三年，先付一年租金。估计——嗯——估计是怕官府追查，钱老头坚持不告诉俺们具体的地方，只说每年都会回来一次，或者他自个来，或者托人来，为的是收取下一年的租金。”

“哦？去洛阳了。啥时候的事情？”

“就前些日子。大官人没听说啊？那钱阿三夫妇收留了一个人，认作干儿子，在店里帮活。没有想到，他们那个干儿子竟然是前朝大将韩通的儿子韩敏信。韩通是当年陈桥兵变时被杀的，据说全家几百口，只逃了一个，就是被钱阿三收留的那个。俺听街坊传说，那个韩敏信，当时化名叫韦言。后来，这个韦言，啊，也就是韩敏信，混进皇宫，不知想了什么办法，为了给他爹和全家报仇，竟然给今上下了毒。可是，据说，这个韩敏信因为喜欢上了今上的妹子，同时也给长公主误下了毒。为了救自己的心上人，他便找到今上，献出了解药。今上很大度，竟然把他给放了，也没有追查，否则会牵连很多人。后来，西北的李筠反叛，今上率兵亲征，在鏖战潞泽时，韩敏信绑架了皇子，威胁今上。可不知怎的，他的计划没有成功，反而死在了泽州城头。也是一个可怜人啊！大官人，你说是不？那长公主失去了爱人，好像嫁给了高怀德大将军。那个高怀德，就是同石守信将军一起出征，同李筠在泽州大战的那个。长公主也算是有个归宿。被韩敏信绑架的皇子没有死，可是，谁又想到，没有多久，太后却归天了。据说，今上刚刚出生的小皇子，不久前也死了。你说，这是不是比戏里唱得还精彩啊。那可都是活生生的人哪。说起来伤心，听着也伤心啊。哎哟，光顾说话，被烫了一下。大官人，你说是不是！那钱阿三夫妇尽管不知韩敏信的真实身份，今上也没有追查，但是，他俩就是心底不安，琢磨着，万一哪天朝廷秋后算账，说不定把他夫妇二人也抓去砍了头。有了这样的想法，他俩便睡不上安稳觉咯。这都是他们亲口跟俺说的。钱老头说，自己心里倒是不恨那个韩敏信，还说他是个好孩子，干活手快，什么事情一学便会。说起他们的干儿子时，夫妇俩都落了泪珠子。俺们当时听了，也不禁跟着一块儿抹眼泪啊。”

说话间，李六郎已经将十个蒸饼都夹好了五花爊肉。

“三文钱一个。大官人，你用啥装啊？”

李神祐从钱囊中掏出铜板，数足了数，放入柜台前的钱盒子里。他留意到，那木制的钱盒子满是油腻，盖子口上有一块地方乌黑发亮。它正是钱阿三原来用的那个钱盒子。

“哎哟，还确实没有东西装。”赵匡胤看了一眼李神祐。“跟那次一样，没有带装蒸饼的器具啊。”他心里这样想着时，李神祐不好意思地笑了笑——他的心里，也冒出了这个念头。

“娘子，把那块干净的白麻布拿来。对了，就是那块。好的，拿给俺。大官人，不介意的话，将就一下，就用这个包着带回去吧。”

李六郎从妻子手中接过那块白麻布，将十个蒸饼包了起来，递给了赵匡胤。

三

到达赵普新府邸时，西边的太阳还没有完全落下去。不远处，开封城东城墙的墙面上，像是镀金一样。越靠近城头的地方，金色越发耀眼。多年的风吹雨淋，有些没有被苔藓覆盖的城墙砖已经变得非常光滑，因此当夕阳照在它们的表面时，它们便如镜子一般反射着刺眼的光芒。有些地方，城墙砖的缝隙里长出了杂草，砖面上长上了青苔，此时它们也被金色的阳光照着，变了颜色，呈现出瑰丽奇妙的色彩，看上去有些不真实。

赵匡胤的眼光在那金色的城墙上停留了一下，便带着李神祐向赵普新府邸的大门走去。金色的夕阳，使赵匡胤的心情放松了许多。也许，是金色所带来的那种暖意，让他感到了平常日子中不带任何目的性的静谧。这种静谧不是奉了谁的命令刻意制造的，也不像是建筑那样，是在空间人为构造出来的。它来自自然，来自那远在天边、不以照亮人间为追求的太阳。

赵匡胤令李神祐将蒸饼放到会客堂榻上的几案上。

“来，掌书记，来，趁热吃！”赵匡胤亲手解开白麻布包，指着尚带着热气的蒸饼，笑着对赵普说。

“哎哟，陛下竟然还带着蒸饼来犒劳微臣啊！微臣这厢谢恩了！陛下，请上座！”赵普笑着作揖道，然后往旁边退了一步，伸手请赵匡胤往会客堂中心的榻上落座。赵匡胤注意到，赵普脸色有些黯淡，额头的皱纹似乎也比以前多了些。

此刻，赵普察觉到赵匡胤的眼光似乎在他的额头停了一下，他脸上虽然带着笑意，心底却是惴惴不安。自从在杜太后面前见证赵匡胤立下传位誓书后，赵普一直提心吊胆。他虽然知道赵匡胤信任自己，可是，传位之事，毕竟是天大的事情。最令赵普感到不安的是：赵匡胤自那天后，对立下传位誓书之事只字未提。

“如果陛下对我稍有疑心，说不定会杀我灭口啊！”这个可怕的念头，不时闪现在赵普的脑海中。

主宾坐定，先是吃着蒸饼闲聊，随即便切入了正题。

这次会面，赵匡胤与赵普交谈的话题很广。君臣二人的对话并不轻松，气氛是凝重的。这不是赵匡胤想要的效果。但是，话题使他们之间的交流不可避免地产生了一种凝重的气氛，让他们都感到有些紧张。对处理一些具体事情的方法与手段，两人也产生了不少分歧。尽管赵匡胤努力想让自己多听赵普的意见，但是对赵普的想法，他仍然不时在心底产生极其明显的抵触。赵普一方面怀着试探赵匡胤是否还信任自己的心理，一方面被一种干脆豁出去的傲气所激发，在处理问题的方法与手段上，大胆地发表了自己的意见。

对话开始于赵匡胤带有反省意味的回忆。那件事发生在他从扬州回到京城后不久。他下令开封府将皇建院的辉文、琼隐等一干僧人抓了起来。抓人的理由是这些僧人触犯了禁令。当他从扬州回到京城时，曾下令沿途僧人、道人都到街两边迎接，但是辉文等几个僧人却与女子在传舍中喝酒狂欢。结果，有人将这些僧人告发到了开封府。他闻知后，一怒之下，不仅令开封府抓了辉文，还下令将其杖杀了，其他十七名僧人，都被处以杖刑后发配。杖杀辉文和尚之初，他虽然感到心里不痛快，但是尚无后悔之意。可是，在杜太后和小皇子先后逝去后，他开始怀疑自己之前的命令是否过于严酷了。这种悔意，最近几天一直折磨着他。就仿佛有个小鬼，拿着一根锥子，不断地戳着他的心头。现在，他就这件事向赵普求证，是否是他错了。

赵普因皇帝被辉文事件困扰而感到吃惊。他委婉但坚定地向赵匡胤指出，作为一个君王，不能在这种事情上犹豫。君王的威严必须坚决捍卫。那个不知礼仪、行为恶劣的和尚死有余辜，其他十七名僧人被流放，也丝毫不应该怜悯。

"当断则断，不断则乱。辉文罪有应得。"

"掌书记，你说得轻松。可是，下诏的是我啊！"赵匡胤说这句话的时候，用手指往自己心口重重地戳了戳。

"不论《唐律疏议》，还是前朝《显德刑统》，对于违令之行为，都处以笞刑。陛下下令开封府对辉文处以杖刑并不为过。因为，他除了违令，还欺辱了陛下啊！"

"掌书记这是在安慰我啊！我大宋应该有一部条款更加细密的新律法，这件事情必须做。否则这样下去，我如何能令天下归心呢？这件事，应该尽早做。"

"不，陛下错了，我朝初创，如果一开始便制定细密的律法，便是束缚了陛下的手脚。陛下要做的事，是尽快将至高的权力集中于自己的手中，若不然，则无法将纷乱的天下归于大治。且待天下统一，亿民臣服，再制定细密的律法也不迟。"赵普直直地挺着脖子，两眼像是放着光。

"掌书记，我是感到心里窝得慌。现在回想起来，我觉得辉文那个和尚罪不至死啊。"

赵普铁青着脸，冷笑了一声，说道："陛下，恕在下直言，陛下如今只不过是在为自己的行为找借口而已。过去的事情，陛下再怎么后悔也没有用了。况且，辉文和尚之死，对天底下的僧人、道人也是一个警示。这难道不是更为重要吗？当初，陛下难道不正是要这个效果吗！退一万步说，如果陛下宽恕了像辉文这样的和尚，可知道会引发什么样的结果吗？那样一来，天下恐怕会出现千百个、上万个目无君上的和尚。问题的关键不是他们如何看待他们自己的戒律，而是他们如何看待陛下的权威。微臣听闻，佛家也有自己的戒律，有所谓的戒杀、戒淫等约束。这些和尚，竟然连自己所尊崇的佛家戒律也不放在眼里，受到惩罚难道不是应该的吗？不过，陛下对他们的惩罚，不应出自他们的戒律，而是应出自陛下的权威。陛下的权威，陛下的诏令，难道不是我大宋最高的法吗?！当然，不论唐代，还是前朝，都有各自的法律，但这些法律不都是在君王权威的护卫之下才有效吗？陛下又何必着急将自己的权威与朝廷的法区别开来呢？或许，随着时代的变迁，世道也会发生变化，我们的后代会处于不同的情势之中，但是陛下，难道我们不是正处在我们自己的世道之中吗？陛下如果想要统一中原，岂可在这种问题上优柔寡断！现在陛下严厉处置了违反诏令、无视陛下权威的淫乱僧人，一定会有人说陛下用法苛严，没有宽恕之心，不是一个仁义的君主，他们的恶语与批评可能让陛下如坐针毡。但是，如果陛下放纵无视权威的行为，使稍稍得以稳定的中原陷入混乱，那时一定会有人发出汹汹的议论，认为是陛下的优柔寡断与妇人之仁导致了混乱局面，使黎民百姓再遭杀戮的劫难。那时发出批评的人，也许就是在不同情境之下批评陛下用法苛严的同一群人。天下之大，总有一些人会以批评议论为快事，他们的批评有时是对的，有时则完全是为了发泄一下内心的情绪，以表明自己不是一具没有感情的僵尸，也因此尽量使自己看起来更聪明、更仁义。微臣只读过半部《论语》，那还是陛下鼓励微臣读的。这部书，微臣看了一半便明白了。孔夫子的学说，一定会在今后发扬光大，也会对我大宋大有用处。但是，孔夫子没有假仁假义，他非常强调礼仪。可以说，礼仪也是重要的法。陛下向天下推行孔孟之道，也是在向天下推行一种力量强大的法。陛下不该屈从于喧嚣虚伪的、假仁假义的批评。大多数批评、解释，都是二流的智慧，不，甚至是三流的智慧。我大宋王朝，应该用自己的宏大之法与真正的宽容相融相济，那么，在不远的将来，在我大宋治内，一定会涌现一批又一批真正的智慧之人，他们会创造出真正璀璨的文化，他们会写出雄奇壮丽的文章、充满灵性的诗词，他们会以惊人的想象力去创造发明。因为，只有真正宏大的法，真正的宽容与开明，才能孕育出伟大的原创性的思想与文化——那些能够使我们人超越动物并变得伟大的真正的东西，它们会使那些喧嚣的，自以为是的批评、议论与解释相形见绌。但是，现在，陛下，现在我们的时代就处于目前的世道，陛下千万不可优柔寡断哪！”

身为宋朝开朝第一谋士的赵普，显露了他超人的勇气与智慧，却未能超越他的时代。以后代之人观之，他的见解，混杂着智慧与谬误，包含着权谋之士的冷酷与果敢。但是，任何当时的历史都不是由后来者创造的。正是当时人们的智慧、愚蠢、勇敢、怯懦、理智、情感等无可计量的因素混合在一起，相互作用，彼此激荡，最终创造出他们那个时代的历史。

赵匡胤听着赵普的长篇大论，有些话不断像闪电一样闪过他思想的夜空。待赵普说完，他沉默了一阵，方才语气凝重地说道："掌书记，你怎敢如此说话，真是吃了豹子胆。"

"陛下，莫非微臣说错了？"赵普微微垂首，神色肃然地反问道。

赵匡胤一愣，摆摆手，说道："罢了，这都是朕挑起的话题，也是朕自己的过失。不过，修订我大宋的法律，这事情迟早要干。对了，慕容延钊为自己儿子请求山南西道节度使的上表昨日到了，掌书记如何看？如今，我大宋四周强敌环伺，如果节度使们不尽力，如何能保卫我大宋的社稷呢？"

"微臣想问陛下，陛下目前最担心的事情究竟是什么？"

赵匡胤听了赵普的问话，紧紧锁起眉头，沉吟片刻，却没有正面回答，只是说道："我欲统一天下，但真正的希望，乃是欲天下不再为兵所伤。天下自唐季以来，数十年间，帝王八次易姓，战争不息，生灵涂炭，这究竟是为什么？为天下长久计，我欲使天下得太平啊！"

赵普笑道："其实，微臣之前也曾向陛下说过解决之道。陛下自己，恐怕也是模模糊糊地知道解决之道吧。陛下只是想借微臣之口，说得更清楚一点罢了。陛下，微臣可说得是？"

赵匡胤眉头一皱，肃然道："不错，我确实需要掌书记指点迷津！"

"那微臣便直言了。之前数十年天下战争不息——最主要的原因，乃是方镇太重，君弱臣强而已。解决这个问题，也不需什么奇巧之术，只要稍夺其权，制其钱谷，收其精兵，天下自然可安啊！"

"这么说，掌书记以为，对于慕容延钊的请求——"

"慕容延钊刚刚稳住了南唐的名将王崇文。之前，陛下罢免了慕容延钊殿前都点检和镇宁军节度使的职务，任命他为山南东道节度使，他心里一定不痛快。但是，表面上，他肯定不会表现出来，这次借着稳住王崇文之机，他是在邀功啊。陛下，微臣以为不必在此时给他甜头。已经剥夺的兵权，绝不可再以另外的方式外放。尤其是统领禁军的殿前都点检一职，千万不可再授。陛下应亲掌禁军，以操天下之权柄。陛下，以后应该做的，是继续收回节度使指挥禁军的兵权，慢慢地再将节度使统率州军的兵权收回。只要加强朝廷与京城的实力，地方没有了力量，天下自然可以得到安宁。这样，才能有效消除天下群雄割据的隐患。对于韩令坤，既然已经免去了侍卫亲军都指挥使的职务，只是让他担任成德节度使，也同样不能再给予其他的兵权！还有，陛下，微臣不怕得罪人。那石守信、高怀德等人手中的禁军统帅权，最好也趁机收回吧。”

“趁机？”赵匡胤眼皮一抬，惊讶地问道。

“不错，便拿之前免去慕容延钊殿前都点检来说事。石守信等人的资历与实力，比不上慕容延钊，既然慕容延钊作为殿前都点检这一禁军统帅的军权已经免去，他石守信那个侍卫都指挥使的军权和高怀德作为殿前副都点检的军权也不宜保留哦！否则，慕容延钊心中怎会痛快？不如，借机免去石守信、高怀德等人手中的禁军指挥权！”

“掌书记莫非担心他们也会反叛不成？不会的。不，他们绝对不会背叛朕！”

“微臣也不担心他们会反叛。只是，微臣看石守信、高怀德、王审琦、张令铎等几位节帅，都不是能以高明手段驾驭手下的人，有明确外敌时，尚能与下协力，局势安定后，恐他们无法好好统辖手下。陛下志在消除兵祸，如今战事日少，万一他们的手下动了反叛之心，恐怕他们无法很好节制住。一旦他们军中出现叛逆，到时他们自己恐怕都会没有自由啊！”赵普这样说着，两眼圆圆的，瞪着赵匡胤，像是要把目光化为锥子扎到赵匡胤的眼里一般。

“只是，天下尚未调一，仍需大将效力，如果——”赵匡胤有些迟疑。

“如有兵事，再启用又何妨？”

“若诸位节度——”

“莫非陛下忘记了陈桥兵变？”赵普见赵匡胤犹豫，再次打断了他的话，压低了声音问道。

赵匡胤心中一惊，想起之前自己正是靠手下将黄袍加于己身才最终登上帝位，背脊上顿时渗出冷汗。他强作镇静，两手交叉抱于胸前，低头思索了片刻，方才一字一顿地说道：“好，便——依掌书记所言，慢慢——择机收回禁军的指挥权。”

四

一阵风吹进来，将靠近窗户的那支羊脂蜡烛吹灭了。察觉到烛光变暗，赵匡胤从桌案前站起来，缓步走到正对着桌案的窗子跟前，先伸手将撑着窗门的支架放下，轻轻关上了窗，然后放下窗帷。他看了看那支熄灭的羊脂蜡烛，扭头从旁边的烛台上取下另一支燃烧的蜡烛，凑到它的烛芯上，将它点燃了。他静静地盯着这支重新点燃的羊脂蜡烛发起愣来。过了好一会儿，他意识到有滚烫的烛泪流淌到了手上，这才将手中的那支蜡烛插回了烛台。

不过，他没有走回方才离开的那张桌案，而是慢慢走向这间御书房的西墙。西墙前立着一排金丝楠木书架。他走到靠西北墙角处的那个书架前站定，微微俯下身子，伸出双手，搬开了书架上的一部书册。书册搬开后，露出了后面的木墙。他低头往书架格子后面的木墙看了看。那块木墙上，有一方小木条不显眼地往外凸着。他伸手往那小木条上轻轻一按，咯吱一声响，一块小木板往旁边移了开去，木墙上露出一个暗藏的壁龛。

这个暗藏的壁龛，是赵匡胤不久前令一个巧手木匠秘密制作的。为了保密，他同时还让木匠在这面木墙上制作了数个秘密的壁龛。壁龛修好后，他赐给木匠重金，令他不得透露半点风声。那个木匠是老实的手艺人，既拿了厚重的报酬，便一口应允，以后绝口不提此事。这间御书房是后宫福宁殿内的一座“三等材”制式三间殿堂中间的一间。这个三等材三间小殿的不远处，是皇后如月的寝宫。

御书房的这面木墙，隔着西边的一间起居室，自从设置了秘密壁龛，赵匡胤便令人将那间屋子上了锁空置着。

那个秘密的壁龛打开后，赵匡胤伸手探入其中，取出一个边角镶金的铜匣子。他的注意力全在那个匣子上，并没有关上那个壁龛的暗门。他小心翼翼地捧着那个铜匣子走回桌案，轻轻将其放在桌面上。铜匣子在烛光的照射下反射出红金色的微光。他打开铜匣子的盖子，从中取出一个卷轴，慢慢打开，看了起来。

他的眼光最后扫过赵普的落款，微微蹙起眉头。这份卷轴，正是在杜太后去世前，根据他的誓言，由赵普书写的誓书。在这份誓书中，他向杜太后发誓，如果在需要传位时皇子还没有长大成人，他便将大位传给兄弟赵光义。誓书写好后，他便一直随身带着，直到秘密的壁龛修好，才将它放入镶金的铜匣子，藏入其中。

这时，他再次读到当日发下的誓言，不禁心头沉重。“也许，当时真是一时冲动啊！该烧了它。是的，该烧了它！我一定要将德昭抚养成人，让他成为一个男子汉，成为一个明君。如果传位给光义，德昭今后的日子恐怕不好过。”这个想法最近几日突然在他脑中变得越来越清晰，尤其是在不久前拜访赵普之后，他更是寝食难安。“掌书记说得对，我正是靠光义、石守信、李处耘等人的支持，才得以黄袍加身，即便光义、石守信他们不会反叛我，也保不定他们身边的人暗中将他们推向他们自己也控制不了的局面啊！”

他卷起那卷轴，将一端捏在右手的掌心里，出神地想了很久，慢慢将它往桌上那支燃烧着的羊脂蜡烛靠去。

忽然，他听到书房门外有点动静。似乎有人走近！

他一惊，手一缩，将靠近蜡烛的卷轴从火苗旁边移开，放在桌上。

“门外是何人?！是神祐吗？”他大声喝问，心里却想，今日不是特意让他早早歇息去了吗？应该没有人啊。

正在吃惊之际，只听门外传来一个清脆的声音。

“陛下！是皇后娘娘令我送燕窝汤来了。”

赵匡胤听了，稍稍松了口气，说道：“进来吧。”

门咯吱一声响，被推开了。门口站着两个女子，一个身材娇小，一个身材较为丰满。两人都穿着后宫御侍制式的衣裳。

两个女子都微微低着头，其中那位身材较为丰满的御侍手中端着一个半旧的木托盘，盘上放了一个青瓷汤盅。

赵匡胤将右手轻轻掩在那份誓书卷轴上，神色警惕地上下打量了一下两个女子，冲她们说道："放到桌上便是。"

两个御侍莲步轻移，走到桌前。那个身材娇小的御侍从同伴的托盘中捧出汤盅，轻轻放在了桌上。她似乎很紧张，在放下汤盅的时候，眼皮飞快地抬了一下，看了一眼桌面，之后便迅速垂下头，退了回去。

赵匡胤看了看那个端着托盘的御侍，但见她眉目清秀，发髻上插着一支形制简单的银钗子——就是在大相国寺的地摊上很容易买到的那种，还用一根红色丝绦系着发髻，丝绦从发髻两边垂下，飘拂在肩头。他的目光不由自主地停留在那红色的丝绦上。似曾相识啊！柳莺姑娘不是也曾用红色的丝带系过发髻吗？他突然想起了柳莺。这个念头在他脑中闪过，不禁令他多看了那个御侍一眼。

"你叫什么名？"赵匡胤微微扭头，看了一眼方才端上汤盅的那个御侍，开口问道。

那个御侍听到赵匡胤问她，脸一红，微微抬头，眼波闪动，飞快看了赵匡胤一眼，小声答道："小女子小名玉儿。"

"你何时进宫的？朕好像在哪里见过你。"

"我是建隆初年六月进宫的，当时是皇太后征招侍女。我记得凌霄花儿结荚时，家父便送我入京应征，没有想到顺顺利利被选中，这便进了宫。皇太后归天后，皇后娘娘便将我与其他几个皇太后的侍女都做了安排，说让我做宫里的御侍。当时，还让几个姐妹出了宫呢。"玉儿一下子说了几句话，有些紧张，声音却如雀儿鸣叫声一般清脆。

听玉儿这么一说，赵匡胤倒是想起来了。"去年母亲确实同我说过这件事，只不过当时我整个心思都用在对付李筠之上，并没有在意，只是敷衍应了一声，也没有与母亲多聊几句。没有想到，仅仅一年，母亲便离我而去了。之后，如月也确实与我说过将母亲的几个侍女转为后宫御侍之事。当时我也是随便答应了一声。莫非，将贴心的侍女转为后宫御侍，是母亲生前的愿望？”这个想法让赵匡胤感到心痛，他后悔自己当时对母亲说话敷衍。“征招侍女，对我来说不是什么大事，但是，也许对于母亲来说，是很重要的一件事情啊。年纪大了，希望有几个贴心的侍女陪伴在身边，这也许就是当时母亲的心思吧。可是，我却错过了好好关心母亲的机会。”他的目光转向窗边那支刚刚重新点燃的蜡烛，愣愣地想着。羊脂蜡烛的火焰，在他的双瞳中无声地燃烧着。

玉儿和另一个御侍见赵匡胤发愣，不敢多言，都安静地垂首站立着。

“你们都是哪里人氏？”赵匡胤从恍惚中回过神来，眼光再次落在玉儿的脸上。

玉儿没有想到赵匡胤会继续与自己交谈，心中不禁感到惊喜。此前，赵匡胤几乎没有和她说过几句话。这次，她鼓起勇气，微微抬起了头，看着赵匡胤说道：“父家姓侯，是曹州人氏，家父是冤句令。”

“我老家是商丘的，我是玉儿的表妹，姓王。”因为皇帝没有问她的名，玉儿的表妹也不敢说出自己的小名，只是照着问题作答。

“曹州冤句令？嗯——你父亲姓名可是叫侯陟？”赵匡胤冲玉儿问道。

玉儿眼睛一亮，说道：“原来陛下知道家父啊！”

“嗯！”赵匡胤点点头。他曾经听老宰相范质夸奖过侯陟。一个做事干练的人。没有想到他的女儿竟然进宫做了侍女。他的目光在玉儿的脸上停留了一下，却不继续与玉儿交谈，转而扭头问她的同伴：“你叫什么名？”

“我小名秋棠。”

“你不会是与玉儿一起进宫的吧？”

“是啊。家里穷，我有两个姊姊，大姊很小时便夭折了。二姊在早些时候，被爹娘送到了汴京谋生——”说到这里，秋棠眼光一闪，犹豫了一下，方才继续说道，“在我爹娘过世后，家里没有其他人，我便去表姐家里生活了。这是因为爹爹在去世前便作过交代。后来，我二姊托人从汴京给我们带来消息，说是宫里招人。于是，我就与表姐一起入京，进宫做了皇太后的侍女。”秋棠脸是鹅卵形的，说话时口齿伶俐，两颊绯红，一双秀美的眼睛闪着动人的眼波。

“嗯，也好，你们姐俩这样也有个伴儿。夜深了，你们都退下，歇息去吧。朕还得待一会儿。”赵匡胤又看秋棠一眼，柔声说道。“还真有点像柳姑娘啊！”他痴痴地想道。

玉儿和秋棠轻声应诺，缓缓退了出去。

两个御侍将书房的房门轻轻合上了。

赵匡胤在书房中凝神静听，听那脚步声渐渐远离，慢慢消失。

那碗燕窝汤放在桌子的一角，赵匡胤根本没有心思去碰它。他在烛光下沉思了片刻，拿起桌上的那卷誓书，再次把它向羊脂蜡烛燃烧着的火焰慢慢凑了过去……

五

蝉声仿佛从来不曾停歇过。

汴京皇宫广政大殿内稍稍有些闷热。夕阳金色的光芒，穿过广政大殿前的松柏密密的枝叶，将细碎的光点投射在大殿门前。汉白玉砌筑的台阶和台阶两边的垂条上，灰黑的阴影与金色的光斑毫无规则地混杂着。如果有人盯着这片复杂的光斑看一会儿，便会产生一种恍惚的感觉，他会分不清楚——到底是灰黑色阴影被金色包围了，还是金色将灰黑色的阴影主宰着。

两个多月前，赵匡胤就曾在这个大殿中设宴送慕容延钊和韩令坤离京。当时，慕容延钊与韩令坤受赵匡胤之令，调动各自统率的兵马，以给南唐制造压力，迫使南唐迁都南昌。其中，最重要的一步棋就是派慕容延钊南下襄州。在派出慕容延钊之前，赵匡胤听了赵普的建议，以减少这次调兵的政治影响、避免刺激南唐诱发大规模战争为由，免去慕容延钊担任的殿前都点检一职，从而令统率禁军两司之一——殿前司的最高统帅权自此空缺。实际上，这样一来，赵匡胤便自己拥有了殿前司的最高统帅权。在免去慕容延钊殿前都点检职务之前，赵匡胤已经促成了高怀德与长公主阿燕的婚姻，将禁军殿前副都点检一职授予了高怀德，从而通过妹妹的婚姻，使禁军殿前司的统帅权牢牢掌握在家族手中。

殿前司最高统帅权空缺后，禁军两司之一侍卫亲军司的最高统帅——侍卫亲军都指挥使由石守信掌握。这个军职，原来是由韩令坤担任的。在慕容延钊被免殿前都点检的同时，赵匡胤以类似的理由，也免去了韩令坤侍卫亲军都指挥使的职务，之后很快又让石守信担任此禁军高职。石守信是赵匡胤登基前的“义社十兄弟”之一，也是陈桥兵变的大功臣之一，赵匡胤将禁军侍卫亲军司的统帅权授予石守信，表现了他对自己这个结拜兄弟的充分信任。但是，赵普的一番话，令赵匡胤心中的疑云慢慢升起。这片疑云，不断地扩大，终于使他下决心要消除潜在的威胁。

那日，慕容延钊在广政殿的大宴上听到赵匡胤要免去他殿前都点检一职时，内心大为震动。但是，他一贯泰山压顶不动声色，当时尽管心中感到震惊，脸上却没有露出任何不悦。赵匡胤随后给出的理由，也给了他充足的面子。出于战略需要，为了避免诱发与南唐的大规模战争，但同时又要对南唐产生实实在在的军事压力，以节度使身份而不是以殿前都点检之身份率大军进驻襄州，确实可以降低这次行动的影响，而使其影响大多集中在政治层面，也为朝廷的下一步动作——如果有必要的话——留下了政治余地。这个理由，虽不足以完全消除慕容延钊心中对被免去殿前都点检一职而产生的不快，但很大程度上大大加强了慕容延钊在全军中顾全大局勇担重任的形象。慕容延钊深知，殿前都点检一职虽然被免，但并无损于他在军中的地位。慕容延钊在驻兵襄州后，冒险孤胆赴鄂州挑战南唐节度使王崇义，一方面是为了避免宋朝与南唐过早发生大规模决战，另一方面也是借机再次在全军和赵匡胤心中树立自己顾全大局的形象。他深知，赵匡胤收回殿前都点检一职，说明在这个新皇帝的心中，已经对他产生了深深的戒备。因此，在被免去殿前都点检一职，特别是在遏制了南唐鄂州王崇义之后，慕容延钊反而大大松了一口气。当然，慕容延钊期望赵匡胤能因他的妥协与配合给予一点回报，所以他向赵匡胤提出请求授予自己儿子慕容德丰山南西道节度使之职。可是，他没有料到，在赵普的劝诫之下，赵匡胤并没有满足他的这个请求。

所以，慕容延钊今日坐在广政殿中，心中并不感到畅快。况且，坐在他对面的石守信，依然还保留着禁军侍卫亲军司最高统帅——侍卫亲军马步军都指挥使的职务。

这日，被召到广政殿赴宴的除了山南东道节度使慕容延钊、成德节度使韩令坤，还有侍卫亲军都指挥使、归德节度使石守信，殿前副都点检、忠武节度使高怀德，殿前都指挥使、义成节度使王审琦，侍卫亲军都虞候、镇安节度使张令铎。

诸节度使的食案座位分列东西，慕容延钊、韩令坤、王审琦被安排在东列，在赵匡胤的左侧，次第往南而坐；石守信、高怀德、张令铎被安排在西列，于赵匡胤的右侧，亦次第往南而坐。慕容延钊对自己坐在赵匡胤的左侧，还是颇为满意的。“看来，陛下并没有因为已经免去了我那殿前都点检一职而轻慢于我。”

石守信见自己被安置在慕容延钊的对面，坐在皇帝的右侧，也并不在意。自与高怀德一同在泽州城与李筠鏖战一场之后，他心中已然起了退隐之意。他对军中的头衔已不再看重，残酷的战争已经令他感到厌倦了。但是，他舍不了荣华富贵，他觉得，带着侍卫亲军马步军都指挥使的高职，可以为自己和家人多捞取一些财富，这又何乐而不为呢。“难道，这不都是我用命挣来的吗？”每当石守信坐在家中，环视自己拥有的华贵无比的器物，总会有这样的念头从心底冒出来。所以，这天赴宴广政殿，虽然他带着侍卫亲军马步军都指挥使的头衔，而被安排坐在皇帝右边，却并不觉得委屈。况且，作为一名战士，他的内心，对慕容延钊是有一份朴素的敬畏之情的。

待诸位节度使落座，赵匡胤吩咐侍者们端上酒菜。酒菜上齐，赵匡胤便令侍者们退出广政殿并下令，非传勿入。

“各位都是我的故人，今日酒宴，免去君臣之礼，咱哥几个痛快喝酒，随意地聊聊。来，大家举杯！”赵匡胤说着，高高举起了手中那只纯银打造的酒杯。

诸位节度使一听这话，一时间没有反应过来，都愣了一愣，方才慌忙举杯呼应。

“谢陛下！”

几个节度使口中说的是“谢陛下”，并无一人敢以“兄”称呼赵匡胤。

赵匡胤仰天喝完杯中酒，缓缓将银酒杯放回案上，想着从诸位节度使口中说出的“谢陛下”这句回答，一颗心仿佛被塞进了一团浸了水的乱麻，这团乱麻扎着他的心。“以前那种好兄弟的感觉，怎么一点都找不回了呢？”这一刻，一股酸楚从心底涌起，但是，这股酸楚又立刻被那团乱麻堵住了。被堵塞的感觉！那股酸楚仿佛不放弃，虽然在心底便被堵住了，却固执地顺着胸腔蔓延开来，一直蔓延到嗓子眼，然后又涌向他的鼻腔，涌向他的眼眶。他仰起头，轻轻舒了口气，忍住了泪水，方才将眼光投向眼前这几位故人。

“喝啊！还愣着干吗？”赵匡胤喝道。

石守信闻言，手一举，首先将第一杯酒一干而尽。

慕容延钊、高怀德等人一时间也纷纷举杯。

“今日不拘礼节，酒都在食案上，各位兄弟自己倒酒便是。我也自己来！”赵匡胤说着，便拿起桌上的银酒壶，要为自己斟酒。

石守信见状，匆忙起身，欲为赵匡胤倒酒。

赵匡胤冲他摆摆手，说道：“不必，今日都自己来！”石守信见赵匡胤坚持如此，也只好坐回自己的座位。

赵匡胤接连又举了两次酒杯，诸位节度使也痛快地一起呼应。转眼间，众人已经三杯烈酒下肚。

广政殿内飘溢着酒香。

气氛轻松了许多。

“真是美酒啊！”赵匡胤赞道。

“是啊，皇朝兴盛，粮食丰收，百姓们带着喜悦之情酿出的酒，定是醇美的好酒啊！”石守信笑着说道。

赵匡胤听了，心头高兴，微笑道：“说得好！说得好！天下之人安居乐业，我们方有美酒可享啊！哎——守信，你的三个孩儿都几岁？嗯——如果没有记错，保兴那孩儿，该十四五岁了吧！也有多时未见咯！”

三杯酒下肚，赵匡胤的话题从石守信的孩子开始了。保兴是石守信的大儿子。

“陛下好记性，是啊，有苗不愁长，保兴今年满了十五岁，保吉十二岁了，最小的保从，今年也七岁了。这三个孩子啊——”石守信笑着回答。说起自己的三个儿子，他打心底感到高兴。他正想多说几句，突然想到赵匡胤刚刚丧子不久，慌忙打住了话头。别人失意时不宜提自己的得意事啊！他略显突兀地举起酒杯，佯装要喝酒。可是那只酒杯尚空着，他还未来得及给自己重新斟满酒呢。

“斟酒，酒还没有斟上，快斟上！”赵匡胤笑着指了指石守信的酒杯。

石守信装愣，讪笑了一下，掩盖了自己神色的尴尬，慌忙斟了一杯酒一口干了。

“是啊，时间飞快，转眼间，咱兄弟几个的孩子都快长大了。藏用兄，你与长公主也得抓紧啊！”赵匡胤冲着高怀德哈哈大笑说道。“藏用”是高怀德的字。以前，赵匡胤很少对高怀德以“字”相称，今日这个称呼，倒像是有意要拉近与高怀德的距离。

高怀德闻言，爽朗地一笑，说道：“那是一定的。但请陛下多赏些酒水！”

“我的两个女儿呀，也渐渐长大了，以后，我要在几位兄弟的儿子中，为我的公主们挑驸马哟！”赵匡胤又喝了一杯，想起自己的两个宝贝公主琼琼、瑶瑶，脑海里浮现出她们可爱的面容，心中慢慢涌出一股甜蜜的泉水，这股甜蜜之泉，将之前的那股酸楚之水，悄无声息地压了下去。加上几杯烈酒下肚，赵匡胤的心情慢慢好了起来。

“我们可都记得陛下的话咯！”王审琦此时笑着插了一句。

“敢不记住！以后我的三个儿子，怎么都得出个驸马吧！哎呀，我倒是忘了，仲宝兄弟儿子多，争夺驸马的机会可比我大啊！喝酒，喝酒，就凭这一点，仲宝兄弟，你就得再连喝三杯。”石守信眯起两只精光闪烁的小眼睛，哈哈笑着说。说话间还忽然拍了一下自己的脑袋，将话锋指向了王审琦。“仲宝”是王审琦的“字”。

王审琦确实儿子多，却不太能喝酒，方才三杯酒下肚，已经微醺。此时石守信抓住他的一句话，想要捉弄他。

“可惜我只有两个女儿啊！这次，化龙兄的儿子德丰和仲宝兄的儿子承衍，都是立下大功劳的！承衍、德丰，都很有希望成为未来的驸马哦！”赵匡胤笑着说。

慕容延钊听赵匡胤以“字”带“兄”称呼自己，心中不禁一惊。因自己的字是“化龙”，自后周开始，他为了避免君主忌讳，便很少提及自己的“字”，平时令人用名称己即可。此时，皇帝突然这样称呼他，怎不令他心惊。

慕容延钊望向赵匡胤，见他满脸笑容且笑容中并无其他的含义，这才稍稍松了口气，慌忙回答道：“犬子只是尽分内之事，陛下过誉了！”

“哪里是过誉，化龙兄这次是为朝廷立了大功啊。我的心里，是记得的。”赵匡胤语气变得凝重了。

“谢陛下！”慕容延钊于座位上立起身子，恭敬地作揖称谢。

“来，我敬你一杯！”赵匡胤举起杯。

慕容延钊也从食案上端起酒杯，一饮而尽。

“我也代犬子感谢陛下。不过啊，这孩子，自从南唐回来后，好像添了不少心事。”王审琦说道。

赵匡胤微微愣了愣，接着说出安慰王审琦的话语：“哦？是吗？年轻人经过一些事情，想法自然会增多了。”

王审琦叹了口气，说道：“犬子与雪菲姑娘从南唐回来后，带了一个被唤作‘窅娘’的女子。嗯，这个陛下应该早就知道了。如今窅娘暂时住在微臣的宅中。犬子有天见到我说，这个叫窅娘的女子，身世有些奇怪，他暗中细查她的身世，却一直没有进展。犬子好像在为什么事情担心。我与他聊，他只说担心天下再起大的兵戈，他恐怕再也不能像从前那样心情坦荡地上战场了。偶尔，他会提起南唐的唐镐父子，我感到，犬子似乎因南唐唐镐父子之死感到内疚。他认为是自己害了他们。”

赵匡胤听了王审琦这话，想起正是自己派王承衍秘密出使南唐的，一时之间有些惆怅。

“抽空我与承衍这孩子聊聊。来，仲宝兄，你别想太多，今日喝酒便是！要喝高兴！”赵匡胤对王审琦说道。

说完，赵匡胤将话题引向韩令坤和张令铎，又聊了几句家常。

广政大殿内，众人举杯的速度越来越快，说话的声音越来越大，笑声也越来越多了。

大殿外，夕阳的光已经渐渐黯淡下去，不过，蝉还在不知劳累地鸣叫着。殿前的台阶上、垂条石上，夕阳努力穿过松树枝叶缝隙投下的金色光斑不知不觉地被黑色渐渐吞噬。不知在哪一刻，那些温暖的金色光斑完全消失了，消失在越来越浓的黑暗中。

见天色渐黑，赵匡胤传侍者进殿，点亮了殿内所有的蜡烛。蜡烛黄色的光芒作为金色阳光的替代物，照亮了大殿中大部分空间。只有一些角落还缩在黑暗之中。黄色的烛光也照亮了大殿内诸位。酒早已不止三巡，赵匡胤与他的几位故人，脸上泛起了红潮。酒正在他们的体内发挥着作用。连酒量最差的王审琦也喝了不少酒。他平日是很少喝酒的，在家中几乎喝一点便醉。可是，或许是因为高兴，或者是因为在皇帝跟前喝酒不敢醉，总之，尽管他喝得比平常要多很多，但是他并没有醉。

再次上了一轮热菜后，赵匡胤又令所有侍者退出了。

大殿的门窗都关得严严实实，窗帷也放下了。殿内的蜡烛火苗一动不动地亮着，四处散发出的烛光，在众人脸上勾勒出复杂的阴影，阴影随着众人身体与头部的动作不断摇动着。

赵匡胤又干下一杯酒后垂下了头，大半张脸深深埋在了阴影中。静默片刻，他再次抬起时，两颊和额头重新被烛光照亮了。

突然，赵匡胤长长叹了口气，说道："我若不是能够得到诸位的支持，就不会有今日。我感念各位的恩德，无有穷尽。只是，作为天子，实在是任重身艰，远不如兄弟们作为节度使快乐！唉，我是天天都无法安枕而卧呀！"

此言一出，广政殿内突然之间变得安静了。

静得有些诡异，静得有些可怕。

慕容延钊依然端坐着，烛光照着他的脸，依然如往日一样，如同一块坚硬的岩石。他的右手，正要从食案上拿起酒杯。这时，那只手仿佛被食案粘住了，停在那里一动不动。

石守信刚刚干下一杯酒，酒杯刚刚离唇，热辣的酒水，还没有流到肚中，听了赵匡胤的话，那只拿着酒杯的手便顿时僵在半空。他的脑海中飞快回闪出发生在陈桥兵变之前的一个情景。当时，他是后周的殿前都指挥使。赵匡胤的弟弟赵光义——那时还叫赵匡义——私下前来找他。就在那次见面时，他被告知，军中部分主要将领会趁出兵之际拥戴其兄赵匡胤为帝。赵光义正是为了争取他的配合——请他届时根据秘密口令放赵匡胤军进入京城，才私下前来拜访。他当时权衡利害，承诺了赵光义，这才使得赵匡胤在陈桥兵变后得以率军顺利进入京城。石守信想到这一幕，不禁觉得浑身发冷。难道，陛下是在担心我们几个兄弟都有可能成为下一个黄袍加身之人吗？他端着那只空酒杯，愣愣地看着赵匡胤，身子仿佛变成了一尊石像，心里却是大浪滔天。

高怀德方才正要用筷子去夹一块红烧肉，此时筷子还未触到那块肉，一下子停在了那里。

王审琦被酒劲冲得有些发晕，方才正斜倚着食案，听到皇帝的话，不禁打了个激灵，立刻直起了身子。

韩令坤与张令铎正一同举杯，相互敬酒，此时都愣了一下，两人举着酒杯的手，一时间都没有放下。

在那一刻，大殿内的众人，仿佛都被速冻了一般，如同烛光照耀下的数尊雕像，神情各异，却又栩栩如生。不，应该说，他们还是活生生的人，但是在刹那间便仿佛变成了没有生命的石头。

原来在黑暗中仿佛一动不动的蜡烛的火苗，一刹那间，却仿佛因不易察觉的火苗的内在活动，成了大殿之内唯一的活物。它们嗞嗞地燃烧着，仿佛一个安静的绝世高手，静待着敌人做出可怕或愚蠢的反应，然后再给予精准的、致命的回击。

打破寂静的是石守信。

“这是为何？”石守信轻轻放下酒杯，故作镇定地问道。

赵匡胤盯着石守信的双眼，说道：“我所居之位，谁会不想得到啊！”

石守信等诸人听了，顿皆脸色大变。

石守信慌忙道：“陛下何出此言？如今天命已定，谁敢复有异心！”

慕容延钊等人此刻或点头赞同石守信之言，或直接大声表示赞同。

赵匡胤缓缓摇头道：“不然。你们几个都是我兄弟，虽然不会有异心，但是，你们麾下欲图大富贵之人，一旦将黄袍披在你们的身上，你们虽然自心不想，但是难道推卸得掉吗？”

石守信等人一听这话，想起去年赵匡胤正是靠诸将推戴黄袍加身才得了帝位，不禁震惊惶恐，一时间纷纷下跪。

石守信泣声道：“臣等愚昧，未曾想到此层，愿陛下怜悯，为臣等指点迷津！”

赵匡胤沉默了片刻，说道：“人生如白驹过隙，想得到富贵的人，不过是想多积累些财富，一来让自己过得快乐，二来也为了子孙生活无忧。诸位兄弟何不弃了禁军兵权，出守大藩，选择肥田佳宅，多多买下，为子孙立不可动之业，再多置些歌儿舞女，饮酒作乐，安享人生，以终天年。我愿意与诸位兄弟约为亲家，咱们君臣之间，两无猜疑，上下相安，岂不最好！”

石守信等人听了，纷纷点头。

其中，石守信最是如释重负，大声拜谢：“陛下能如此为臣等着想，真是臣等生死兄弟啊！”

赵匡胤听石守信这样说，又见其他几人并无抗拒之色，便再次举杯，说道："诸位兄弟，今日我也算与诸位兄弟说了心底话，也不怕诸位兄弟笑话。有多少朝代开国之后，迫于形势，君臣相猜，最终弄得血雨腥风，国家栋梁摧折，天下议论纷纷。今日，我为不仁之举，劝诸位兄弟放弃禁军兵权，实在是不忍今后出现无法控制的局面。来，这一杯，咱兄弟几个干了！还望诸位兄弟理解我的苦心！"

石守信等人闻言，都各自斟满了酒杯，畅饮而尽。

诸人心头大石既已放下，酒酣言畅，酒宴一直至深夜方休。

这次酒宴的数日之后，赵匡胤下诏，侍卫亲军都指挥使、归德节度使石守信改任天平军节度使，殿前副都点检、忠武节度使高怀德任归德节度使，殿前都指挥使、义成节度使王审琦为忠正节度使，侍卫亲军都虞候、镇安节度使张令铎任镇宁节度使。

不知出于何因，赵匡胤同时下诏，令石守信同时任侍卫亲军都指挥使一职。但是，石守信很清楚，这个兼职，只是一个虚职，既然自己的皇帝兄弟已经挑明了话，那么禁军亲军司的最高统帅权，实际上已经被收走了。不过，石守信倒并不在意。"这样也好！这说明陛下还是很信任我这个结拜兄弟的。"他是这样想的。

又过了几日，赵匡胤再次下了重要诏书，任命皇弟泰宁节度使、兼殿前都虞候赵光义兼任开封府尹、同平章事，同时任命嘉州防御使赵廷美为山南西道节度使。

这些任命，是应老宰相范质于此前年初上的一份奏疏之请。当然，范质的奏疏也是正中赵匡胤的下怀。当时，刚刚出生的小皇子还在世。为了免灾，赵匡胤并没有为刚刚出生的小儿子封官加爵，甚至连名字都没有起。可是，他没有料到，这个可怜的孩儿依然逃不过残酷的命运。如今，借削去石守信等大将禁军兵权之际，赵匡胤以范质的奏疏之请为由，给自己的两个兄弟加官晋爵。潜邸之臣吕余庆、赵普也再次得到提拔。

范质在那份奏疏中写道：

光义、廷美皆品位未崇，典礼尤缺，乞并加封册，申锡命书，或列于公台，或委之方镇。皇子、皇女虽在襁褓者，亦乞下有司，许行恩制。……宰相者以举贤为本职，以掩善为不忠。所以上佐一人，开物成务。端明殿学士吕余庆、枢密副使赵普，富有时才，精通治道，经事霸府，历岁滋深，自陛下委以重难，不孤倚任，每因款接，备睹公忠。伏乞授以台司，俾申才用。今宰辅未备，久难其人，以二臣之器能，攀附之幸会，寘之此任，孰谓不然。[①]

但是，赵匡胤并没有接受范质的建议任命端明殿学士吕余庆、枢密副使赵普为宰相。

“过早地提拔吕余庆、赵普为宰相，难免在世宗旧臣心中造成震动。还是再忍一忍，等待时机吧。”他心里有这样的考虑。

六

赵光义的夫人小符由婢女夏莲陪着，去福宁殿看望嫂子——皇后如月。如月两次丧子的经历，引发了小符内心深深的同情。虽然贵为皇后，可是也逃不过命运的戏弄啊！近来小符每当想到嫂子如月，心里便会冒出这样的想法，同时也会想起自己的姐姐——后周的符皇后。如今，小符的姐姐、以前的符皇后，已经被迁到了西京洛阳。小符也很久没有见到她了。对嫂子如月的关心，从一定程度上舒缓了小符对姐姐的思念。她曾经对姐姐充满了羡慕、嫉妒。如今，姐姐命运的转折暗暗对小符内心产生了日渐深远的影响。一向快乐无忧的小符在一个人的时候，也不时会陷入一种仿佛带着暗灰色彩的怅惘。靠着女人天生的敏感，小符也暗暗猜到，自己夫君赵

① 《续资治通鉴长编》卷二，中华书局，2004 年。

光义的心里有了别的女人。她倒不是期望赵光义天天晚上都能陪着自己，但是爱人的心被别的女人占据的感受，让她感到又是沮丧，又是无助，在这种复杂的情绪中，还掺杂了愤怒。因此，当自己的嫂子如月再次遭遇丧子之痛时，小符心里不禁暗暗将自己与如月做一番比较，庆幸老天对自己还不算太坏。快乐的天性使她寻得了一点自我安慰，从而因心境的舒缓而对如月产生了一种带有优越感的同情。当然，聪明机灵的小符并不会将这种优越感表现出来，天真率直的本性，使她的这种同情变得更加趋向单纯与朴素，而不是虚假。

这日，她带了许多珍贵补品与精美糕点去看如月。与嫂子如月在起居室内寒暄坐定后，小符便让婢女夏莲去后花园里转转，她有很多心里话要与嫂子如月唠叨。

夏莲当然乐得自个儿去后宫的花园里溜达，这总比呆呆立在主人身边要有趣。不过，她也曾想过趁着主人小符来看望皇后之机，向皇后打听一个人。“可是，人家毕竟是皇后，自己怎么可以随便与皇后说话呢？”所以，夏莲也不敢把这个想法继续放在心上。去花园里玩玩也好。于是，带着愉快的心情，夏莲不紧不慢地开始了自己的花园之游。她知道，自己这个爱说话的主人，一旦打开了话匣，至少可以聊上一个时辰。

午后的花园，有些闷热，有些慵懒。蝉的鸣叫声，增添了园子的寂静。

幸好有树荫掩翳的甬道。行走在树荫之下，夏莲并不觉得炎热。她转过一个花丛，见不远处的花丛背后转出一个人来。她看着这个人，不禁愣住了。

“姊姊！”夏莲对面的那个人先叫出声来。

“秋棠！”夏莲惊喜地回应道。

夏莲遇到的正是自己的亲妹妹秋棠。近些日子，她正想着要打听她的消息呢。

“妹妹，没想到咱们会在这里遇到。真是好巧啊。不久前，宫里传闻，说太后归天后，她的侍女们有的被送出了宫，还有几个跟了皇后，据说还有转为御侍的。我当时便想，也许你出了宫，回了曹州，可你怎么也没有来寻我告别一声？我也曾猜想，也许你跟了皇后，因为宫禁森严，没有机会来告诉我。我几次想向夫人打听，却是不敢。没想到竟然会在这里遇到你。”

秋棠亲昵地拽住姐姐夏莲的手，说道：“姊姊，我也想你啊。不过，宫里规矩多，不能随便出去。我也不敢随便打听人。”

姊妹俩又絮叨几句离别之情后，夏莲仔细看了看秋棠身上的衣裳，稍稍愣了愣，带着羡慕的眼神，问道：“莫非妹妹已经做了御侍？”

“嗯！是啊。皇后劝服了陛下，将我和玉儿一同收为御侍了。皇后说这也是太后的遗愿。太后在世时，几次让陛下选妃，不过陛下忙于政事，一直没有答应。要不是皇后，我和玉儿也不会有今日啊。”

“真是为妹妹高兴！以后，妹妹说不定就可以进嫔妃院啦。”

“姊姊，你不知道，我和玉儿已经搬进嫔妃院去了。这些天，因为皇后身体不好，我和玉儿便暂时在福宁殿里帮着服侍。只是——”秋棠说着这里，不禁叹了口气，打住了话头。

“妹妹怎么突然发起愁来？”

秋棠面颊上泛起了红潮，低声说道：“姊姊不知，我和玉儿虽然是搬进了嫔妃院，可是一共没见过陛下几面。也就是在两日前，才和陛下说上两句话。”

“不管怎么说，妹妹已经是御侍了，总好过我，还是婢女，还常常被主人猜忌。”夏莲说着说着，不禁伤心起来。

秋棠见了，笑道：“姊姊，妹妹有今天，都是托姊姊之福，若不是姊姊告知了太后征招侍女的消息，我们恐怕现在还待在曹州呢。”

“这也是妹妹命好啊。”夏莲开心地摇了摇妹妹的手臂。

“姊姊，你也不用羡慕我啊。姊姊你一定要好好伺候你家主人，你迟早会享到荣华富贵的。”秋棠露出狡黠的笑。

夏莲嗔道：“说什么荣华富贵啊！不要被主人打残便好了！”

秋棠惊道：“难道符夫人对姊姊不好？”

“也不是全不好，只是，她常常猜疑我勾引了主人。我说错了话，做错了事情时，她便免不了拿这个说事。”

秋棠笑道：“符夫人不把你家主人当宝才怪呢。不过啊，姊姊，你还真得好好伺候你家主人啊！”

说了这话，秋棠眼中露出诡异的笑意。

夏莲见秋棠神色奇怪，不禁问道：“妹妹这话是何意？好像话里有话呢！”

秋棠见问，突然警惕地环顾了一下四周，见周围花丛树边都没有人，方才将嘴凑到姐姐的耳边，轻声说道：“姊姊，我告诉你一个天大的秘密，你可千万记在心底，不要告诉别人。皇太后归天前，曾经将陛下和枢密副使赵普大人叫到床前。当时，皇太后让我们几个侍女都出去。因为我长期服侍皇太后，知道她的身体快不行了。太后的汤药由御医煎熬好之后，常常是由我端进去的。那天，我知道皇太后一定是向陛下和赵普交代身后事。我们出了皇太后的寝室后，便各自回各自屋里去休息了。正巧御医熬好了汤药，来叫我给皇太后端去。听了吩咐，我捧着托盘，端着汤药，送往皇太后的寝室。陛下的侍卫都离太后寝室远远站着，我便说是要去皇太后屋里送药。侍卫瞧了我几眼，也未加阻拦，便放我过去了。我知道那时皇太后应该已经与陛下和赵普说上话了，肯定在交代重要事情。我怕触犯陛下，便轻手轻脚地走到寝室门前，没有马上敲门进屋，那时，我听到陛下好像在大声发誓，说什么以后要传位给——”

说到这里，秋棠停住了，下意识地又扭头看了看周围，方才接着说道：“陛下当时大声说，要将大位传给你家主人啊，还让赵普写誓书。我听到这句话，当时愣了一下，多了一个心眼，心想，如果此时敲门进去，恐怕会冒犯龙颜。如果陛下怀疑我听到他的誓言，还不知道会怎样对付我！你想，那是多么大的事情啊！于是，我也不敢多听，他们后来说什么，我也不知道了。我又轻手轻脚地往回走。我告诉侍卫，想想还是等皇太后和陛下说完话之后再去送药。那个侍卫觉得有理，便让我回自己屋里了。所以，这事情，只有我一个人知道。姊姊，你可要记在心里啊。你家大人，就是以后的皇帝啊！”

“妹妹啊，你莫要胡说了。让人知道，那可是要杀头的啊！”夏莲听了妹妹秋棠的话，心剧烈地跳动起来。

“怎是我胡说呢？几日前的一个晚上，玉儿和我去御书房给陛下送燕窝汤，离开御书房之前，我无意瞥了一眼陛下的书房，你知道我看到了什么？”

“什么？”夏莲被妹妹有些惊悚的语气吓到了，感到心猛地跳了一下，心头都抽紧了，在这闷热的午后，竟感到背脊莫名地一凉。

“我当时瞥了一眼书架，看到书架的一个角落里有个壁龛。壁龛是秘密的那种，藏在书架背后的墙上，当时那秘密壁龛是开着的。”

“也许你看错了吧。夜里这么黑，你说不定就看错了。即便有那个，那也不奇怪啊！”

“那墙角附近点着一支羊脂蜡烛，那时烛火正旺呢。我肯定没看错。它既然开着，这说明，当时陛下刚刚从它里面取了什么东西出来，一时还没有关上它。姊姊，你不知，如果陛下真让赵普写下了那么重要的誓书，那不找个地方藏起来呀！而且，那晚我和玉儿进御书房那一刻，陛下神色充满了警惕，手上的动作仿佛都有些紧张呢。在玉儿把燕窝汤盅端到书桌上的时候，我瞥见陛下将右手放在一份小卷轴上，仿佛是要将它掩盖住。可是毕竟只是手掌啊，无法遮住卷轴的全部。”

“你是说，陛下把传位誓书藏在了那个秘密壁龛里，那天晚上，在你们进去之前，他刚刚取出来看？”

“我就是这么猜的呀。姊姊，如果真有那传位誓书，你家主人，就是以后的皇帝啊！你可该好好伺候，总得让他拜倒在姊姊的裙下才好，莫要错过了机会。”

夏莲听了秋棠的话，一方面因为感到害羞，一方面因为紧张，在这两种情绪的共同作用下，脸上泛起了绯红，碎玉般的牙齿紧紧咬住了下嘴唇。

突然，夏莲仿佛想起了什么要紧事情，说道：“妹妹，你说最近两日才与陛下说上话，莫非就是那天晚上？”

“是啊，当时陛下先问了玉儿几句，又与我说了几句话。”

“陛下都说啥了？”

“他问起我们的名，还问我家乡了。”

夏莲一听，惊了一下，促声问道：“妹妹可曾提起我？说我在京尹府中做婢女了吗？”之前赵光义已经被封为开封府尹，所以夏莲已经改称赵光义为京尹了。

“当时我还真是犹豫了一下，但我转念一琢磨啊，皇宫内关系复杂，万一陛下忌讳御侍的亲戚在自己的兄弟家中做婢女，说不定会有想法呢。所以，我并没有与陛下提起姊姊。这样，咱姊妹俩也可以暗中照应。等到必要时再挑明姊妹关系。姊姊，我猜这样可能会更好些吧。姊姊不会怪我吧？”

“妹妹，你做得对。今天你说的事情，更不能让陛下知道。万一陛下知道了，很可能会杀了你。当然也不能让其他人知道。你与玉儿说了吗？”

“嗯——没有。”

“那就好。”夏莲神色肃然地说。

“姊姊，这个我晓得。可是既然已经看到了，也躲不过去。所以才悄悄告诉你。以后，万一有事情，说不定能够保咱姊妹两个的，是你主人啊。”

夏莲点了点头，用力握着妹妹的手臂说道：“以后咱俩都得小心。”

姊妹两个说了一通悄悄话后，便在花园里挑着有树荫的地方慢慢散步，聊了一些无关紧要的琐事。

可是，自从听了妹妹的一番话，夏莲已经对花园里的奇花异草视而不见了。不过，那原本对她来说没有任何意义的蝉叫声，却引起了她的很多共鸣。这些蝉，叫个不停，或许就是为了向这个世界强调它们的存在吧，或许，它们只要活着，就不得不经常这般辛苦吃力地鸣叫。“我也得好好活下去，不能那样脆弱。我要变得强大，总有一天，我会变得比夫人更加强大。”夏莲心里开始冒出了以前从未曾有过的想法。

在陪着小符出宫回府的时候，夏莲整个人都有些恍惚，各种想法接踵而来。她心里反复盘算着，迟早要利用今天听到的这个消息，改变自己的命运。不错，消息就是武器，就是力量。她激动地想着。

七

南唐国主李景本有遗愿，希望死后能够安葬在南昌的西山，并说："违吾言，非吾忠臣孝子。"李景死后，太子从嘉坚持要将父亲李景的灵柩迎回金陵安葬。李景身边的几位重臣苦苦劝告，说不可违背先帝遗愿。太子从嘉不依，驳斥诸位大臣说，南昌是偏远之地，怎可将父亲安葬在那里。他表示，哪怕担上不孝子之名，也要将父亲的灵柩接回金陵安葬。大臣们无奈，也只好依从。

这年秋七月，李景丧归金陵。大臣们经过激烈的讨论，几乎一致认为李景灵柩不宜回归大内。从嘉又不从，坚持将李景的灵柩停放于大内正寝万寿殿。将父亲李景的灵柩安顿停当后，从嘉才宣布正式即位。尽管此前为了稳定朝内人心，更为了避免夜长梦多，从嘉一拿到百胜军节度使何敬洙从南昌紧急送来的传位诏书，便宣布嗣位，但是直到现在，他才正式举办了登基仪式，成为南唐国新的国主。

李从嘉即位后，改名为"煜"。李煜尊母亲为太后，立妃子周氏为国后，改封弟弟邓王从善为韩王，封从镒为邓王，从谦为宜春王，从度为昭平郡公，从信为文阳郡公，又任命右仆射严续为司空、平章事，吏部侍郎、门下侍郎、知枢密院汤悦为右仆射、枢密使，同时大赦天下，对很多文武官员的职位都进行了重新任命。

李煜将朝内事务安排妥当之后，派桂阳郡公徐邈作为使者，前往宋朝告哀，又派冯延鲁奉表前往开封，请求赵匡胤追复父亲李景帝号。

李景的死讯，赵匡胤早就知道了。李景的去世，意味着自己又少了一个强劲的对手。但是，当他听到李景死讯的时候，竟然发现自己一点高兴不起来，充斥在他内心的，只有浓重的悲哀。他再次看到了生命的脆弱，再次看到了即便是富甲天下的帝王、国主，都逃不脱死亡的命运。李景曾经是后周皇帝周世宗柴荣的对手，一度有机会与柴荣逐鹿中原。尽管经淮南之败后李景臣服于柴荣，但无论如何，他至少在前半生，算得上是南唐历史上的一位枭雄。如今，不论柴荣，还是李景，都已经作古。后周皇帝周世宗的去世，曾对赵匡胤造成巨大的心理冲击，也彻底改变了他的命运。柴荣的去世，带给他的心理冲击除了伤痛外，更多的是巨大的震惊、对未来的焦虑，还暗暗掺杂着某种奇怪的激动（这种激动在他内心是以不自觉的状态出现的，有时连他自己都不能轻易地辨明其发生的原因），而南唐国主李景的去世，则令赵匡胤感到久久挥散不去的悲哀。

所以，当赵匡胤收到南唐的正式告哀文书后，不论是出于对终极命运的敬畏，还是对李景的怜悯，或者是其他各种原因，他决定废朝五日。同时，他否决了一些大臣的反对意见，同意了李煜的请求，追复李景帝号，谥为明道崇德文宣孝皇帝，庙号元宗。次年正月戊寅，李景被安葬于顺陵。这是后话。

就在不久前，赵匡胤收回了禁军的统帅权后，再次设宴送各位节度使回各自的军镇。送走几位节度使后，倦意与空虚曾困扰了他几日。在刚刚振作起精神的时候，南唐的告哀再次使他的心情变得低落。但是，他并未将这种低落的心情表现出来，而是装作若无其事的样子。五天的废朝时间，也让他再次得到喘息和重新振作的机会。

“追复李景帝号，改变不了什么。李从嘉，不，现在应该叫李煜，他一定会惧怕我，同时会对我怀恨在心吧。不这样又能如何呢？难道我想从他那里赢得好感吗？不，也许永远都不可能。重要的是，我和他还都活着。一切还得继续。南唐李景的去世，或许是我朝统一湖南、荆南地区的好机会。可是，一时间也找不到出兵的借口啊。如果无由发兵，岂不失去天下人心？”新的问题引发了赵匡胤的思索，也激发了他的雄心，使他从空虚与悲哀中抽身而出，就如同一个满身是伤、疲惫不堪的战士，因为发现了新的作战目标，而忽然忘记了伤痛，奋不顾身地再次提起了手中的剑——尽管此时他的内心和身体的某些部分，已经变得麻木了。

建隆二年秋八月，消息传到宋都开封——南唐节度使王崇文病卒了。

赵匡胤听到王崇文病卒的消息，面如秋水，长叹一声道："南唐又折一员大将也！"

慕容延钊曾经在武昌城下与王崇文交过手。两人单挑对阵时，慕容延钊用巨剑"血寒铁"削去王崇文四根手指，而王崇文宁愿丢了性命，也不愿交出城池投降。慕容延钊在心底里，对自己的这个敌人甚是尊敬。当王崇文的死讯从南唐方面传来，慕容延钊呆立半晌，与王崇文交手的战斗场面再次浮现在眼前。他冲南面一抱拳，深深一揖，心里默道："王老将军，一路走好！"

九月初，南唐国主李煜再次派冯延鲁以上贡为名出使宋朝。这一次冯延鲁带来了一份上表。稍前，冯延鲁被李煜任命为户部尚书，上次前来出使时，他尚任中书侍郎。

从这次冯延鲁带来的上表中，赵匡胤看到了李煜心中的恐惧，但是，这种恐惧背后藏着什么，赵匡胤还不清楚，是懦弱胆怯吗？这是假装出来的，还是真的？不过，无论如何，赵匡胤从中看到了可加以利用的东西。

冯延鲁带来的上表是这样写的：

臣本于诸子，实愧非才。自出胶庠，心疏利禄。被父兄之荫育，乐日月以优游。思追巢许之余尘，远慕夷齐之高义。既倾恳悃，上告先君，因非虚词，人多知者。徒以伯仲继没，次第推迁。先世谓臣克习义方，既长且嫡，俾司国事，遽易年华。及乎暂赴豫章，留居建业，正储副之位，分监抚之权。惧弗克堪，常深自励。不谓奄丁艰罚，遂玷缵承，因顾肯堂，不敢灭性。

> 然念先世君临江表，垂二十年，中间务在倦勤，将思释负。臣亡兄文献太子从冀，将从内禅，已决宿心。而世宗敦劝既深，议言因息。
>
> 及陛下显膺帝箓，弥笃睿情，方誓子孙，仰酬临照，则臣向于脱屣，亦匪邀名。既嗣宗祊，敢忘负荷。惟坚臣节，上奉天朝。若曰稍易初心，辄萌异志，岂独不遵于祖祢，实当受谴于神明。方主一国之生灵，遐赖九天之覆焘。况陛下怀柔义广，煦妪仁深，必假清光，更逾曩日。远凭帝力，下抚旧邦，克获宴安，得从康泰。
>
> 然所虑者，吴越国邻于敝土，近似深仇，犹恐辄向封疆，或生纷扰。臣即自严部曲，终不先有侵渔，免结衅嫌，挠干旒扆，仍虑巧肆如簧之舌，仰成投杼之疑，曲构异端，潜行诡道。愿回鉴烛，显论是非。庶使远臣，得安危悫。①

李煜的上表无非是向赵匡胤再表忠诚，说自己志本冲淡，无意于帝位，不得已而即位，事大国不敢有二心。但是，李煜上表要表达的最重要的一点在最后，他说南唐与吴越相邻，担心吴越在宋朝这边偷偷进谗言挑拨离间。

“是否真正臣服我朝，还不知道。但是，南唐与吴越之间的仇恨与猜忌，显然并没有丝毫化解之迹象，这正是我可以利用的。”赵匡胤反复揣度着李煜的心思。但是，他旋即又想起之前韩熙载通过王承衍带回来威胁自己的话，不禁皱起了眉头。

“不，还得忍忍，现在对付南唐，还不是时机。也许，可借平定潞泽之势，顺势取河东。或者——西向取巴蜀？也许，也许从荆湖下手更好！可是，该怎么办呢？”关于从何处下手继续推进统一天下之路，赵匡胤并不是从此刻才开始考虑的。可是，今日看李煜的上表，再次刺激了他对战略步骤的思考。

---

① 《全唐文》(影印本)卷一二八《南唐后主李煜·即位上宋太祖表》，上海古籍出版社，1990年。

赵匡胤拿着李煜的上表，在御书房中来回踱步。“现在撇下南唐？先取河东，恐怕不宜，之前华州团练使张晖曾言：‘潞、泽疮痍未瘳，军务待兴，恐不堪命，不若息兵育民，俟富庶而图之。若果操之过急，反坏大计策。’”赵匡胤很快将先取河东的想法从脑海中按了下去。至于是否西向取巴蜀，他还拿不定主意。他准备择日再向赵普咨询。

他的注意力，重新回到了南唐。

“不如，借答复南唐上表之机，重新敲定我大宋与南唐的宗主与附庸关系，先稳住南唐。好，就这样办！”

他想起周世宗时期，南唐已经对后周称臣。当时，周世宗柴荣在得到淮南江表之地后，仿照唐朝称呼回鹘可汗的方式，在给南唐的国书中称李景为“国主”。赵匡胤以“国主”称呼李煜，给南唐回复的国书，也从“书”改称为“诏”。利用这种语言中的称谓，赵匡胤再次试探着李煜，同时也巧妙地确定了宋朝对于南唐的宗主地位。

一日深夜，赵匡胤在御书房中看了刚刚呈上不久的《周世宗实录》，感到疲惫万分，不觉倚在卧榻上迷迷糊糊睡着了。

忽然，一股阴冷的风不知从何处吹来，烛火呼呼晃动起来，赵匡胤感到身体剧烈一颤，猛地从卧榻的靠背上直起身来，抬眼看去，只见有一人正站在自己卧榻的几步之外。

赵匡胤感觉双眼模糊，在烛光中看不清那人的模样。

怎么像是周世宗啊？赵匡胤感到一阵寒意。

“你现在应该知道，当年我为何会让李景抓紧增高城墙，并加强防御工事了吧？其实，我一方面是想稳住李景，防止他主动出击，从而为我征服北汉争取时间。另一方面，也是从长远计，以防万一。是啊！万一，出征北汉不利，我中原便必然与南唐长期僵持。我担心，在我与李景之后，双方究竟能否控制住和平局面。不过，我做了最坏的打算，也没有预料到当年我出征北汉的结果。我一生杀戮太盛，不希望我的子孙也陷入生生死死的杀戮循环！如今李景死了，南唐是否还是中原的对手，我不知道。不过，卧榻之旁，岂容他人酣睡！恐怕南唐、北汉、后蜀、南汉、吴越，所有的王者，都会这样想吧！我泱泱九州，一日不统一，纷争、杀戮终难停歇啊！”

“是先帝！是你吗？”赵匡胤在心里惊呼。

赵匡胤听到这些话，惊出一身冷汗，想要说话回应，却是说不出声来。

那周世宗说完话，诡异地一笑，往身旁一支燃烧着的羊脂蜡烛看了一眼，转身走了两步，忽然停住了，扭身往御书房书架的西北角方位走去。

“传位誓书还藏着呀？”周世宗忽然向赵匡胤问道，笑容中带着嘲讽。

赵匡胤大为惊骇，猛一使劲，探身想要伸手去拽周世宗。

忽然，赵匡胤觉得脚下一空，御书房的地面竟然突然塌陷。他惊呼一声，往黑暗中坠落下去。不！不！怎么会这样？他努力睁开眼睛往上看，上面的烛光变得越来越小，越来越微弱。黑暗从八方涌来。

“不能就这样死了！”赵匡胤大呼一声。忽然，黑暗消失了，他努力睁眼看周围，见自己正斜倚在卧榻上，一册《周世宗实录》掉落在卧榻旁边的地上，御书房内的羊脂蜡烛已经烧了将近一半。原来方才只是噩梦一场。

是周世宗给我托梦了。是的。必须要将这些割据的王国统一起来，只有这样，九州才能安宁。不能再软弱了，不能再犹豫了！你也别忘了阿琨和柳莺姑娘的誓愿，你要还她们一个和平盛世，只有这样，她们，还有许多不幸的人的牺牲与付出才值得。好了，振作起来，别再犹豫了！赵匡胤在心底大声对自己说。他又盯着一支羊脂蜡烛的烛火沉默了片刻。“是的，该开始了！”

次日一早，赵匡胤在广政殿单独召见了赵普。

“我大宋，地处中原，西有巴蜀，南有荆南、湖南、南汉，东南有南唐、吴越，北有北汉、契丹，天下一日不统，战乱一日不休。近日朕思索再三，以为从巴蜀或荆湖下手为宜，不知掌书记以为如何？”关于统一天下的战略步骤，赵匡胤不是一次与赵普谈起。但是，这一次，赵普发现，赵匡胤在提问时的神色，与之前都不太一样。之前，赵匡胤在向他征询意见时，语气总是很温和，脸上有时还带着微笑。可是今天，赵普在赵匡胤的眼中看到了一股寒意。

“陛下是要动真格的了！”赵普心里暗想。他略一沉思，说道：“巴蜀，西边之大国，有江峡之天险，况且，尚藏治国之能臣，现下不宜发兵攻取。”

赵匡胤听了，脸上略现惊讶之色，说道：“巴蜀有江峡之险，朕倒是知道。至于尚藏治国之能臣，朕却未听说。为何有能臣，我大宋就不宜发兵。掌书记能否说说？”

赵普肃然道：“治国能臣，必能观天下大势。如今我皇朝初立，大势渐起，却尚未成形，巴蜀能臣逐鹿天下之心恐未死。如果陛下操之过急，他或运筹不测神机起国内之力，或动摇如椽巨笔振国内之心，举国奋起，与我皇朝逐鹿中原，岂不是坏了陛下大事！”

赵匡胤惊道：“巴蜀尚有如此人物？掌书记似言有所指啊。”

赵普一笑，说道：“陛下可听说过李昊这人？”

“你说的是孟知祥的掌书记，现在孟昶的尚书左丞？”

“正是！”

“他有如此能耐？”

“或有。”赵普一笑。

“很少听掌书记以如此方式赞誉一个人啊！”赵匡胤指了指赵普，继续说道，“这‘或有’，怎么说？”

“因为微臣只见过李昊的文字，却未见过他的真人。微臣从他的文章中推断的。”

“原来如此。文如其人，不是没有可能。是何神文，能入掌书记法眼？”

“李昊所撰的《创筑羊马城记》。微臣记得其文中说：‘洎我唐临御，圣德昭融，武威雷骇于百王，文德日辉于四海。’又有句子道：

‘杜征南以矜大平吴，沉碑汉水。窦车骑以章明出塞，勒碣燕山。犹能炳着简书，发挥功业。宁偕巨制，永固坤维。’仅从这几句，便可知李昊志向远大，且有运筹帷幄、观天下大势的才能。臣以为陛下不可以对他掉以轻心！”

“难道，就因这李昊，我大宋便不能取巴蜀？”

“非也，待时机成熟，这李昊或能为我所用也！”赵普又是诡异地一笑。

“或可为我所用？何以见之？”

“‘洎我唐临御，圣德昭融’，从这句可知，一旦我皇朝大势成形，李昊必起向中朝之心也！‘宁偕巨制，永固坤维。’从这句则可知，李昊是不喜兵戈之人，一旦我皇朝大势成形，李昊或劝孟昶归中朝也！”

赵匡胤听赵普如此一说，凝神沉思片刻，微笑说道：“你这个掌书记真是能知另外一个掌书记啊！这么说来，掌书记是赞成先从荆南、湖南下手咯?!”

赵普微笑着点了点头。这一次，他点头点得非常肯定。

赵匡胤眼睛盯着赵普，突然间似乎有些走神，沉吟片刻，忽道：“掌书记手中可有《创筑羊马城记》一文？朕想瞧瞧！”

赵普笑道：“微臣手中有一抄本，陛下想看，微臣自然随时奉上！”

“抄本？”赵匡胤问道，接着哈哈笑道，“看你神色，有些舍不得的样子！朕看完还你便是。”

赵普见赵匡胤说出“抄本”之语时，神色稍稍有些异样，忽然想起曾为赵匡胤所书的传位誓书，心头突突一跳，暗想，“陛下会不会怀疑我私下复书了传位誓书?”他这么一想，顿觉浑身发热，额头几乎冒出汗来，慌忙哈哈一笑，掩饰住自己的紧张，笑道：“哪里哪里。陛下说笑了。”

赵普告退后，赵匡胤立即在广政殿召见了王承衍、周远和高德望三人。

王承衍的父亲王审琦在不久前已经赴华州就职，但王承衍受赵匡胤之命，留在了京城。因为王承衍在迫使南唐迁都和暗中影响南唐立储方面立了大功，赵匡胤将位于京城御街东边秀巷中的一处不大不小的宅子赐给了他。周远、高德望也得到了相当于一名亲兵三个月俸禄的赏赐。

短短几个月，发生了许多事情，王承衍与周远、高德望一同经历了生死考验，结下了深厚友谊。他坚持说自己刚刚受赐的宅子也有他们两人的份儿，一定要两人住在宅子里。王承衍自己住在坐北朝南的正房。周远、高德望被安排在靠西朝东的两个厢房中。从南唐带回来的窅娘，王承衍也专门在宅子里安排了一个靠东朝西的厢房让她住。王承衍又花钱雇了一个管家、一个厨子、一个婢女和两个男仆。管家名叫孙忠，年近五十。厨子名叫陈福，五十多岁了。那个婢女姓李，小名小萱，才十四岁。两个男仆一个叫张成，一个叫袁胜，都是十八九岁的小伙子。孙忠、陈福、小萱等人平日便住在用人房中。

李雪菲从南唐回开封后，住在自己家里——父亲李处耘在京的宅子中。这所宅子在南城武学巷。从武学巷到秀巷，要沿着御街从南往北穿过四个街区。就路程而言，不算远，也不算近。为了能够见到自己的心上人王承衍，她一点不怕麻烦，隔三差五地到位于秀巷的王承衍的宅子里来。

这日，王承衍等人受赵匡胤传召进宫，正好李雪菲来玩，王承衍便让窅娘陪着她去逛街。窅娘本来正在自己房中临帖习字，见李雪菲来了，便放下手中的毛笔，吩咐婢女小萱拿了毛笔、砚台去清洗。笔墨纸砚都是王承衍在搬进这个宅子后，从大相国寺的市场上买回来带给窅娘的。王承衍知窅娘在京城无一亲人，平日也没有其他人往来，写写字多少可以打发一些闲暇时光。

李雪菲听说王承衍要进皇宫，暗暗抱怨今日真是不巧，心下很是郁闷，但是也只得嘟起嘴答应了。安排好了李雪菲，王承衍便带着周、高二人往皇宫去了。

这是王承衍等人第一次进广政殿。进入大殿，王承衍留意到殿内四壁都张挂着青色幕帷，这多少让他觉得有些吃惊。不知为何，他总觉得那青色幕帷给他一种熟悉和亲切的感觉，但是一时间却又想不出究竟。王承衍也留意到，赵匡胤并未穿朝服，而是头戴一顶黑色的长翅幞头，穿了一身暗赤的窄袖长袍，腰间系着一条褐色的牛皮腰带。

屏去其他人后，赵匡胤语气温和地问王承衍："承衍，最近可好啊？"

王承衍听了，答道："谢陛下关心，我一切都好。"

"你父亲回华州后，可还好？"

"最近我与家父只通了一次书信，家父信里说忙于处理军政事务，都甚好。"

"唐镐父子之死，不是你的错。你的感受，我听你父亲提起了。"赵匡胤直截了当地说道。

王承衍听皇帝主动提起唐镐父子之事，一时不知如何作答。

赵匡胤见一提到唐镐父子，王承衍便神色黯然，心知他依然还对唐镐父子之死心感愧疚，当下微微叹了口气，说道："难为你了。我也知道那种感觉。不过，你有没有想到，如果你我不去做这些事，又有谁去做呢？天下一日不统，纷争战乱一日不休。为了开创长久太平，有些难事，总得有人来做。如果我们半途而废，很多人就白白牺牲了。"

"可是，为什么大家非要争来斗去，难道不能共同活下去吗？有什么比好好活下去更重要的吗？有什么比平安地活下去更好的吗？"王承衍犹豫了一下，还是鼓起勇气问。

"这个问题，我何曾没有问过自己啊。五代以来，战乱已经持续几十年了，有谁不想好好活下去，有谁不想平安地活下去？可是为什么还是战乱不休？难道没有原因吗？难道光凭你方才这个美好的想法，就能实现太平的梦想吗？不，总得做些什么来结束天下战乱不断的局面。我相信，你我现在正在做的事情，便是通向太平盛世的道路。但是，这条路很艰难。我们必须学会战斗，必须运用我们的智谋，必须依靠我们的勇气，必要的时候，我们还得用我们手中的剑。赵普曾经给我描绘过太平盛世的美好图景，他说，总有一天会天下太平，我们的王朝将涌现出许多伟大的诗人、文学家，他们将写出最美的诗篇、最动人的文章，他们会描绘我们这个时代的百姓们的生活，会记录我们曾经吃什么、穿什么、用什么，因什么而快乐，为什么而悲伤，他们会将我们这个王朝的繁荣与和平画成长长的画卷，谱成让后世传唱的动人之曲。后世的人们会赞叹我们城市的灯火，回味摆上我们餐桌的佳肴美酒，向往我们曾经经历过的和平与繁荣。但是——但是，所有这一切到来之前，你、我、我们，必须一起做我们该做的事情。难道，那可能出现的美好不值得我们去争取吗？我们不是为了剥夺谁的生命，这不是我们的目标。但是，你我是这个时代的战士啊，难道我们不该为了开创太平盛世去战斗吗？难道，我们就该守着空洞的美好想法，眼睁睁看着隐患暗藏、战乱继续吗？你以为，你我不去战斗，战乱纷争就会停止吗？几十年了，已经几十年了啊。你好好想想。你好好想想，再告诉我，你是否愿意与我一起去战斗。”

赵匡胤一口气说道，胸中的积郁，随着话语滔滔而出。他不仅是在质问王承衍，也是在再次质问自己。他必须在明确的答案中为自己和战友找到并紧紧抓住坚持战斗下去的勇气、信念和理由。

当赵匡胤说完这段话，广政殿内一片寂静。

王承衍深深垂下头，沉思着。他的胸口剧烈地起伏，感到浑身血脉慢慢偾张。赵匡胤的话，激起了他心潮的波澜，深深地感动了他。

“你看看这殿内的幕帷，是我特意让人用旧军帐改制的。有点寒酸，是不是？我是想用它来不时提醒我们自己。我们的目标，不是绫罗绸缎，不是金玉华堂，而应该是太平盛世啊。也许，我这样说也不对，谁不想把日子过得更好更富足一些？等消除了战乱根源，百姓安居乐业，以文化人心，以法治天下，总有一天，天下人都可以吃好穿好。那时，天下处处是金玉华堂，人人可穿绫罗绸缎。那自然是好事。不过，现在，现在还不行！”赵匡胤继续说道。

“我明白了。明白了！承衍愿与陛下一起战斗！万死不辞！”王承衍单膝向赵匡胤跪下，抱拳泣声道。他现在终于知道，为什么他会对那青色的幕帷感到熟悉，感到亲切了。因为，他在军营时，天天见到的，就是这些青色的营帐布啊！

周远、高德望也一样被赵匡胤的话打动，跟着王承衍跪在地上，大声说道："我等亦愿为陛下而战，万死不辞！"

赵匡胤见了，心下激动，将王承衍扶了起来，连声说道："那就好！那就好！你俩也起来吧！"

"陛下今日召见，一定是有事要承衍去办吧？"王承衍问道。

"是啊！正是要你们几个办点事！"

"请陛下明示！"

周远、高德望也抱拳说道："请陛下明示！"

赵匡胤点点头，幞头的双翅随之上下微微颤动着。他神色凝重地看了看三人，说道："还是一会儿再说吧，眼看近午时了，咱们一起去外面找个地方吃饭。"

王承衍愣了一下。

"还愣着干吗？"赵匡胤笑着举起拳，捶了一下王承衍的肩膀，又冲周远、高德望两人说道，"你俩，一起吧。"

赵匡胤带着王承衍等出了广政殿，让内侍李神祐去鞴几匹马来。李神祐得令，不一会儿，便与几个侍卫一起，牵着几匹马来到了殿外的空地上。

"神祐，你也一起来。宫内的伙食，估计你也吃厌了吧。"赵匡胤笑着对李神祐说道。

赵匡胤的话，令众人一下子轻松起来。

一行五人，牵着马，出了皇宫的东华门，由赵匡胤带着，沿着熙熙攘攘的东华门街行了一小段，方才骑上马，拐入杨楼大街，向正北方向行去。

骑行不久，一座单檐歇山式的楼阁顶部便出现在他们的视野里。楼阁的屋顶，覆盖着筒瓦。很快，他们又看到了古旧的城墙。那是旧封丘门的城墙。经过旧封丘门时，内侍李神祐向守城门的卫兵出示了禁中的腰牌。

一行五人穿过旧封丘门没作停留，继续沿着新封丘门大街往北，冲着新封丘门方向骑去。

不论是杨楼街还是新封丘门大街，路边尽是做各色买卖的。行人有的挑着扁担，有的背着行囊，有的三三两两地走着，有的三五成群地行着，熙熙攘攘，好不热闹。赵匡胤一行五人骑行得并不快，很多时候，还不得不下马，在人流中，牵着马儿慢慢前行。街上的热闹气氛，让他们轻松开心起来，几个人一会儿指着街边的各色店铺赞叹，一会儿议论起京城内酒楼的特色酒食。

赵匡胤故意卖着关子，一直不说去哪里吃午饭。

一直等出了新封丘门，赵匡胤才指着前方不远处街边的一家酒楼说道："到了，咱就去那儿——景华楼！"

一行五人到了景华酒楼门口，早有两个伙计在门口候着。见有客人来，那两个伙计便迎了上来，一边热情地招呼客人，一边帮着客人牵着马儿，去酒楼门前的旱柳上拴牢。

这景华楼是一座二层的酒楼，虽比不上开封城内的高级酒楼，但也比一般的脚店显得高档一些。

李神祐进店后，向伙计要了一个二层临窗可观街景的雅间。

众人上了二楼，进了雅间。赵匡胤便招呼诸人围着圆桌坐定，很快点了酒菜。

待酒菜上齐，李神祐屏去了酒楼伙计。

赵匡胤见王承衎诸人神色有些紧张，动作有些僵硬，便拿起筷子，笑着说："以前打仗时，我也与军校们一同吃喝，没那么多讲究。今日出来，也不必拘礼，来，边吃边说！"

李神祐压低声音，说道："陛下，这些酒菜不知——"

赵匡胤明白李神祐想说什么，笑着道："咱如今只是普通的客人，酒家自然会好好招待的。若真是吃完闹肚子，他这生意可做不下去哦！"说罢，便拿筷子夹了一块卤鸡胗放入口中，一边嚼着，一边连声称赞味道鲜美。

王承衎见状，稍稍放松了些。他举起酒杯，领着诸人敬了赵匡胤，众人方才各自举箸。

“咱俩还是在去年潞泽大战之前认识的吧？”赵匡胤这是冲高德望说话。

“是啊！”高德望憨憨地摸了摸后脑勺，不敢多话。

“转眼便一年多咯！神祐，你与他们三个还不熟悉吧。承衍、周远，你们都互相敬杯酒吧。”

众人于是互相敬了酒，边吃边随意聊了一会儿。

等到气氛渐渐轻松了，赵匡胤放下了筷子，众人知他有话要说，便都安静下来。

赵匡胤冲窗外指了指，说道：“我要问各位，方才一路行来，你们可都看到了什么？”

众人听了一愣，这才意识到赵匡胤领着大家到此处吃饭，乃是有特别用意的。

“二狗子，你做‘急足’[1]多时，尤其应该注意观察。你先说说。”赵匡胤笑着对高德望说道。

“俺一路行来，都看得眼花啦，那么多有趣光鲜的东西，很多以前俺还没见过呢，好几次都想停下来多瞧瞧。一下子还真说不上来。”高德望说着，不好意思地笑了起来。

“承衍，你都看到了什么？”赵匡胤也没有为难高德望，又问王承衍。

王承衍略一迟疑，说道：“我注意到来往的商旅不少，其中很多应该不是本地人。不过，也没有什么特别奇怪之处。另外，还注意到旧封丘门与新封丘门的城墙都修饬过了。”他以为赵匡胤想问是否看出有何异样存在。

赵匡胤微笑着点点头，说道：“不愧是带兵打仗的。注意到城墙了。我现在再问一个问题，你们几个来说说看法。如果，我在开封城北的外面，紧挨着城池挖一个方圆十几里的大湖，那么，你们所

---

① 宋代，跑腿送信之人一般被称为“急足”，尤常用于朝廷和军队中传送重要信报之人。

看到的开封城内商旅麇集、人流往来的状况会不会改变呢？”

这个问题，令王承衍等人都大吃一惊。

“多出那么一个大湖，进城做生意肯定不方便啊！”高德望道。

王承衍摇摇头说道：“那样一来，走陆路自然不方便了。或许，生意人会绕道其他城门进入开封城。不过，也不一定，说不定要不了多久，湖面上就会舟船辐辏。百姓们要生活，就会有需求。本地没有的货物，只要有人，就会从外地运来。本地多余的货物，生意人就会运往其他地方去赚钱。为了赚钱，为了生存，几乎没有力量可以阻挡生意人奔走各地去获取利润。除非——除非战争发生，或者朝廷严禁商旅往来。”

赵匡胤笑而不语，继续问道：“难道在城北开一个人工湖没有什么好处吗？”

赵匡胤见周远、李神祐一直沉默不语，便将眼光投向他们两个。

“骑兵。”周远的口中蹦出两个字。

“继续说。”赵匡胤说道。

“湖水可以遏制北边南下的骑兵，城池因此可以避免遭受骑兵的直接攻击！”周远完整地说出了自己的想法。

李神祐听了，在一边点头表示赞同。

“不错，如果城北有个大湖，就可以令南下的骑兵丧失快速攻击的机动性。”赵匡胤用手重重敲了一下桌子。

“陛下莫非想要在开封城北开凿人工湖？”王承衍惊问道。

“不，那样子太劳民伤财了。我想说的是——”赵匡胤停顿了一下，继续说道，“如今，在江陵城的北部，就有那么一个人工湖。它是荆南节度使高保融在几年前修建的。当时，高保融为了防止周世宗率骑兵南下偷袭，便煞费苦心，在江陵城北修筑了大堰，然后引长江水形成大湖，取名为‘北海’。如今，它是我军南下的一个障碍，大大降低了我骑兵南下的攻击效率。此前，我已经让前来进贡的高保寅带话回江陵，说是此‘北海’影响了商旅往来，令高保勖尽快填平。可是，荆南行军司马高保勖一直找借口，拖着填平‘北海’之事。承衍，我想要这个‘北海’尽快变为平地。这，就是我这次要交给你们三个的任务。我要你们去江陵一趟。”

“要我们怎么做？”王承衍问道，嗓门有些发涩。

“南唐国主李煜最近的上表你们带去江陵，给高保勖看看。”

“南唐国主的上表？”

“李煜在这份上表中向我大宋称臣。对于高保勖来说，无疑是一个重大打击。”

“陛下的意思，是以此威胁高保勖？”王承衍继续问道，其他几人一直没有插嘴。

“嗯——可以这么说。但是，也不全是。你要同高保勖说，我大宋想与南唐国加强商贸往来，把江陵城北的‘北海’填平，有利于中原、荆南、湖南和南唐几地的商贸往来。”

“既然高保勖一直拖延填平‘北海’，他岂会轻易为了一点商贸利益作出改变？”王承衍问道。

赵匡胤听到这问题，抬起左手用手指摸了摸眉角，定睛看着王承衍说道：“这个问题问得很好。荆南地区的高家，于四战之地割据称雄，对于商贸利益是很看重的。之前，高氏曾多次冒险拦截中原王朝派往湖南地区的使者，扣下财物，以图自利。财利，是高家一直追求的东西。这是他们在江陵地区能够长期割据的重要原因。来自北方的骑兵威胁，高家也是担心的。他们只不过一直在玩利用大国相互制衡的游戏。”

“按照陛下方才所说，南唐国主李煜的称臣上表岂不是更加强了高家对我大宋骑兵南下的戒备心？”王承衍有些困惑。

赵匡胤微微一笑，说道：“当然，不过，这样一来，现在他不仅要更加担心我大宋骑兵，也更加担心南唐了。所以，如果他接受填平‘北海’的方案，就相当于接受我大宋朝廷给他的一份承诺。这份承诺将以担保我大宋、荆南、南唐三地的商贸往来作为条件。如果高保勖聪明的话，他会看到这一点。”

这时，周远突然问道：“陛下，为何不邀请高保勖入京？只要他进了京，便可软禁他，那时，叫他干啥，他怎敢拒绝。那岂不是省去很多麻烦？”

“连填‘北海’的事情，他都敢一再拖延，作为一股拥兵自重、在地方割据几十年的势力，岂会轻易顺从朝廷？”

“那陛下何不干脆发兵荆湖，一举荡平荆湖？”周远问道。

赵匡胤笑了笑，用右手端开面前的两盘菜，又抬起左手，伸手指往酒杯里蘸了蘸，然后在桌上勾画了几下。

周远、王承衍都往赵匡胤画的地方看去，知他勾画的正是宋、荆南、湖南、南唐、后蜀、南汉等地的位置关系图。

“发兵荆南，拿下它，并不是难事。但是，‘北海’不平，要攻打江陵，并不容易。一旦攻打江陵受阻——不，一旦攻打江陵的速度不够快，荆南、湖南地区与后蜀、与南唐、与南汉就可能连横或合纵。无论是哪个后果，都将使统一南方的脚步停留在江陵地区。历史上，曹操就是因在江陵东北面的赤壁败给了孙刘联盟，最终形成了三国格局。周远，之前张文表利用你绑架了长公主和雪菲姑娘，欲嫁祸高家，引发我朝与荆南地区的战争，就是想利用这种形势，坐收渔利。一旦我朝与荆南高家仓促开战，张文表就会利用混乱之机，左右湖南地区的政局，然后借机联合后蜀、南汉，甚至联合世仇南唐。那时，荆南和整个湖南地区，都可能陷入巨大的战乱。所以，当时我忍下一口气，没有因为张文表绑架长公主、杀害你的妻儿而立即发兵报仇！”赵匡胤指着用酒水在桌面上画的地图说道。

赵匡胤这一番话触动了周远内心的痛处。他想起被张文表杀害的妻儿，脸上肌肉痛苦地抽动着，眼中冒出复仇的火焰。

周远神色的变化，赵匡胤都看在眼里。他用手一抹用酒水画出的地图，沉声对周远说道：“‘北海’一旦填平，惩罚张文表的时候也就不远了。周远，我答应你，总有一天，我会拿住张文表，为你的妻儿报仇。”

周远眼中流露出感激的神情，一言不发地点了点头。当时，如果长公主出现了意外，后果还不知会怎样。“我差一点犯下大错，假若张文表的阴谋得逞，如今荆南、湖南或许已经陷入一片战乱了。”这个想法，让周远从心底里感到一股寒意。张文表的阴谋，其思虑之周密与影响之深远，原来一直远远超过他的想象。他现在渐渐感到，自己所生存的世界，是一片迷宫般的黑森林，森林里任何一条岔道，都可能将人带往可怕的未知之域。

“如果高保勖还是不答应呢？”高德望愣愣地问道。

赵匡胤用手指笃笃笃地敲了几下桌面，看了看周远，缓缓说道：“如真是那样，周远，还请你——还请你行荆轲刺秦之举。”

周远见赵匡胤神色凝重，呆了一下，坚定地点了点头。最近，他有一种感觉，觉得自己不再是之前那个杀手“黑狼”了，这个一度让江湖人士胆寒的杀手绰号，也快被自己慢慢淡忘了。

“万一……还请陛下记住方才说的话。”周远略一迟疑，眼中带着期望，定睛看着赵匡胤。

赵匡胤立刻明白了周远的意思。周远是担心一旦事情不成，他被高保勖杀害，没有人再为他的妻儿报仇。周远这是在请求赵匡胤，万一他被杀，一定要替他为妻儿报仇。

赵匡胤很清楚，如刺杀高保勖失败，周远和王承衍等人都可能有生命危险。他心头颤动了一下，但是瞬间便铁下心来。他盯着周远，给了他一个斩钉截铁的回答：“我会记住方才说过的话。”

周远得到皇帝的承诺，便默默地点了点头。

赵匡胤又冲王承衍说道：“承衍，如果真的不得已要杀高保勖，不管成不成功，我希望你们尽快脱身，那时，我会派大军前往征伐。”他是下了决心，这次无论如何要消除江陵城北这个会阻碍骑兵突袭的屏障。

“你们还有问题吗？”赵匡胤看了看王承衍等三人，追问道。

周远、王承衍和高德望彼此看了一下，都沉默着摇了摇头。在王承衍的脑中，有个念头在一瞬间闪过。“究竟是什么，可以允许一个人去夺取另一个人的生命呢？”这个问题，不是他现在所能彻底想清楚的。但是，因为有了赵匡胤之前那一番发自肺腑的话，他已经在理智上接受了一个现实，为了消除天下战乱的根源，他必须做点什么。他不晓得周远、高德望心里是否会有类似的想法。无论怎样，他知道自己现在必须去面对。但是，尽管他在感情上被赵匡胤的言辞所打动，却并没有完全摆脱思想上的困惑。如今，他也只能暂时将困惑深深地埋在心底了。

赵匡胤见王承衍等三人都答应了，反而低下头沉默起来，仿佛是再一次审慎地考虑自己的计划。过了一会儿，他猛然一抬头，举起杯说道："来，咱一起再喝几杯！"

在回城的路上，赵匡胤把王承衍带到一边，神色凝重地悄声说："承衍，你带回京城的那个窅娘，我派人暗中查了一阵，暂时没有秘密察子说——曾经发展过这样一个下线。"

"可是，韩熙载确实在窅娘的房中发现了她偷偷绘制的南唐地图啊！"王承衍满脸疑惑地说。

"你有没有想过，如果真是她绘制的地图，韩熙载怎会轻易放她走？"

"当然。这个我倒是私下里试探过窅娘，请她回忆一下，可否将地图凭借记忆重新画出来。她说，被韩熙载搜去的地图，并非一日绘制成的。要完全回忆出来，她做不到，也担心回忆出差错给咱们带来麻烦。她这样说，倒也有理。我曾经跟着父亲练兵，也曾学过绘制野外工事地图，要完全凭记忆绘制出复杂的地图，确实也不容易。所以，我没有坚持让她靠回忆重绘地图。"

赵匡胤听了，点点头表示同意。

王承衍思索了片刻，又道："她的家乡长沙被南唐所破，会不会是窅娘心里对南唐怀恨在心，私下绘制军事地图，以寻机报复？所以，在韩熙载指认她为间谍时，她也不否认。"

"有这种可能性。不过，谨慎起见。你还是尽快弄清楚她的情况。韩熙载善用权谋，或许……也有可能是韩熙载……"赵匡胤没有把话说下去。

"陛下莫非担心，窅娘可能是韩熙载暗设计谋安插在我身边的奸细？"王承衍惊问道。

赵匡胤用锐利的眼光注视着王承衍，几乎不为人察觉地微微点了点头。

八

窅娘与李雪菲二人，一早出了宅子，便往大相国寺方向行去。李雪菲嚷着要到大相国寺北边的潘楼街一带买几件首饰，窅娘爽快地答应了。

从南唐回汴京的路上，李雪菲便不断试探窅娘——想要试探她是否喜欢上了王承衍。因为她在自己心里，已经把王承衍看成极其稀罕的宝贝，所以没有一刻不担心有人会抢走他。如果心爱之人被抢走，那将多么痛苦啊。王承衍为了救窅娘离开南唐，宁愿被韩熙载软禁在雨花台的别宅，这已经让她心里很不开心了。没有想到，王承衍竟然还坚持要将窅娘带回开封城。而且，到了开封城内，窅娘还被王承衍安排在皇帝赐给他的府邸内居住，这怎能不叫她感到郁闷。最近，她是越来越担心窅娘会抢走她的心上人了。

“一定是窅娘的美貌迷惑了承衍哥哥。不过，只要窅娘不爱承衍哥哥。我便原谅她。”李雪菲天真地想着。从南唐回到开封城后，李雪菲也抓住每一个机会试图去接近窅娘。她想借机了解她对王承衍的真实感情。不过，她的多次试探，不仅没有套出她的“情敌”窅娘的真实想法，反而是让“情敌”看透了她的心思。

张成、袁胜提出来陪同她俩去逛街。在他们看来，有身份的年轻女子没有男人陪同上街，那是不合礼数的。不过，李雪菲拒绝了张、袁二人的建议。她自小在将门长大，被宠爱惯了，加之性格活泼，行为向来洒脱不羁，根本不将礼法那套东西放在眼里。窅娘也乐得顺着李雪菲的心意。因此，她只让张成、袁胜二人去为她俩雇了车子。最近，开封城内用牛拉车比以往少了很多。宋朝初立，朝廷号召天下农人大力垦田，牛也因此变得更加重要了。张成、袁胜二人一时间雇不到牛车，便雇了一辆驴车。雪菲姑娘嘟嘟哝哝对驴车抱怨一番，却也没有其他办法。秀巷距离大相国寺有些远，这般热的天，总不能走着去吧！尽管雪菲姑娘一脸不情愿，窅娘却对乘坐驴车并不太在意。

车还没有动，李雪菲便开口说起了她的承衍哥哥。窅娘笑眯眯地听着，也不说话。她的心里，却是想着另外的事情。在她的心里，正交替出现着两个男人的影子。一个是南唐六皇子李从嘉——现在他是南唐新国主李煜了。曾经有那么一段时间，很短的一段时间，她如此强烈地感受到李从嘉对她的爱。直觉告诉她自己的感觉一定没有错，或许这种爱是开始于他对她窈窕身材的迷恋，但是不管怎样，那种带着爱欲与痴情的目光曾经令她的内心发颤。可是，就在那个瞬间，就在李从嘉要将她送到韩熙载雨花台别宅去的瞬间，她对李从嘉美好的期望坍塌了。更令她感到痛苦的是，她本以为自己会忘记李从嘉，不会再将他放在心上，可是，自从离开金陵，离得越远，李从嘉的影子越频繁地浮现在她的脑海中。李从嘉那曾经令她内心发颤的带着爱欲与痴情的目光，再次令她的内心感到悸动。在一片崩塌的美好幻想的爱的废墟里，她意识到，那里面，还遗留着她心的碎片。另一个不断出现在她脑海中的人是韩熙载。这个南唐的名臣将她当成政治工具，利用她去实现其保卫南唐的目的且对她充满了信任。她感到，这个以智谋与文采闻名天下的男人，从心底尊重她，她也在短短的时间内看到了他的高远抱负和极为复杂的内心世界，她甚至觉得自己感受到了他内心隐秘的悲哀，她相信他也意识到了这一点。她感到韩熙载似乎也暗暗爱上了她，这种想法让她感到有一种美好的存在感，但是，她也常常怀疑这不过是她的一种错觉。在李从嘉的影子频繁浮现在脑海的同时，她发现自己竟然抱着一个希望，那就是通过自己在宋朝为韩熙载传递情报，来赢得韩熙载的心。“韩大人说，到了中原，会有人与我联系。可是韩大人的人怎么能知道我到了哪里、住在哪里呢？嗯，一定是一路上有韩大人安排的探子秘密跟踪。一定是这样的。可是，为什么就一直没有人与我联系呢？”这个问题，她反复在脑中想了不知有多少遍了。她听着李雪菲在耳边唠唠叨叨说起如何被绑架、如何被王承衍救下，又如何与他一起脱险回京的事情。在李雪菲复述的这个故事里，李雪菲和王承衍两人成了绝对的主角。实际上，那次她并非周远等人要绑架的目标，只不过是她碰巧出现在长公主阿燕身边。不过，不管如何，如今这个故事成了她与她那承衍哥哥已经是一对生死伴侣的最好证明。窅娘心里清楚，李雪菲再次添油加醋地说起她的那个惊险传奇，只不过是在向她示威，她的意思就是："不要与我争我的承衍哥哥。"

窅娘侧头看着李雪菲由于略微激动而微微涨红的脸，觉得有些好笑。不过，她也被李雪菲纯真的情愫感动了。她不禁心想，其实有这样一个可爱的姑娘陪着，真是一种幸福，尽管雪菲没有将我当成她的朋友，但是，毕竟她将我看成是一个平等的人，一个可以与她竞争男人的女子。当窅娘脑海中冒出"有雪菲陪着也不错的"这个念头的时候，她忽然自己愣了一愣，一瞬间，一股寒意侵袭了全身。"自到了开封，王承衍从来没有让我一个人单独离开过那宅子啊！莫非，他一直在心底怀疑我？今天，他与周远、高德望一起离开宅子，还专门找来李雪菲陪我，莫非，也是暗中提防我？"这个念头，如同一把冰冷的匕首戳在她的心头，让她感到痛苦万分。她突然强烈地意识到，她并未真正属于身边这个环境，并未真正成为王承衍等人的朋友，这几个平日在身边照顾她的人，也许暗中并未将她当成真正的朋友。"我喜欢他们，他们都是多么好的人哪。尽管周远不怎么说话，但我感觉得出，他有一颗善良的心。高德望兄弟，又是多么憨厚啊。我竟然是他们的敌人！可是我已经答应了韩熙载大人了啊。况且，韩大人如此信任我。他们，这几个可以成为我朋友的人，却是我们的对手，却是可能要灭亡我们的敌人。多么可怕！我究竟该怎么办？"窅娘感到一阵颤抖。她的笑容几乎僵在了脸上。不能让雪菲姑娘察觉出来！她马上意识到这一点，装作要看车窗外的街景，扭过头往另一边的车窗外看去。李雪菲并没有察觉到窅娘在一瞬间表情的变化，她刚刚说到，为了躲避张文表一伙人的追捕，她与她的承衍哥哥一同钻入了一个山洞……

当驴车经过大相国寺快到达寺桥时，李雪菲建议下车一路慢慢逛过去。窅娘知她任性，喜欢别人顺着她的想法，便爽快地同意了。

下了驴车，她们没有马上过寺桥。在离寺桥还有一个街区的小路口，李雪菲拉着窅娘的手，往西边拐入了一条小街。在这条小街上，有好几家金银铺子。这里的金银铺，虽不如潘楼街那么集中，但店中出售的金银首饰并不比潘楼街那边差。因为潘楼街的西边有一处勾栏瓦子，那条街便成了妓女歌女常常光顾的地方。潘楼街上金银铺的生意，很大一部分来自这附近的风尘女子。寺桥附近的这条小街上的金银铺子，却是多做达官贵人和市民的生意，售卖的首饰的品质，也比潘楼的要好很多。这里是李雪菲以前最喜欢来的地方之一。李雪菲的爹娘，虽然不太愿意一个女孩子经常到街上晃荡，但是也拿她没有办法。李雪菲的父亲李处耘被派往扬州镇守之后，她的母亲更是管不住她了。

小街两边，多是旱柳，也有几株大槐树。旱柳垂着长长的枝条，尽是一副慵懒的样子。槐树浓密的树冠像是一只只巨大的绿色手掌，覆盖在小街的上空，创造出一块块墨绿色的阴翳。窅娘被李雪菲牵着手，两人一起沿着小街的一边不紧不慢地逛着。

小街上逛街买东西的人并不少，还有一些挑着担子的卖货郎，沿街叫卖，兜售各种日常生活用品。

李雪菲拉着窅娘，进了街边的一家金银铺。在这家铺子的门楣上，挂着一块檀木制作的牌匾。牌匾上阴刻的“唐家金银铺”几个字，都漆成了金色。窅娘进门前，扫了一眼门上挂着的金字招牌。

“两位小娘子来啦，快来瞧一瞧，今日俺这店里刚巧上了一些新品，笃定有两位瞧得上眼的。”

店家长着一双金鱼眼，眼皮脬着，像是浮肿一般。他满脸堆笑，露出白晃晃的牙齿，一副人来熟的样子。

“好啊，好啊！拿出几个来瞧瞧。”李雪菲笑嘻嘻地回应。

走进这家店之前，窅娘就有种异样的感觉，总觉得方才在小街上看到的什么人，以前曾经在她眼前出现过。趁着李雪菲看首饰，窅娘转过身，装作看旁边一侧柜台的样子，偷偷往店门外瞟了一眼。这时，她看到小街对面站着一个挑担子的卖货郎。那个卖货郎个子不高，却长得眉清目秀。她心中一动。“不错，是这个人！就是这个挑担子的年轻卖货郎，我一定见过。可是是什么时候见过呢？”她脑子飞快转着。“对了，就是那天，就是我们从驿馆搬进秀巷新宅子的那天，这个卖货郎就在宅子大门口转悠。今天，他又出现在这条小街上，又被我遇上了。难道是凑巧吗？不，不可能。难道，难道他便是韩熙载大人安排在开封的南唐间谍？”窅娘不禁心惊胆战地又看了那个卖货郎一眼。

“湖州青铜照子！上等湖州青铜照子！”那个卖货郎往窅娘方向似乎不经意地扫了一眼，口中喊着兜售青铜照子的口号。

窅娘发觉自己的眼光几乎与卖货郎的眼光相遇，心中一慌，赶紧低下头去。

那个卖货郎此时挑着担子，竟然晃晃悠悠穿过小街往唐家金银铺走来。

窅娘又瞟了一眼那个卖货郎，见他走了过来，感觉心紧紧收缩了一下。不能让雪菲姑娘发觉！不知出于何种原因，窅娘突然意识到，自己应该躲开雪菲。

“雪菲，我去门口看看那青铜照子啊。”窅娘强作镇定，对雪菲说了一句。

“好的，一会儿姐姐也来帮我瞧瞧这钗子呀！”雪菲正看着店家递过来的一支金钗，随意地答应了一句，便顾不上理会窅娘了。

窅娘缓步走出唐家金银铺的店门。

那卖货郎见窅娘走出金银铺，似乎微微愣了一下，随即漫不经心地继续横穿小街，冲着窅娘方向走了过去。

“正宗湖州青铜照子！上等湖州青铜照子！”卖货郎扯着嗓子叫喊着。他的担子摇晃着，担子一头悬挂着的那面铜镜也是一晃一晃的。有那么一刹那，那面铜镜忽然被阳光照着，刺眼地闪耀了一下。

窅娘感到铜镜反射的太阳光一闪，光芒刺眼。她下意识地低了一下头。这时，她听到那个卖货郎说：“小娘子，可要看看湖州青铜照子？”

窅娘抬起头，见那个卖货郎正举着一面青铜镜子看着自己。

“嗯，拿给我瞧瞧。”窅娘接过了那边铜镜，抬起一只手轻轻抚摸着它，仔细看起来。“莫非这面铜镜里有韩大人向我传递的信息？”她希望从铜镜上面发现一些东西。

铜镜的一面打磨得非常光滑，它的背面左侧，阳铸着“湖州陈家青铜照子”八个字。铜镜背面的右上角，不知为何有个极小的缺口，仿佛是不小心磕坏的。如果不仔细看，一定发现不了。

那卖货郎左右看看，见没有他人，突然开口轻声问道：“你一定就是窅娘吧？”

窅娘闻言，心中一震，手中的青铜照子险些从手中滑落。

她没有回答，只是微微点了点头。

那卖货郎见她点头，便用极轻的声音说道：“韩大人让小人转告，如有给他的书信，可让东大街上陈家青铜照子店的老陈转送。第一次接头，拿着这面铜镜，去老陈店里，就说需要打磨。这面铜镜上有一个小缺口，请老陈注意这个瑕疵。”

窅娘还是没有说话，只是点了点头。

“看娘子一定喜欢这铜镜，便宜卖给娘子吧。”卖货郎突然间提高嗓门说道。

窅娘被他吓了一跳，慌忙问道：“多少钱？”

“就五十文吧，这面铜镜不小心磕了一下，便宜卖给娘子了。”

“雪菲，你要不要也买一面青铜照子？”窅娘扭了一下头，故意冲着李雪菲问了一句。

“我家里多着呢！不用啦！”雪菲头也不回地答道。

“好吧。”窅娘说着，从钱囊中摸出五十文铜钱，递给了那个卖货郎。

“谢谢小娘子。”那卖货郎道了声谢谢，便挑着担子，喊着号子，晃悠悠地走开了。

直到这个时候，窅娘才发现，自己手心里全是汗。她缓缓走回店里，让自己的呼吸尽量显得自然而平稳。

“瞧，我买了一面。”窅娘将铜镜子递到雪菲眼前。

雪菲瞧了瞧，笑着说：“嗯，还真是很不错的一面镜子，瞧，磨得多光滑啊！做工也很细致。姐姐好眼光。”说完，她的注意力又转到金银钗子上去了。她并未注意到这面青铜照子上的小小瑕疵。

九

从景华楼回城后，赵匡胤没有立即回皇宫。他让王承衍等人陪同着，去视察了一下西水门整修工程。这次整修，加固了城楼，并且更换了升降吊桥的滑轮与铁索等装置。视察完毕之后，赵匡胤才由内侍李神祐、王承衍等人陪同着赶回皇宫去。

将赵匡胤送入宫中，王承衍等三人回到秀巷的宅子已经是傍晚了。

雪菲和宿娘两人在寺桥附近逛完后又去了潘楼街。雪菲买了一支金钗，颇为高兴。两人在潘楼街吃完午饭，方才往回返。王承衍等三人回来时，宿娘正在招呼厨师和男仆、婢女一起准备晚餐。雪菲一见王承衍便迎上去，扯着她那承衍哥哥的衣袖，问长问短。

“承衍哥哥，今天陛下召见你们，到底为了什么事情啊？”

“让我等去江陵城办点差事哦。”王承衍回答雪菲的问题时，发现宿娘正站在厢房门口望着自己。去江陵办事，没什么好保密的。朝廷经常派使者出使江陵，江陵的使者也常常到朝廷上贡和庆贺节日，民间的商贸往来更是频繁。荆、湖地区的割据，实际上是唐朝贵族政体的残留。唐季以来，节度使有时是行军司马，只要成为节镇的实际控制者，便被朝廷和民间视为合法的统治者。王承衍在雪菲和宿娘面前，并没有刻意隐瞒自己将要前往荆南节镇江陵城的事。但是，因为之前受到赵匡胤的提醒，王承衍回答雪菲时，见宿娘望着自己，神色下意识地变得有些紧张。

宿娘倒似乎没有看出王承衍盯着她看时眼光的异样，只是向他嫣然一笑，便往厨房方向走去。她是要去看看厨子陈福的晚餐准备得怎么样了。自从搬入这个宅子，宿娘实际上成了这个宅子里的女主人。有时，王承衍看着身材窈窕的宿娘在宅子里忙前忙后，会不知不觉地露出微笑。他对此也感到有些吃惊，他没有想到，像她这样一个女子，看起来弱不禁风，主持和料理起家务会如此有条有理、干脆利落。

此刻，当王承衍看着窅娘走向厨房的背影，他的头脑被一个又一个问题困扰着。“要不是韩熙载向李从嘉要了她，她本来是可能进入南唐国内廷的。李从嘉本想顺水推舟将她安插在韩熙载身边，再由韩熙载送到我身边，成为我朝与他的暗中联络人。现在，李从嘉已经登基成为南唐国主。不，现在应该叫他李煜了。通过窅娘，也许我朝可以对李煜施加影响。可是，我又怎么能料到，韩熙载竟然会发现窅娘暗中绘制南唐的军事地图呢！为从韩熙载手中救出窅娘，也是颇费了一番周折。她究竟是谁？她究竟想要干什么？难道，她真的在进入唐镐府之前，便有了报复南唐的动机？按照这般推理，窅娘应该是可以帮助我朝对付南唐的。不管她是不是我朝秘密察子发展起来的线人，她是不会与我朝为敌的。可是，可是——陛下所担心的也不是没有可能，万一——果真是韩熙载利用苦肉计，将窅娘安插在我身边呢？我该如何是好?！”

吃晚饭时，雪菲眉飞色舞地说起自己买了一支好看的金钗，又说窅娘买了一面湖州青铜照子。王承衍、周远和高德望三人也各自说了一些见闻。窅娘却只顾慢腾腾地低头吃饭，偶尔插上一两句话。

雪菲年少好奇，听说王承衍他们要去江陵城，便不断追问王承衍去江陵城干什么。面对雪菲的提问，王承衍只是含糊地说，受陛下之命出使江陵，作为对之前荆南使者高保寅前来上贡的回访。周远、高德望见王承衍不提“北海”之事，也都心知肚明，对此绝口不谈。

王承衍见窅娘低头吃饭，也不怎么夹菜，便往她碗中夹了一块肉，口中说了声“多吃菜”。雪菲见了，不禁嘟起小嘴，微微歪起脑袋，斜着两颗亮晶晶、水汪汪的眼睛，重重地哼了一声。

周远和高德望将雪菲的神情看在眼里，都忍俊不禁。

窅娘见周远、高德望发笑，雪菲发嗔，不禁双颊泛起绯红。让她没有料到的是，此刻她的心里竟还感到一股甜蜜。这种甜蜜，是如此真切。可是，她心头随即一凉，想起来自己还要履行韩熙载交付的使命，想起眼前这几个与自己亲近的人有一天会成为自己的敌人，不禁身子微微发颤。

“我自己来。少将军不用客气。”窅娘尽量让自己显得平静。

“哼，人家也没有让你帮着夹菜啊。”雪菲撇着嘴说道。

王承衍一笑，又用筷子夹了一块肉，往雪菲碗中送去。雪菲依旧不开心，拿筷子狠狠戳了几下王承衍夹到自己碗里的肉，却不吃。

王承衍笑道：“你若不想吃，我便夹回来吃了啊！”

雪菲听了，眼皮一翻，说道：“谁说我不吃的。本姑娘这便吃了你的肉！”说完，便飞快夹起肉放到嘴里。

高德望此时再也忍不住，哈哈笑了起来。

雪菲见高德望笑自己，举起筷子便往他头上敲，口中嚷着：“二狗子，你也敢取笑本姑娘！”说话间，她自己也不禁笑了起来。

晚饭后，王承衍亲自将雪菲送回了家。

回来后，王承衍站在正屋前面，看着窅娘房中亮着的烛光，沉思了许久。他走回自己的屋子，眼光落在刀架上。他的腰刀正静静地横在刀架上。“一定得将窅娘的身份与动机问清楚！”他走到刀架边，缓缓拿起腰刀，呆立了片刻，又将腰刀放回了刀架。

他出了自己的房间，慢慢走到窅娘的屋门前。

夜很静。草丛里传出轻轻的虫鸣声。叽咕叽咕，叽咕叽咕。

他抬手敲了几下门。

“是谁？”

“是我。”

“少将军！是你吗？请稍等。”

他听到窅娘轻轻走过来开门的声音。

门轻轻地开了，窅娘倚门而立，一双晶莹闪亮的眼睛略带惊讶地看着王承衍。

“可以进去吗？”

“少将军请进。”

王承衍走进窅娘的屋子。窅娘轻轻合上了门。

窅娘的屋子是前后两个隔间，后面是卧室，前面是个不大的起居室。王承衍在起居室一边的一张椅子上坐了下来，窅娘显得有点尴尬，不敢落座。

王承衍看了窅娘一眼，见她已经换上了一件绛红色的褙子，褙子很贴身，凸显出窅娘诱人的线条。他脸上一红，犹豫了一下方才说道："今日冒昧，夜晚前来打扰，实在是有要紧事情想问问你。"

窅娘一听，见王承衍神色凝重，心便突突跳了起来，慌忙答道："少将军有话尽管问，小女子是少将军从韩熙载手中救出来的，少将军想知道的事情，小女子只要知道，一定说与少将军听。"

王承衍没有马上提问。他感到嗓子有些发干，好像有种担心，一旦开口提问就会失去什么。

窅娘下意识地咬了咬下嘴唇。

"陛下已经派人去查了。你不是朝廷安排在南唐国的间谍。是吗？"王承衍犹豫了许久，终于开口提问了。他说得非常直接，直接得连他自己都感到有些吃惊。他知道这是因为自己太紧张了。而且，从他提问的方式来看，他对答案的期待已经很明显了。

窅娘听到这个问题，浑身一颤，一种空虚感、失落感像洪水般将她吞没。奇怪，不是害怕，她并不感到害怕。但是，她为自己可能失去身边这几个好朋友而感到失落，她感到有一种从来没有过的力量正在将她吸入一个空洞，在这个空洞里，她两头张望，两头的出口全是彻底的黑暗。她之前未曾想到会有这种感觉。她曾想，当这一刻到来时自己会感到恐惧。这一刻一定会到来，正如韩熙载大人所料，王承衍迟早会发现，她不是大宋潜入南唐的间谍。这一点，她早已经想到。这正是韩熙载计谋中早已预测到会出现的一步。按照韩熙载的预测，接下去，王承衍应该已经想到，她是韩熙载安排在他身边的南唐间谍。按照韩熙载的计划，她应该承认这一点并为自己辩护，要让王承衍相信，是韩熙载逼迫她这样做的。她没有别的选择。王承衍的善良与怜悯之心，正是韩熙载要利用的弱点。窅娘用一种奇怪的眼神盯着王承衍，一时间思绪万千。她没有开口说话，愣愣地站在原地，仿佛已经在那里站立了一百年、一千年，甚至更久。是的，现在，才到了韩熙载计谋能否真正成功的关键时刻。一旦成功了，她将赢得王承衍的彻底信任。

但是，窅娘恰恰因为韩熙载的计谋可能即将成功而感到空虚与失落。因为，如果她成功了，意味着她对朋友们的欺骗又增加了一层，也意味着，尽管她主观上和表面上依然想将他们当成朋友，但是实际上已经将他们视为敌人。正是因为如此复杂的心理，窅娘站在那里发起呆来。

“我该如何选择？我该按照韩熙载大人的计划，将计谋推进一步吗？”窅娘愣愣地想着。

“你究竟是谁？”王承衍感觉到了气氛的怪异与压抑，嗓门发涩地追问一句。

“我——对不起，对不起！”窅娘说出这句话时声音里带着哭腔。

“究竟是怎么一回事？”王承衍听到了自己最不希望听到的回答。

“我——我的确不是大宋的间谍，而是韩侍郎的人。为了让少将军信任我，将我带回中原，这一切都是韩熙载大人的苦肉计。那张南唐的军事图也不是我画的，而是韩熙载大人派人藏入我屋内的。少将军，窅娘若不依从韩熙载，他便会杀了我！为了活命，窅娘骗了你们！少将军，窅娘罪该万死！”说着说着，窅娘跪倒在王承衍的面前，哭泣起来。一开始，她的哭泣是为了欺骗王承衍，骗取他的怜悯，但是，渐渐地，她感到，她的哭泣是因为自己再次欺骗了朋友。她很怀念与他们几个从金陵一道回到开封的经历，她很怀念与他们几个一起吃饭、一起聊天的感觉。方才晚餐上轻松的一幕，直到王承衍敲响她屋门前，都浮现在她的脑海中，这让她感到友情的甜蜜和懵懂爱情的甜美。可是，她现在再次欺骗了朋友。因为，她既然说了这些话，实际上已经在按照韩熙载的计谋行事了，实际上，她已经做出了决定，为了南唐国的利益，她必须骗取王承衍的怜悯。

“你?！”王承衍说了一个“你”字，便呆在那里，不知如何是好。

“请少将军治罪！”窅娘泣声说道。

王承衍微微低下头，愣愣地看着跪在地上的窅娘。她那楚楚可怜的模样，令他一时之间竟然不知该如何是好。

屋里只有窅娘低低的啜泣声。

过了许久，王承衍叹了口气，柔声说道：“你一个弱女子，在金陵孤身一人，也怪不得你。以后，就别再回金陵了，这里便是你的家。行吗？”

窅娘抬起头，用一双泪眼看着王承衍。“承衍大哥，你真是如韩大人所料的那样，有一颗侠义的怜悯心啊！承衍大哥，对不住了，窅娘已经答应了韩大人，况且，南唐国、金陵城是窅娘生长多年的家乡啊！”窅娘的母亲曾在金陵城将窅娘抚养长大，窅娘喝着那里的水、吃着那里的粮，那里是窅娘成长的第二家乡，是窅娘记忆中的家国啊！

这种纠结的感情，让窅娘感到伤心无比。她说不出话来，只是含泪点点头。

“今晚你说的话，我会如实向陛下汇报。你会没事的。相信我。忘记你是南唐国的间谍，忘记你是韩熙载的人吧！”王承衍几乎是用祈求的眼神盯着窅娘，深情地说道。他不知道，就在这一刻，韩熙载在他身边安插间谍的计谋，真正推进了关键的一步。

窅娘还是用无声的点头作为回答。在点头回答的同时，窅娘心里痛苦地想着：“难道，这便是我的命运吗？难道，命运就是要让我欺骗真心对我的人吗？”

十

一片青白色的雾气弥漫在前方。这茫茫的雾气，浮动在清晨的土地上、水面上，将天、地、水连接在一起。几只水鸟的影子，在岸边芦苇丛的背后掠过，旋即淹没在青灰色的雾气中。

王承衍感觉脚下地面的坡度越来越大，心知正在渐渐走上堰堤了。就在他一步一步往堰堤上走的时候，他想起了窅娘楚楚可怜盯着自己看的样子，又想起那晚给窅娘夹菜时看到的她双颊上泛起的绯红。窅娘的眼睛、腰身、肩膀在他的眼前闪来闪去。这一刻突然浮现在脑海中的形象，让他感到又欣慰、又难受，又酸楚、又甜蜜。他很吃惊，自己在想到窅娘之后，才想起雪菲那张常常满是喜悦和娇嗔的脸。"我这是怎么了？难道我——"他不紧不慢地挪着脚步，继续往前走。一阵风吹了过来，芦苇在风中发出此起彼伏的沙沙声。

"水面高出地面了！"王承衍扭头对身旁的周远、高德望说道。

"是先堆起大堰，然后再引入江水的。"周远说。

"这就是陛下想要填平的'北海'吧。"高德望并不是在问，而是用一种肯定的语气说。

王承衍停下脚步，拨开挡在眼前的一支粗大的芦苇，定睛看着前面仿佛突然从地下升上来的水面，满面愁容地说道："是的，必须填平它。实际上——它不能被填平，只能先塞住江水入口，然后慢慢引出堰塞湖内的水。"

"现在我知道，为什么陛下一定要除掉这个'北海'了。这么一个方圆十多里的堰塞湖，骑兵到了它的边上，根本就过不去。非得绕行不可，一绕行，便会丧失战机。"高德望挠了挠头说道。

"如果骑兵绕行时大堰决堤，骑兵就完了。而且，整个江陵城北，会江水泛滥，一片汪洋。"王承衍伸出手往水面上指了指。

周远、高德望顺着王承衍的手往远方看去，神色都变得凝重起来，心情也像被浓厚的雾气蒙上了一层青灰色。

顺利解除慕容延钊、韩令坤、高怀德等人的禁军军权后，赵匡胤对赵普更是信赖有加。没多久，赵普又建议赵匡胤从中层将官中擢用忠勇之士，统领殿前卫士。

"中层将官没有节度使们的权势，即便有异心也掀不起大风浪。"赵普这样向赵匡胤进言。

赵匡胤没有立即表示可否，随后却用了数天时间思索该提拔何人统领卫士。殿前卫士如虎狼者不下万人，万一用人不当，亦是大患！他最终决定起用内外马步军都头、寿州刺史张琼，将他擢升为殿前都虞候，同时领嘉州防御使。为殿前卫士安排了新统领后，赵匡胤稍稍松了一口气。

这些时日，赵匡胤留意到自张琼统领殿前卫士以来，殿前卫士的军容与精神状态比之前大有改观，不禁颇为满意。

这日恰好是朝会日。上午朝会上赵匡胤下诏，对负责《周世宗实录》编修的王溥和扈蒙进行了奖励。左拾遗、知县事侯陟上书弹劾节度使袁彦行为不法。袁彦上书为自己辩护，自陈无罪。赵匡胤不久前因侯陟是御侍玉儿的父亲，刚刚将其由曹州冤句令擢为左拾遗、知县事。他见侯陟一上任便敢针对节度使进行弹劾，不禁暗暗佩服侯的勇气。但是，他刚刚从几个重要的节度使手中夺取禁军军权，不想在此时刺激更多的节度使。他斟酌再三，便将侯陟和袁彦的上书都作留中处理，并未在朝会上提及。

这次朝会上也发生了一件让人哭笑不得的事情。

国子监周易博士郭忠恕昨夜喝得烂醉，今晨被人扶着摇摇晃晃来上朝。太子中舍符昭文平日就不满郭忠恕一副逍遥的做派。从待漏院前往崇政殿上朝的路上，符昭文便当众数落起郭忠恕，两人遂大吵了一番。御史立刻写了奏章，在崇政殿朝会上弹劾郭忠恕、符昭文二人喧哗朝堂。还未等赵匡胤发话，郭忠恕牛脾气发作，竟然趁着酒劲未消，跑出班列，抢了御史手中的奏章，当场撕了个粉碎。

赵匡胤见状，哭笑不得。

“真是胡闹！快把他扶出殿去休息。”赵匡胤苦笑着，令人将郭忠恕扶了下去。

喧哗朝堂，按旧例可以治重罪。班列中的不少大臣都不禁为郭忠恕和符昭文二人捏了一把汗。有的大臣，平日与二人关系不好，此时乐得看热闹。还有一些，是两人的政敌，便盼着两人被皇帝治下重罪。

不过，赵匡胤喜爱郭忠恕的才华，又考虑到他是前一夜醉酒，便只是将他贬为乾州司户参军。

赵匡胤心中厌恶符昭文借郭忠恕醉酒之机挑衅，便将他免了官。

在这次朝会上，永清县主笔郭颉就没这么幸运了。此人坐赃一百二十万，赵匡胤当朝下令将其在闹市法场问斩。同时，为了表示朝廷不会草菅人命，赵匡胤下诏缘边诸寨，有犯大罪者，送所属军州羁押，不得就地审判处决。

因为事务繁多，这日宣布退朝时已经是午后。用完午膳，赵匡胤休息了片刻，便一个人去广政殿门前溜达。广政殿前的松树、柏树让他感到心情宁静。在这里，他的心可以静下来。在这里，他可以让自己稍稍喘口气，在宁谧中考虑一些重要的事情。

他站在广政殿的台阶上，眼光在殿前一根柱子的基础上停了一下。“不知王承衎等人在江陵城进展顺利与否？究竟该如何真正实现对湖南和荆南的控制？”这些问题再次盘旋在他的脑海中。

在广政殿前思索良久后，赵匡胤派人将老宰相范质、枢密使吴廷祚和自己最信任的谋士之一吕余庆传来。这次，他没有令人传赵普，一是因为就这个问题他已经与赵普多次交换了意见，但并没有实质性的进展，赵普只是给出一个整体的意见，倾向于先南后北的策略；另一个原因是，赵匡胤知道当吕余庆与赵普在一起出谋划策时，往往迫于赵普的强势，并不会畅所欲言。

“朕欲混一天下，荆南、湖南如鲠在咽，不知你们有何办法？”见到范质、吴廷祚和吕余庆后，赵匡胤开门见山地问。

三人听了这一问，似乎都不吃惊。

吴廷祚看了看范质，等着他先发表意见。

吕余庆微微垂着头，仿佛闭目养神的样子，看着也没有要立即说话的意思。

“你是枢密使，你先说说吧。”赵匡胤朝吴廷祚看了看。

“荆南、湖南都是四战之地，他们能坚持到现在，也不是没有原因。目下，两地表面上都对朝廷称臣，一时也没有什么发兵的由头。如果无由发兵，恐失人心哪！”吴廷祚说道。

范质听了吴廷祚之语，点点头，表示赞同，旋即嘴角肌肉哆嗦了几下，开口缓缓说道：“是啊，君、臣、萌既有通约，通约尚在，陛下若发兵，民必非毁。”

“萌？范大人，你方才所说，可是君、臣、民之通约？此句中，‘通约’作何解？这可是朕首次听到这个说法啊！”赵匡胤以为范质年纪大，口齿不清，将‘民’字说成‘萌’字。

范质愣了一愣，说道：“非也，老臣所说，正是‘萌’芽之‘萌’。所谓君、臣、萌通约，乃出自墨家之语。老臣通读儒经，旁及诸子百家，常常发觉，诸子著作中，亦有精妙治世之语，故每遇之则记之。《韩子·难一篇》云：四封之内执禽，而朝名曰臣，臣吏分职受事曰‘萌’。这种说法，可能源自上古，而墨家承受之。然则君、臣、萌三者，乃‘天子、国君、乡里之长’是也。君、臣、萌之通约，即是说天子、国君、乡里之长之间的通约也。如今，陛下为天子，节度使类古之国君，乡里之长则一如古时。陛下与节度使的通约尚在，无由发兵，民怨易生，乡里易乱也。此前，李筠、李重进之乱，皆二者先破君臣之约，陛下发兵征讨，民闻，而誉朝廷之举。民与君同心，则乱易定也。”

赵匡胤听了范质的话，连连点头，因心中一直存着混一天下的念头，故对“通约”之论颇感兴趣，不禁继续追问道：“范大人所言，发人深省，可否就‘通约’之论，再作阐释？”

范质闻言，清了清嗓子，嘴角肌肉哆嗦着，继续说道：

“《墨子·尚同篇》，对此有精辟入理之论。墨家以为[①]：古之民始生，未有正长之时，天下之人异义，是以一人一义，十人十义，百人百义。其人数兹众，其所谓义者亦兹众。是以人是其义，而非人之义，故相交非也。因众义难同，故天下乱也，至如禽兽然。天下大乱既久，是故天选择天下贤良、圣知、辩慧之人，立为天子，使从事乎一同天下之义。

“天子既以立矣，以为唯其耳目之请，不能独一同天下之义，是故选择天下赞阅贤良、圣知、辩慧之人，置以为三公，与从事乎一

① 以下范质所述《墨子》之文，因记忆和理解所出，并非与《墨子》原文只字不差，但基本吻合。

同天下之义。天子三公既已立矣，以为天下博大，山林远土之民，不可得而一也。是故靡分天下，设以为万诸侯国君，使从事乎一同其国之义。国君既已立矣，又以为唯其耳目之请，不能一同其国之义，是故择其国之贤者，置以为左右将军大夫，以至乎乡里之长，与从事乎一同其国之义。

“天子、诸侯之君、民之正长，既已定矣，天子为发政施教，曰：‘凡闻见善者，必以告其上；闻见不善者，亦必以告其上。上之所是，亦必是之；上之所非，亦必非之。己有善，傍荐之；上有过，规谏之。尚同义其上，而毋有下比之心。上得则赏之，万民闻则誉之。意若闻见善，不以告其上；闻见不善，亦不以告其上。上之所是不能是，上之所非不能非。已有善，不能傍荐之；上有过，不能规谏之。下比而非其上者，上得则诛罚之，万民闻则非毁之。’故古者圣王之为刑政赏誉也，甚明察以审信。是以举天下之人，皆欲得上之赏誉而畏上之毁罚。是故里长顺天子政而一同其里之义。里长既同其里之义，率其里之万民以尚同乎乡长，曰：‘凡里之万民，皆尚同乎乡长而不敢下比，乡长之所是，必亦是之；乡长之所非，必亦非之。去而不善言，学乡长之善言；去而不善行，学乡长之善行。’乡长固乡之贤者也。举乡人以法乡长，夫乡何说而不治哉？察乡长之所以治乡者，何故之以也？曰唯以其能一同其乡之义，是以乡治。乡长治其乡而乡既已治矣，有率其乡万民，以尚同乎国君，曰：‘凡乡之万民，皆上同乎国君而不敢下比。国君之所是，必亦是之；国君之所非，必亦非之。去而不善言，学国君之善言；去而不善行，学国君之善行。’国君固国之贤者也，举国人以法国君，夫国何说而不治哉？察国君之所以治国而国治者，何故之以也？曰：唯以其能一同其国之义，是以国治。国君治其国而国既已治矣，有率其国之万民以尚同乎天子，曰：‘凡国之万民，上同乎天子而不敢下比。天子之所是，必亦是之；天子之所非，必亦非之。去而不善言，学天子之善言；去而不善行，学天子之善行。’天子者，固天下之仁人也，举天下之万民以法天子，夫天下何说而不治哉？察天子之所以治天下者，何故之以也？曰：唯以其能一同天下之义，是以天下治。夫既上同乎天子，而未上同乎天者，则天灾将犹未止也。故当若天降寒热不节，雪霜雨露不时，五谷不熟，六畜不遂，疾灾戾疫，飘风苦雨，荐臻而至者，此天之降罚也，将以罚下人之不尚同乎天者也。故古者圣王明天、鬼之所欲，而辟天、鬼之所憎，以求兴天下之害，是以率天下之万民，齐戒沐浴，洁为酒醴粢盛，以祭祀天、鬼。其事鬼神也，酒醴粢盛不敢不蠲洁，牺牲不敢不腯肥，珪璧币帛不敢不中度量，春秋祭祀不敢失时几，听狱不敢不中，分财不敢不均，居处不敢怠慢。曰：其为正长若此，是故上者天、鬼有厚乎其为正长也，下者万民有便利乎其为政长也。天、鬼之所深厚而能强从事焉，则天、鬼之福可得也。万民之所便利而能强从事焉，则万民之亲可得也。其为政若此，是以谋事得，举事成，入守固，出诛胜者，何故之以也？曰：唯以尚同为政者也。故古者圣王之为政若此。"

赵匡胤沉默地听着范质讲墨家的尚同思想，神色凝重。

范质见赵匡胤没有打断他的意思，呼哧呼哧喘了两口气，继续说道："方才老臣所说，乃是《墨子》之文，老臣尽管诵读多遍，但毕竟年事已高，可能记得并不周全。陛下，既然你还愿意听，下面老臣就继续用自己的话来解释一下墨子的尚同思想吧。《墨子》之文随后还有很多议论，都是回应百姓的困惑。当时，天下大乱，诸国纷争，百姓苦不堪言，对大乱的原因是很困惑的。墨子遇到这样的质问：'如今，天底下的各种行政长官并未废除，为啥天下依旧大乱？'墨子说：'现在天下的行政长官啊，根本就与古代时的不同啦，就好像有苗氏制定五刑那样。古代的圣王制定五刑，是用来治理天下的。有苗氏制定的五刑，却足以致使天下大乱。这莫非是刑法不好？不，乃是刑法用得不好啊。所以，先王之书《吕刑》中这般记载：'苗民不服从政令，就加之以刑。他们制定了五种意在杀戮的刑罚，也叫作法。'这说的就是善于用刑罚，能够治理人民，不善用刑罚，就会将刑罚变成五杀。所以，先王之书《术令》记载说：'人之口，可生好事，也可生出战争。'这说的乃是善用口的，可以产生好事；不善用口的，会引发战争。这莫非是口不好吗？不，是不善用口诱发战争啊。所以，古时候设置行政长官，是用来治理人民。就好像丝线有纪、网罟有纲，官员是用来收服天下淫暴之徒，并使纷乱的意见在事业上达成协同。所以，先王之书中说：‘建国设都，设立天子诸侯，不是让他骄奢淫逸的；而设卿大夫师长，也不是叫他们放纵逸乐的，乃是让他们分授职责，按公平之天道治理天下。’这说的就是，古时建设国都，设置官长，并不是为了提高他们的爵位，增加他们的俸禄，使他过富贵淫逸的生活，而是让他给万民兴利除害，使贫者富，使民少者众，使危者安，使乱者治。所以，古代圣王的作为是这样的。

“现在——陛下，老臣说的虽是墨家的时代，可五代之乱亦有雷同之处啊！当时，墨子说，他那个时代的统治者，治理天下与古代相反。他们将宠幸的弄臣、宗亲父兄或世交故旧安置在左右，都置立为行政长官。于是，百姓知道天子设立行政长官，并不是为了治理人民，而是统治者为了追求富贵享乐，所以，天下之人纷纷结党营私，隐瞒良道，不肯与上面意见一致。这样一来，上与下对于事情的看法便发生差异。假如，上与下意见不一致，那么赞赏就不能勉励人向善，而刑罚也不能阻止暴行。怎么会出现这样的结果呢？假如，处在上位的行政长官说：‘此人可赏，我将赏他。’如果上和下意见不同，上面所赏的人正是大家所非议的人，说我们与他相处，都认为他不好。那么，这人即使得到上面的奖赏，却不会有任何对下的劝勉作用了。假如，处在上位的行政长官说：‘此人可罚，我将要惩罚他。’而若上和下意见不一致，上面所罚的人正是大家所赞誉的人，说我们与他相处，大家都赞誉他。那么，这人得到惩罚，也无法阻止不善了。如果，身居上位、管理着国家、作为百姓行政长官的人的赞赏不能劝善，刑罚又不能止暴，那不是与我前面说过的上古蛮荒时代的情况一样了吗？如果，有行政长官与没有行政长官的时候一样，天下岂能不乱？所以，古代的圣王，能够审慎地统一民众的意见，立行政长官，如此，上下之情就沟通了。上面若有尚被隐蔽而遗置的利益，下面的人能够随时开发它；下面若有蓄积的怨害，上面也能够随时除掉它。远在数千或数万里之外，有人做了好事，他的家人可能还未完全知道，他的乡人也可能未完全听到，天子如果能知道并赏赐他；远在数千或数万里之外，如果有人做了坏事，他的家人可能还未完全知道，他的乡人可能也未完全听到，天子如果能知道并惩罚了他，那么，天下的百姓，就会震动战栗，不敢做淫暴的事。他们会说：‘天子的视听通神。’先王说过这样的话：‘不是神，只是能够使他人的耳目帮助自己视听；使他人的唇吻帮助自己言谈，使他人的心帮助自己思考，使他人的四肢帮助自己动作。’帮助他视听的人多，那么他的所见所闻就广大了；帮助他言谈的人多，那么他的声音所安抚范围就广阔了；帮助他思考的人多，那么计划很快就能实行了；帮助他行动的人多，那么他所做的事情很快就能成功了。所以古代的圣人能够把事情办成功、名垂后世，没有别的其他原因，只是能够以上同之原则来行使政事。故，先王之书《周颂》上曾说过：‘始来见君王，寻求文章制度。’这说的是古代的诸侯国君在每年的春秋二季，到天子的朝廷来朝聘，接受天子严厉的教令，然后回去治理他们的国家，因此政令所到之处，没有人敢不服。当这个时候，根本没有人敢变乱天子的教令，《诗经》上说：‘我的马是黑色鬃毛的白马，六条马缰绳柔美光滑，在路上或快或慢地跑，去四方询访查问。’又说：‘我的马有着青黑色的毛，六条马缰绳如同丝一般光滑，在路上或快或慢地跑，去四方询问谋划。’说的就是这个意思。古代的国君诸侯听见或看到好与坏的事情，都跑去报告天子。所以赏的正好是贤人，罚的正好是暴人，不杀害无辜，也不放过有罪，这就是上同带来的功效。所以墨子说：‘现在天下的王公、大人、士君子，如果真想使他们的国家富有，人民众多，刑政治理，国家安定，就不可不考察上同，因为这是为政的根本。’

“老臣一说墨子，话就扯远咯。话说回来，归结到陛下所关心的荆南、湖南上来，臣观荆南，高保勖骄奢淫逸，已经违背了地方长官应该背负的责任，这便是在违背君、臣、萌的通约啊。再观湖南局面，虽一时无大风浪，但是，当年与周行逢一同起事者，几乎都被周行逢所杀。杀戮既多，人心必异，藏祸必深。如此，周氏必失臣、萌之通约也，乡里之长，其心必异也。所谓民以食为天，军以民为本。军粮、军兵皆自民出啊。乡里之长心异，周氏麾下将官岂能同心？老臣以为，陛下大可不必仓促起兵。待不了多时，湖南之地恐怕会发生变乱。届时再以平乱为名，发兵湖南。只是——”

赵匡胤听了范质的墨子之论以及对荆南、湖南形势的分析，想到天下之大，治理之难，不禁内心暗暗悚然，背脊上已然冷汗淋漓。他见范质迟疑不语，追问道：“只是什么？”

“只是，我朝与湖南之间，尚隔着荆南。荆南江陵城北的‘北海’是影响我军南下的巨大障碍！况且，荆南高家，气数也未尽，陛下如欲征服湖南，还需先征服荆南！”范质说道。

“范大人思虑周全啊。不瞒各位，朕已经暗中派王承衍去江陵城迫使高家务必填平‘北海’，但愿他能够成功啊！”

这时，吕余庆用平静的语气说道：“微臣亦颇受范大人的启发。陛下，那高保勖自执掌荆南任行军司马后，日益变得骄奢淫逸，最近已经弄得荆南百姓议论纷纷。微臣建议，陛下不如立即下诏，正式授高保勖为荆南节度使，抬他一把，算是安抚其心，同时告诫他远骄奢、去淫逸，为民造福。高保勖如果能够听陛下劝诫改恶从善，那是荆南的福分，也算是陛下为荆南百姓造福。假如，高保勖执迷不悟，陛下再以其抗旨为由，传檄天下，发兵征讨。那时，陛下既可拿下荆南，又赢得民心，所谓一箭双雕。此正是借范大人所说之君、臣、萌之通约来制荆南。”

范质听吕余庆这么说，不禁冲他点点头，以对他最后那句谦逊之语表示谢意。

赵匡胤听了吕余庆的建议，连连点头，说道：“好！好！你的建议总是这般稳健啊。好！朕就依你们三位的建议，暂时再忍忍，且看他荆南、湖南能折腾出什么来。那个高保勖，朕就马上下诏授他为荆南节度使。”

范质等三人退去后，赵匡胤又下诏，命内省使王赞权知扬州军府事，不日启程前往扬州。赵匡胤这个决定，是希望大用王赞，让其先去扬州与李处耘配合治理扬州，作为历练。

当然，对王赞的任命，还有另外的考虑，那就是想利用王赞，来节制坐镇扬州统帅大军的李处耘及其部下。

王赞在后周时，曾经为河北各州的计度使。当时藩镇权力极大，朝廷对节度使的违法贪腐行为不敢绳之以法。王赞接受使命，作为计度使，奔赴河北各州发奸擿伏，无所畏惧。

赵匡胤深知王赞可以任事，所以派其前往富庶的扬州，作为节制军镇的朝廷代表。此外，赵匡胤还有一层军事方面的考虑，那就是为了在不久的一天，将得力干将李处耘从扬州召回，以用他率兵讨伐荆南和湖南。他对李处耘既用且防，可谓用心良苦。

对于王赞来说，这次任命，是他发挥才能的大好机会。但是，不幸的事情发生了。王赞乘船前往扬州的路上，在闾桥附近发生了翻船事故，溺水而亡。

消息很快传回汴京，赵匡胤闻报，仰天长叹，说道："这是老天杀了我未来的枢密使啊！"

十一

陈家青铜照子店位于大相国寺北面的东大街。

窅娘站在街边，看着十几步外陈家青铜照子店的招牌，脚下有些踟蹰。

"娘子，是那家店吗？"窅娘的婢女小萱嚷道。

"是，走吧。"窅娘有些恍惚地说了一句，慢慢往那边走去。

一株老槐树的阴翳下，陈家青铜照子店的店门朝着马路敞开着。店门前，有几级石阶。店门内，横摆着一个木柜台，直冲着马路。一个胖乎乎的红脸中年人此刻正站在柜台后面。

店内的空间并不大，左右两边，贴墙摆着深红色的木质陈列架。青铜照子一个个整齐地摆放在陈列架上。屋子中间，就在木柜台后面，摆着一张长条木桌。木桌上面摆着一套茶具和笔墨纸砚。再往里，木桌后头，有一道通往内室的门，门楣下垂挂着印花的青色布帘子。

窅娘站在柜台前面，眼光越过红脸中年人，朝店内两侧的木陈列架上扫了几眼。

“这位小娘子，可是要买面照子？”店家笑眯眯地问道。

窅娘看着那个店家，注意到他说话时发髻上扎着的头巾微微颤动着。她自己也觉得奇怪：“我为什么会偏偏盯着他的头巾看呢？”她很快意识到，这是因为自己太紧张了。她的心，还在犹豫，是否应该选择这一步。可是，不这样又怎么办呢？如果不选这一步，就是对韩熙载大人的背叛；如果选了这一步，却又是对王承衍的背叛。她希望现在有一只手，突然将她拉出店门，或者有一只手，突然堵住她的嘴，哪怕因此窒息，也比受内心的煎熬要好啊。

“不。”窅娘有些突兀地回答道。

她见红脸中年人微微一愣，慌忙说道：“不，我不买。不过，我有一面湖州陈家青铜照子，想拿来打磨一下。前几日，从卖货郎手中买的，据说是从这里进的货。”

“哦？娘子可带了那照子？”

“小萱，把那青铜照子拿出来。”窅娘对小萱说道。

小萱答应了一声，将挎着的小竹篮子放在柜台上，掀开上面盖着的蓝色碎花布，从篮子中取出青铜照子，递给了红脸中年人。

店家接过青铜照子，拿在手里，翻来覆去看了一遍，最后眼光落在青铜照子磕坏的地方，口中说道：“嗯，确实是正宗的湖州陈家青铜照子，可以在俺店里打磨。俺每年都从湖州进一批货，卖得都不错。这面青铜照子，是四五年前的花样款式了。”

“敢问老板贵姓？”窅娘问道。

“叫俺老陈便是。”老陈笑眯眯地答道，手指有意无意地摩挲着那面青铜照子的破损处。

“那就烦劳你打磨这面青铜照子了。”窅娘盯着他的眼睛说道。

“娘子放心。这面青铜照子先搁在俺店里。俺给娘子写个收条，画个押，过些日子，娘子来取即可。”老陈说完，将青铜照子放在柜台上，转过身，走到身后的木桌旁边坐下，拿笔掭墨，就在一张纸上写起字来。

不一会儿，老陈笑嘻嘻地拿着画了押的收条，走回柜台，递给了窅娘。

“多少钱？”

“五文钱，来取时付即可。只要是俺陈家青铜照子，从俺店里出去，拿来打磨都只收这点。”

“那多谢了！这是小女子的寄宿之处，青铜照子打磨好后，若是方便，最好差人送来。跑腿的人，自会加给他辛苦钱。”窅娘说着，从衣袖中摸出一张折叠着的纸，递给了老陈。

老陈的眼光闪烁了一下，似乎有些紧张。他呆了一呆，慌忙伸手接过，说道：“好说，好说。”

窅娘口中称谢，稍稍欠身行了礼，便带着小萱转身走出了店门。

老陈目送着窅娘与小萱离开，直到她们走出十来步，方才缓缓打开窅娘交给他的那张纸。纸上并没有写所谓的地址，而是用娟秀的字体写着几行小字：

如夫子所料。

王已信我。

他正受命往江陵。

似有要事。

请大人明鉴。

十二

窅娘离开陈家青铜照子店后约半个时辰，一个青年男子在这家店的后院里，背上包裹，骑上一匹瘦马，出了后门，匆匆往汴京内城东南保康门方向行去。此时，已经快近傍晚了。

不多时，这个青年男子顺利出了保康门，然后过了保康门桥，穿过麦秸巷，往南拐入南熏门大街，往汴京城南熏门纵马奔去。

南熏门的城门尚未关闭。

“出城干吗？”南熏门城门的守门卫兵拦住了这名青年男子盘问。

“哦，俺去进货，店里的货卖完了。”青年男子沉着地回答。

“卖的什么？进什么货？”

“青铜照子。”

“去哪里进货？”

“湖州。”

“哦？有通关文牒吗？”

“有。这都是老生意了。”青年男子从怀中摸出一份文牒。

那检查的卫兵打开文牒，仔细看了看。

“如今南唐已对我大宋称臣，你经南唐去吴越国，估计过关也会容易些咯。回来时也给俺带一面照子，便宜些卖给俺吧。俺娘子也嚷嚷好久了，指着俺给她买一面正宗湖州照子呢！娘儿们整日尽琢磨着这个。”士兵露出大黄板牙，笑着对那青年男子说，“你们做生意，也不容易啊！走吧！”

那士兵将通关文牒递还给青年男子，冲他摆了摆手。

青年男子出了城门，翻身上马，往东南方向飞驰而去……

十三

高保勖让手下找来三个年轻娼妓，在自己的府邸内玩起自己最爱的游戏。自从继承父业，主持荆南的军政，他便爱上了这个游戏。

在高保勖府邸的起居室当中，悬挂起一张用细竹子编成的大竹帘子。大竹帘子编织得很稀疏，透过竹帘子，可以看到其后面的一切。两个年轻貌美的宠妾拥在高保勖的左右，倚坐在一张宽大的卧榻上。卧榻背后，是一张华丽无比的八叠描金屏风。在大竹帘子的另一面，摆放着三张大卧榻。

高保勖令三个年轻的娼妓脱得一丝不挂，躺在那张竹帘子背后的卧榻上。随后，他又从军中挑出三个年轻力壮的手下。

“你们三个，每人挑一个女子吧！这是本将军赏给你们的。”高保勖狂笑着对三个手下说。

三个年轻的士兵私下里听过传闻，对高保勖的这个秘密游戏略有所知，却没有想到今日自己竟然会被抽中来玩这个游戏。

其中两个士兵高兴得有些忘乎所以，都咧嘴笑着答道：“谢将军赏赐！”口上这么说，他们脚下却不敢动，只等着将军最后下令。

“你呢？”高保勖见还有一个士兵在犹豫，便拉下脸问道。

“将军，这大庭广众之下，小人——小人——那话儿硬不起来啊！”那士兵涨红了脸，缩着脑袋，羞愧万分地说道。

高保勖听了一愣，脑袋晃了晃，哈哈大笑了一番，冲那士兵喝道：“没用的东西！滚出去！”

那士兵红着脸，仓皇跑了出去。

高保勖非要凑足三人，便又让人挑了一名身强体壮的士兵。

三个士兵凑齐后，高保勖便令他们退到竹帘子后，都褪去衣甲，每人挑一女子行云雨之事。

不一刻，三对男女都在卧榻上渐渐进入高潮，三名娼妓的叫声此起彼伏。

高保勖一边看竹帘子后的“表演”，一边也慢慢与两名爱妾耍弄起来。

正在高保勖与爱妾准备行云雨之事时，他的一名亲信突然在门外大声报告：“将军，朝廷使者到了，在门外求见将军！”

高保勖一听，不禁着慌。

“真他娘的不是时候！都停了！都停了！”高保勖怒气冲冲地喊道。

竹帘子背后的三对男女听到吼声，都忙不迭地起身，手忙脚乱地穿起衣裳。

“快些！动作利索些！都快出去。你们俩，也出去！”高保勖令三对男女和自己的爱妾都退了出去。

高保勖慌慌忙忙收拾停当，方才让手下将朝廷使者请进来。

来人正是王承衍、周远和高德望。他们还带着几名随从，其中两名，抬着一个红漆樟木箱子。

王承衍等见了高保勖，双方按礼节寒暄了一番。

高保勖拿出十二分的热情，向王承衍等问寒问暖。这是他惯于玩弄的伎俩。在朝廷使者面前，他会说尽一切好话。对于朝廷提出的所有要求，他表面上会毫不犹豫地一口答应。不过，只要朝廷使者一走，他就照旧做他的荆南王，至于之前答应了又不想兑现的事情，他会找出各种理由来拖延。之前，他兄弟高保寅进京上贡，带回来朝廷关于填平“北海”的诏令，对于这个要求，他就是用这种高明的拖延术处理的。这一回，他想，不管朝廷使者又带来什么诏令，只管用这种老办法对付就是了。

王承衍与高保勖寒暄后，将奉命带来的李煜向宋称臣的上表递给了高保勖。

高保勖看完那份上表，脸色便阴沉下来。他一声不响地将那份上表递还给了王承衍。

“陛下说，今后，我朝要与南唐国加强民间贸易，江陵也是通往南唐的重要商路，还望高将军多多支持啊！”王承衍一边收起李煜的上表，一边温言说道。

“当然，当然。”高保勖含糊其辞地说。

“将陛下赐给节帅的礼物呈上来。”王承衍吩咐抬箱子的随从，向他们招了招手。

箱子被放在离高保勖五步远的地方。

周远这时站起身来，走到箱子边，慢慢打开了箱盖。

一箱子珠宝。珠宝上面，搁着一柄金鞘短刀。

“陛下令节帅尽快填平江陵城北门外的‘北海’。这‘北海’之水，可用来灌溉良田何止千亩。放完水的‘北海’，亦可复为田地。田地中间，可修出从北进入江陵城的官道。此乃造福万民的工程。不知——节帅何时动工啊？”王承衍问道。

“好，好，待送上使回京，微臣便下令动工。”高保勖眉头微微一皱，旋即哈哈一笑，又玩起拖延之术。

“节帅，陛下赐的礼物乃是对江陵的补偿。还请节帅立刻下令填平‘北海’。”周远用非常平静的语气说道，说话间冷冷地看了高保勖一眼，然后眼光落在箱内那把金鞘短刀上。

高保勖盯着周远，他从周远眼中看到一种可怕的东西。那是一种冰冷的杀气，不带丝毫感情。他微微转了一下头，顺着周远的眼光，看了一眼箱子中的金鞘短刀。他顿时明白了周远的话外之意，突然哆嗦了一下。

“这——这个——”高保勖背脊发冷，嘴唇像是冻僵一般，犹豫着，口中下意识地嘟哝着。

“请节帅立刻下令！”周远厉声喝道。

“好！好！只是——”

“只是什么？”王承衎喝问。

“微臣的命令一般都由孙光宪草拟，此刻他不在，这命令——”

“请立刻传孙光宪来。”王承衎在这一刻决不容高保勖再玩拖延的花招。

“请节帅传孙光宪！”周远催喝道。

高保勖无奈，令身边亲兵出去传孙光宪前来。说话间，他眼光不停地瞄着周远和箱子里那柄金鞘短刀。他知道，此刻他真的是命悬一线……

二狗子飞毛腿高德望先行从江陵城赶回了汴京。他将江陵城已经开始放空“北海”之水的好消息，带给了赵匡胤。

王承衎和周远都没有按照赵匡胤的吩咐立即赶回汴京。王承衎坚持在江陵城外监督工程的实施。周远则挟持着高保勖，如影随形。

赵匡胤听了高德望带来的消息，连声说好。随即，他沉默起来，阴沉着脸。高德望站在他一边，仿佛被他遗忘了一般。

赵匡胤思索良久后，令人传来了枢密使吴廷祚。

“立刻令慕容延钊、石守信二人暗中前往京城。朕决定不日发兵江陵！”

“陛下，陛下此前不是说按照范大人、吕大人的计策行事吗？”

吴廷祚闻言大惊，硬着头皮问了一句。

“朕当然会先给高保勖授节度使，也会告诫他远骄奢去淫逸，不过，朕没有时间等着他改过了。他高家几十年善于权变，‘北海’既平，若不抓住机会拿下江陵，也不知高保勖又会玩什么花样。所以，朕决定，只等‘北海’水放空，稍待泥土干燥，就令慕容延钊和石守信率骑兵拿下江陵城。”赵匡胤语气坚定地说。

吴廷祚见赵匡胤绷着脸，紧闭嘴唇，眼光如电般射来，知道他决心已定，当下不再多言，领命而去。

“朕明日便会派使者去江陵城给高保勖授节，二狗子，你明日便与使者一同去金陵城。等‘北海’水一放干，你们再一同回京。”

高德望听了，愣了愣，方才点了点头。

“怎么了？”赵匡胤见高德望神色有些异常，不禁问道。

“我方才突然想，假如高保勖真心臣服朝廷了，‘北海’水也干了，是否还一定要打仗呢？”高德望咧着嘴问道。

赵匡胤呆了一下。民心厌战啊！“多好的想法啊！可是没有办法，荆南、湖南、南汉、后蜀、南唐，还有北汉、大辽，有哪一个会轻易放下手中的刀剑？我们生活在这个时代，投入到我们心中的，都是杀戮的阴影，刻入我们脑中的，都是阴谋的痕迹。也许有一日，人与人互爱互信的阳光可以重新投射在人心中。那时，人们可以各自坦率、真诚地交谈，可以真诚地表达自己的喜怒哀乐。即便是最简单、最幼稚，甚至是最愚蠢的想法，也会被别人认真地倾听，并且不会招致伤害。不过，我要感谢你问出这么朴素、天真的问题。多么好啊，尽管它太天真了，但是，真的是珍贵的想法。天下若多一些类似的想法，那一日的到来便有希望。我不是在为我的杀戮寻找理由和寻求上天的宽恕。我倒是希望上天能够听到你说出的这样朴素、天真的想法。上天啊，你得听一听！人间就是会有人这样想。即便是在最残酷的日子里，也依然会有这样的人这样想。所以，请多给我一些时间。是的，我祈求你多给我一些时间，让我可以统一天下。我希望那时，那时的普通人，都不会为这种朴素的、天真的想法而感到惭愧。那时的文人，可以自由地将才情用在谱写美妙的诗篇上，可以自由地真诚地表达各自的思想。”

赵匡胤这样想着。但是，他口中却没有给出任何答案，只是说道：“你快去歇息吧！明日又得赶路了。”

高德望见自己的问题得不到答复，便沉默着退了下去。

十四

韩熙载拿着那张折叠着的纸，凝视片刻。他的手指捏着那张纸，眼睛盯着纸的边缘，仿佛想要凭着感觉而不是凭着眼睛读出里面的内容。

当缓缓打开那张纸时，他看到了几行娟秀的小字。

窅娘没有辜负我！多好的女子啊！他很奇怪自己的第一反应，竟然不是去理解那纸上的文字所传达的意义，而是想到了写下这些文字的人。窅娘那张娇媚又带着愁容的脸在他的眼前晃动起来。

“江陵城？宋帝究竟想干什么？”韩熙载愣了片刻，方才盯着纸上的几句话，嘴里喃喃说道。

韩熙载想起了李景。在李景有志于中原之时，南唐曾经在天下四处安插探子。可是在淮南之败后，李景丢掉了夺取中原的最后一丝幻想。他宁愿将金钱用在佛事上，也不愿用在安插探子、间谍这种事情上。韩熙载一度暗中力谏，也只说服李景保留了汴京安插的密探。“江陵城如今已经没有我南唐的密探了啊！”韩熙载想到这点，不禁感到一阵惆怅。

“你速速赶回汴京，与老陈一起在汴京招募几个探子，尽快前往江陵。”韩熙载心中想好应对措施，对那个送信来的青年汉子说道。

“是！大人！”

“王承衍被派去江陵。中朝一定会有所动作。究竟要做什么，务必摸清楚。招募探子的钱，我来安排，你这次便带回汴京。湖州青铜照子，我会尽快让人备好一批。吴越国的通关印章，照例会帮你盖好。为便于携带，我会给你备一些银两，你带到汴京后，兑换成铜钱用来招募探子。有什么消息，尽快报过来。你也亲自赶去江陵城，一旦有消息，可以直接过来。”

韩熙载很快作出了决定。他有一种预感，赵匡胤一定是要对江陵采取什么重大行动。

当那个送信的青年汉子离开后，韩熙载手里依然捏着那张纸。他盯着那张纸又看了一会儿，心里竟然有一种冲动。他希望窅娘此刻不是在汴京，而是静静地坐在他的身边。他多想同她说说话啊。他曾经如此强烈地感觉到，窅娘能够体会到他的内心。这种感觉，在这一刻就像油泼在火上，泼在他对窅娘的思念之火上。

“我究竟做了什么啊，我竟然将她送到了汴京！”想到自己所做的，他感到一阵钻心的疼痛。他颓废地往椅背上靠去，像一个害了大病的虚弱的老人。

次日，韩熙载再次派出一个得力亲信，带着他的亲笔书信前往汴京。在这封信中，韩熙载要求窅娘找借口尽快返回金陵。至于要求她返回金陵的理由，韩熙载却未言一字。

韩熙载很快接到了来自江陵城的信报。

高保勖已经下令放空“北海”之水。工程已经开始。

荆南的这个行动，令韩熙载大为震惊。

韩熙载令人将中原和荆南的地图以及江陵城的大地图拿了来，盯着地图，看了许久。他的脸色变得越来越冷峻。“我怎么竟然没有想到呢！”他暗暗责备自己。他现在已经猜到了赵匡胤的计划。必须马上作出反应，否则荆南甚至湖南，都将落入中朝囊中！

“工程是如何进行的？说具体一些。”韩熙载问前来送信的那个年轻男子。他将手按在地图上，眼睛死死盯着地图。

“他们先拦截了‘北海’的入水口。嗯，是的，就是在这里。”年轻男子说话间，用手指了指江陵大地图上的“北海”处，“在长江水流入‘北海’的地方，他们用竹笼装满了土，沉入水底，逐渐堵住了入水口。现在已经入秋，长江在江陵城北地段水流不急，堵住入水口并不太费事。然后，他们又挖了许多沟渠，沟渠通往附近比较缺水的田地。最后才挖开‘北海’的堤堰。”

韩熙载听了汇报，捋着胡须，锁着眉头，想了片刻，说道：“嗯，秋冬之日，土地会很快干涸。要不了多久，原来的‘北海’之地，会成为一片开阔的土地……你且赶回江陵城，安排探子，刺探慕容延钊、石守信、高怀德等中朝大将的动向。另外，再安排几个探子，在江陵城北长江江狭水急河段的岸边秘密安放炸药。如果中朝发兵偷袭江陵城，你便带人在长江堤岸上炸个口子出来。只要江陵城北成为一片水泽，中朝的骑兵便无法轻易南下。”

“韩侍郎，只是——那可会淹没大片民田与民宅啊！”

“一旦荆南落入中朝囊中，我朝日后形势必然不妙啊！另外，放长江水淹江陵城北，还可以顺便打击咱们的老对手吴越国。从五月至七月，吴越国一直无雨。到时，长江水分流江陵，吴越国便会更加缺水，那样一来，便必然无暇威胁我朝。我再问你一句，如果中朝出兵，你能炸开长江堤岸吗？你能做到吗？”

那青年男子听了，方才略略有些迟疑的神色消失，脸上看上去勇敢而坚毅。他说：“属下明白，一定办到。”

“好！我也会请国主做出防备措施！如果真需要炸开长江堤岸，你等不得让世人知道是我南唐所为。如果你们被拿住，也不能承认你们是南唐派出的。明白吗？”

那青年男子再次坚定地点点头。

“上天啊，你一定看到了我的所作所为，我的算计，我的杀戮。现在我不是向你请求饶恕，只想向你祈求，请给我更多时间，让我能够保卫南唐的国土与百姓！”韩熙载心里暗暗想着。

如果所谓的上天真的听到了韩熙载的祈求，明察了他最初的动机，而暂时不考虑由这种类似的祈求和最初的动机所导致的行为，它一定会惊讶于他的祈求、最初的动机同赵匡胤是如此相似。这也许便是人世的悲剧所在。有太多真诚的想法、美好的动机无法在不同的心灵之间产生共鸣。因为，它们往往得不到充分的、坦率的、精确的表达，或者是出于害怕与恐惧，或者是出于羞怯与懦弱，或者是出于谦逊与矜持。总之，很多美好的、真诚的金子一般可贵的想法被封锁在许多美好的心灵之内，在没有被照亮、被听到、被理解之前，沉没在思想的深处。它们沉没于一个个孤立的心灵，这些心灵的主人便从自己的祈求出发，揣度他们各自的对手，从而为了那本来美好的祈求，做出各种冷酷甚至是残酷的行为，而这些行为，可能终将侵蚀原本美好的祈求与动机，使它们变得面目全非。

做了必要的部署，韩熙载一刻也没有耽搁，立刻直奔南唐宫求见南唐国主李煜。

韩熙载将宋朝在江陵城的作为细细讲给李煜，为他剖析了利害关系，以及可能出现的后果。

南唐国主李煜听了韩熙载的汇报，大惊失色。

“请国主派大军尽快驻兵边境，以提防中朝突袭江陵后转而直接进攻我国。”韩熙载向李煜力谏。

李煜心中虽然对于身为户部侍郎的韩熙载越权过问军事颇为不快，但还是听取了韩熙载的提议，马上进行了一番部署。

李煜令黄延谦、林仁肇等节度使在武昌迅速集结了重兵。同时，根据韩熙载的建议，派人往中原和荆南散布谣言，声称一旦有某国穷兵黩武、冒天下之大不韪无故侵略荆南，南唐将出兵替天行道，以捍天威。

南唐在武昌集结重兵的消息很快被宋朝的探子报到了汴京。

赵匡胤听到消息，心中对南唐的迅速反应感到颇为奇怪。对于南唐利用谣言在舆论上领先一步，他更是大为震惊。

几日后，赵匡胤的亲信——负责秘密探子的守能和尚紧急求见赵匡胤。守能和尚手下的秘密察子从南唐内廷刺探到情报，知道乃是韩熙载建议南唐国主在武昌派驻重兵并且同时派人往江陵散布了谣言。

“韩熙载！果然不简单。”赵匡胤从守能和尚口中听到情报时，一字一顿地说了一句。

守能和尚看着赵匡胤，但见他眉头紧缩，眼睛半眯着，仿佛心里包藏着极大的困惑。

守能和尚告辞出皇宫后，赵匡胤旋即令慕容延钊、石守信各回军镇。偷袭江陵城的计划取消了。他不想立刻与南唐发生正面冲突，也不想在舆论上处于被动的地位。

芙蓉花开，秋水渐寒。

九月甲子日，赵匡胤下诏，以荆南行军司马、宁江节度使高保勖为荆南节度使。赵匡胤同时告诫高保勖，勿贪恋淫乐，务必以荆南百姓民生为重。对于荆南填平“北海”，赵匡胤给予了充分的赞誉。“北海”填平后，多出了方圆十数里的田地。赵匡胤令高保勖将这些田地都分给穷苦百姓。在这片田地中间，赵匡胤督促高保勖修筑了一条官道，直通江陵城北城门。

就在授高保勖为荆南节度使的那天，赵匡胤接到北部边境发来的快报。快报说，契丹的解利，带着人马，前来归降。赵匡胤闻讯大喜。

大概在同一时间，在金陵的韩熙载接到窅娘自汴京的来信，信中说，她会继续待在汴京，一直为他、为南唐效力。

建隆二年冬十月，南唐国主李煜为了显示自己对弟弟韩王从善的信任，加从善为司徒兼侍中、诸道兵马副元帅，封邓王从镒为司空、南都留守。

直到这个月，赵匡胤才派枢密承旨王文前往南唐祝贺李煜袭位。王文这次出使南唐，不仅仅是前往祝贺，还肩负着一个外交使命。在赵匡胤给南唐回复的文书中，用语从“书”变成了“诏”，同时令南唐国主李煜今后穿紫袍接见中朝使者。在周世宗时期，南唐国主李景虽然臣服于中原，但只不过去掉了帝号，而在南唐国内，依然用王者礼，自称“朕”，臣子称其为“国主”。至此，南唐国主李煜在国内虽依然称“朕”，但是接见宋朝使者时不再穿黄袍，而只穿紫袍。

也在这年十月，梧桐叶落之时，宋朝皇太后正式下葬。国主李煜遣户部侍郎韩熙载、太府卿田霖赴中原助葬。

皇太后下葬后，赵匡胤数天闷闷不乐，茶饭不思。天不怜人意，偏偏又下了一场秋雨。赵匡胤但觉秋寒天冷，万物肃杀，不觉越发思念逝去的母亲。

韩熙载到达汴京后，王承衍将这个消息告诉了窅娘，问她想不想去见见韩熙载。王承衍也不知道，自己为什么会向窅娘提出这个问题。在江陵城的时候，王承衍便常常想起窅娘。是牵挂？还是担心？王承衍自己也不太清楚。有时，他会很希望窅娘就在自己身边，可以与她说说话。王承衍也常常想起雪菲。他想到雪菲时，感觉是一种轻松的甜蜜；想到窅娘时，却是一种掺杂着苦涩的甜蜜。一贯处事冷静的他，内心也很少出现激烈的情感，但是，每当想到窅娘时，心里却不时涌动起那种又苦又甜的感觉，仿佛不断自他心底掀起巨浪一般。

从江陵城回来后，王承衍会不时远远看着窅娘，默默想着自己的心事。知道了韩熙载来京的消息，王承衍揣摩了良久，最终决定把消息告诉窅娘。

“也许，这个消息会让她开心！”他这样简单地想着。当心底冒出这个想法的时候，虽然他感到有些伤感，却也同时感到一种奇妙的轻松快乐。

对于王承衍的提问，窅娘也暗暗吃惊。她沉默了片刻，摇了摇头，平静地对王承衍说，过去的事情就让它过去吧，她想留在汴京，留在他的身边。王承衍对她的回答感到有些意外，心底却暗暗感到一阵狂喜。

赵匡胤接见了韩熙载。这是他们的第二次见面。上一次见面，还是后周世宗柴荣在位时。当时，韩熙载是受南唐国主李景委派，作为南唐使者出使后周。如今，周世宗柴荣和南唐国主李景都已经故去。在大殿上，赵匡胤与韩熙载按照礼节，进行了简单的交谈。但是，当他们眼光相触时，韩熙载明白，赵匡胤想要的，绝不只是江陵城和荆南；赵匡胤也明白，韩熙载让王承衍带给他的话——“只要我韩熙载一息尚存，就容不得别人乱动南唐”——也不是一个空洞的威胁。

关于江陵城和南唐边境增兵之事，两人谁都没有提及，就仿佛一切都不曾发生过。

这年十二月，回鹘可汗景琼派遣使者来汴京进贡方物。景琼的使者还未离开，于阗国王李圣天派来进贡的使者也到了汴京。

乙未日，中原大地和荆南地区迎来了一场罕见的大雪。从汴京到江陵城的上空，飘飞着鹅毛般的雪花，天地变成了白茫茫的一片。在大雪中，一小队骑士纵马向汴京城飞驰。队伍当中，有一匹马是被牵着飞奔的，马背上捆缚着一个人。这队骑士，是昭义节度使李继勋派来送奏报的。奏报称，李继勋率军击败北汉千余人，斩首百余众，还俘获了辽州付廷彦之弟付廷勋。这队骑士，在送奏报的同时，也将付廷勋押送到了汴京，献给了朝廷。

赵匡胤在崇政大殿中接到奏报，一连说了三声“好”，随即手中攥着那份奏报，慢慢踱出大殿。他站在大殿的殿门前，望着漫天飞雪，陷入了沉默。“荆南！湖南！我会等待机会的！”他默默地想着。大风裹着鹅毛般的雪花，向他扑来，有的沾在他的脸上、眉毛上，有的落在了他的幞头上、肩头和胸前。

卷二

一

建隆二年十二月快结束的时候，如月皇后的二姐——太原郡君王氏在汴京的御赐宅中因病去世了。如月皇后闻讯，悲伤难禁，一连两三日未进食。二姐的去世，使如月又失去了一个亲人。如今，如月的娘家人，只剩下如月的老母亲和她的弟弟王继勋了。

王继勋自后周广顺初年以来，担任汾州刺史，兼任晋、磁、隰等州缘边巡检，后来又陆续任宪、麟、石、磁四州的刺史。入宋后，赵匡胤任命王继勋为磁州团练使。荆罕儒失陷战场，王继勋等按兵不救，导致荆罕儒战死。荆罕儒是赵匡胤的爱将，赵匡胤因此将王继勋问罪，降职为右监门卫率。

王继勋性格暴躁，为人残忍，对自己的姐姐如月却是百依百顺，非常敬重。如月虽不喜弟弟的脾气，却对这个弟弟十分爱护。二姐的死，更增加了如月对弟弟王继勋的倚重和关爱。

就皇后如月二姐去世一事，太常寺向中书省递交了太常礼院状，认为按照礼例，皇后姊太原郡君王氏去世，皇后应该出宫前往其父——已故节度使王饶府邸发哀成服，百官应该前往其府邸进名奉慰。中书门下得太常礼院状后向赵匡胤作了禀报，赵匡胤批准了太常寺的请求。

因为天气甚寒，这月乙未日下的大雪还没有化。在一个天寒地冻的清晨，赵匡胤送皇后如月出了西华门。皇后如月穿着丧服，乘上辇车，带着一队随从前往娘家在京城西南边的府邸。

赵匡胤听着一队人脚踩冰雪地上发出的咯吱咯吱声渐渐远去，

对如月的愧疚之情像天上灰色的云团，变得越来越浓。

西华门外大街两边的旱柳支棱着光秃秃的枝条，像是垂死的老人，浑身上下透着一种听天由命的绝望。“又要下大雪了啊！”赵匡胤心里想：“如月又少了一个亲人，我也又少了一个亲人。我为什么就不能对如月好一些呢？”他暗暗自责着。“那天，如月求我让继勋官复原职，我为何偏偏要拒绝呢？我完全可以对继勋宽容一些啊，哪怕不是为继勋好，让如月开心一些也是好的啊！”这个念头还在他心头盘旋的时候，天上下起了大雪，刮起了大风。大风裹挟鹅毛般的雪花在天地间旋转着。雪花尽管是白色的，但也许是下得太密的缘故，看上去却是密密麻麻的灰色。赵匡胤这时的心，也仿佛被这漫天的飞雪塞满了。周世宗、李筠、李重进、韩敏信，还有很多故人的面容，再次不受约束，伴随着飞雪往他眼前蜂拥而至。他站在宫门前，仰面朝天，让雪花任意地冲撞着他的脸庞。“日子就这样一天一天、一月一月、一年一年地过去了！生生死死，在这天地间，终会归于空虚。这漫天的飞雪，如多少曾经狂舞的生命啊！可是，不论贵为帝王、身为郡君，还是执掌军权的大将，或是普普通通的平头百姓，到头来，终将如雪一样在太阳的普照下消亡。一切都将归于空，我所苦苦追求的目标究竟有没有意义？可是，我答应过柳莺姑娘，我答应过阿琨，我答应过那些为了追求太平盛世的将士们……难道我该把我的誓言都忘记吗？老天啊！我的信念动摇了吗?！老天啊！请别让这飞雪扰乱我的心、消磨我的信念吧！”赵匡胤仰着头，睁着眼，含着泪，怒气冲冲地盯着天空，盯着那藏在漫无边际、灰蒙蒙的飞雪背后的天空。“不！不！老天，我不会这么容易便屈服的。”他内心狂吼着。灰色的飞雪被刺骨的寒风裹挟着，团团旋转，仿佛也在怒号着，要将他内心的吼声给压下去，不仅如此，甚至想要将他的身体也彻底吞没。可是，他还是像一个勇敢的战士，坚定而固执地站着，默默地瞪着强大的、暴怒着的对手。

二

一个人，便是一座城。人的心，便是这座城的内廷。

在这座特殊的、无形的“内廷”中燃起的烛光，照亮人在外界看到的一切：逶迤的大山，奔流的溪水，春天里发出嫩叶的绿色柳条，夏天碧蓝色池塘中浮动的睡莲，秋天从枝头飘落的枯黄的叶子，冬天里在铅灰色的天空中飞舞的雪花，摆在桌子上的诱人的点心果脯，饭碗中的大米小米，街头跑来跑去的垂髫孩童，将粮袋从船上搬到码头上的工人杂役，战场上挥舞着刀剑的将帅猛士，垂垂老矣的远方游子……一切都被这“内廷”中的烛光照亮，又在这“内廷”中投下各自的影子。这些影子，有时清晰，有时模糊，有时彼此交融在一起，只不过在心中留下一片混乱而已。

一个人，想看清楚心之烛光照亮的世界，是多么难啊。另一个人，想看清楚世界万事万物经由此人心之烛光照亮后再返投入此人心中的影子，更是难上加难。

三

赵普的妻子周氏去世了。

“现在人都走了，应该让她用回自己的姓氏了！”赵普想起了自己第一次见到她的情境，想起了自己与她相伴中的点点滴滴。他十五岁那年，石敬瑭投了契丹，后唐幽州帅赵德钧连年用兵，幽州生灵涂炭，他的爹爹赵回带着全家迁往了常山。正是在常山，当地的豪族魏氏将女儿嫁给了他。在常山赵普与她成亲的那晚，他揭开她盖头的那一刻，她满脸羞怯，对他嫣然而笑。与周氏结婚五年后，天雄军节度使安重荣起兵反了后晋。她的娘家是镇阳豪族，她的父亲与安重荣交好，暗中为安重荣提供了军资。后晋派人暗杀了她的父亲。为了躲避后晋的追杀，她举族逃亡洛阳。正是从那时起，他让她改姓周。后周显德初年，他被永兴军节度使刘词征招为从事，正是她为自己背上了行囊，送他出门。那时，他俩的儿子李承宗刚刚四岁。送他时，她手中牵着承宗的手。那是个冬日，承宗的小脸蛋被冻得红扑扑的，鼻子下还拖着鼻涕。刘词去世后，他因为刘词的上表推荐和宰相范质的保奏，做了军事判官。其间，他先跟随刘词，后跟随赵匡胤的父亲四处征战，而她则一直待在洛阳苦苦等他。周世宗平定淮南，他被任命为渭州军事判官。后来，他被任同州节度使的赵匡胤招为推官。赵匡胤移任宋州节度使后，又表奏他做掌书记。他想起了自己第一次随赵匡胤出征回家后看到的她的样子，那一刻，她幽怨的、热切的、渴望他回到身边的眼神曾经让他的心都碎了。他想起了将她和孩子从洛阳接到汴京那所旧宅子里时的情境。就在陈桥兵变之前不久，他已经嗅出了政局紧张的气氛，出于谨慎的考虑，他让弟弟赵安易悄悄将她同承宗一起送去洛阳避避。可是，她在洛阳安顿好后，托兄弟赵安易暂时照顾承宗，又回到汴京来陪伴他。他想起了那一年契丹人给他送来珠宝想用反间计除掉他的事情。当时她听了自己的话，匆匆忙忙跑去后院封埋珠宝。后来，正是靠那些及时封埋的珠宝，他才得以在赵匡胤面前证明自己的清白。在她死后，赵普不止一次回想起那天她匆匆跑向后院的背影。瘦瘦的身子，高高绾起的黑色发髻，湖蓝色的褙子。“那天她不正是穿着那件湖蓝色的褙子吗？”有时，赵普呆呆地靠在卧榻上，回想起那一天的情景。“也许我记错了，也许她那天穿的是粉红色的褙子？”他感到一阵愧疚，“为什么那时我没有仔细记住她穿什么颜色的褙子呢？为什么我到后来才去回想那一刻她的样子？”不过，他确实记得她的背影，她匆匆跑步前往后院的样子，她被他吓到时微微睁大的眼睛。

赵普没有想到，一场病，竟然轻易地夺走了她的生命。赵普没有想到，他原来对妻子爱得是那么深。

赵普此时是朝廷的宣徽院使、枢密副使。他的妻子去世后，很多人前来吊唁。自妻子病重，赵普便将儿子李承宗接回了汴京。正好，那时赵安易受命前往府州，在节度使折德将军帐下任录事参军。如今，十三岁的李承宗，正长跪在母亲的灵前。赵安易也从府州告了假赶来。

赵匡胤穿着便服，亲自前往赵普府中看望赵普，吊唁他的亡妻。

当赵匡胤看到灵位上的字时，他大大吃了一惊。但是，他并没有将他的惊讶表现出来。“莫非周姓并非她的娘家本姓？”他心中暗想。

“人有生老病死，掌书记节哀顺变啊！”

“去年，搬进这陛下赐的新宅不久，樱桃便红了。我与拙荆一起摘樱桃，尝樱桃。那天，拙荆看着红色的樱桃放在白瓷碗中，还吟了一句唐代韩偓的诗：‘蔗浆自透银杯冷，朱实相辉玉碗红。’当时，我以白乐天之诗戏言，我眼中只见到‘樱桃樊素口，杨柳小蛮腰’。如今想起，恍若昨日啊。”赵普说着说着，眼眶便红了。

赵匡胤看着赵普红着眼睛，脸色灰暗，一副病恹恹生无可恋的模样，心中不禁暗暗为自己的这位智囊担心。在赵匡胤心里，赵普是他的老朋友，是一个可以倾听他内心的人。可是，现在，赵匡胤发现，自己其实并不完全了解赵普。他没有想到，这个平日看似冷酷决绝的赵普，竟然会因为妻子的亡故一下子消沉到这种地步。

对于赵匡胤亲自前来吊唁，赵普多少有些吃惊。他心里清楚，太常礼院肯定会认为皇帝的行为不符合朝廷的礼节，这便是赵匡胤为什么要换上便服前来的原因。他从心底里感激赵匡胤。

赵匡胤在赵普妻的灵堂中上了香，烧了些纸钱。随后，他拉住赵普的手说：“掌书记，我有些要紧事情与你说。”

赵普见赵匡胤神色凝重，心中一紧，口中却没有说出回答的话来。悲伤与消沉似乎让他的反应有些迟钝了。他只是愣愣地望着赵匡胤。

“生死无常，掌书记，嫂子也不希望看到你这个样子啊！还有很多事情等着你做呢！”赵匡胤紧紧握着赵普的手说道。

赵普眼睛眨了眨，眼眶中闪着晶莹的泪光。他默默地点了点头。

“安易，你在这里照应一会儿，我带陛下到厢房歇息一下。”赵普对弟弟赵安易说道。

赵安易慌忙答应了。

厢房里没有其他人。

“掌书记，我要将李处耘从扬州调回京城。”赵匡胤说。

“哦？”

“我想让掌书记出任枢密使。让李处耘担任枢密副使。”

赵普听了，有些吃惊。他的思绪，从悲伤的缠绕中暂时抽离了出来。这是陛下因为传位誓书之事在笼络我，还是要有什么行动？他马上开始猜测赵匡胤产生这个想法的真正动机。

“现任枢密使吴廷祚恐怕——恐怕会对陛下这个决定很难接受吧？”

“对于吴廷祚，我自然另有重用。相信他会理解的。只要等时机合适，宣布决定便是了。”

“调李处耘回京？莫非陛下对于经略天下有新的计划？”

“不错。”

“为何选李处耘？如今扬州也是百废待兴啊。”

“调处耘回来，是想暗中整饬禁军，为统一荆、湖做准备。不久前，我曾调慕容延钊、石守信回京，不过很快引起了南唐的警惕。南唐迅速在武昌集结了重兵。南唐的反应，实在有些迅速。我怀疑，汴京城内，有南唐的密探，将我朝的一举一动都暗中通报给了南唐。另外，处耘在对付间谍方面，也有很多经验。”

“哦？”赵普稍微露出惊讶之色。

“后周时，处耘被李继勋召至帐下。当时李继勋还在镇守河阳。刚开始的时候，李继勋并不看重处耘。有一次，李继勋宴请帐下将吏，酒席间，为了助兴，众人比试射箭的技艺，结果处耘连中四发。李继勋大奇，从此以后，对处耘另眼看待。他令处耘负责河津事务。处耘为人沉稳精细，便提醒李继勋，说河津一带往来的人中，有些人形迹可疑，其中肯定有间谍。李继勋令处耘严加追查，果然查获了潜伏在后周境内的契丹间谍，从间谍那里，还搜查到了与西川、江南秘密往来的蜡书。我领殿前亲军后，世宗将处耘安排到我的麾下任都押衙，也是看重他的精审。我调他回汴京，其实也想让他查查在汴京城内是否潜伏着南唐或荆湖的间谍。”

赵普静静地听着赵匡胤的话，一声不吭。

赵匡胤继续说道：“李处耘与你一样，是开国功臣，我对他充分信任。况且，他也不如慕容延钊、石守信那样名声在外，目标会小一些。调他回汴京暗中训练禁军，可以麻痹南唐一阵子。掌书记，你还得振作起来，务必多琢磨一下荆南、湖南与周边几个割据政权的情况。现在，我朝缺的就是发兵的时机啊！我也担心，时间拖得越久，荆南、湖南的变数越多。一旦南唐、南汉、后蜀三国联合起来，恐怕荆南、湖南就会被他们瓜分，那时若想统一九州混一天下，恐怕会难上加难啊！”

对于赵匡胤之前调慕容延钊、石守信回京，赵普是在朝会上才知道的。为了这件事，赵普担心了好多天。因为，作出这个决定之前，赵匡胤并没有找他咨询定策。这件事，在赵普心底投下了不大不小的阴影。他一度怀疑，自己已经失去了赵匡胤的信任。可是今天赵匡胤的举动，又在很大程度上消除了他之前的担忧。

“陛下还是信任我的。之前定策没有找我，想来是另有原因。”赵普这样想着，心里思索着应该怎样回答赵匡胤的话。“万一，说让我担任枢密使，是一个试探呢？”赵普没有马上回答赵匡胤的话。

过了片刻，赵普方一字一句地说道：“谢陛下信任，微臣一定尽心尽力。”他没有说更多的话。言多必失！

“担任枢密使，我就可以在助陛下统一天下的进程中发挥更大的作用！”赵普抑制着自己内心的激动。“应对荆南、湖南的对策，还是慢慢再说吧！也许，陛下早就有了主意，我多说也无益。”他心里默默想着。

“好！既然掌书记这么说，我就当掌书记已经答应了。”赵匡胤抓着赵普的一只手臂，注视着赵普的眼睛说道。

赵普感觉到从赵匡胤手中传来的力量。他回视着赵匡胤的眼睛，慎重地点了点头。

"对了，我记得嫂子是姓周啊。怎么——"直到这时，赵匡胤才悄声问道。

赵普当下将妻子魏氏改姓周的缘由细诉了一遍。

赵匡胤听完，不禁唏嘘不已。

"掌书记以前怎从未说起啊！"赵匡胤语气中带着轻微责备的意味。

"微臣私事，不敢烦扰陛下。"

"从前，我只不过是一个节度使啊。"

"是啊，我多么想以前能够多说说她呀。也许，不是我不愿说，根本就是我忽视了她。这几日，微臣常常想，有多少日子、多少事情，我们本该好好记住它们的，却都在光阴中飘忽而去了。直到与这些日子相系的人也走了的时候，我们才突然发现，连这些人的样子，我们也没有记得多少啊！而那些日子，像是系在那些人身上的纸鸢，人走了，绳无所系，纸鸢也便飞走了，会慢慢看不清，直到什么也看不见了。"赵普黯然说道。

"就如同走进一片森林，你走着走着，只能看到走过的路两边有限的树木。有多少你未见的树木在黑暗中沉默着啊！人心，也是一片森林啊！我的内心，不也像森林吗？大片大片的沉默，大片大片的黑暗！即便身边的人，我了解他们多少?！他们又能够了解我多少呢？"赵匡胤悲哀地想着。他忽然想起了自己的妻子如月，想起了兄弟赵光义，想起了那个一向沉默不语的慕容延钊，想起了自己的几个结拜兄弟石守信、韩重赟等人。

"掌书记也不必自责了。人死不能复生。你自己多保重。"赵匡胤温言安慰赵普。

几日后，赵匡胤下诏，追封赵普妻子魏氏为卫国夫人。

四

扬州街头的一家茶店内，一个青衣老者抻着脖子，一边嚼着糕饼，一边与围坐在桌边的其他三人说道："听说李大人要调回京城啦！"

"真的吗？李大人这一走，咱们刚刚减少的屋税，会不会又要增加了？"

"还真有可能啊！听说，李大人是今上的亲信，要不是他的一封上表，朝廷怎么会减少咱扬州百姓的屋税！"

"减少屋税，不过是小恩小惠，你们怎的就如此感恩戴德！想当时的围城之战，咱扬州死了多少人啊！"

"是啊。不过，话也不能那样说。打起仗来，也没有办法。打仗死人这笔账，也不能全算在这位李大人头上。咱原先的那位李大人，若是不反叛，咱扬州百姓也不至于遭那一劫啊！"

"唉，咱哪管得了那么多啊！俺只知道，这位李大人上表减少了咱扬州人的屋税，这样算来，咱也是受了这位李大人的恩惠的。他一调回京城，还不知新来的大人会怎么对咱扬州百姓呢。"

"对哦，对哦，咱扬州战后一片凋敝，刚刚缓了口气，全赖李大人勤于绥抚。要不，咱与街坊说说，大伙去李大人官署前请愿，请他留在扬州。大伙觉得如何？"

四个人围着桌子，吃着茶点，议论起动员街坊去官署请愿之事。不一会儿，茶店里的其他客人也围了过来，其中不少也是因减了屋税而受益的，也都担心李处耘一调任，他推行的减少屋税的政策会就此停止。

一时间，茶店里的议论之声喧嚣起来。

李处耘接到朝廷的调令后，便慌忙准备起来。他知道，赵匡胤急急要调他回京，一定是有要务交付给他。他心里也想着早日回汴京。回到汴京，就可以与妻子儿女在一起了。在打点行李的时候，他便想着自己的两个宝贝女儿雨霁、雪菲和三个儿子继隆、继和、继恂。

“雪菲这丫头，可拿你怎么办啊！偏偏你被赵光义看上了！”他一想起这事，心里就充满了作为父亲的烦恼。照理说，女儿被当朝皇帝的亲兄弟看上也不是坏事，可是这丫头偏偏不喜欢。他这个父亲又不愿意勉强自己这个宝贝女儿。“那个王承衎也是不错的人选，这丫头的眼光确实不错。雨霁倒是比雪菲乖多了，这次回京，该给她找个好人家咯。”想到这儿，他不知不觉地露出微笑。这两个宝贝女儿既给他添了不少烦恼，也让他感到骄傲。

他也想着他的三个儿子。他已经很久没有见到大儿子继隆了。因为他常年在外征战，当时考虑到他的成长，便将他托付给了自己的兄长处畴。他的两个小儿子继和、继恂今年一个十岁、一个八岁，都由孩子母亲亲自带着。处畴有一个儿子叫继凝，比继隆长三岁，两个孩子年龄相近，平日在一起，正好有伴。处畴武艺高超，亲自教授继隆和继凝，同时延请名师，为几个孩子讲授四书五经。

李处耘想着自己很快就可以回到汴京，对亲人的思念也变得更加强烈了。“这次回去，得见见继隆这孩子，想来一定长得更加壮实了吧！”他想着大儿子继隆的样子时，嘴角挂着满足的微笑。

在李处耘动身离开扬州之前，节度使宅邸门口挤满了人。从这些人七嘴八舌的谈话中可以知道，他们是来挽留李处耘的。

李处耘听说许多百姓前来挽留他，自然颇为高兴。但是，他却让手下赶紧把这些人都劝说回去。“别错过了时辰，陛下怪罪下来，谁都担待不起！”

在李处耘的心里，能够得到皇帝的信任是最重要的事情。至于是否得到百姓的认可，倒不是他最关心的。所以，当扬州百姓因为得了他的好处前来挽留他的时候，他确实有些得意，但是心里并没有多少感动。他冷冷地想：“这些人，都是因为我减少屋税，受了益，所以感激我。他们挽留我，无非是怕我一走，新上任的官又要加税吧。那些没有被减税的大户，还不是恨我恨得牙根痒痒？不过，屋税迟早会增收，我现在调离扬州，也算是一个好机会。若不然，迟早有一天也要被骂。这帮人，围在府邸门口，真是添乱，若是陛下知道了，还以为我不愿离开扬州，暗中使花招，鼓动百姓前来请愿。”

那些前来请愿的百姓最终没有见到李处耘，都悻悻地散去了。

李处耘怕生出事端，当晚趁着夜色，带着一队随从和亲兵，匆匆出了扬州城，连夜赶回汴京。

李处耘到汴京后，先到皇宫觐见了皇帝。他虽然想到了这次回来可能被重用，却没有想到赵匡胤除了准备让他由宣徽北院使改任宣徽南院使，还想让他接替赵普，兼任枢密副使。枢密使，可是一个有实权的职位。

“对此，你要有个心理准备。在正式任命之前，还有一件事要做。”赵匡胤神色凝重地说道。

“臣万死不辞！”李处耘因为皇帝的信任大为振奋，大声回应着。说话时，他挺起了胸膛，昂起了脖子，大大的脑袋微微仰起。

赵匡胤在向李处耘透露了自己对他任命的打算后，没有继续说有什么任务给他，而是将话题转往一个新的方向。

“不急。朕已经在南城景福坊给你物色了一处宅邸，就赐给你咯。你这几天，就将家人都搬到新宅子里去吧，先安顿好再说。”赵匡胤微笑着不说任务。

李处耘一听，喜出望外。能够得到御赐之宅，这是何等的荣幸啊！况且，这些年来，他一家子在汴京内的宅邸，一直是从一个大户那里租赁的。如今，竟然有了皇帝的赐宅！兴奋之情使他的脸顿时涨红了。

这次觐见使李处耘在内心充满了荣耀感。“但是，陛下究竟要让我完成什么任务呢？”当他想起这事，心里便惴惴不安起来。

从租赁的宅子搬到新宅后，李处耘没有想到，他迎来的第一个客人竟然是皇弟赵光义。

赵光义来访，是在一个春日的午后。

一番寒暄后，赵光义便问起雪菲的情况。李处耘知道自己的那个宝贝女儿雪菲不喜欢赵光义，便含含糊糊说了几句。赵光义又提出，想择日邀请李处耘一家去春游。李处耘无奈，只好口头上说好，心里却暗暗叫苦。他心知赵光义是以此为借口，想要接近自己的女儿雪菲。他不想勉强女儿，却又不想将赵光义给得罪了。

正在李处耘面对赵光义的请求支支吾吾、一脸苦笑之时，穿着一身湖蓝色衣裙的雪菲急匆匆地冲进会客厅。只见她的手中捧着一盆兰花。她的身后，跟着两个男孩，正是她的弟弟继和、继恂。

“爹爹——瞧这朵兰花，开得多好。”雪菲刚刚说了一句，便立刻惊讶地收了声。她没有想到赵光义会在客厅内坐着。

“爹爹！爹爹好！”继和、继恂也异口同声地喊道。

在两个弟弟跑向李处耘的时候，雪菲停下了脚步，又瞧了赵光义几眼。

“你怎么来了？是来向我要回那匹汗血宝马的吗？”雪菲嘻嘻一笑，故意提起了赵光义之前赠给她而她以借为名一直骑着的马儿。说话间，雪菲将手中的兰花轻轻放在父亲身旁的茶儿上。

赵光义此时其实根本没有想起那匹已经送给雪菲的马儿，被她这么一问，不禁满脸尴尬。她提起此事，仿佛是说他舍不得那匹汗血宝马。

“雪菲姑娘说笑了，那匹马儿本来就是要送给你的！”赵光义定了定神，微笑着说，目不转睛地盯着雪菲。

“菲儿，不得无礼！你们两个，快向府尹大人问好！”李处耘狠狠地瞪了女儿一眼，又冲两个儿子说道。此时，赵光义任都虞候和开封府尹，所以李处耘以“府尹大人”相称。

继和、继恂学着大人模样，向赵光义作揖。

“瞧这两个孩儿，真是乖巧！”赵光义哈哈大笑起来。

赵光义冲李处耘的两个儿子说了几句夸赞的话，接着又将目光转向了雪菲。他瞧着雪菲的目光，仿佛被磁铁吸引住了一般。最近，他时时提醒自己，追求雪菲最重要的目的，是赢得李处耘的势力与支持。他需要这一政治的联姻。然而，令他自己感到吃惊的是，他发现，自己会常常情不自禁地想起雪菲，幻想着有她在身边说说笑笑，幻想着能够与她一起赏春光看秋景，幻想着能够带着她走访名山大川，走遍海角天涯。每当他想到雪菲的时候，他也会想到夫人小符，还会想到那位被他藏在别宅的情人小梅。他希望有一天，小符能够接受他将雪菲和小梅纳为妾。不过，他还一直不敢向小符说明他的心思。开封府公务有闲的时候，他会偷偷去别宅与小梅私会，但是，他已不知不觉地开始将越来越多的心思用在雪菲身上。他现在已经不管能不能追求成功，就是希望能够多见到雪菲。这一刻，雪菲就在他的眼前，他生怕错失良机，要紧紧抓住每个可以接近雪菲的时刻。

雪菲见赵光义无所顾忌地盯着自己，不禁满脸绯红，心底有九分恼怒，却也有一分女孩子特有的被人注视的得意。

“谁说要你送的马儿了，改天本姑娘便让人给你牵回去。”雪菲嘟起嘴，嗔怒道。

“雪菲姑娘，这次我冒昧来访，原是为了邀请令尊过几日携家眷一起去城郊春游的。”赵光义说着，意味深长地看了看李处耘。

“哦，是啊，这花红柳绿的日子，是该出去看看才好！只要朝中无事，女儿啊，爹爹便带着你们一起出去。”李处耘迎合着赵光义，同时又为自己留了余地。李处耘的意思是，万一朝廷有公务，他便不能出游了。既然他不能出游，自然不能带着女儿雪菲一起出游了。那样一来，雪菲愿不愿意出去，就由着她自己了。

赵光义自然能够听出李处耘话中的意思，当下也不在意，只是扭头继续似笑非笑地看着雪菲。

“我已经与承衍哥哥、窅娘姐姐他们说好了，要与他们一起去春游！爹爹，今天我就是来跟你说这事的。继和、继恂刚才还嚷嚷着要一起去玩耍呢。是不是啊？你们两个快说啊！”雪菲冲赵光义做了鬼脸，看了爹爹一眼，说了一句话，又冲着两个弟弟喝道。

“是的！我俩也要去！”继和仰着头，大声说道。

“没错，没错！”继恂应和道。

赵光义见姐弟们一唱一和，愣了一愣，微微露出失望之色。

“好啊，这样也好，我便一起邀请承衍兄即可。大家一起出去春游，更加热闹。”赵光义旋即笑着说。

“真是死皮赖脸得像膏药。”雪菲低声嘟哝了一句。

李处耘见赵光义这么说，便对雪菲说道：“女儿呀，府尹大人诚意邀请，你便与承衍他们说说，一起春游又何妨？”

“爹爹！人家有自己的安排嘛！”雪菲嗔道，跺了一下脚。

赵光义见雪菲像是微微有些恼怒，知道今天继续缠下去，恐怕会适得其反，当下微笑着说道：“好，不急不急，如果雪菲姑娘同意了，春游之事，我便来安排。今天我便先告辞了！”

说罢，便立刻起身向李处耘和雪菲告辞。

“小女无礼，府尹大人休要见怪。”李处耘慌忙起身说道。雪菲草草行了送别礼，一副心不在焉的样子。

赵光义将雪菲的神色看在眼里，哈哈一笑道：“哪里！哪里！告辞了！”

李处耘作揖相送，一直将赵光义送出大门。

赵光义想去小梅那里，可是犹豫了一下，还是决定回自己的府邸。回到府邸，他往前堂会客厅的卧榻上一靠，呆呆地发愣，痴痴地想着被雪菲拒绝的场面，越想心里越郁闷。

忽然，赵光义抬头看到婢女夏莲从堂前经过，女人凹凸有致的身形在他眼前一晃，他心中一动，便喝道：“夏莲，快给我热壶酒来！”

夏莲听到喝声，扭头看到赵光义，见他面带愁容，心知他一定遇到了什么烦心事。她答应了一声，便匆忙往厨房方向走去。

厨房位于前堂西边厢房的南端，也就是前堂的西南方向。当夏莲扭着腰肢刚朝厨房门走去时，赵光义躺在卧榻上，正好可以看见她的背影。她那窈窕的身姿，像成熟的桃子一般丰满的臀部，很快激起了赵光义心中的欲望。

不多久，夏莲热好了一壶酒，将银酒注子与一个银酒盏一起放在一个红漆方木盘中，给赵光义端了过去。

“斟上！”赵光义倚靠在卧榻上，伸出手指冲酒盏子点了点。

夏莲不敢多语，拿起银酒注子，将酒盏子斟满。

赵光义拿起酒盏子，一饮而尽。

他随后伸手朝酒盏子指了一下，示意夏莲再斟满。

如此三番，赵光义一连喝了三杯。

三杯酒下肚后，赵光义眼睛直直盯着夏莲，说道：“你再拿只酒盏子来，陪我一起喝！”

夏莲听了，微微一惊，低下头，迟疑道：“贱婢不敢！”

“什么敢不敢，是我让你喝的！”赵光义拉下脸，厉声喝道。

“贱婢不敢！若是让夫人知道了，夫人非打断贱婢的骨头不可。”夏莲心下琢磨着该怎么办才好，口中依然不答应。

赵光义本来刚刚因被雪菲拒绝而郁闷，此时听到夏莲这话，心中无名火起，重重拍了一下卧榻上的小茶桌，怒气冲冲地喝道：“夫人？夫人管得着吗？我让你喝你便喝！”

夏莲见赵光义动怒，想起几日前小符夫人带着几个婢女正好到洛阳看望姐姐周太后去了，不禁心底一动，赶紧答道：“是，贱婢这就去取酒盏子。”

说完，夏莲便匆匆忙忙又往厨房方向跑去了。

赵光义火辣辣的眼光再次投向夏莲窈窕的腰身和丰满的臀部，心不禁突突地跳了起来。

夏莲转眼之间便取来了一只青瓷酒盏子。

赵光义见夏莲站在卧榻旁边，愣着不敢动，便道：“都斟上吧！”

夏莲给赵光义的银酒盏子斟满酒，又依言给青瓷酒盏子斟上了酒。

赵光义一仰头，又将那杯酒一饮而尽。

“喝啊！”赵光义斜眼看了夏莲一眼，喝道。

“是！”夏莲举起青瓷酒盏子，皱起眉头喝完了那杯酒。

赵光义跟着又催着夏莲陪他一起干了几杯。因为酒喝得快，赵光义很快便微有醉意了。夏莲不时推托着，比赵光义少喝了几杯，但也是满脸绯红。双颊的绯红，为她平添了几分妩媚。

“大人似乎有很烦心的事啊？”夏莲小心翼翼地探询。

赵光义也不答话，呆了呆，说道：“喝酒便是！”

这时，夏莲往堂前看了看，方才去拿起酒注子斟酒。

忽然，夏莲身子一晃又一斜，酒注子在她的手中差点摔落。她慌忙扶住酒注子，身上的衣衫却被洒湿了一片，也有不少酒水，溅到了赵光义的衣襟上。

“贱婢该死，弄湿大人的衣裳了。哎呀，我这衣裳——”夏莲满脸惊慌地说道。

“不打紧，不打紧！”赵光义喝得微醺，心头比方才舒畅了一些，所以对洒酒并不在意。

“我回房去换件衣裳再来陪大人。”夏莲放下银酒注子说道。

赵光义看着夏莲妩媚的脸，心下怜惜，便说道：“去吧！换了再来！”

“大人的衣襟也湿了，大人要不也去换换衣裳吧！贱婢这就回房换。”夏莲说着，扭动身子，便往前堂的影壁后走去。将要绕过影壁的时候，夏莲回头看了赵光义一眼，妩媚地一笑。

赵光义正从背后盯着夏莲，见了夏莲那含情脉脉的回眸一盼，顿觉心旌荡漾。夏莲的背影在影壁消失后，他在卧榻上呆了一呆，便猛然立起身来，匆匆绕过影壁，穿过前堂后面的长廊，往后堂西北角夏莲的卧房走去。

赵光义现在居住的这座宅子，是皇兄赵匡胤在他任开封府尹后新赐给他的。自任开封府尹后，赵光义便搬入了这个新家。他原来居住的位于西角楼大街的府邸便暂时空了出来，但是仍归他所有。按照夫人小符的意思，他将西角楼大街上的那座府邸租给了京城内的一个富商。这座新府邸就在开封府官署东侧的仪桥街上，与开封府官署很近，与位于西大街上赵普原来的居所也很近。不过，现在赵普也已经搬到了东华门东南界身南巷的御赐之宅。

总的来说，御赐给赵光义的这座府邸并不算很大，但是因为与开封府官署很近，前去办公甚为方便，所以赵光义颇为喜欢。关于这座府邸的位置，可以说得具体一点：出了开封府官署南正门，往东行数十步，在西大街与仪桥街交叉的十字路口，往南一拐，进入仪桥街，再往南行百来步，在仪桥街的西侧，便能看到这座府邸的正门。自正门往南走二十余步，便是这座府邸的南门。这个南门其实是一个附属于府邸的院子，院子里设有马厩。院子的西北角，有一个小门通往府邸住宅区。如果从府邸正门进入府邸住宅区，先可以看到一个影壁，绕过这面影壁，沿着石板铺成的甬道往西行十来步，再往北一拐，行二十来步，便是府邸的前堂。穿过府邸的前堂，便是一条通往后堂的长廊。

长廊大约有十丈长，中间部位建了一个八角亭子。八角亭子中有张石桌，围放着四个石墩子。长廊两边种植了修竹和各种名贵的花草。后堂由长廊与前堂相连，是一座五开间的木结构建筑。后堂中间是后堂的会客厅，东边有两间屋子，紧挨会客厅的是一间大屋，是赵光义与夫人小符的卧房。这间屋子再往东，是一间储藏室。会客厅西边，紧挨会客厅的也是一间大屋，是两个小婢女合住的卧室。这间卧室再往西的那间便是婢女夏莲的卧室。男性管家和仆人的卧室，都在前堂南面左右两侧的厢房中。平日里，未经主人允许，男性管家和仆人们是不能进入后堂的。在所有婢女和男仆的卧室之中，夏莲的卧室算是最偏的一间。这样的安排，完全出于夫人小符之意。在她的潜意识中，不想让夏莲离赵光义太近。

行到夏莲卧房门口，赵光义停住脚步，只听屋里面有窸窸窣窣的声音，正迟疑间，忽然发觉卧房的房门留着一条细缝。原来，房门并没有从内闩上。

赵光义心中一喜，但还是在门口迟疑了一下，方才轻轻推门进去。一进门，只见夏莲正站在床前，背对着房门，上身的衣裳应该刚刚褪下，光洁如玉的背部一览无余。

夏莲此时猛然转过身来，见赵光义已经关上房门站在那里，不禁慌忙举起双手挡住前胸。

赵光义凝视着夏莲，见她面露惊慌，半掩酥胸，却满目含春，便二话不说，走到她的面前，一把将她搂在自己的怀中。

夏莲微微挣扎着，却是半推半就，很快便顺了赵光义的意，任由他将她抱上了床，任由他将她身上剩余的衣裳剥得干干净净……

过了很久，夏莲仰头盯着床顶，悠悠地说道："贱婢现在是大人的人了。"

"嗯——"赵光义正侧身躺着，静静地看着夏莲红潮还未褪去的脸庞，口中含含糊糊地答道。

"若是夫人知道了，非打死我不可。大人要为我做主啊！"

"嗯——"赵光义还是未置可否地回应着。此刻，赵光义吃惊地发现，自己心里竟然想起了雪菲。方才与夏莲翻云覆雨之际，他的心里并没有想到雪菲，也没有想到小符和小梅。这时，他回想起自己刚才的那一刻，不禁感到有些空虚。他感到脸上发烫，心头有些羞愧。"我要的到底是什么？为什么现在又想起了雪菲？为什么刚才就将她抛在了脑后呢？难道我并不是想要得到雪菲？为什么，雪菲不如夏莲漂亮，我却偏偏忘不了她呢？"想到这里，他感到无比恼怒，感到一种奇怪的挫败感像吸血蚂蟥一样吸在他的心头。这种挫败感渐渐传化为怒气，他猛地坐起身子，将半掩着夏莲身体的被子一下子掀开，抓起夏莲的两条玉腿高高举起。他将心中的怒气发泄在夏莲的身上，仿佛由此可以得到他无法得到的雪菲。夏莲觉得这一次赵光义做得比方才更加猛烈，不禁很快发出了呻吟。正在她意乱情迷身体完全瘫软之际，赵光义重重地吼了一声，猛然将身子趴在了她的身上。他的头，枕在她两只隆起的乳峰之间。

夏莲微微喘着气，伸手轻轻抚摸着赵光义的头发。

她的爱，她的温柔，在这一刻如决堤的洪水，涌到了眼前这个趴在她胸前的男人身上。但是，她的爱如此复杂，以至于她自己都分不清，究竟其中有几分是真的，有几分是为了她那要出人头地的目标。

他们俩静静地躺在床上，他的头微微动了动，蹭得她胸口有些发痒。突然，她幽幽地叹了口气，说道："大人，你以后会成为大宋的皇帝啊！那时，你不会忘了我吧？"

赵光义微微喘着气，并没有回答什么。

过了片刻，赵光义仿佛突然想起了什么，从她胸口挪了开去，坐起身子，问道："你这话是什么意思？为什么突然这样说？"

夏莲见赵光义面色凝重，口气严肃，心中一惊，知道方才自己情迷之际说漏了嘴，一时之间眼神闪烁，迟疑不语。

赵光义见夏莲眼神闪烁，更是疑心大起。

他牢牢抓住夏莲的双肩，轻声说道："你可知道，就凭你方才的话，是可以定谋逆之罪的吗？为什么会说那样的话？快说！要是不说，我便杀了你。"

夏莲见赵光义一脸杀气，吓得花容失色，迟疑了一会儿，方才小声说了一句："我是听我小妹说的。"

"你妹妹？"

"是的，那次陪着夫人去皇宫内，我遇到了妹妹，她在宫内做御侍呢。她在皇太后归天时听到了一个秘密。"

"御侍？"赵光义又惊又奇。

夏莲当下将事情的来龙去脉细细说了一遍。

赵光义听完夏莲的陈述，缓缓松开了抓住夏莲肩头的双手。此时，夏莲裸露的香肩上已经留下了他深红的手印。

"秋棠？御侍？难道皇兄果真早早决定要传位给我？"赵光义感觉心在胸腔里突突直跳。

"可是，一个御侍怎么就正巧会发现这个秘密呢？那个秋棠会不会是皇兄的人，皇兄暗中设计，通过秋棠和夏莲来刺探我？"

"假如真有所谓传位盟约，而赵普又是当事人——他之前既暗示过等皇兄百年之后效忠于我，为何他不偷偷告诉我有这个秘密盟约？不，不，即便真有那个盟约，赵普也一定与皇兄之间达成了协议。若是这个盟约之事泄露，赵普也一定活不下去，皇兄一定会杀了他。因此，若我去问赵普，他一定会矢口否认。还有，即便真有所谓的传位盟约，万一皇兄之后改变了主意，而又知道我已经知晓了这件事，皇兄会怎样对我？若是皇兄也像五代乱世的那些帝王，我今后岂能继续存活在这个世上？"

赵光义想到这里，浑身一哆嗦，顿感全身发凉，方才与夏莲翻云覆雨时流出的热汗顿时变成了冷汗。

一瞬间，赵光义心思百转，思索之际，他用奇怪的眼神冷冷地盯着全身赤裸的夏莲，一句话也不说。

夏莲被他的眼神吓得一动也不敢动。

过了片刻，赵光义的脸色慢慢缓和下来，温言对夏莲说道："不可能，你妹妹秋棠一定是听错了。方才的话，不要再与任何人提起。就当没有对我说过。"

夏莲慌忙点了点头，又见赵光义露出温柔的神色，心里不禁渐渐升起一丝欣喜。

这时，赵光义抓起床上的被子，慢慢躺下来，同时将被子轻轻盖在夏莲和自己的身上。夏莲在被子下面，战战兢兢地将温暖的身体轻轻地往赵光义贴去。她的手，小心翼翼地搂着赵光义有些发凉的身体……

五

不久前，汴京城内物价猛涨。赵匡胤数次召集宰相、户部官员和诸翰林学士研究对策，亲自数次私访汴京城内的市场。他还派人前往诸州，访问各地市场，调查物价。经过一番调查，掌握了多个州内物价暴涨的情况。调查还发现一个问题，就是各州铜钱和铁钱并行，市场上钱币非常混乱。在靠近南唐的地域内，还大量流行着南唐铸造通行的"唐国通宝"。这就意味着有大量中原物资流入了南唐，同时也意味着南唐国的钱币在中原王朝内部也有着非常强大的购买力。部分官员认为，品质较差的铁钱盛行和拥有强大购买力的"唐国通宝"进入中原，扰乱了中原市场，因此建议禁止铁钱和"唐国通宝"在宋境内使用。赵匡胤采纳了这样的建议，下诏令民间有铁钱和"唐国通宝"者，都在限期内送到官府，如果有人暗中藏匿铁钱和“唐国通宝”，允许他人报官，并将受到重罚。为了完成这项任务，各地的官府都在衙门里或衙门旁边设置了钱币回收处，回收处的周围，为了防止有人盗窃，都用铁棘、荆棘或木篱笆围了起来。在听取几位翰林学士的建议后，赵匡胤又下令各地官府将回收的铁钱熔化后铸造成农具，发放给当地的贫民，鼓励他们开垦荒地。

去年开春的时候，赵匡胤为了增加朝廷岁入，曾派出一些官员，前往各地榷茶。当时，监察御史刘湛被派往蕲春榷茶，一年来，蕲春岁入倍增。赵匡胤得报大喜，将刘湛越级升为膳部郎中，以激励各地榷茶官员。

一日，赵匡胤去看望弟弟光义，恰逢光义的夫人小符从西京回京。闲聊之中，小符说起西京古道有些地方道路损坏厉害，车马行进艰难，有些地方狭窄险峻，即使行人也不方便行进。赵匡胤听了，记在心里，第二日便下诏修缮西京古道，务必将沿途险峻狭隘处都修成坦途。

赵匡胤在连续的忙碌中获得了一种满足感。他希望自己下达的几个诏令，在不久的将来就能带来好的结果。“物价如果能够趋向平稳，岁入如果能够持续增加，一些道路如果能得到修缮，将会对今后统一天下大有帮助。”赵匡胤将他所做的几个决策与他心中的宏愿联系起来。这是他用来激励自己的重要办法。

开春以来，由于事务繁多，赵匡胤几乎每日都起得很早。大多数日子，他于五更起床，洗漱穿戴完毕，便批阅各种札子、奏章。就在这段时间，赶着上朝的官员们也纷纷从自家中出来赶往待漏院，在那里等候皇宫开门。当天蒙蒙亮的时候，皇宫会打开大门，上朝的官员们便前往前殿。此时，赵匡胤便从后宫福宁殿前往前殿垂拱殿视朝。从卯时到辰时，他会在前殿听取中书、枢密院、开封府等朝廷各重要部门主要官员的上奏。到了辰时，他会在官员的提醒下结束前殿视朝，回到内廷更衣用早膳。然后，于巳时前往作为后殿的延和殿或崇政殿视朝。在后殿，他穿着常服，依次接见前殿视朝时没有时间上奏的官员。他会一直在后殿视朝到中午。后殿视朝结束后，他会再次回到内廷用午膳。午膳结束后，他会略事休息。下午，他或留在内廷阅览上奏，或去阅兵，或请博学鸿儒到迩英阁为自己讲解经书。在不视朝的日子里，他往往会带着贴身侍从私服出访，或者去探访官员，或者在汴京城内考察民情。因为心里始终没有忘记要统一天下的宏愿，赵匡胤总是不敢让自己太闲。自从江陵城北的“北海”被填平后，他便不断盘算着如何找到机会先征服荆南。由于南唐提前获得消息在边境屯了重兵，为了避免与南唐过早爆发正面冲突，他暂时放弃了偷袭荆南的计划。但是，他丝毫没有放松对荆南及各割据政权的情报的收集。

一日午后，赵匡胤用过午膳，独自在皇宫内散步。走到延和殿时，他忽然闻到一股浓郁的香味扑鼻而来。他循着香气找去，但见一丛灌木中，几株瑞香花开得正盛。每朵瑞香，花开四瓣，紫红素雅，由一片片长长的碧绿叶子衬托着，颇有超凡脱俗的气质。“露申辛夷，死林薄兮！”他想起屈原《九章》中的一句诗，不禁心中一动，暗想：“屈子感叹香花埋没于山林，而这瑞香花，就在殿后，我却从未曾注意。那些怀才不遇的官员，没有发表意见的机会，不正如这几朵瑞香花吗？如果我能够广开言路，不仅可以给有才干的人以发展的机会，而且可以借机收集大量情报啊。”

二月甲午，赵匡胤确立了一个新规定，并下达了一份重要的诏书。诏书云：

> 自今每五日内殿起居，百官以次转对，并须指陈时政得失，朝廷急务，或刑狱冤滥，百姓疾苦，咸采访以闻，仍须直书其事，不在广有牵引。事关急切者，许非时诣阁上章，不得须候次对。[①]

这份诏书，实际上使朝廷所有官员都有了直接向皇帝上奏的机会。在此之前，尽管有前殿和后殿的视朝，但是毕竟时间有限，实际上只有高级官员和近臣能够轮到向皇帝面奏的机会。“每五日内

---

① 《续资治通鉴长编》卷三，中华书局，1992年，第62页。

殿起居，百官以次转对”，相当于开通了一个从下层官员直达皇帝的言路。而且，诏书要求官员上奏务实，直书其事，实际上将那些只能务虚不能务实的官员挡在了门外，这样一来，使得有事想上奏的官员几乎都有了机会。加之每五日就有转对机会，紧急情况下还准许官员不在规定时间上章，几乎给所有官员都留下了直接向皇帝面奏的希望。诏书下达后，朝廷上下欢欣鼓舞，最初几个内殿起居日，赵匡胤忙得不可开交。

这日，恰逢起居日。内殿之中，百官依次转对。

宰相范质，吏部尚书张昭等先行面奏。兵部尚书李涛这日并没有到内殿转对，因为他正卧病在家。如果他来了，按班列次序，本该在吏部尚书之后面奏的。由于李涛缺席，在吏部尚书之后，户部尚书、刑部尚书等官员便依次面奏。

不久，轮到翰林学士承旨、礼部尚书陶谷站出班列面奏。陶谷先用眼睛瞄了一眼赵匡胤的神色，见他面色和悦，便挺了挺身板，稍稍抬起下巴，说道："陛下，不久前女真派来进贡的使者只骨近日请求离京返国。只骨这次来贡，带来北珠百颗、人参三百株，另有松实、白附子、蜜蜡各两百斤。只骨请求陛下赐予当值铁器与茶叶。臣奏请依其请求，略厚赐之，以结其心。"

赵匡胤听了，微笑着环视内殿中的诸位大臣，说道："不知诸位以为如何？"

范质、王溥、魏仁浦、张昭等老臣均低头沉思不语。

这时，班列次序位于陶谷之旁的翰林学士、中书舍人李昉站出来说道："陛下，臣以为，不宜以铁器赐予只骨。"

他说完这句话，瘦削的脸颊微微一绷，闭口不言。

赵匡胤见李昉不多言，微微一笑，说道："为何赐予铁器不妥？卿家但言无妨。"

李昉闻言，方才继续说道："据微臣所知，如今，女真族号称有七十二部落，散布千里，愈十万户，人口数十万。其人依山谷而居，住木板之屋，喜饮酒，爱肉食，尚武力。其所生活之处，多奇寒之地，故其人体格健壮、性格坚忍。不过，女真人衣裳多用各种皮毛制作，富人以貂鼠、狐貉皮为裘，贫者以牛、马、猪、羊、猫、犬、鱼、蛇之皮为衫，实为未开化之蛮夷。当下，女真尚不懂烧炭制铁之法。若我朝赐以铁器，无异于利其器而助其力。以契丹强盛之历史观之，一旦女真各部统一，其必有强大之日。陶大人之建议，实为养虎为患之策。”

陶谷听了李昉之言，已经长出双下巴的下颌微微抖动了几下，大声说道：“李大人此言差矣。如今契丹方是我朝北境强敌，若能使女真强敌，为我所用，我与女真结盟，则契丹不足惧也！”

“如要修好，不若直接与契丹修好，以速安北境。何必缘木求鱼，另树强敌？望陛下明鉴。”李昉并不示弱。

李昉为翰林学士、中书舍人，他虽班列于身为翰林学士承旨、礼部尚书的陶谷之侧，但是中书舍人官品只是正五品，而礼部尚书却是从二品。

虽然同为翰林学士，但从二品的陶谷被正五品的李昉反驳，两颊渐渐泛起了不易察觉的红潮。简直是羞辱啊！陶谷眉头微微地皱着，嘴巴紧紧闭着，两个嘴角拉得越来越低。

赵匡胤见二人争论，当下微微一笑，说道：“我朝初立，各地开垦荒田，正缺铁器。这次就厚赐只骨茶叶吧。”

陶谷见赵匡胤实际上认同了李昉的奏议，尽管心里对李昉骂个不停，脸上却马上露出笑容。

“陛下英明，一言中的。听了陛下之言，微臣也觉得李大人的意见颇有道理。方才微臣的建议实在是欠考虑咯！”

赵匡胤见陶谷如此回应，心想：“这陶谷的心思倒是变得快。方才还见他有不悦之色，转眼之间竟然马上认同了李昉，也是见风使舵成了习惯啊！不过，朝中也不能没有他这样的人。毕竟，起草诏令确实是他的拿手好戏。”

他这样想着，便说道：“如此甚好。”

李昉本是就事论事，也没有觉得自己无意中得罪了陶谷，因此也没有什么特别的反应，只是冲陶谷点头微笑，以示对认同的谢意。

赵匡胤正想问其他大臣是否还有事情上奏，李昉却突然上前奏道：“陛下，臣有奏。”

“说吧。”赵匡胤道。

李昉看了看几位宰相和枢密使，奏道：“陛下，按照唐代制度，凡是视事于中书者，都要交纳礼钱三千贯，以充当中书门下公用。五代以来，制度已经堕废，还请陛下下诏，令重新采用这一制度。如此，可以增加一定的朝廷用度。”

自古以来，要动别人荷包里的钱都是很难的。赵匡胤怎会不知道这点。他听了李昉的上奏，略微皱了皱眉头。再看几位重臣，也大多是眼皮低垂，一脸漠然。只有老宰相范质，听了李昉的上奏，微微点头。

“制度倒是不错的制度。不过，”赵匡胤犹豫了一下，继续说道，“不过，此事还需再议。”

李昉见赵匡胤神色淡然，并无热情之色，便又说道：“我朝倒不必严格遵照唐制，但是，按照一定的职衔分类上缴礼钱，的确可以充实中书门下的公用，减轻朝廷财政负担。望陛下恩准。”

赵匡胤点点头，说道：“嗯，朕会考虑的。”

这时，一个小黄门突然匆匆来报。

“陛下，皇宫东华门外有人喊冤！是王承衍少将军带来的。”

赵匡胤听报，心里一惊，不知究竟出了何事，慌忙问道：“王承衍带来的？可知何事？”

“喊冤的声称一定要见了陛下才敢说！王承衍少将军说他也不知道内情。他说，有人追杀那几个喊冤者，是他碰巧救了他们。喊冤的人坚称要见了陛下才说事情缘由。”小黄门回道。

“哦？”赵匡胤眉头皱了起来，脸色也变了。“要见到我才敢说？为什么不去开封府告官？莫非牵扯到朝中重臣？或者，是朝廷的武将在京城内欺凌百姓？”这个想法，使他联想到了此前王彦升敲诈勒索宰相王溥的事情。

内殿里的一些大臣也都变了脸色。有些大臣平日里也有欺凌百姓之事，如今听到有百姓喊冤，自然感到忐忑不安。

“你去把王承衍与喊冤的人都带到内殿里来。”赵匡胤吩咐道。

小黄门得令，匆匆忙忙跑出内殿去传人了。

趁着小黄门去东华门外带人之际，赵匡胤就李昉的提议征求宰相范质的意见。赵匡胤之前将范质的表情瞧在眼里，便故意专找范质来征询。老宰相范质心里也自然明白让大臣上缴礼钱是件招人骂的事情，但是他一心为公，考虑到中书门下目前用度确实吃紧，便明确表态李昉的提议值得仔细探讨，合适的时候，可以按照旧制交纳礼钱。他也表示，作为宰相，他愿意带头做表率。

范质的话音刚落，小黄门便带着王承衎和三个喊冤者匆匆进入殿内。

赵匡胤冲王承衎点了点头，便仔细看其他三个人。只见其中一个走在前头，是个穿着短褐的五十多岁的老者。那老者虽然满头白发，身体却甚是健硕，一张满是皱纹的脸显出紧张的表情，但是举止还算沉着，一看便是被众人推举出来的。这个老人身后，跟着两个年轻人，也都穿着短褐，一看便是干体力活的人。赵匡胤感到奇怪的是，那两个年轻人头上都斜缠着厚厚的纱布，挡住了左耳，还有紫红色的血迹从纱布下面隐约渗出。他俩显然都没有见过什么世面，跟在老者后面，脸上的肌肉紧张地绷着，混杂着愤怒与惊惧的表情。

三人见了当朝皇帝，不等小黄门提示，都扑通跪了下来，大声喊冤。

“你等是何人？有何冤情，细细说来。”赵匡胤说道。

两个年轻人听了，都将目光投向那位老者。

老者停住呼喊，咽了口唾沫，喉结抽动了一下，说道：“陛下，我等——我等——都是陈留人。老儿我姓陈，贱名一个‘原’字。这个年轻人，乃是老儿的侄子。这个，是俺们村里的小伙子。不久前，他们与我儿——与我儿陈悱一同应征夫役，当丁夫浚通五丈河。这不，我儿还当了丁夫队长。听他们说，开始十来天伙食尚好，哪料到不久后发给众人的饼越做越小，数量也越来越少，菜蔬的量更是减少得厉害。服夫役本来没有工钱，是为朝廷出力，也是应该的。可是，当官的总不该克扣丁夫的伙食吧。据说，去年疏通汴河时，陛下还曾经给夫役之外应征的民工发过工钱。这次浚通五丈河，都是应征夫役的丁夫，大伙自然没有说要工钱，可是连饭都吃不饱，不免都有怨气。赶上这事，气头上的丁夫们便推他们各队的队长一起找长官评理。可是，陛下，那长官竟然一会儿说丁夫们干活拖拉，一会儿又说有人故意损坏了工具，因此扣下部分伙食费作为惩罚。这简直就是无赖之语啊！工程的进度，一直是按照长官的命令进行的。说实话，确实少不了也有个别干活糊弄的人，不过工程一直在按照计划进行啊。至于工具，干起活来，损坏一些是免不了的。那长官，明摆着就是要掩盖克扣伙食费的罪行。这不是欺下罔上又是什么！在这次队长们找长官理论之后，伙食的量不仅没有恢复正常，长官还命令现场军校们鞭打干活稍慢的丁夫。终于，丁夫们咽不下那口气联合起来，决定在一天夜里逃离工地。结果那长官便率兵逮捕了所有人，斩杀了十几个丁夫队长，我儿陈悱也惨死在长官的刀下。那长官夺了十几条性命仍不解恨，还将逃离工地的七十多人全部割掉了左耳。陛下，你瞧，我的侄儿也遭了这样的厄运。现在，那些被割掉左耳的丁夫还全部被关押着。我侄儿他们是乘夜偷偷溜出来的。今日，有几个人想要杀我们，估计便是那长官派来的。要不是这位少侠相助，俺们也没有命见到陛下了。陛下，一定要为我等主持公道啊！丁夫们逃离工地，本是因为长官克扣丁夫伙食费所致，他们即便擅自逃离工地，也是迫不得已犯下罪过，队长们也罪不至死，丁夫们也不该遭割耳之刑啊！我那可怜的儿啊！”

老人说到此处，便呼天抢地哭喊起来。

赵匡胤听着老人的控诉，心里越来越沉。他看了看王承衍，问道：“确有人追杀他们吗？”

王承衍闻言，跪下说道：“陛下，确实有人要杀他们。当时他们正在街上狂奔，身后不远处，三个穿黑衣的蒙面人正穷追不舍。他们口中高呼‘救命’，我当时正在街边行走，听到喊声，便挡住三个黑衣人。那三个黑衣人身手不错，我打伤了一个。黑衣人见落了下风，便狼狈逃窜了。我追了几步，但想到或许还有其他人要杀害这老汉，便舍了那三个黑衣人。”

赵匡胤听了，点了点头，心里暗暗吃惊。其实，在老人刚刚说出“五丈河”时，赵匡胤便大吃了一惊。浚通五丈河，是他亲自下令进行的工程。作为汴京主要水道之一，五丈河承担着从外地往京城运输粮食的重要功能。负责监督该工程的将官，也是他亲自指定的，名叫尹勋。尹勋时任控鹤军右厢都指挥使。尹勋在后周之时，便是赵匡胤帐下一员猛将。宋朝建立后，赵匡胤让尹勋直接隶属于李处耘帐下，因为其带兵行事果敢，深得李处耘信任与喜爱。李处耘奉命攻打扬州时，尹勋也随队出征，为攻下扬州立下了汗马功劳。李处耘坐镇扬州后，尹勋因战功被提拔为控鹤军右厢都指挥使，率兵护卫京城。为了浚通五丈河，赵匡胤亲自点将，令尹勋作为浚通五丈河工程的总督。

赵匡胤愣了片刻，问那老者：“你方才所说的长官叫什么名字？”提这个问题时，赵匡胤心里带着一丝侥幸。他希望听到老者说出的名字，不是“尹勋”。

老人收了哭声，朝自己的侄子看了看，问道：“那长官是叫尹勋不是？”

“是！就叫尹勋。旗上绣着一个‘尹’字。错不了！”老人的侄儿咬牙切齿地说道。

他的同伴也说道：“不错，就叫尹勋。”

这三人每人提一次“尹勋”这个名字，就在赵匡胤的心头重重敲下一锤。

“尹勋啊尹勋！千不该万不该，你不该克扣丁夫们的伙食费啊！更不该擅自斩杀丁夫队长，残忍地割去七十多人的耳朵！丁夫不是士兵，因伙食被克扣而逃离，你怎能用战场上对待逃兵的办法处置他们呢！割掉众人的耳朵，这是何等残忍之行！”赵匡胤在心里默默悲叹道。想到处置逃兵的事情，他忽然心头一痛，回想起了后周时在淮南之战中自己的所作所为——他曾经威胁自己的父亲不得率兵撤退，否则便会斩断撤退之兵的双腿。“我与尹勋相比，在战场上不也是个残忍的野兽吗？”这个念头在赵匡胤的脑海里激起了一阵热浪，他顿时感到浑身燥热，额头上渗出了细密的汗珠。

三个喊冤者见皇帝听了他们的话沉默不语，一时之间不敢再大声哭喊，只是默默瞪大了眼睛，用期待的眼神注视着宝座上那个可能为他们主持公道的人。

赵匡胤盯着三个喊冤者看了一会儿，威严地说道："好，既然知道那长官的姓名，朕一定会派人调查此事，一定会还你们一个公道。你们且退下，等候消息便是。朕会让开封府跟进，你们和其他丁夫一同去录一下口供。承衍，你待会儿也去开封府一趟。好了，且都到殿外候着，待朝会后，朕令人护送你们一起去开封府。"

赵匡胤并没有立刻对如何处置尹勋作出决定。

三个喊冤者似乎有些失望，但见皇帝已经允诺调查此案，便也不敢再说什么，各自磕了几个头谢恩后，由小黄门和王承衍带着退下。

待王承衍与喊冤者出殿后，赵匡胤将眼光投向赵光义，说道："光义，一会儿朝会后，你负责将喊冤者带到开封府去，一定要仔细问明白事情的方方面面。"

赵光义垂首答应。

赵匡胤往大殿内扫了一眼，继续冲赵光义说道："今日兵部尚书李涛因病告假，那个尹勋，朕会让兵部另行调查。你与李涛各自将调查结果报给朕即可。"

赵光义听了这话，抬头瞥了一眼皇兄赵匡胤的脸色，但见皇兄脸上仿佛笼着一层淡淡的寒霜，不禁心下略感紧张。"皇兄专门让兵部另行调查尹勋，似乎对我并不信任。莫非夏莲说起的那个御侍秋棠，正是皇兄指使她放出话来考验于我？"赵光义突然联想起夏莲所说的金匮藏书之事，心突突直跳起来。

赵匡胤倒似乎没有留意到赵光义脸色的变化，示意其他官员继续上奏各项事宜。

赵光义努力集中精力听着其他官员向赵匡胤的奏报，心头的疑云却不时令他的思想陷入一片迷惘。

"不能如此被动下去，一定得想想办法搞个清楚才是！也许，该从那个御侍秋棠下手。"赵光义在心底暗暗地琢磨着。

六

兵部尚书李涛挣扎着从病榻上坐起，咧开嘴冲着夫人王氏滑稽地一笑，扮了个鬼脸，道："方才做梦，梦到年轻的时候。嗯——正与几个狐朋狗友一起，嗯——夫人你猜猜看，梦里我们几个在做啥？"

王氏看着满头白发的夫君病得瘦骨嶙峋还扮鬼脸开玩笑，心头发酸，竟然说不出话来。

"我看你也猜不到。梦里啊，我们正在洛阳喝花酒呢！可是，正当喝得高兴之时，夫人你猜，谁来了？你猜猜看，我看到了谁呢？"李涛嘻嘻地笑着，病态的脸上浮现出笑容，显得有些怪异。

"谁呢？"王氏问道。

"嘿嘿，我们正喝得高兴时，我突然看到一个绝代佳人出现在我们面前，这个绝代佳人啊——就是——就是夫人你啊！嘿嘿。"李涛吃力地笑了起来。

王氏被李涛逗得不禁笑了起来，可是她笑着笑着便忍不住轻声哭了起来。

"哎，瞧你，哭啥呀！"李涛伸出一只手，轻轻地搭在王氏的肩膀上。

王氏心中又是感动，又是酸楚。她感觉到搭在自己肩头的那只手，已经没有了之前的力量。她的心剧烈地痛了起来。

这时，卧室门口响起了敲门声。

"爹爹！"门口有人轻轻地唤了一声。

"是承休吗？进来。"李涛说道。

房门嘎吱地响了一下，李涛的儿子李承休推门走了进来。

"爹，娘！"李承休见母亲也在，慌忙一同问了好。

李涛上下打量了一下儿子，见他身上穿着朝服，便脸色严峻地问道："现在大概是辰时吧，你不在尚书省当值，怎么来这里了？"

李承休慌忙道："爹，我正是从尚书省请示了上司后赶过来的。"

"哦？有什么事？"李涛稍稍吃了一惊。凭着多年为官形成的敏锐直觉，李涛立即察觉到朝中肯定出了什么事情。

李涛是唐敬宗之子珣王李玮的十一世孙，唐亡后，在后梁、后唐、后晋、后汉和后周都曾当过官，在后汉时，官拜中书侍郎兼户部尚书、平章事，到了后周，也受到周世宗重用，历任刑部尚书、户部尚书。难得的是，与善于逢迎拍马的陶谷不同，李涛不论在哪朝哪代皇帝手下做官，都以刚正不阿、勇于进谏而闻名。有趣的是，这个刚正不阿的李涛，还是一个性情滑稽、善于戏谑之人。李涛善于作诗，还写得一手好字，所写笔札柔媚中带着遒劲，颇符合其为人做事之道。他的儿子李承休，入宋后被委任为尚书省水部郎中。父子同朝为官，也是一大佳话。

此时，李涛看了儿子李承休的神色，听了他的话，便已然察觉到朝中出了事情，而且可能与己有关。

"爹爹，今日是朝中转对之日，我在尚书省当值，从宫中传出消息，说有百姓诣阙喊冤。爹爹，你猜喊冤者向皇上状告了谁？"

"谁？"

"他们告了控鹤军右厢都指挥使。"

"尹勋？"李涛一惊，身子在病榻上一颤。夫人王氏慌忙伸手扶住。

"是，正是尹勋将军。"

"尹勋可是今上的人。最近，今上还亲自指定他负责总督五丈河浚通工程。莫非是五丈河出事了？"李涛的脸色变得愈加惨白。

"爹——"李承休神色有些犹豫，一时不知如何说才好。

"难道有什么事情之前你们都瞒着我？"李涛干咳了数声。

"爹都病成这样了，我怎忍心——尚书省的同僚也认为不好插手兵部之事。况且，自从爹病倒后，陛下更是时常亲自过问兵部之事。"

"那今天你怎么又来了？"李涛哼了一声质问道。

李承休抬起两手揉了揉自己的太阳穴，皱起眉头道："据说陛下责成兵部调查尹勋将军，同时让开封府介入此案，调查喊冤告状之人。我怕爹爹毫不知情，万一陛下问起来——"

"唉，我也知道你的苦心。也怪我这病啊。你快说说，究竟发生了什么事情。"

李承休当下将尹勋斩杀十多名陈留丁夫队长并割去七十多名丁夫左耳的事情大概说了说。

李涛听完，在病床上佝偻着身子，眯着眼睛，沉默了许久。

李承休不知父亲究竟在想什么，当下也不敢说话，只是静静立在病床旁边。李涛夫人王氏早对自己夫君的习性了解得通透，一看他那神情，便知道他肯定是在思索对策。但是，就在这一刻，王氏发现，尽管李涛在思考问题的时候神情依然非常专注，但是身子里之前的那股精气神已经没有了，往日他眼中闪烁的精光也变得黯淡了。他耷拉着眼皮，眼角沾着眼屎，仿佛一个刚刚从噩梦中惊醒的人又要在昏昏然中睡去。王氏看着李涛弓起的瘦骨嶙峋的脊背，看着他干柴一般的手臂上空荡荡挂垂着衣袖，泪水便止不住从眼眶中无声地流下来。她忍住哭声，不时抬起手臂，用衣袖去揩拭那酸涩的泪水。

李涛确实是在想对策。"作为兵部尚书，我怎能对此事不作反应呢！尹勋克扣伙食，滥杀丁夫，罪该当死，我究竟要不要上疏请斩尹勋？我怎么犹豫起来了？莫非当年的胆略，也因为这场病抛弃了我？"这些想法，令他感到痛苦不安。他默默地思索着。但是，他的思索不是停留在当下这个问题上，而不知为什么回到了某个过去……

"那是哪一年呢？真是老咯，竟然记不清了！这场病啊，真是快要了我的命啊！那是哪一年呢？是了，那是后晋天福初年，当时后晋高祖石敬瑭任命我为考功员外郎、史馆修撰。张从宾叛乱，后唐齐王张全义之子张继祚与张从宾一同叛乱。石敬瑭剿灭二张之叛后，将张从宾斩首，还打算将张继祚全家诛杀。当时，我竟敢上疏，借张全义再造洛阳之功，为张继祚家人求情。结果，后晋高祖石敬瑭竟然还真宽恕了张继祚的妻儿与族人。还有那一次，后晋节度使张——嗯，叫张彦泽。这个暴虐的家伙杀害书记官张式，还强占张式的妻子。张式家人到朝廷向后晋高祖喊冤。可是当时后晋高祖却因为张彦泽有军功，并不想将他治罪。那次，我不也是面见后晋高祖，力陈张彦泽残忍无道，建议严惩张彦泽吗？后来，后晋高祖毕竟还是没有杀张彦泽，但是免去了张彦泽的官职。作为补偿，倒是给张式家人封了官。我也算是幸运，后来契丹灭了后晋，张彦泽这家伙投靠契丹进攻开封，肆意杀害百姓，我直接面见张彦泽劝诫，他竟然没有杀我。我这条命，从那时开始，便是捡回来的哦！如今，尹勋滥杀之事，与当年张彦泽残杀张式何其相似啊！难道我不该上疏请求陛下惩罚尹勋吗？不过，这尹勋以前不似贪财之人，如何这次在总督浚通五丈河工程时会克扣伙食呢？这其中是否有隐情呢？可是，不管什么原因克扣伙食费、滥杀丁夫，都罪已当死。身为兵部尚书，我一定得先上疏请求陛下惩罚尹勋才是。至于尹勋克扣丁夫伙食费之事，倒是值得细查，说不定，还会牵扯出其他事情。还有，开封府那边，或许也会查出一些事情来。尹勋是陛下选定的人，我即便上疏请斩尹勋，陛下也一定不会杀了尹勋。就像当年的后晋高祖。可是，如若我这当位者不上奏，尹勋说不定有机会完全逃脱惩罚。这恐怕会令朝廷失去人心，对于我朝的长治久安，那是大大不利啊！”

李涛又默默盘算了一番，终于吃力地缓缓抬起头，咧开嘴，笑着说道：“看样子我这个脑筋还能转，承休，你去帮我磨墨，你爹我要写份奏疏。”说着，李涛抬手往书桌那边指了指。

李承休踟蹰着不迈步，说道：“爹，你都病成这样了，朝廷的事情，还是先放一边吧。我这次来，是怕陛下过问，只想让爹有个准备。可是，爹干吗非要上奏呢。”

李涛愤然作色道：“我身为兵部尚书，军校滥杀，我既然知晓了，岂能坐视不论？！”

“唉，爹啊，你就是这个脾气！”

李涛见儿子开始服软，笑道：“这就是爹的本事！哈哈，快磨墨，少废话。病这么久，我手都痒了，总想能够再写写画画。唉，夫人啊，别苦着脸。你瞧，窗外的桃花开得正好，燕子也该筑巢了吧。哪天，等我身子好些了，便与夫人一起去转转。这春光，多好啊，桃红柳绿，日丽风和。现在，我得先写好这份奏疏！”

说着，李涛强提起精神，抬起干瘦的手臂，悬在半空，有气无力地划动了几下。

李承休和母亲王氏在旁边看着，都心酸不止。

“这恐怕是父亲最后一次写字了。就让我再为他磨一次墨吧。”李承休心酸地想着。他慢慢向书桌走起，开始为父亲准备笔墨……

七

尹勋这两天一直提心吊胆，从早到晚，阴沉着一张瘦黑脸。他被人告了御状，自然难以安心。好几次，他都想偷偷溜出军营，然后隐姓埋名，浪迹江湖。可是，他终究舍不得走。他大小战役参加了数十次，好不容易才从一名普通的士兵摇身为指挥使，说走就走，谈何容易。他心想：“既然皇帝已经知道我的事情，却又没有马上令人来抓捕我，说不定皇帝并不想处死我。”他有这种想法，也并不奇怪。因为最近一段时间，皇帝对他甚为器重，令他督办疏浚五丈河之事，本身就说明了这一点。但是，尹勋左思右想，却又不敢直接去拜见皇帝认罪讨饶。“或许，找找合适的人帮着求情方为上策！”动了这心思之后，尹勋一下子又恢复了精气神儿，开始琢磨如何推进自己的计划。他想到好几个人，最后，将希望寄托在刚刚回到京城的李处耘身上。李处耘返京的消息，几日前便已经传到了他的耳中。现在尹勋想起这个消息，有一种如获至宝的感觉。

“真是天不绝我。陛下此时召李处耘回京，必然是有所重用。我之前就在李处耘麾下甚得器重，也正是在此之后，我才得到陛下的赏识。如今，李处耘返京，我此时去求他，发誓效命，说不定他看在往日情谊的分儿上能为我在陛下跟前说情。”打定主意后，尹勋便令心腹怀揣着一封他写的短笺，带着重礼，前往李处耘府邸，请求拜见。短笺只是寥寥几句，言辞甚为恳切，却没有说明前往拜见的事由。

李处耘接到尹勋的礼物和短笺，并没有马上回答。尹勋被告了御状的事情，他已经知道，也对皇帝没有立即下令逮捕尹勋而感到奇怪。“尹勋是一员猛将，莫非，陛下爱才，有意拖延时间，淡化此事？或者，陛下近期有用兵的打算，不想在出兵前斩杀猛将？陛下此时召我回京，又提前知会我准备任命我为枢密副使。这枢密副使虽不及宣徽使表面风光，却与枢密使一同掌握军机大权，实在是一个重要的职位。陛下欲令我担任此职，必是有用我带兵的考虑。如此说来，陛下暂时不抓捕尹勋，很可能还是爱惜猛将。既然如此，我或许该帮帮这个尹勋。”李处耘考虑再三，令尹勋的心腹带回口信，让尹勋次日未时前来拜见。

尹勋接到心腹带回的李处耘的口信，心里一阵狂喜。这可是根救命稻草啊！次日，他带着两个亲兵，都换了便装，按时前往李处耘府邸。

一见到李处耘，尹勋便扑通一声跪了下来。

“宣徽使救我！”尹勋长跪在地，眼睛瞪得老大，恳切地盯着李处耘。他那一张晒得黑漆漆的瘦脸，显得有些僵硬，露出悲戚的神色。

“唉！你的事情，我已有所耳闻。你本不是贪财之人，如今怎会做出克扣征夫伙食费之事呢？真是愚蠢至极啊！”

“宣徽使，你不知道，末将实在是不得已而为之啊！”尹勋歪了一下头，眼睛盯着地板，嘴角两边的皮肉绷紧了。

李处耘微微一惊，身子往前微微倾斜，低声问道：“莫非此事背后还有隐情？”

尹勋嘴角抽动了两下，似乎下定了决心，开口说道：“不瞒宣徽使，末将也未料到事情会发展到这个地步。末将当时克扣征夫伙食费，实在是想救手下的两名兄弟。本以为那帮泥腿子不敢闹事，没有想到——唉，都是末将糊涂！我一时义气，哪知最终犯下死罪。”

“哦？救你的手下？究竟是怎么回事？”李处耘追问道。

“末将的两名得力手下，私下赌博亏了巨资，借高利贷又赌，结果越赌越输，最后输了身家，还欠下高利贷。积累至今，月利滚至三十分。他俩被高利贷催逼，走投无路，求我帮忙筹款。据他俩说，若不及时还钱，高利贷债主恐吓说会杀了他们全家。我一个指挥使，哪有多少积蓄。他俩便怂恿末将克扣丁夫伙食。末将一时冲动，犯下大错。”尹勋恨恨然垂下了脑袋。

李处耘听说尹勋部将乃因高利贷所害，心中大怒，正欲发作，忽然心中一动，想到能够在京城发放高利贷之人，极可能与朝廷高官有所瓜葛，当下便压住怒气，低声问道：“发放高利贷的究竟是何人？”

尹勋抬了一下头，又迅速把头垂了下去，却不开口说话。

李处耘见尹勋欲言又止的样子，知道他有隐情，本打算马上追问，略一思忖，便也沉默着不说话，只待尹勋自己开口。

尹勋沉默了片刻，方才抬起头来，说道：“那发放高利贷者，名叫慕容诚，但是，这个慕容诚并不是真正的操控人，藏在他背后的乃是——”说到此处，他再次沉默了一下，并没有直接说出人名，而是继续说道：“按律法，公私以财物放贷，任听私契，官不受理，每月不得过六分，积日虽多，不可过一倍。月利三十分，已是违法积利，本是可以告官，可是末将的两名手下，忌惮慕容诚背后之人，却是始终不敢告官。”

李处耘抬了一下眼皮，还是没有说话。

“藏在慕容诚背后的真正操控人是慕容延卿。”

“慕容延卿！慕容延钊的二弟？”李处耘吃了一惊。

“正是，如不然，我那两个兄弟也不会如此窝囊。”

“想不到慕容家还私下发放高利贷！只是——”李处耘微微沉吟片刻，继续说道，“你克扣征夫伙食费，斩杀征夫队长，残割征夫左耳之罪并不能因之而免啊。”

“还请宣徽使设法相救啊！”尹勋再次向李处耘磕头。

“行了，行了，不用磕头了。你受陛下器重，又原是我麾下猛将，我自然会设法救你。起来吧。”李处耘微微探身，拍了拍尹勋的肩膀。

尹勋又磕了一次头，泣然而立。

李处耘沉吟片刻，又问道：“你可知，慕容延钊是否与慕容延卿发放高利贷有瓜葛？”

“这个——这个末将还确实不知道。末将也曾问过我那两个兄弟，他们对此也是一无所知。”

“嗯——你且回营，让我细细想想有什么法子。不过，千万记住，不可向外人说起向我求情帮忙之事。开封府、兵部那边都奉了今上之命，在调查此案，你好生配合。”李处耘眼睛盯着尹勋，郑重其事地说道。

尹勋听了李处耘的话，心里又喜又惊，喜的是李处耘表态愿意帮着求情，惊的是从李处耘口中听到开封府、兵部都在调查自己。尽管来李府之前尹勋对于自己被查已经有心理准备，但是从李处耘口中证实这一点，还是让他感到心惊胆战。李处耘最后一句话，让他配合调查，也令他忐忑不安。

“配合调查，难道是让我认罪不成？”尹勋问道。

李处耘盯着尹勋，说道：“你且回去。配合便是。”

尹勋见李处耘答如未答，也不敢再多说，只好带着这个疑问，离开李处耘府邸，悄悄返回了营地。

尹勋走后，李处耘一个人静静地坐了片刻，然后吩咐人准备了鞍马，带着两个亲兵，匆忙往开封府赶去。

尹勋的案子，牵扯到了慕容家族，这个事情，在李处耘看来非同小可。李处耘知道，赵匡胤与慕容延钊的关系非常微妙。赵匡胤非常看重慕容延钊的军事才能，对慕容延钊一直以兄相称。

后周时代，赵匡胤与慕容延钊同为禁军高级将领，也曾将慕容延钊视为重要的对手。宋朝建立后，两人一个为君，一个为臣，从未发生过冲突。有一段时间，也曾有谣言说慕容延钊有起兵谋反之意，赵匡胤却一直不以为然。但是，在赵普建议他免去慕容延钊殿前都指挥使这一禁军职务时，赵匡胤却是依计行事了。这使得慕容延钊在军职上，实际排在了石守信之后。从这一点可以看出，赵匡胤对自己结拜兄弟石守信的信任，要在对慕容延钊之上。

李处耘心中揣摩着赵匡胤的想法，心想若是借揭发高利贷一事打击慕容家族，或许正可迎合圣意。长期以来，李处耘对慕容延钊是暗暗嫉妒的，他也想着借这个机会打压一下慕容延钊。“陛下向来对高利贷深恶痛绝。不过，若陛下并不想继续压制慕容延钊，我这么一捅，反而让陛下看轻我了。”李处耘考虑再三，决定将慕容延卿发放高利贷之事透露给赵光义。他想借着开封府的力量，先查查慕容延钊是否与慕容延卿发放高利贷有关。“即便慕容延钊不知弟弟发放高利贷，慕容延卿发放高利贷如被坐实，在陛下面前也可打击慕容家族。高利贷向来难管，借入的一方如果不告，慕容家族可能一直没事。不过，揭发此事至少可以令陛下对慕容家族增添厌恶之心。赵光义对雪菲有意，我正好可以利用这一点让他帮忙。况且，调查这件事也在他的职权之内。如事情被查实，或许，通过赵光义之口，弹劾慕容延卿和慕容延钊，更有利于我。”在去开封府的路上，李处耘这样盘算着。

从南城景福坊到开封府的路不远不近，李处耘一行骑着马，不久便到了。经人通报后，李处耘在开封府官署的会客厅内见到了赵光义。

赵光义对于李处耘的突然到来感到颇为意外，很快让手下上了茶水、点心来招待。他喜欢李处耘的女儿李雪菲，一心想将她追到手，所以对于这位未来可能成为自己老丈人的宣徽使表现出超乎礼节的热情。

一番寒暄后，李处耘开口只谈些闲话，一会儿带着骄傲的神色说起女儿雪菲，一会儿又谈到自己在扬州的见闻。赵光义察其颜色，猜到其必有要事想说，只是碍于旁边还有仆人，不便开口，便屏去了左右。

李处耘待赵光义令左右都退了下去，方才压低声音道：“实不相瞒，今日前来，实有要事相询。”

“宣徽使请说。”赵光义恭敬地答道。

“冒昧相问，不知尹勋一案，调查可有进展？”

赵光义听李处耘问起尹勋，微微一愣，说道：“宣徽使怎的对尹勋感兴趣？”

“这个尹勋，从前是我的麾下，乃是一员难得的猛将。府尹有没有想过，尹勋本非贪财之人，怎会在督办五丈河疏浚工程时克扣丁夫伙食。况且，疏浚五丈河这个任务，是陛下亲自交付的啊！”李处耘面无表情地说道。他是在拿话试探赵光义。

赵光义眼中精光一闪，说道：“原来宣徽使是想救尹勋。不瞒宣徽使。告御状的三个人，我已经细细盘问过。现下，我将这三人安顿在开封府旁边的馆舍中，并安排了专人看护。之前，这三个人曾遭蒙面黑衣人追杀，不好生看护，说不定还会有危险。三人所说的情况很具体，不可能是瞎编的。我已派人悄悄去尹勋大营那边调查。这个尹勋平日治兵甚严，出了这样大的事情，军营内似乎没有受到大的影响。我的人根本进不去大营，关于军营内的一些消息，都是通过买通个别士兵获得的。五丈河疏浚工程还在继续。大营内，确实有一批丁夫尚在囚禁之中。上午，陛下刚刚召见我，说兵部李尚书那边已经上了奏疏，要求斩了尹勋以正视听。但是，兵部那边，也没有派人进入尹勋的大营。枢密院吴枢密使与兵部李尚书似乎有些意见不合。吴枢密使只是提醒陛下，令京城其他几支禁军严阵以待，却并不建议马上控制尹勋。我猜吴枢密使担心一动控鹤军，虎捷军等其他几支禁军恐怕会受到震动。陛下问我的意见，我说最好去尹勋大营找众丁夫对质后再做决定。陛下听了我的建议，未置可否。陛下一直没有派人去接管和控制尹勋的部队，估计是在调查清楚之前，不想把事态扩大。”

李处耘若有所思地点了点头，端起茶几上一杯茶水，缓缓喝了一口，赞道：“好茶。好茶！”

赵光义见李处耘只是喝茶，却不接自己的话，心中一动，说道：“方才宣徽使问我，这个往日不贪财的尹勋怎会在督办五丈河疏浚工程时克扣丁夫伙食，莫非，这背后还有什么隐情？”

李处耘听了，慢慢放下茶杯，将头一抬，说道："不错，尹勋克扣丁夫伙食费，背后确有隐情！"

李处耘当下将从尹勋那里获得的情况告知赵光义。

赵光义听了李处耘的陈述，沉默许久，脸上露出一种奇怪的漠然之色。之前他脸上的惊讶之色，慢慢地消退了。

李处耘对赵光义的反应有些奇怪。

"欲救尹勋，就不得不牵扯到慕容延卿，牵扯到慕容延卿，就必然会牵扯到慕容延钊。听说，慕容延钊与其弟关系甚笃，其弟出事，慕容延钊不会不管。即便慕容延钊不知其弟放高利贷之事，他也不会置之不理。"李处耘说道。

李处耘说话时，赵光义正将右手搭在茶几上。此刻，他屈起手指，在茶几上笃笃笃地敲了几下。

"慕容延钊手握重兵，不可不防。这可是一个打压慕容延钊的好机会——宣徽使若相信我，我自有办法救那尹勋，只是，要稍微冒一下险。不知宣徽使信任我否？"赵光义说到这里，打住了话头，抬起眼睛，盯着李处耘的眼睛。

"当然。"

"好，那就请宣徽使先回府。至于具体的办法，现在不能说，以后也不能说。说出来，你我便都是死罪！"

李处耘一惊，赵光义的话令其大为困惑。他在赵光义冷峻的眼中，仿佛看到了一把锐利的刀子。就在这一瞬间，他感到一阵寒意袭来，当下沉默不语，只是默默地点了点头……

八

尹勋的事情让赵匡胤颇为心烦。但是，如何处理这件事，他却没有将它放在最紧要的位置。这些天，赵匡胤一直琢磨着应对南唐间谍的计划。他调李处耘回京的主要目的之一，就是要借李处耘之手挖出南唐的间谍。

“此前出兵荆南的计划，肯定是泄露了，否则南唐不可能如此快速地陈兵边境，以防我朝出兵荆南。若是真如王承衍所说，窅娘乃是被韩熙载所迫而来到王承衍身边，若是窅娘主动向王承衍承认这个事实后已然心归我朝，那么汴京城内一定还有其他南唐的间谍。否则，南唐怎会知道我朝有出兵荆南的计划并迅速陈兵边境！”这是赵匡胤反复思量的结果。可是，该从哪里入手调查呢？窅娘是否是调查的有效突破点？这个问题，这些天来一直困扰着赵匡胤。他有些犹豫是否要令李处耘从窅娘开始调查，如果要再行调查窅娘，是否应该让王承衍参与调查？或者，如让李处耘不带成见地展开调查，是否更利于挖出南唐间谍？因为存在这些疑虑，他没有急着向李处耘交代任务。但是，两日前，守能和尚带来了秘密察子从湖南地区刺探到的情报。据情报说，衡州刺史张文表正在招兵买马，囤积粮草。这说明，湖南地区的局势可能会出现变化，再次进军荆南、湖南的机会可能会出现。

“调查南唐间谍之事，不能再拖延了！”赵匡胤决定在玉津园召见李处耘。

李处耘奉召入玉津园觐见赵匡胤。

进了玉津园的大门，李处耘在一个侍卫的引导下在园子内逶迤而行。

不一会儿，李处耘远远看到，在一株巨大的古槐树下，身着戎装的赵匡胤正舞动着一根生铁棍。对于那根生铁棍，李处耘并不陌生。那是赵匡胤在战场上常用的兵器，曾令不少敌人粉身碎骨。那根生铁棍，长七尺七分，重四十斤，铁棍两端铸有云纹，便于抓握，中间部分没有任何雕饰，因为常年使用，在两端常常握捉的地方，云纹磨得油光锃亮；也正因为常常使用，通身没有丝毫锈迹，隐隐泛着红紫色的光华。那些红紫色的光华，是它曾久经战争、杀敌无数的证明。没有战事时，赵匡胤也不忘常常挥舞此根铁棍，习练棍法，强身健体。

渐渐走近时，李处耘听到铁棍发出呼呼的破风之声。这时，李处耘注意到，在大槐树下，还站立着三个人，其中一人是赵匡胤的贴身内侍李神祐，他是认得的。另外两个却是年轻女子，他并不认识。这两个年轻女子，看她们身上的服饰，不是宫女，应该是御侍。大槐树下还有一方石桌，四面各摆了一个石墩。石桌上面摆着一壶茶，两个茶杯，还有一些水果点心。

“看样子，陛下是在此单独召见我。一定是有要事！我是否该借这次机会为尹勋求情呢？”李处耘心中暗想。

赵匡胤察觉到李处耘来了，便立刻收了铁棍，攥在右手，口中冲李处耘说道：“处耘来啦。”

李处耘慌忙上前两步，走到赵匡胤跟前，行参拜之礼。

赵匡胤见了，往前两步，身子一弯，伸出左手托住李处耘的右手臂，将他扶了起来，说道：“此非朝堂，免礼，来，那边坐。”

说完，赵匡胤转身往石桌那边走去，顺手将铁棍交到内侍李神祐手中。

赵匡胤对李神祐说：“神祐，你陪玉儿、秋棠到那边走走。朕与处耘说点事。”

李神祐毕恭毕敬地答应了。大槐树下的两个女子，听到赵匡胤的话，向赵匡胤行了礼，便随李神祐往远处走去。

李处耘朝那两个女子瞥了几眼，但见其中一个女子头上扎着红丝绦，眉目清秀，似曾相识，却一时想不起来在哪儿见过。

君臣二人坐定后，赵匡胤开门见山地说道：“处耘，朕调你回京，第一要务，乃是准备择机出兵荆、湖，以收荆、湖之地。不过，在此之前，还有一件要事必须处理。”

话说至此，赵匡胤停住了，抬手拿起石桌上的茶壶，往石桌上的两只茶杯中倒了茶水，又端起一只茶杯放在李处耘面前，说道：“来，喝茶。”

李处耘慌忙站起，拱手道：“谢陛下赐茶。”

“坐下坐下，刚刚说不必拘礼了。”赵匡胤笑了笑，抬手示意李处耘坐下说话。

待李处耘再次坐下，赵匡胤喝了一口茶，神色凝重地注视着李处耘的眼睛，继续说道："朕相信，在京城内，必有南唐间谍潜伏，朕要你将南唐间谍挖出来。"

当下，赵匡胤将此前出兵荆南的计划被南唐识破之事细细与李处耘说了一遍，包括窅娘的情况，也与李处耘说了。

"你看，这个调查，该从何处着手呢？"赵匡胤问道。

李处耘没有回答。

赵匡胤沉吟了片刻，方才说道："朕想让你从王承衍、周远、高德望三人开始调查。"

李处耘听了，大吃一惊，问道："陛下怀疑他们？"

赵匡胤摇摇头，说道："朕绝没有怀疑王承衍，朕相信他绝对忠于朕。至于周远、高德望，朕也相信他们，他们没有帮助南唐的动机。方才朕说了，朕之前派王承衍去荆南，成功消除了'北海'之障。但是，按照南唐屯兵边境的时间来看，在王承衍到荆南之前，南唐应该已经开始增兵边境的部署了。这说明，在王承衍赴荆南之时，南唐可能已经知道了朕的计划。朕相信王承衍、周远、高德望不可能暗通南唐。但是，会不会是王承衍等无意中向窅娘或者其他人泄露了计划呢？王承衍为人异常谨慎，不大可能犯这样的错误。周远、高德望两人就不好说了。王承衍身边的那个窅娘，也实在有些奇怪。按照王承衍的说法，窅娘之前被韩熙载所迫，跟着王承衍潜入我朝，此后身份被识破，已经归顺了我朝。不过，这只是窅娘单方面的说法。王承衍相信窅娘，朕之前也相信窅娘应该忠心归顺了。后来，细细寻思，朕依然觉得窅娘可疑。于是，朕派出秘密察子暗中监视窅娘，但是秘密探子的情报说，那段时间，窅娘根本没有出过汴京，也不曾委托任何人离开汴京前往南唐。这就令朕糊涂了。这么说来，极有可能是有南唐间谍跟踪了王承衍等人，在他们从汴京去往荆南的路上，当他们对话中提到计划时，或有可能被南唐间谍听到。从南唐调兵遣将前往边境的时间来看，计划的泄露，一定不会太晚，肯定就在王承衍他们离京不久。否则，南唐反应不可能这么快。所以，朕猜我大宋国内一定有南唐间谍，而且极可能就潜伏在汴京城内。汴京乃是天下之都，有南唐间谍潜伏，这也很自然。”

尽管赵匡胤的猜想已经接近了事实，但是作为处于迷局中的当事人，在当时是不可能知道事实的全部面貌的，怀疑窅娘是南唐间谍是一回事儿，要证明窅娘是间谍则完全是另一回事儿。

李处耘听了，沉稳地答道：“陛下说得是。之前攻击荆南的计划被南唐获知，多半是因为泄密，否则南唐的反应不会这么快。陛下放心，处耘定会尽心调查。”

“你有什么好办法？”

李处耘将他厚实的双肩微微往前一耸，那颗看上去有些巨大的脑袋垂了下来。沉思了片刻，他抬起头说道：“臣倒是有一计。”

“哦，说来听听！”

李处耘下意识地往周围看了一下，瞥见李神祐正陪着那两个御侍远远地在花丛间漫步，除此之外，近处便无他人。当下，李处耘还是压低了声音，将调查间谍的计谋细细向赵匡胤说了。

赵匡胤听完李处耘的计谋，皱着眉头，一言不发，右手搁在石桌上，食指缓慢地在桌面上轻轻敲着。

过了好一会儿，赵匡胤神色凝重地看着李处耘，说道：“好！就依你之见。你先回去，改天依计行事。”

“是！陛下——”李处耘站起身子，犹豫了一下，欲言又止。

“看样子，你还有话想说。”赵匡胤注意到了李处耘的神色。

说这句话时，赵匡胤眼角的余光瞥见不远处玉儿、秋棠正驻足在一花丛旁，两人似在看花，又似在窃窃私语。再看李神祐，却在她俩十来步开外，手中拄着那根生铁棍，一动不动地伫立着。有风吹过。赵匡胤看到玉儿、秋棠两人的衣襟被风轻轻掀动。秋棠的乌云般的秀发旁，两条细细的红色丝绦也在风中微微飘动着。多美的一幅图画啊。若是柳莺姑娘现在还在世该多好啊。赵匡胤心底有些酸楚，嘴角露出了一丝苦涩的微笑。

李处耘见赵匡胤露出一丝奇怪的微笑，不禁感到疑惑，站起身子，慎重说道：“陛下，关于尹勋，微臣有事要奏。”

赵匡胤抬了一下眼皮，缓缓说道：“朕听说，尹勋克扣丁夫伙食费，是为了救手下两个欠了高利贷的兄弟。那放高利贷之人，乃是慕容延卿。光义私下劝我速斩尹勋，以免牵扯出慕容家，事情闹得不好收拾。尹勋曾经做过你的部下，莫非你是想为尹勋求情？”

李处耘大惊，心想：“原来赵光义已经私下向陛下进谏，可是，赵光义明明答应要救尹勋，为何改变了主意，反过来劝陛下速斩尹勋呢？”

此刻，赵匡胤面无表情，不知是喜还是怒。

李处耘突然对眼前这个人感到有些陌生。“陛下不再是以前那个人了！”不知为何，这个想法从他的心底冒了出来，令他感到极为不快。他接着便想起不久前赵光义说的那句奇怪的话——“至于具体的办法，现在不能说，以后也不能说。说出来，你我便都是死罪！——”这时，他仿佛感觉到心头被重重敲打了一下，心想：“尹勋是被陛下点名去总督五丈河疏浚工程的，他是陛下的人。况且，皇帝操天下之权柄，决兆民之生死。我一个小小宣徽使，有何资格可以劝陛下饶了他的人。莫非，这正是赵光义所没有说出的话——欲救尹勋，必劝陛下速斩尹勋，让饶恕尹勋的权柄留在陛下手中，让保全尹勋之功归之于陛下？是了，这的确要冒一点险。这也许是赵光义私下劝陛下速斩尹勋的原因吧。真是可怕的心机！”这一想法，如同一个闷烧的火堆中突然爆出一阵剧烈的火花，在李处耘的头脑中留下一团耀眼而惊人的光芒。

“不，陛下，微臣想请陛下速斩尹勋，以解民愤，以肃军心！”李处耘将原来想好的话抛在一边，大声说道。

“哦？你也劝朕速斩尹勋？”赵匡胤似乎微微愣了一下。

“正是，还请陛下斩尹勋以正视听。”李处耘咬咬牙，斩钉截铁地说道。尽管他想在皇帝面前打压一下慕容家族，但他没有提及。他心里盘算着：“赵光义已经巧妙地在陛下面前提及慕容延卿发放高利贷一事，又同时劝陛下不要查慕容家族。真是做得聪明至极。今后，慕容家族的人即便知道了，也是只能吃闷亏了。”

赵匡胤听了李处耘的话，并没有马上回答，扭头将视线投向了远方。玉津园内，地势微微起伏，此时草木繁茂，在一片连绵的、浓淡交织的绿色中，这里一团，点缀着红、紫；那里数点，镶嵌着白、黄。还有一些难以描述的色彩，四处星星点点，悦人之目。

“草木花朵，真仿佛在大地表面织出一块色彩斑斓的巨形地毯啊。世上之人的心思，难道不是常常像这土地上的颜色，少有一模一样的吗？可是，为何在尹勋一事上，兵部上奏疏劝我杀尹勋，光义也劝我杀尹勋，李处耘也劝我杀尹勋。方才，看李处耘最初之神色，似乎是要为尹勋说情。莫非是我一开始便看错了？或者——或者是李处耘，还有光义，都因我是天子，而故意劝我杀尹勋，实欲令我饶恕尹勋，以此全我仁德之心？身为天子，手握生杀大权，实在是一种无上的权力啊。若天下之权集于天子一人，即便明君也难免有独裁之误；若权力分散于下，各级官员难免有滥权之失。权力的授受、分配，真是难啊！集权与分权之间的权衡，真是微妙啊！无权，无以治天下；滥权，足以乱天下；失权，难以统天下。牧民之道，难参啊！”赵匡胤望着这片斑斓之地，心情复杂地思索着。

就在赵匡胤望着远方思索时，李处耘也随着赵匡胤的视线望向了远方。他也看到眼前这片色彩斑斓的、地毯一般的大地。他还看到了大地之上，在清亮的蓝天上，飘着许多白云。他的眼光一度在天上的这些云朵间移来移去。最后，他的眼光停留在一块巨大的云朵上。这块云朵，不仅巨大，而且看上去很厚。“那云朵，在天上大约有几万丈高几千里广吧。”李处耘带着一种奇异的心情看着那块云，有那么一刻，他似乎把尘世间的一切事情都忘记了。可是，忽然，李处耘发现那朵巨大的云正在慢慢变形，慢慢地、慢慢地，它仿佛变成了一只巨大无比的手掌。李处耘猛然一惊，有一种前所未有的压抑感。

这时，李处耘听到赵匡胤开口用沉静的声音说道：“尹勋的事，慕容家的事，朕会考虑。处耘，你且回去，务必尽快挖出南唐在我国境内安插的间谍。”

李处耘的眼光此时已经从天上那朵巨大白云那里收回，继而以一种复杂奇特的心情，看着赵匡胤，恍惚答应了一声，便起身拜谢，告退而去。

九

召见李处耘次日，赵匡胤令龙捷左厢都指挥使马全义暂时兼领了尹勋的控鹤右厢都指挥使，同时，责令开封府拘押尹勋并审问。

赵光义审问了尹勋。尹勋听从李处耘的建议，对自己所犯之事供认不讳，同时交代事情因缘。赵光义旋即传唤尹勋两名手下对质。那两人愧对尹勋，当下承认了赌博欠债等事。赵光义依照律法，速派捕头将同这两人聚赌并获取巨额财物之人捕获。那几人亦对聚赌获财之事供认不讳，当即被判收监两年。尹勋的两个手下，因为还犯了盗用公款之罪，故暂时收押下狱，待与尹勋之罪一并判处。

尹勋同时指证虎捷军都指挥使慕容延卿假慕容诚之手发放高利贷、恐吓欠债人。论在禁军中的职位，慕容延卿在尹勋之上。赵光义将尹勋指证上司的情况写了奏疏，上报给皇兄赵匡胤，同时知会了兵部。兵部尚书李涛得知情况，当即带病又写一份奏疏，上报给了赵匡胤。

赵匡胤得了赵光义和李涛奏疏，一时间心情沉重。尹勋的案子，直接牵扯到慕容延卿。至于慕容延钊是否知道其弟发放高利贷之事，尚不清楚。

“尹勋侵用公款，滥杀丁夫，实犯下重罪。慕容延钊、慕容延卿、尹勋，此三人，都是现任禁军高级将领。慕容延钊不久前虽刚刚被朕免去禁军最高指挥权，但是依然手握军镇重兵，一旦处理不好，恐怕会影响三军士气。况且，尹勋一向重义，身先士卒，甚得军心。控鹤军与虎捷军两军关系向来比较紧张。如今身为控鹤右厢都指挥使的尹勋指证虎捷军都指挥使慕容延卿，一旦事态扩大，控鹤军与虎捷军之间，恐怕再生嫌隙！更要紧的是，不久的将来，朕要令慕容延钊挂帅平定荆湖。若慕容延钊真与其弟放债、恐吓之事有瓜葛，朕当如何才好？”再三思量后，赵匡胤令人紧急去山南东道镇所召慕容延钊进京觐见。

赵匡胤在玉津园内秘密召见了慕容延钊。

“朕今日召见慕容兄，实有一事相告。”赵匡胤一边慢慢地往前踱步，一边言语温和地说道。

慕容延钊微微愣了一愣，从容说道：“陛下请说。”

“延卿私下放高利贷，且令人恐吓欠债人取财之事，你可知道？”

慕容延钊闻言一惊，忙道：“竟有此事？臣实不知。”

赵匡胤听了，扭头看到慕容延钊正朝自己看来。赵匡胤见慕容延钊虽然面有惊色，但眼光镇定，并无闪烁飘忽之感，不禁心下大为宽慰。“若慕容延钊真是不知其弟之行，事情倒是好办一些。”

于是，赵匡胤将尹勋克扣丁夫伙食费的前因后果与慕容延钊说了一番。

“若延卿真是私下放债，回利为本，至月利三十分，确是违法。恐吓取财之罪，更是罪加一等。除尹勋两个部下受累之外，实不知还有多少人因他的高利贷而家破人亡。朕今日先行知会慕容兄，实是欲令慕容兄劝延卿主动去开封府请罪，如此尚可罪减一等。至于如何惩罚，朕自会定夺。”

慕容延钊闻言，跪下谢恩，动情说道：“陛下苦心，臣感激不尽！”

赵匡胤俯身扶起慕容延钊，说道：“慕容兄不恋虚名，大义为国，朕何尝不存感激之心。尹勋之事，缘起自延卿，朕不能不问啊！”

慕容延钊听闻，知赵匡胤话中“不恋虚名，大义为国”之语，乃是指他不久前被免去“殿前都指挥使”一事，便道：“陛下英明，为臣思虑利害，全臣之忠义，微臣幸甚！”言罢，慕容延钊谢恩告退，自去找其弟延卿。

数日后，崇政殿上举行了一次朝会。慕容延钊、李处耘二人都参加了此次朝会，站在班列之中。

尹勋、慕容延卿、慕容诚、尹勋的两个部下以及告御状的陈原等三人都早已被押至大殿等候。

赵匡胤在龙椅上坐定后，即传尹勋等人上殿。他要亲自殿审。

“尹勋，五丈河疏浚工程丁夫的伙食费，可是被你克扣？”赵匡胤语气严厉，开门见山地质问。

尹勋身着灰色的囚服，跪在地板上。囚服不太合身，显得有些小，更显得这个犯人身材魁伟，肌肉强健。

“是。”尹勋抬起黑瘦的脸，面带愧色地答道。

赵匡胤注视着尹勋的双眼。这是一张久经沙场的脸啊！他感到一阵心痛。

“所克扣的经费，现在何处？”

“这——末将拿钱款给部下还了高利贷。”尹勋迟疑了一下说道。

“你自己可使用了克扣之经费？”

“未曾使用。”

“私挪公款。你可知罪？”

“末将知罪。”

“十几名丁夫队长可是你所斩杀？”赵匡胤没有接这话头，而是厉声喝问。

“是。”

“丁夫逃亡者，罪该当死否？”

尹勋听了这一问，愣了一愣，两颊肌肉抽搐了几下，答道：“罪不当死。”

“明知滥杀！你可知罪？”

“……”尹勋呆在那里，一时无语。

“七十余名丁夫的左耳，可是你下令割去？”

“是。”

“滥用私刑！你可知罪？”

“末将知罪！”尹勋答道。

“派蒙面人追杀老汉陈原等人，可是你所为？”

“是。”

“你可知罪？”

“末将知罪！”

这时，赵匡胤从龙椅上站了起来，缓缓迈步下了墀阶，走到尹勋两步开外。

“窦仪，在役丁夫逃亡，该当何罪？”赵匡胤突然扭头问站在班列中的工部尚书判大理寺窦仪。

窦仪微微一惊，立刻走出班列，微微低首，从容拱手答道：“陛下，按《显德刑统》[①]，在役丁夫逃亡，一日鞭笞三十，十日加一等，罪最重者徒三年。”

赵匡胤点了点头，扭头注视着尹勋，变了口气，用沉稳温和的声音问道：“尹勋，你可知罪？”这是赵匡胤第四次质问尹勋是否知罪。

在一次次严厉的质问下，尹勋早已是悔恨交加，方才瞥见慕容延卿、慕容诚、自己的两个部下以及陈原等人皆被看押在旁，本想自辩几句请求宽恕，但是突然之间，内心的骄傲占了上风。

“男子汉大丈夫，既然犯了罪，就该接受惩罚，何能大庭广众之下讨饶！”尹勋这般想着，使劲咬了咬牙关。这时，他要在死亡与尊严之间作出一个选择。

过了片刻，他大声道：“末将死罪！罪该万死！”说完，泣然磕头。

赵匡胤对于尹勋的反应略感意外。他目光锐利地注视着尹勋，又抬头环视大殿内的诸位臣将。

大殿内的诸位臣将见皇帝神色凝重，一时间都屏息无声，绷紧神经，不知皇帝会如何惩办尹勋。

赵光义站在班列中，只觉皇兄的眼光在自己的脸上停留了片刻，顿感心在胸膛中突突突地加速跳动起来。“莫非皇兄真要杀了尹勋？莫非我算错了？”赵光义如此思想着。李处耘此刻也是将一颗心提到了嗓子眼，怀着与赵光义类似的想法。他犹豫着此刻是否应该当众站出来为尹勋求情。“可是，我怎能为尹勋求情呢？之前，在玉津园我已经劝陛下斩杀尹勋。也许不该去找赵光义，更不该自作聪明

---

① 此时《宋刑统》尚未编定，北宋初年断案判刑参用的是后周显德年间编定的《显德刑统》。

去猜测赵光义的计谋。”李处耘感到有些后悔了。

赵匡胤忽然扭身对龙椅一侧的负剑内侍李神祐喝道：“神祐，拿剑来！”

此言一出，尹勋顿时面色惨白。虽然为了尊严，他已经骄傲地选择了死亡，但是并不能完全消除对死亡的恐惧。“陛下这是要在大殿上斩杀我啊！”尹勋悲哀地想着。

赵光义、李处耘听了这话，一时间呆若木鸡。

诸位臣将也都被皇帝的话惊呆了。

李神祐听令，下了墀阶，双手托着宝剑，呈给赵匡胤。

赵匡胤宝剑在手，噌一声将剑从鞘中抽出，口中喝道：“尹勋，你罪该当死。念你往日忠勇，战功卓越，且事有因缘，朕今日用皇袍代你一死。”话音未落，赵匡胤一手撩起皇袍下摆，另一手将宝剑一挥，只听得刺啦一声，一块皇袍应声而下。

赵匡胤将那块皇袍抛在尹勋面前，收剑入鞘，又将剑丢给李神祐。

尹勋一时间又是震惊又是感动，伏地恸哭。

“控鹤右厢都指挥使尹勋，克扣经费，滥杀丁夫，一度还欲杀人灭口，实罪该当死。念其忠勇，削夺官职，配——许州任团练使，暂寄——李处耘麾下听用。”说话间，赵匡胤朝赵光义、李处耘两人看了看，脸上带着一种奇怪的表情。

赵光义目光与皇兄的目光一触，仿佛有一把利剑直刺心底，不禁心想：“皇兄莫非已经猜到了我的心思——猜到了我劝杀尹勋乃是欲擒故纵之计。”

李处耘的心情，也是随着大殿内的情势一波三折，待听到赵匡胤说将尹勋暂寄自己麾下听用，也是大感意外。他看了赵光义一眼，也想到：“陛下莫非识破了我与赵光义的计谋。如此说来，我俩的‘欺君之意’，虽然没有说出来，陛下可能也已知道。”想到这点，李处耘只感到背上冷汗淋漓。

在赵匡胤说了将尹勋暂寄李处耘麾下听用后，慕容延钊瞥了李处耘一眼。他知道尹勋是一员猛将。“将尹勋寄李处耘麾下听用？莫非是李处耘背后为尹勋求情了。如此一来，尹勋必为李处耘效死力。李处耘既得尹勋，实是如虎添翼。陛下此前已经免去我殿前都点检一职，如今又将尹勋拨给李处耘，莫非还是对我心存警惕，想继续借机用李处耘制约我？”

正在赵光义、李处耘和慕容延钊等人各自琢磨着主上的心思之时，赵匡胤不待众人喘息，传唤慕容延卿问话。

慕容延卿此前在其兄慕容延钊的劝告下，先行前往开封府赵光义处请罪。

“尹勋之罪，实有因缘。光义，你来说说吧。”赵匡胤说道。

当下，赵光义步出班列，将慕容延卿假借他人名义发放高利贷给尹勋手下，终致尹勋犯下大罪的前因后果简要说了。

慕容延卿对自己所犯之罪供认不讳。

慕容延钊对于其弟延卿私放高利贷之事本不知，出了尹勋之事，牵出延卿，令他既尴尬又恼火，加之李处耘借由得到尹勋增强了实力，他更觉郁闷。

赵匡胤下诏免慕容延卿一年俸禄，退还相关债主多取之利。尹勋的两个部下，因唆使主将侵占公款挪为私用，被判死罪。老汉陈原、陈原的侄子与丁夫同伴们获得相应的赔偿金和抚恤金，同时，参与逃亡的丁夫们被免去鞭笞之罪，补回伙食费，继续参加五丈河疏浚工程。

十

玉津园松鹤阁的门口，立着皇帝的内侍李神祐。王承衍是认识他的，朝他点了点头，便抬腿往门槛里迈去。他的身后，跟着周远、高德望和窅娘。

王承衍感到有些忐忑不安。“陛下这次召见我，特别叮嘱，让我带着周远、高德望，这也就罢了，为何还让我带着窅娘呢？”他抬腿迈过玉津园松鹤阁二楼主厅的门槛时，心跳猛然加快，手心里变得湿漉漉的。“我究竟担心什么呢？”他对自己的表现感到有些诧异。“难道是因为窅娘的事情，我才感到如此紧张吗？关于窅娘，之前我已经秘密地向陛下上奏过，陛下并没有追究，莫非陛下并不能饶恕窅娘，今日要重提窅娘的事情？”

王承衍走进松鹤阁二楼主厅，发现里面的布置很简单。靠北窗的正中间，摆着一张很大的书案，案子上摆着笔墨纸砚和几匣子书。皇帝赵匡胤穿着明黄的龙袍，正坐书案前，面朝着主厅的大门。书案的两边都立着火烛架。此时，两个火烛架子旁各站着一名年轻的御侍。火烛架子往两边去，靠东边的一侧，立着一排高大的书架，书架的格子里放着一摞摞书；靠西边的一侧，挨着火烛架子的地方，南北向放着一张座榻。王承衍看见，座榻上坐着的一个头大肩厚的人，正是李雪菲的父亲——宣徽使李处耘。座榻背后，立着一块正中间刻着松鹤图案、可以移动的金丝楠木屏风。屏风后不知是什么。大厅偏南部位的东西两侧，则各摆了四张靠背松木椅子，椅子漆成了朱红色，每两张椅子之间则是两肘宽的松木茶几，同样是油漆成了朱红色。

窅娘在跨过门槛之后，不敢多看，下意识地低下了头。但是，在低下头之前，她已经看到在正对大门的方向有一张大书案，书案后面坐着一个身材魁梧的人，穿着明黄色的袍服，头戴一顶软翅幞头。那人的神色肃穆，方脸，留着短须。这位一定便是大宋的皇帝！“若是他今日质问起我，我该如何作答？”她这般想着，心不禁扑通扑通加速跳了起来。至于座榻上那个人，她也偷偷瞥了一眼。不知为何，她觉得座榻上那个人在她进门的一刻也在盯着她。深绿色的袍服，大脑袋，眼光锐利。他是谁？她在低下头后，依然能够感受到那人锐利的目光在自己身上游移。

王承衍等跪拜了皇帝之后，便都远远站在书案之前。

“你便是窅娘吧？”赵匡胤看着窅娘，突然问道。

窅娘默不作声点了点头。

“抬起头来。”

窅娘心里一颤，缓缓将头抬了起来，向赵匡胤看去。这次，她是近距离看着大宋的皇帝，正好与赵匡胤的眼光遇个正着。她感到他的眼光很是严厉，带着警惕，带着审视的意味，但是还包含了某种令她琢磨不透的东西，不是李煜的那种深情、温柔，不是韩熙载的那种深沉、冷峻。这眼光里包含着什么呢？她一时间不敢多想，慌忙又将头低了下去。

“嗯——承衍与朕说过你的故事，既然老家已经没了亲人，以后便将汴京当成家乡好了。”赵匡胤说道。

这句话说得很平淡，但是传到窅娘的耳朵里，却像雷声一般轰隆作响。就在这一瞬间，窅娘的眼眶红了。也就是在这一瞬间，她突然意识到，在赵匡胤刚才看她的眼光中，包含着深深的怜悯，但是，在这怜悯之外，似乎还有某种东西，某种情绪，她现在依然还没有捕捉到。

在赵匡胤看她的眼光中，窅娘所没有捕捉到的那种情绪，是某种深刻的思念与歉疚。赵匡胤在看着窅娘的那一刻，想起了为了救皇子德昭而牺牲的柳莺——或者说，根本上也是为他而牺牲的，是为了他的宏愿而牺牲的。但是，这么久以来，他已经渐渐学会将对柳莺的感激、怀念与歉疚，深深地藏起来，就像将珍宝投入深邃的幽暗的洞穴。“柳莺姑娘当时在扬州，也是孤身一人啊！这个窅娘，孑然一身，也是一个苦命人！不过，我不该因此对她放松警惕！李处耘的计谋，还不知是否有用。希望她真是已心归我朝，希望南唐在京城之内另有间谍！”赵匡胤看着窅娘，心情颇为复杂。

王承衍瞥见窅娘眼眶发红，心下难受。虽然他担心赵匡胤对窅娘还有怀疑，却不知道该再如何向赵匡胤解释。

“承衍，这次叫你们来，是又有任务交代你们。之前，救下长公主，促南唐迁都，赴荆南劝平‘北海’，这三件事，你都干得很漂亮。接下来这件事，朕还是要差你与李处耘一起去做。这次，你也带上窅娘吧。既然窅娘之前是为韩熙载所胁迫，如今已心归我朝，便跟着你一起为大宋效力吧。”赵匡胤不再看窅娘，冲王承衍说道。

“是，臣万死不辞！”

“好！那你听好了。朕这次调李处耘回京，乃是有意于南唐。”说这话时，赵匡胤意味深长地看了李处耘一眼。

“原来，座榻上之人便是雪菲的父亲李处耘。”窅娘心想。

赵匡胤继续说道：“不过，南唐也是大国，沃土千里，带甲百万，若没有充分把握，绝不能轻易用兵。朕将李处耘从扬州调回京城，是为了让李煜放松警惕，也是为用兵南唐做准备。李处耘以为，若图南唐，必得吴越之助方能成功。朕甚以为是。因此，朕这次要令李处耘作为朕之私人信使，暗中前往吴越。你们几个，都跟李处耘一同前往，一方面是担任护卫之责，一方面也是因为你们在南唐待过一些时日，可以为李处耘做个参谋。让窅娘一同去，朕也是考虑到她久在南唐，谙熟南唐国情。这次，你们要替朕与吴越国王磋商战略，约定时日，共讨南唐。”

“原来宋朝皇帝是因为有这样的考虑，才让我随同少将军前来。莫非，他真没有怀疑我？”窅娘禁不住又偷偷抬头看了赵匡胤一眼。此时，赵匡胤正好又将眼光投向了李处耘。窅娘见赵匡胤的右手搁在书案上，食指下意识地轻轻敲着书案。

赵匡胤对身旁右侧的御侍说道：“秋棠，研墨，朕要给吴越国王写封短信。”

秋棠答应了一身，莲步轻移，走到书案一侧，去拿书案上的小水瓶往砚台上倒水。此时，一阵微风穿过阁楼窗棂吹进来，秋棠发髻上的红色丝绦从耳际垂至胸前，随着身体的动作轻轻飘动着。

李处耘看着秋棠温润的脸颊，精致的侧脸轮廓，看着她耳际在微风中轻轻飘动的红色丝绦，不禁心中一动，心想：“原来她与柳莺姑娘有几分相像啊！陛下将此女留在身边，怕还是没有忘记那柳姑娘啊！”几日前他在玉津园初见秋棠，便觉得她像某人，却一时想不起，方才见到飘动的红色丝绦，方才联想到柳莺。柳莺曾经在发髻上也系着细细的红色丝绦。这一刻，李处耘不禁回想起与赵匡胤一起在扬州初见柳莺的情景，又想到柳莺已经香消玉殒，顿觉心下戚戚，颇为伤感。

“承衍，你们不必急于出发。朕也要备些礼物，过几日交给你们带往吴越国。”赵匡胤看了看正在研墨的秋棠，又扭头冲着王承衍说道。

“是，陛下！”王承衍答道。

“窅娘，韩熙载可有何嗜好？”赵匡胤突然盯着窅娘问道。

这一问，令窅娘大吃一惊。

她有点惶恐地抬起头，看着赵匡胤，轻轻说道：“贱婢被六皇子送入韩侍郎府上后，并不曾经常见到韩侍郎。入韩府不久后，韩侍郎认贱婢作干女儿，强迫贱婢接近少将军。贱婢实不知韩侍郎有什么嗜好。”

赵匡胤听了不置可否，说道：“朕与韩熙载也就见过两面，一次还是前朝世宗时，另一次便是不久前韩熙载代表南唐出使我朝时。见面虽少，却是印象深刻。有时，朕也会想，如果韩熙载能够为我大宋出力，那该多好啊！”

窅娘不知道赵匡胤说这话用意何在，内心不禁忐忑不安，但尽量使自己很快镇静下来，神色平静地看着赵匡胤。

“就你所知，韩熙载身体可好？”赵匡胤问道。

“嗯。”窅娘轻轻点点头。

“嗯——听说他喜欢夜宴。果真如此？”

“贱婢在韩侍郎宅子里待得并不久，只参加过一次夜宴，正是那次夜宴后，韩侍郎拘禁了贱婢，强迫贱婢设法接近少将军，设法赢得他的信任。”

赵匡胤没有接窅娘的话头，而是继续问道：“听说李煜喜欢作小词，是否？”

“是。”

“李煜，就是以前的南唐六皇子从嘉，现在是南唐国主了。你知道吗？”

“嗯，从少将军那里听说了。”

“之前，你在李煜那里待得久吗？”

“不，也没待多少日子。”

“这么说，你并不了解李煜？”

窅娘微微呆了一呆，眼眶有些湿润了。她尽量保持着平静的神色，缓缓地摇了摇头。

赵匡胤沉默了一下，只是点了点头。他仔细看着窅娘，但见她目如秋水，一张瓜子脸，一点绛红唇，脖颈细长，胸部丰满，腰身纤细，真是一个水灵灵的美人。此时，她的神色虽然略显紧张，但身子挺拔而立，并没有丝毫晃动，看不出有何异样，甚至真可以说得上是镇静了。

看着窅娘颇为平静的神色，不知为何，赵匡胤心里冒出一个想法：这个女子不简单啊！

“最近韩熙载可与你有联系？”赵匡胤似乎是不经意地问道。

“自从离开南唐，韩侍郎便没有联系贱婢了。”窅娘回答。她并没有说实话。

“嗯——若他联系你，你须告诉承衍才是。”

这时，赵匡胤见秋棠已经墨好了墨，便拿起书案上的毛笔，在一张纸上写起来。

过了片刻，赵匡胤搁下笔，朝着书案上刚刚写好的书信看了看，抬起头对李处耘说道：“吴越国王钱俶，素好佛事，你出发前，抽空去趟封禅寺找守能和尚，就说朕向他要一颗佛舍利送吴越国王。他那里秘藏了两颗佛舍利子，这番倒可以派上用场了。过些日子，便是南唐新国主李煜的生辰，朕会正式遣使南唐，赐给李煜国之信物。那之后，你再带上舍利子，去吴越国给钱俶。先安抚南唐，后联盟吴越，此计必成。”

李处耘点点头答应了。他点头答应后，看了一眼王承衍，又看了一眼窅娘，仿佛要看一看他俩的反应。

王承衍以沉稳的目光回应了李处耘的注视。

窅娘虽然察觉了李处耘在看她，却当作没有发觉，只是微微垂头，将目光的焦点停在了书案冲着她那侧边缘的某一点上，仿佛这样子便可以消除内心的紧张。

窅娘知道那舍利子是非常珍贵的佛家圣物，听赵匡胤说要拿舍利子去送给吴越国王钱俶，不禁暗想：“看来大宋皇帝为了笼络吴越国，也是挺花心思的。”

“这个情报，对于南唐国一定有用，得设法将这个情报给韩侍郎送去才是。”窅娘这样想着，脑海里一会儿浮现出韩熙载的样子，一会儿浮现出李煜的样子。在想到他们的时候，她仿佛再次站在了江南滴雨的屋檐下，望着外面淅淅沥沥的细雨，望着那一幅烟雨迷蒙的水乡画面。

十一

这一天，自凌晨始，便下起了大雨。赵匡胤五更起来准备早朝，听到窗外雨点噼里啪啦、噼里啪啦地响个不停，便令人传旨，今日百官不必上朝，放假一日。

用完早膳，赵匡胤见雨变小，淅淅沥沥下着，忽然兴起，想在皇宫内四处转转，便让内侍李神祐撑起一把大油伞，跟在自己的身后。

赵匡胤从福宁殿出来，往南穿过含合门，绕过垂拱殿，又向西行去。此时已经是卯时，因为下雨，四处还是很暗。赵匡胤往学士院方向看去，见那里亮着烛光。

“走，那边瞧瞧去。”

说罢，赵匡胤抬腿便往南面学士院方向走去。李神祐慌忙举着伞跟了过去。

在学士院门口的屋檐下，立着两个金吾卫。

两名金吾卫虽然认出皇帝，却一时未能反应过来。赵匡胤举起手轻轻嘘了一下，示意不要他们出声。

“今日里面哪个当值？”赵匡胤轻声问其中一名金吾卫。

“是陶学士。”那名金吾卫说。

“唔——”

赵匡胤听了，轻轻唔了一声，微微点点头，仿佛忽然想起一事，冲李神祐说道："走，去内东门小殿。"

说完，赵匡胤便带着李神祐匆匆走了。

没过多久，有一个小黄门来学士院传礼部尚书、翰林学士承旨陶谷速速前往内东门小殿东侧的御书房见驾。

陶谷见召，不禁吃惊，吃惊之余，又有些受宠若惊。

"这般下雨天，陛下传我去内东门小殿的御书房，必是有要事，看来陛下还是看重我的呀！"他感到一阵欣喜，匆匆忙忙撑起一把学士院内平日常备的黄油伞，冒雨前往内东门小殿。出了学士院的大门，没走几步，他忽然想起一事，停了脚步，折回学士院，拿了早就写好的一份折子，揣入袖中。

雨还在下，刮着东南风，吹斜了漫天的雨滴。

陶谷低着头，双手握着黄油伞的伞柄，出门时将雨伞微微往身子左侧后倾着，但是，即便如此，依然可以感到雨滴不时洒落在自己的背上和左肩上。走了一段路后，因为折向了东面，他不得不将雨伞朝向身子右前方来挡雨。

走了一阵子，陶谷终于到了御书房。他将黄油伞合起甩了甩，便立在御书房门口。

御书房的房门关着，房门的一侧站着赵匡胤的持剑内侍李神祐。

"陶学士来啦，请稍候，我进去禀报一下。"李神祐恭敬地说道。

"有劳了！"陶谷不敢怠慢，低下头，缩着肩膀，退到御书房的一侧候立。

陶谷的背脊和肩膀被雨打湿了一片。此刻，一阵冷风吹过来，不禁感到微有寒意。

李神祐转眼便出来了，向陶谷一作揖，说道："陶学士请进。"

"是！"

陶谷用手撩起官袍的下摆，轻轻迈进了御书房的门槛。

内东门小殿是赵匡胤召翰林夜对之处。赵匡胤于翰林夜对之前，常常在它东侧的御书房内读书、休憩。这间御书房，比起福宁殿内的那间御书房，要大得多。一进门，实际上是个很大的会客厅。穿过这个会客厅，才算是真正的书房。

陶谷迈入门槛，见御书房的会客厅内并无人，心知赵匡胤必在里面的书房内。但是，他不敢贸然往里走。

“微臣陶谷前来见驾。”

“陶学士来啦，进来吧。”

陶谷听到赵匡胤的声音从里屋传出，这才慌忙往里走。

陶谷进去时，赵匡胤从书案后面抬起头来，将一本书搁在书案上。

“陶学士今日当值，辛苦咯！”

陶谷一听，暗自窃喜：“原来陛下知道我今日在学士院当值啊。”

当下陶谷答道：“谢陛下。这本是微臣分内之事。”

“唔——今日有雨，朕不想烦扰百官却偏偏让你前来，实有要事。朕拟派遣国使去南唐，赐南唐国主信物，贺其生辰。你就此速速起草一份国书，文辞既要有怀柔之意，亦要有威慑之力。国书要显示我大国气度，不要令韩熙载等人看轻了。”

听赵匡胤提起韩熙载，陶谷不禁脸上微红。

陶谷的神色，赵匡胤看在眼内，知其因之前被韩熙载戏弄一事感到惭愧，不禁暗觉好笑。

“今日傍晚前可能拿出草稿？争取明日一早让给事中看看。”赵匡胤继续问道。

“是！陛下。微臣必按时呈上。”

赵匡胤颇为满意地点点头，将国书内容的主旨又与陶谷交代了几句。

赵匡胤交代完起草国书之事，陶谷忽然踟蹰说道：“微臣本想今日上朝，启奏一事，现在既然见到陛下，不知可否将札子呈上。”

赵匡胤听了，微微一愣，说道：“卿家呈上便是。”

陶谷掏出札子，双手捧着呈了上去。

赵匡胤打开札子，看了片刻，缓缓合上，对陶谷说道：“卿家的建议，朕会考虑。你且回学士院，赶紧起草国书。”

陶谷听了，知皇帝此刻不可能对自己札子中的建议马上表态，当即退出御书房，冒雨赶回学士院起草国书去了。

原来，陶谷在札子中建议，将翰林学士的上朝班次排在侍郎之下，只将官至丞郎的翰林学士的班次排在侍郎之上。按照旧例，翰林学士侍从亲密，不在外朝，皇帝每五日起居，班次列于宰相之后，由此，会宴坐在一品官员之前，实在是荣耀无比。陶谷认为，翰林学士不分官位，班次一律排在宰相之后，易使官员轻官位、务虚名，不利于政治。陶谷自己是翰林学士，官位是礼部尚书，他提出这样的建议，理由是冠冕堂皇的，看上去有自贬荣耀的意思。但他的建议，实际上是要将同为翰林学士的李昉等人倾轧在自己之下，因为按李昉官位，班次只能排在列曹郎中之内。

在陶谷呈上札子的数日后，赵匡胤下诏："翰林学士班位宜在诸行侍郎之下。官至丞郎者，宜在常侍之上。至尚书者，依本班。"诏书基本上采纳了陶谷的建议。

这诏书一出，陶谷不禁暗暗心喜。从此，他在李昉面前，就更是趾高气扬了。李昉后来知道此诏因陶谷之建议而出，虽然对其心怀不满，却也并不太在意上朝的班次。

过了不久，陶谷又以李昉公务期间私自南下会见同年邓美洵一事弹劾其目无朝廷。赵匡胤虽无怪罪李昉之意，但李昉私自南下拜会邓美洵，致邓美洵被周行逢暗杀确实是事实，陶谷既然公开弹劾，他也只好因此将李昉贬为给事中。

自那天随王承衍见了皇帝赵匡胤之后，窅娘便想着如何尽快将新消息送给韩熙载。"一定得向韩侍郎报告大宋欲结盟吴越进攻南唐的消息！"在这般想着的时候，她心里也不是没有愧疚。正因为心有愧疚，这几日每当王承衍直视她时，她便下意识地避开王承衍的眼光。但是，她既已经将南唐视为第二故乡，心里又对韩熙载产生了强烈的敬爱之意，且又掺杂了类似"士为知己者死"的志愿，所以她认为帮助南唐获得情报是理所当然之事。至于原来的六皇子从嘉——如今的南唐国主李煜，也是促使窅娘作出这种决定的潜在之因。李煜的薄情尽管让窅娘的心一度冰冷，但是当她回想起他每次看自己的眼神时，她便固执地相信，在他的内心，其实依然是深深地爱恋着自己的，当时他只不过是迫于形势才将她送到韩熙载府上。不知从哪一刻起，在她的心底已经悄悄地原谅了李煜。

窅娘一方面下定决心要保护自己的第二家乡——南唐，一方面却也不愿意伤害王承衍、周远和高德望。她天真地以为——把情报送给韩侍郎，南唐便会及时防备大宋与吴越，大宋见南唐有了准备，必然不会贸然进军。这样子，就可以很好地保住大宋和南唐两国的太平，不论她敬爱的韩夫子，她爱恋的李煜，还是她的三位宋朝友人，都不会受到伤害。这样一想，她便从内心为自己的选择找到了借口，便也不知不觉地高兴起来。

雨淅淅沥沥地下了一天，窅娘想好了，第二天若不下雨，她便去那家湖州照子店传递情报。她待在屋里，做了整整一天的女红。缝制袍子的布料，是不久前周远陪着她去大相国寺附近的一家布店里买来的。她要为王承衍缝制一件袍子，已经断断续续地缝制了很久。在这个雨天里，她将没有完成的袍子拿出来，怀着一腔柔情，从早饭之后，便仔仔细细、安安静静地一直缝制着。中午时分，婢女小萱喊她出屋吃午饭。她与王承衍等三人在餐厅吃完午饭便又回到屋里，继续缝起那件袍子。如今，她已经将王承衍、周远、高德望三人看成了自己的兄长、好朋友。她心里盘算着，等这件袍子做好了，也要给周远、高德望每人缝制一件。

这天晚上，王承衍站在窗前，望见窅娘屋里亮着蜡烛光。烛光把窅娘的身影投射在窗纸上，看上去，她正在拿着毛笔写字。“缝了一天的衣服，晚上还有兴致练字！”王承衍看着那个美丽的影子，微笑着，呆看了好一阵子。

次日，天果然放晴了。王承衍带着周远、高德望去李处耘府上商议去吴越国的事宜。窅娘借口身子不舒服，没有跟着去。午后，窅娘对小萱说自己舒服多了，想去西大街买些果子，然后顺便去东大街的陈家青铜照子店看看。

“或许那面青铜照子已经打磨好了。”窅娘对小萱说。

小萱年纪小，听说要出去逛街买果子，高兴得直拍手。窅娘便吩咐厨子陈福在家准备晚饭，又让张成、袁胜二人出去租了一副檐子。

待檐子到了，窅娘便带着小萱出门了。

“往南门大街那边走，然后绕道仪桥街吧，咱先去西大街看看。”窅娘坐在檐子里，两个脚夫挑着檐子抬着她不紧不慢地往南门大街方向行去。小萱跟在檐子后面，一路瞪大了眼睛，兴奋地看着沿街售卖各色货物的摊子。

地面尚未完全干，一些被昨日大雨打落的树叶黏在半湿的泥地上，它们是昨日大雨留下的痕迹。有那么一刻，窅娘的眼光落在街边的几片落叶上，嘴角动了动，露出一丝淡淡的微笑。

当行到大录事巷与仪桥街交叉的十字路口时，窅娘令脚夫停一下。窅娘下了檐子，带着小萱，站在十字路口东北角的一家山货店门前先是张望了一下，装出不经意的样子，然后才缓步进了那家山货店。

她没有在山货店内停留多久，很快就出了店门，上了檐子。两个脚夫抬着檐子，沿着仪桥街继续往北行去。

方才就在窅娘转身察看四周的时候，她东面十几丈远的地方，有个人飞快地闪进了路边的一家金银铺。窅娘并没有留意到这个人。当窅娘重新上了檐子之后，那个人再次跟在了她的后面十几丈远的地方。他穿着普通的灰色袍子，看上去像是一个做小买卖的商人。他大多数时候用一双阴森的眼睛死死盯着窅娘的檐子，生怕它会突然消失不见，但有时他也将眼光闪在一边，仿佛街边有什么新鲜事物突然引起了他的兴趣。

窅娘又让檐子在西大街上停了两次。她带着小萱在西大街上买了两包果子，让小萱拎着。当她乘着檐子继续前行后，那个神秘的跟踪者继续跟上了她。

两个脚夫抬着檐子又往东行了片刻，便进入了东大街。到陈家青铜照子店门口后，窅娘让脚夫在店门口停下，下了檐子，仿佛不经意地看了看周围，便带着小萱走进了店门。

窅娘从容地走到柜台前。之前见过的那个红脸膛的老陈掌柜认出她，匆忙迎了过来。

“哎哟，小娘子怎么来了？不是说好了，让在下差人去府上送照子的嘛。”老陈掌柜乐呵呵地说道。

“今日得便，顺道来看看那面青铜照子磨好了没有。”窅娘微笑了一下。

“来得还真巧，昨日刚刚磨好。”

“那还真是巧啊。”

“画押的凭据带了吗？”

“自然是带的。喏，给你。”窅娘从衣袖冲掏出一张折着的纸递给老陈掌柜。

老陈掌柜瞄了那张纸一眼，似乎微微一愣。他缓缓打开那张纸看了一眼，便说道：“真是辛苦小娘子亲自来取。好。稍待一下。在下这就去后面取那面青铜照子来。”

说完，老陈掌柜合上那张字条缓缓绕过背后的红木大桌，掀起对面门上的帘子，到里屋去了。

不一会儿，老陈掌柜手中捧着一面青铜照子出来，走到柜台前，笑着递给了窅娘。

窅娘将那面青铜照子拿在手里，翻来覆去看了，又举到小萱面前，笑着说道：“果然打磨得很好。是吧？小萱。”

“照得真清楚啊！”小萱对着青铜照子，歪着脑袋，乐呵呵地说。

于是，窅娘向老陈掌柜道了谢，付了钱，便带着小萱出了店门。

十几丈开外，那个神秘的跟踪者站在一个古董铺子前，斜眼瞥着窅娘坐上了檐子。

这日傍晚，李处耘匆忙赶往皇宫，请求紧急觐见皇帝赵匡胤。

赵匡胤刚刚用过晚膳，正在内东门小殿准备召翰林学士李昉前来夜对，听说李处耘紧急求见，便赶紧让小黄门将他请到内东门小殿来。

李处耘到后，赵匡胤屏去了左右。

"陛下，今日，我的人发现窅娘有可疑之处。"李处耘低声说道。

"说来听听。"

"午后，她去了四个地方，一处山货店，两处果子店，一处青铜照子店。她去停留的每个点，我都安排了人监视着。结果，我的人发现，在她离开一个时辰后，就有一骑从陈家青铜照子店急急往南而去。"

"哦？往南？"

"是的，出了南熏门，往南去了。"

"派人盯着了？"

"嗯。按照陛下吩咐，暂时只是盯着。"

"如南去之人最后果然去了南唐，那么窅娘一定便是南唐的间谍。你继续让人盯紧了。"

"现在看来，窅娘十有八九便是南唐间谍。那个陈家青铜照子店，便是南唐间谍的接头点。陛下，咱们是否——如果那人果然前往南唐境内，是否——便令人跟上去捕人？"

赵匡胤定睛看着李处耘，说道："不。"

"那是不是先把窅娘给捕起来？"

听了李处耘的这一问，赵匡胤眼帘微微一垂，呆了一呆，神色变得有些木然。

"不。"赵匡胤再次否定了李处耘的意见。

李处耘有些困惑，问道："陛下的意思是？"

"如果窅娘的信真的能被一直送到韩熙载手中。朕就让它被送到。韩熙载设的局，朕要顺便借来用一用。"

"陛下是要借窅娘的情报，诱使南唐调兵防备我军吗？"

"正是。"

李处耘一惊，顿时明白了赵匡胤的用意。赵匡胤当下的目标，显然已不是南唐，而是南唐西面的荆南或湖南地区。南唐调兵防备中朝与吴越分别从北面、东面进攻，西面必然就会相对空虚。如此一来，便给中朝进攻荆南或湖南地区创造了机会。

真是一个将计就计的好计谋！但是，令李处耘迷惑的是，他并没有发现赵匡胤因此而面露丝毫喜色，相反，他还发现赵匡胤的脸色与眼神变得更加阴郁了。

此时，赵匡胤连自己也感到吃惊，自己为何一点都高兴不起来。他心里感到痛苦，该如何处置窅娘呢？

“真是一个可怜的女子啊。她从小流落异乡，跟着母亲寄人篱下，被李煜转手送给韩熙载，又被韩熙载利用做了间谍。如今，我又利用她来误导南唐的战略部署。我与韩熙载，又有何区别呢？不过是一丘之貉啊！但是——我又能如何呢？如果不利用这样的机会，未来战场上会有更多的战士牺牲性命。不，得了吧！这不过是你的借口！你不过是将这个可怜的女子当成你的棋子罢了！”赵匡胤痛苦地想着。

怜悯窅娘，厌恶自己，厌恶自己的做法……许多想法与情绪，乱麻般纠结在一起，使赵匡胤的脸色和眼神变得更加阴郁了。

十二

韩熙载在金陵雨花台别宅中，收到了一封来自汴京的密信。当他拿到密信的时候，已经是当天的子时了。

密信并不长，字体秀丽。

韩熙载在烛光下看完密信，缓缓将它朝烛火凑过去，眼看它马上就要被烛火烧到，他忽然一缩手，捏着那信迟疑片刻，然后将它缓缓折起，夹入桌上的一本书中。

“难道，赵匡胤真已决定联合吴越攻击我南唐？吴越国虽小，却不可不备。与吴越接壤的边境防务是必须加强了。只是，万一赵匡胤使诈，引我兵力东移，而暗中再次图谋荆、湖，这亦不可不防啊。荆、湖一旦落入宋手，后果不堪设想。不过，我南唐若两头用力，恐又难以挡住大宋集中兵力于一方突破。看样子，消极防备，已非上策。或许，我南唐也该暗中从大宋背后寻找联盟，牵制大宋南下，或者从大宋内部制造内乱，使其无心扩张。明日一早，须得面见国主，陈述利害。”韩熙载思索再三，心里初步拿定了主意。

次日一早，天还是蒙蒙亮的时候，韩熙载便带着几个亲信，骑马匆匆赶往南唐宫觐见南唐国主李煜。

李煜在宫中名为“龟头”的小殿中秘密接见了韩熙载。

这个“龟头”小殿形制颇小，是李煜之父李景在位时修建的。

韩熙载性喜奢侈，颇不喜欢这个局促的小殿。今日国主要在此阁中接见他，韩熙载心中虽然不悦，但也不得不遵命前往。

小殿位于绿树与百花环绕之中，地处南唐宫一角，颇为静谧。

听了韩熙载的陈述，李煜心中暗慌，一时拿不定主意，思索了片刻，突然问道:“卿家，此情报可靠否？”

韩熙载从怀中缓缓掏出一张折着的纸，双手托着呈给李煜，说道:“这是窅娘送来的密信。上次正是她的情报，使我南唐得以及时出兵西部边境，粉碎了大宋准备偷袭荆南的阴谋。微臣绝对信赖她。”

李煜眼光扫了扫韩熙载手中的那封密信，迟疑了片刻，方取过来，打开看了看，便递还给韩熙载。

“窅娘一个人在汴京，朕颇是担心啊。”

韩熙载默默点了点头。

“……吴越这边，卿家有何建议？”

“调给林仁肇将军足够的兵马，应可抗吴越。只是——”

“卿家有何顾虑？”

“微臣依然担心西边。只恐赵匡胤声东击西。”

韩熙载说这句话时，突然心头产生了一种奇怪的感觉——这一刻，他想从脑海中调出赵匡胤的面容，可是，在他脑海中浮现出的，却是一副模糊不清的面容。这让韩熙载大吃一惊。他曾经见过赵匡胤两次，一次是在周世宗时期，另一次就在不久前。赵匡胤的形象一直深深印在他脑海中。“可是，为什么现在竟然会这样，我竟然记不清他的容貌了，怎么会这样？”韩熙载暗暗质问自己。他感觉到自己的内心失去了平静。“是啊，随着时间的流逝，一切都在变化，赵匡胤在变化，我也在变化。我们的感觉、情绪、欲望、思想，没有一刻不在发生变化。如今，我正在失去把握这种变化的自信。赵匡胤必然在变化中呈现出一种新的状态，若不能注意到他变化的倾向，我又怎能分辨出哪些是原来的赵匡胤可能产生的想法，哪些又是新的赵匡胤可能产生的想法呢？出现在脑中的这副模糊不清的面容，难道是对我的一个提醒吗？不，绝不能就这样败退下来。是的，不管怎么变，现在的这个赵匡胤之中一定还藏着过去那个赵匡胤，不管过去的那个赵匡胤变化成什么样子，总有一条路，从过去的他指向现在的他。只要明察这种指向，只要抓住他的变化的轨迹，我依然有机会看透他的向往、意图和行动。”

韩熙载这样思索的时候，脸上露出恍然若失的神色。

李煜见韩熙载神色异样，便问道：“那如何是好？”

一语惊醒“梦中人”。韩熙载微微愣了一下，旋即神色镇定地答道：“以微臣之见，赵匡胤素善谋略，这次联吴，恐怕其中另有深谋。吴越为我南唐世仇，一旦有大宋为靠山，我南唐不可不防。暂时可从西边抽调部分兵力，以防备吴越偷袭。同时，陛下可派人前往北汉，游说其在北边进攻宋境，还可派人暗中去大宋西部活动，挑起西戎之乱。”

“那北汉刘钧，自与李筠战败后，谨小慎微，不敢有大动作啊。”

“未必！退一步说，即便是局部骚扰亦可牵制赵匡胤南下或东进。不过，微臣得到情报，刘钧不久前以猛将侯霸荣领军，集结代北诸州兵马，发兵进逼麟州，中朝则派李彝兴发兵救援麟州，如今，两军还在对峙之中。不如，派密使潜往北汉，在背后推一把。”

“北汉主刘钧这次恐不会为我所动吧。”

“如今，刘钧重用吏部侍郎郭无为，几乎对他言听计从。郭无为这人，生就一副奇相，长了一张状如鸟喙的嘴，颇有异才。但此人好大喜功，心怀野心，陛下只要许其一同瓜分大宋，郭无为必会说服刘钧大举进犯宋朝。侯霸荣那边更好办，陛下只要给予重金即可。”

“夫子既如此认为，不妨一试。”

“好！微臣遵命。”

李煜点点头，又问：“那么——西戎之地，有何人可利用？”

“尚波于。”

“尚波于是何人？”

“尚波于是秦州夕阳镇一带的西戎酋长。秦州夕阳镇，是古时伏羌县之地。在它的西北部，有一片很大的森林，西戎人靠砍伐森林、售卖木材获利。不久前，赵匡胤令尚书右丞高防知秦州。高防在秦州设置了采务所，辟地数百里，筑堡垒，据要害，派兵把守。从此，自渭水往北的森林，依旧被西戎势力控制。可是，自渭水往南的森林，便落入了宋人的囊中。高防派人从这片森林中砍伐的木材，很多都运往了汴京。这些木材，成为大宋建造宫殿、筑造船舶的重要来源。陛下，如果我们能够挑起尚波于叛乱，就可立即引发汴京的震动，赵匡胤自然无心南下。”

“卿家是如何知晓这些的？”

韩熙载略一迟疑，微微俯首，镇静地答道：“先帝在位时，嘱微臣派间谍潜入各国，暗中收集情报。如今，我南唐尚有间谍在汴京。情报，就是控制局面的力量。微臣不敢不尽心而为。”

李煜听了，眼眶微红，说道：“先帝远略深谋，朕不及啊！”

“陛下不可妄自菲薄啊！”韩熙载慌忙安慰李煜。

“那如何才能令尚波于为我所用？”

“西戎重利，陛下只要不惜财，微臣自能令其俯首听命。”

“为了社稷，朕怎会舍不得财物呢！既如此，朕给卿家备好一笔财物，卿家就按计行事吧！”

“是！”韩熙载沉稳地答应了一声，心下却不由自主地想把赵匡胤的面容更清楚地在脑海中勾勒出来。

十三

窅娘送出密信后没几天，李处耘、王承衍便接到赵匡胤的命令，带上周远、高德望、窅娘等人，往吴越国去了。

正值春暖花开的日子，皇后如月却突然生起病来，头上发热，浑身疲软无力，脸部和身上的皮肤都变得通红。

赵匡胤慌忙请翰林医官王袭来给如月诊断。王袭为皇后如月号了脉，又看了她的气色，说是得了一种热病，有一定的传染性。此病对于小孩子来说，甚是危险，但是几乎不会传染成年人。因此，为了防止病传给小孩子，需要将病人隔离开来。据王袭所说，若想好得快些，需要每日清淡饮食，清洁护理，令病人静心慢养，待四五十天后，病人脸上红色褪去，起过皮疹，结痂脱落之后，便会慢慢好起来。

听了王袭的话，赵匡胤心中稍安，便安排如月在福宁殿中休养，宫中只留两名手脚利索的宫女专门照料如月，其余的宫女都暂时移入嫔妃院住宿。他又安排了御厨专门为如月烹制清淡膳食。为了防止皇子德昭和琼琼、瑶瑶两位公主被传染，赵匡胤便想让长公主阿燕代为照顾。阿燕一听嫂子病了，便坚持要进福宁殿亲自护理。她担心仅有两个宫女，恐怕对如月照顾不周。她又建议，在如月养病这段时间，请弟媳小符代为照顾皇子德昭和两位小公主。

“只是，不知小符是否乐意？还有啊，怀德身边没有你，恐怕会不开心吧。”赵匡胤有些担心。

“怎么会呢！皇兄就不必担心这个了。小符妹妹一向喜欢小德昭和两位小公主，一定不会拒绝的。”

“好吧，既然如此，就得把如月生病的事情告诉光义和小符了。”赵匡胤本不想妹妹受累，但拗不过阿燕再三坚持，便同意了。

果然不出阿燕所料，小符听说嫂子如月生病，慌忙赶入福宁殿探望，二话不说便同意将皇子德昭和两个公主接出皇宫由自己照顾，照顾皇子和公主的三位乳母也一并接了去。驸马高怀德见阿燕坚持入福宁殿照顾皇后如月，心中虽为她担心，但知道皇后如月的病不会传染给成年人，也便爽快地点头同意了。赵光义听说小符要接皇子德昭和两位公主来照顾，微微皱了一下眉，但旋即也答应了。

自如月被隔离起来养病后，只要没有紧急公务，赵匡胤每日都会抽空前往福宁殿探望如月。如月见赵匡胤天天来看望自己，虽然病得浑身无力，却是满心欢喜，笑容也渐渐多了起来。状况好的时候，还让宫女搬出那张赵匡胤从扬州买回来送给她的焦尾古琴，弹上片刻。阿燕陪在如月身边，见她气色渐渐好起来，也甚是宽慰。

玉儿和秋棠，因皇后如月玉成方得以做了赵匡胤的御侍，听说如月病倒，便几次提出要去探望皇后如月，赵匡胤怕如月正在病中，见了她俩后多心，便都未同意。玉儿、秋棠无奈，也便不再提起去看望皇后的话题。

这一日午后，赵光义的夫人小符带着刚刚买的几件金银首饰，前往福宁殿探望皇后如月。今天来福宁殿，小符没有带婢女夏莲，只带了另两名婢女和几个男仆。以前，小符进宫时总会带着夏莲，这次是因夏莲前日着了凉，发起烧，昨日刚刚退烧。小符怕夏莲的病传染给如月，便将其留在府中。

小符带着随从到了福宁殿，令男仆们在福宁殿门外等候，两名婢女则待在福宁殿前堂的大厅中待命。

如月在福宁殿中养病，十几天下来，只能见到有限的几个人，颇感寂寞。与两位小公主及皇子德昭多日不见，她也倍感思念。小符的到来，使如月非常开心。因为，一来她多了个聊天的人，二来也可由此获知孩子们的状况。

小符到福宁殿内的时候，正好阿燕也在。

“妹妹怎么来了，皇兄正去妹妹那里呢。可遇到了？”阿燕问道。

“没有啊。一定是路上错过了。陛下是有事情吗？”

“皇兄说多日不见孩子们很是想念，要接他们几个去玉津园看外国进贡的大象。”

“大象是什么？”

“据说长得像是长鼻子的牛，不过比牛要大很多。我也没有见过。皇兄说改天带我去瞧瞧。孩子们见了肯定开心。”

“嗯，那下次去看大象，记得带上我啊。等如月姐姐病好了，咱们一起去吧。”

“好啊，好啊！”阿燕爽快地答应了。

三人又寒暄几句后，如月便开始问起两位小公主的情况：“两个孩子可乖？”

“哪里乖啊，最近都变成小猴子了，一天到晚在园子里玩，又是捉迷藏，又是攀爬长廊的阑干，乳母有时都拿他俩没有办法。”

“七八岁的女孩子，正是好玩的年纪啊。”

“可不是嘛。”

“光义会不会烦这些小家伙啊？”

“不会的。他啊，自做了开封府尹，常常晚上也不着家呢。每次问他，只说是有事没处理完，就在官署临时歇了。”

“开封府事情多，这也难怪他。”

“哼，谁知道呢。”小符噘起嘴，一副不以为意的样子。可是，说这话的时候，她的心里却是微微作痛。

“妹妹也别惯着他了。”长公主阿燕在旁边插了一句。

“哪能啊！”

“这个弟弟啊，自小就心眼多，妹妹可真得管着点呢。”

“放心吧，姐姐！你看我是好欺负的吗？”小符看了一眼阿燕，笑了起来。

“那倒是。妹妹这般厉害，天下哪个敢欺负你。”阿燕也笑了起来。

“姐姐啊，你身上痛不痛啊？”小符问起如月的病况。

“不痛。可就是浑身无力。”

“我去把窗户打开吧，透透气好吗？今天也没有风。这会儿外面的太阳暖暖的。”

“还是不要打开吧。万一着凉呢。”阿燕有些担忧。

“没事的，我觉得今天好多了，不会着凉的。”如月说。

“那我就去打开窗户。只开一点点就是了。”小符说着站起来去开窗。

一缕阳光从打开的窗户处斜照了进来。这缕阳光，斜照在窗前的梳妆台上，斜照在梳妆台上的子母猫白玉摆件上。这个玉摆件，是如月从原来的家中带到宫中来的。此时，那雕刻成一只母猫和六只小猫的玉摆件被太阳光一照，反射出淡金色的光，母猫和六只小猫仿佛一下子活了过来，随时要从梳妆台上一跃而起。

在阳光照到那玉摆件的一瞬间，如月的目光移到了它的上面。这一瞥，她的眼眶突然红了起来，泪水随即涌出眼眶。她在病榻上抬起手臂，用袖子轻轻拭了拭流出来的泪水。泪水染湿了紫色衣袖上几朵浅黄色的小花。

“姐姐这是怎么啦？”打开窗户后走回来的小符吃惊地问道。

“方才不知怎的，突然想起了夭折的孩子。”

小符和阿燕听了，一时不知所措，无言以对。

待了片刻，还是小符反应快，她说道：“姐姐，瞧，我给你带了什么。”

说着，小符站起身，去把进屋时放在桌上的一个小金丝楠木盒子捧了来，轻轻放在如月的床榻边上。

“看，这是我给姐姐买的几件首饰。”小符打开了那个金丝楠木盒子。

“真是好漂亮！”阿燕赞叹道。

“是啊，真漂亮，妹妹在哪里买的？”如月含泪笑着问道。

“在潘楼街上买的。不错吧！”

“妹妹真会挑啊。不过，我现在这样子，戴了也不好看。”如月又擦了一下眼泪，现在她已经从方才的情绪中缓过来了。

“姐姐很快就会好的。瞧，这金云头连五钗手工多细啊。钗梁上的五朵小牡丹，像真的一样呢！”

“一定是巧手工匠打的。阿燕妹妹，要不你先试试。”

“还是我来帮嫂子先试试吧。”阿燕说着从小符手中接过那金钗，小心地插到如月的发髻上。

一脸倦色的如月，发髻上插了金光闪闪的钗子，看上去顿时显得气色好多了。

“姐姐戴上它，可真是太美了！”

“我看若戴在小符妹妹头上，会更配。瞧你今日穿的大红底粉牡丹褙子，真是喜庆，若是配上这金光闪闪的钗子，别提有多雍容华贵了。”如月笑着说。

小符见如月开心，也笑了起来。今日，她专门挑了这件大红底粉牡丹褙子穿来，是希望它热烈、喜庆的色彩能够给病中的如月带来好心情。此刻，她听如月这般说，知她喜欢自己身上的这件褙子，怎能不开心呢。

“若是姐姐喜欢这件褙子，我这便脱下来送给姐姐。”

“我也不能从妹妹身上要衣服啊。改日，妹妹帮我找裁缝做一件便是了。”

“好啊好啊……姐姐现在戴的这副金钗，是五连钗，我还买了一支金连七式花筒钗呢……咦，怎么不见了？去哪里了呢？……哎呀，是我昨日晚上拿出来试戴，放在梳妆台上忘记收回盒子了。瞧我这记性！阿燕姐姐，要不你先在这里帮如月姐姐试试这些首饰，我回去一趟，去把那金连七式花筒钗取来。”

“不必了吧，下次来时带来就是了。来来去去怪麻烦的。”如月笑着说道。

“有啥麻烦的。没事，很近，我今日乘牛车来的，这便坐着牛车回去，要不了多久就能取来。姐姐戴上了，一开心，病就好得更快了。”

如月和阿燕说不过小符，便笑着由她回府去取钗子了。

小符带着两名婢女和那名男仆出了皇宫，坐在牛车上，催着那男仆快赶牛车，匆匆赶回府邸。她下了牛车，让婢女和男仆都在府邸口等着，说是取了金钗马上再回皇宫去。

管家前来开了大门，迎了小符进门。

“方才陛下来了吧。”小符一边往前堂走去，一边问管家。

“是。陛下刚刚才离开。陛下离开后，府尹回来了，估计是有些疲惫，回屋里歇息去了。”

“嗯，你去忙吧，我去后面取支钗子，一会儿还去宫里。”

管家应了一声，便停住脚步，任小符往前堂走去。

小符穿过前堂，沿着长廊，继续往后堂走去。

午后的园子，显得很是静谧。

小符到了后堂，往右一拐，推门进了自己的卧室。这间卧室是两进的，靠外一个屋子其实是一个起居室，可以会客用，里面才是主人的卧室。小符以为赵光义在内屋歇息，便轻手轻脚地往里走去。

可是，小符进了内屋，发现赵光义并不在里面。她感到有些奇怪，缓步走到梳妆台前，见那金钗果然就在梳妆台上放着。

小符拿了那金钗，满腹狐疑走出了卧室。

“奇怪，怎么不在屋里呢？莫非去园子里散步了？”小符心里想着，站在后堂，面向长廊，朝长廊两侧的修竹和花丛中张望。

这时，她突然听到有声音从右边传来。

仿佛是女子的轻声娇喘之声。很轻，喘气之人似乎是使劲压抑着，害怕发出更大的声音。

小符心中一紧，往右边着急走了几步，呆了一呆，方才飞快地往西端的那间小屋子跑去。

那间小屋子是夏莲的卧室。

屋子的门微微合着，没有完全关上。

小符在那门口再次呆了一下，随后仿佛下了巨大决心，猛然推开门冲了进去。

这间小屋子并没有隔间，小符冲进屋内，顿时惊呆了。

夏莲正赤裸着身体，骑坐在赵光义的身上，她仰着头，挺着腰，两只乳房高高耸起，如同波浪上下荡漾着，鲜红的乳头犹如诱人的樱桃骄傲地翘着，一头乌黑的秀发，在脑后散开着飘动着。

因为小符突然闯入时，夏莲和赵光义云雨正酣，两人都是呆了一呆，方才反应过来。

夏莲惊惶地从赵光义身上滚到床上。赵光义则一把扯过被子遮住下身。

小符将手上的金钗甩在地上，愤怒地冲到床前，一把拽住夏莲的头发，猛然将她拖到了床下。

“贱货！”小符一巴掌扇在夏莲脸上，又抬起脚，一脚踹在她赤裸的肩膀上。

夏莲痛苦地喊叫起来。

赵光义有些发愣。

小符抬起脚，又往夏莲肩上踹去。

夏莲猛地抱住小符的脚，口中呼喊道："夫人饶命！"

小符哪里肯作罢，使劲甩着脚，抬手又扇了夏莲几记耳光。

夏莲的一张脸顿时布满红色的手印。

"夫人，你再打也没用了，我已是府尹的女人了！"夏莲哭喊着。

"我便要打死你这贱货！"

夏莲忽然咬了咬牙，哭喊道："夫人，府尹迟早会做皇帝，迟早会有很多女人，莫非夫人都要打死不成？"

此话一出，不仅小符大吃一惊，赵光义也惊得从床上坐起来。

"你说什么？"小符惊问道。

夏莲顿觉失言，一时不知如何回答。

这时，赵光义已从床上起来，披上了衣裳。他走到小符面前，抓住小符的手臂，说道："好了，饶了她吧。一会儿我来告诉你是怎么一回事儿。"

小符满脸怒色，但是被夏莲的话吓住，已渐渐冷静了下来。

"莫非光义要图谋不轨？"这个可怕的念头令小符惊出一身冷汗。

看着赵光义凝重阴沉的脸色，小符缓缓放下了手臂。

"快松开夫人的脚，穿上衣服，先出去。"赵光义压低了声音，冲夏莲说道。

此时夏莲也没了主意，听赵光义一说，便松了小符的脚，从地上站起来，慌忙从床上抓了衣裳匆匆穿上，看了赵光义一眼，方才出了屋。

赵光义当下将从夏莲口中听说的传位盟约之事简单说与小符。

就在这片刻之间，小符发现了光义的不忠，又听到了惊天的大消息，一时间神志遭到巨大打击，觉得又是悲伤又是恍惚。

"那如何是好？"

"没什么怎么办，只有静观其变。说不定，是皇兄派人在暗中试探我。"

“你是说，陛下在试探你是否有不臣之心？”

赵光义阴沉着脸，点了点头。

“万一夏莲所说不假，陛下与太后确有传位盟约呢？”

“如果那样，事情就更加凶险了。”

“为何？”

“谁又敢保证，皇兄不会改变主意？毕竟，这个盟约之物，不是一般的宝物，而是整个王朝啊！皇兄难道真不想将皇帝之位传给自己的儿子、孙子？你想，万一皇兄变了主意，又获知我知道了所谓传位盟约曾经存在，他会怎么做？”

“……”小符惊恐地瞪大眼睛。

“你冰雪聪明，不会想不到吧！”

“……我不管这些，我只要你心里有我。”愁云笼罩了小符的脸庞，她瞪着眼睛，盯着赵光义的眼睛，悲伤地说道。

两人站着，沉默地对视了好一会儿。

对于不可言说之物，他们只好以沉默待之。

仿佛度过了漫长的一千年。赵光义终于开口问道：“你不是进宫了吗？怎么突然回来了。”

“忘了带那支金钗子。是回来取的。”小符冷冷地答道。

“那你赶紧送过去吧。不能让任何人知道夏莲说的事情。别哭了，否则，皇后和阿燕会起疑心的。”

小符听了这话，抹了抹眼泪，仿佛梦游一般，缓缓走到门口，俯身从地上捡起了那支金连七式花筒钗，头也不回地出了屋。

赵光义阴沉着脸，一动不动地站在原地，听着小符的脚步声慢慢在长廊上远去，以谁也听不到的声音，喃喃自语道：“夏莲，你这一冲动，可是要置我于死地啊！”

十四

这天清晨，赵匡胤去福宁殿看望皇后如月，刚刚坐下，在宫门外等候的内侍李神祐便匆匆走了进来。

“陛下，枢密使吴廷祚着急求见。他已经在外面了。”李神祐说道。

赵匡胤满脸歉意地看着病榻上的如月，没好意思说他马上得离开。

如月显然已经瞧出了赵匡胤的想法，淡淡一笑，说道：“陛下还是赶紧去吧，免得耽搁了正事。”此刻，她是真心这么说的。自生病以来，她见赵匡胤几乎天天来探望自己，知道他心中依然有她，长期积压在心底的抑郁之情渐渐得到了舒缓。接连丧子产生的悲伤、与赵匡胤产生的内心隔阂，如同冰山，一直封冻着她的心。但是，这次生病，尽管让她在身体上遭了极大的罪，却在心理上使她得到了一些安慰。因此，在这一刻，她的笑是自然的，流露出对赵匡胤真心的体谅。

赵匡胤将如月的一只手捧在手心里。手很柔软，有些冰凉。他握着那只手，轻轻地拍了拍，说道：“好好养病，那我去看看出了什么事情。”

说完，赵匡胤立起身，跟着李神祐往外走去。

福宁殿外，枢密使吴廷祚正垂首肃立。他是两朝元老，在周世宗在位时，便担任了枢密使。此刻的他，穿着朝服，神色严峻，脸色憔悴，似乎一夜没有休息好。

“卿家，出了何事？”赵匡胤见了吴廷祚的神色，心里微微一紧。他深知吴廷祚，他沉默寡言，思虑深沉，即使遇到天大的事情，脸上也不会显得惊慌失措。现在，赵匡胤看到的吴廷祚，正是以往他遇到大事时一贯显出的严峻肃穆的样子。

“延州出事了。”

赵匡胤一听是延州，微微皱了一下眉。

吴廷祚所说的延州，乃禹贡雍州之城，春秋时白翟所居之地。秦代时属上郡。汉代是上郡高奴县之地。如今的州理延州城即是汉代上郡高奴县曾经的辖区。项羽三分秦地，以董翳为翟王，都高奴，就是这个地方。到了晋朝，这个地区陷入戎狄之手，之后被赫连勃勃占领。后魏灭赫连昌，在此地建了后来大名鼎鼎的统万城。孝武帝时，在此地设置金明郡，宣武帝时，设置东夏郡。废帝因其界内延水而命名其曰延州。当时设置总管，下管丹州、延州、绥州三个州。隋朝开皇八年废除总管，只设延州。隋炀帝时，改为延安郡。唐朝武德元年，此地改为延州总管府，领肤施、丰林、延州三县，管南平、北武、东夏三州。武德四年，又管丹州、广洛州、达州三州之地。贞观元年，罢都督府。开元二年，复置都督府，领丹州、随州、浑州等州。天宝元年，又改为延安郡。乾元元年，又改为延州。到了宋朝，朝廷在那里设置彰武军。

唐开元年间，延州有一万六千多户。宋初，延州有主户一万两千多，客户四千多。

延州地处宋王朝版图的西北，赵匡胤正图谋在南方用兵，此时西北出事，自然干扰了其统一南方的计划。

“哦？”赵匡胤皱着眉，却不发问，等待吴廷祚说话。

“伏虎山区的一股强盗，联合北部的羌民作乱，围攻肤施城。彰武军节度使吴名仁轻率出战，中了计，战死了。”

“何时得到的战报？”

“就在半个时辰之前。”

“延州距京城多远？”

“延州州境东南距离东京一千五百多里。”

“乱民现在占据哪些地方？走，去枢密院，边走边说。”

“战报送出时，羌部已经自大里河、浑州川进攻到了肤施城北边，该城防务暂由延州钤辖负责，不知能撑多久。据称，我军打算以肤施为前哨，固守濯筋水畔的延长和库里川边的临真，以待朝廷接应。”

“嗯，延长、临真一带是延州的粮仓之地，以这两地为固守之地，或可维持一阵。”

“只是，若乱民自敷政、甘泉南下，则可能威胁潞州，甚至继续南下威胁京兆府。”

“不错。你有何建议？”赵匡胤停住了脚步，盯着吴廷祚问道。

“或可从京兆府调兵北征。”

赵匡胤听了，沉吟片刻，心想：“慕容延钊倒是最合适的人选，可是襄州不能没有他。如果抽调慕容延钊北上，就大大影响了攻击荆南的计划。南唐如知慕容延钊北调，说不定还会偷袭我南部边境。石守信、高怀德等人，我刚刚以杯酒释其统领禁军的兵权，让他们都各自回了镇所，如令他们从各自镇所领兵前往延州征讨乱民，恐也是远水救不了近火。若是重新让他们从京城带禁军出征，一来费时，二来也显得朕出尔反尔。”他这样思索着，便冲吴廷祚说道：“京兆府，太远了，只恐远水救不了近火。领军北征之人，枢密院可有人选？”

说罢，赵匡胤迈开步子，继续往前走去。

吴廷祚、李神祐两人赶紧跟了上去。

“陛下，赵赞或可用。”

“赵赞。就是那个赵延寿之子？”

“是。正是忠正节度使赵赞。不久前，陛下因他善于治理水患，将他从寿州调到韩城、荣城一带治理黄河。此时，他正在韩城。”

“可是韩城一带，并无重兵。要将禁军调往延州，路途也过于遥远。”

“陛下，或可令赵赞暂领鄜州、同州各一部，集结后自甘泉方向进入延州。这样足以应付延州民乱。”

赵匡胤继续往前迈着步子，沉吟片刻：“好，朕便以赵赞为彰武军节度使，令其鄜州领军，前往延州平乱。同时，朕再令定难军节度使李彝兴率兵从延州北部攻击，与赵赞夹击乱民。”

“陛下英明，有李彝兴的策应，必可保延州无虞。”

这时，他们方走到学士院处，离位于宫城东南角的枢密院还有段距离。赵匡胤看了一眼路右边的学士院，说道：“先说到这里吧，朕要写封亲笔信，令赵赞便宜从事，再令翰林学士拟份授节诏书，你先回枢密院，速速安排急足，一会儿朕将诏书、亲笔信一同交与你。你令急足将诏书、亲笔信、兵符一并送往韩城。要下死命令，不得延误。”

吴廷祚应诺，正要转身离去，赵匡胤忽然道：“对了，卿家，听说你的老母亲前些日子病了，病可好了？”

“病倒是好了，就是身体还很虚弱。多承陛下关心啊。”

“那就好，正好前些日子高丽进贡了一株老参，回头朕令御医去看看老人家，顺便带那棵人参到府上。不过人参这东西虽好，得看体质小心服用才是。且看御医怎么说，老人家能用便用，若不能吃那人参，你留着也是可以吃的。”

“谢陛下隆恩。”

“你去吧。”

吴廷祚应诺，辞了赵匡胤，疾步往南行去。

赵匡胤望着吴廷祚的背影，心想：“吴廷祚虽然年事已高，但依然思维敏捷，而且对边疆之地了如指掌，真是难得的枢密之材啊！只是——”他的心里，突然冒出一个念头，准备一会儿离开学士院后，去找赵普谈谈。

十五

三月中旬，杨柳吐绵，柳絮纷飞。皇后如月的病依然不见好。

进入四月，当皇宫内各色的蔷薇花和黄色的棣棠花盛开的时候，皇后如月的病终于有了起色。果如翰林医官王袞所料，如月全身的皮肤上渐渐结出了痂疮，又过了几日，痂疮渐渐脱落，气色也日渐好了起来。

如月的这场大病，令赵匡胤多日来牵肠挂肚。一日夜晚，赵匡胤看望如月后回到御书房，点亮了羊脂蜡烛，在烛光下静静地沉思了好久，想起了很多故人，早逝的几位兄妹和病逝的妻子贺氏的容颜，也一一从记忆深处浮出。次日，是乙巳日，赵匡胤下诏，皇兄光济赠中书令，追封为邕王；皇第五弟赠侍中，追封为夔王，赐名光赞；皇第三妹追封为陈国长公主。陈国长公主，与赵匡胤是同一个母亲所生，还未成年便夭折了。赵匡胤想起这个小妹，尤觉心痛。赵匡胤同时下诏追封亡妻会稽郡夫人贺氏为皇后，以寄托哀思。

追封贺氏的制书云：

> 王者开国承家，所以膺历数。慎终追远，所以达幽明。爰举徽章，用纾永恨。故会稽郡夫人贺氏，流芳闺壸，逮事舅姑。追惟汉剑之情，宜正轩星之号。可追册为皇后。仍令有司备礼册命。[①]

处理完追封事宜，赵匡胤掐指一算，王承衍等人也该到吴越国了。现在，他开始关心起南唐国的反应。按理说，窅娘传出的情报应该早就送到韩熙载手中了，为何南唐方面没有动静呢？赵匡胤感到有些困惑。“莫非，韩熙载已经识破了我的计谋，所以按兵不动？如果真是这样，就不可轻率对荆南用兵啊！”赵匡胤想到这点，心里颇感郁闷。

这日，正好没有朝会，赵匡胤便想去封禅寺找守能和尚打听一下，看看是否有间谍从南唐国送来的新消息。他想，即便是没有新消息，找守能和尚这位老朋友聊几句，也可排遣一下郁闷的情绪。

赵匡胤换了便装，带上亲信楚昭辅和内侍李神祐，三人骑马出了皇宫的东华门，从东华门街拐入皇建院街，往南朝着封禅寺方向缓缓行去。

---

① 《宋大诏令集》卷第二十《追册会稽郡夫人贺氏为皇后制》，中华书局，1962年。

三人骑马行至马道街时，忽见前方一阵喧闹，路上许多行人惊恐地呼喊着，叫骂着，呼喊声叫骂声此起彼伏，远远传来。

不一刻，近处的行人也尖叫起来，纷纷往两边闪开了。赵匡胤抬眼望去，只见不远处两个人骑着马，高扬着马鞭，往这边高喊着飞驰过来。

什么人如此猖狂！赵匡胤心中暗怒。

“陛下小心！”李神祐冲赵匡胤喊了一声，一提缰绳纵马跃到赵匡胤的马前。

楚昭辅也几乎在同时纵马往前，与李神祐的马并辔而立。

那两个骑马飞驰而来的人显然已经看到有人挡住了路，远远便高呼:“让开！别挡道！”

李神祐、楚昭辅听了，只是不动。

眼见两骑逼近，李神祐从背上抽出了宝剑，楚昭辅则抽出了腰刀。

那两骑见了这架势，被迫使劲勒了勒马缰绳，两匹马嘶鸣着停在了李神祐、楚昭辅的马前。

当头一人扬着马鞭正要发怒，可是忽然变了脸色，慌忙翻身下马。

赵匡胤此时已经认出了那人正是皇后如月的弟弟、国舅王继勋。

“冒犯龙威，臣罪该万死！”王继勋此时扑通一声跪在了李神祐的马前。

近处几个行人听了王继勋的话，无不惊得瞪大了眼睛，纷纷呆立在路边看热闹。

李神祐、楚昭辅此时也认出了王继勋，但是，两人都没有将马移开。

“没事，你们让开。”赵匡胤说道。

李神祐、楚昭辅听了，方才各自往两边扯了扯马缰绳，将马带到了两边。

赵匡胤骑马行到王继勋跟前，在马背上神色严峻地呵斥道:“如你这般骑马，行人若被你撞了，一定非死即伤，你怎生如此猖狂！”王继勋磕头道:“微臣不敢了，请陛下恕罪！”

“这次饶你，下不为例！你不是在磁州吗，怎么突然回京了？”赵匡胤稍稍压低声音，问王继勋。

“是长公主派人送信给我，说阿姐病了，所以微臣匆忙回京探望。”王继勋也放低了声音回答道。

“哦？长公主派人告知你的？”赵匡胤有些吃惊。他之前曾经叮嘱过长公主阿燕，如月的病暂时不要告知王继勋。他之前刚刚贬责了王继勋，并不想令其这么快便回京城。“定然是如月觉得自己病渐渐好了，便暗中求阿燕去通知她这个宝贝弟弟。”他暗中猜想着。

“是。”

“原来如此。亏你有这片孝心。你姐的病近来好多了，不必担心。”赵匡胤亦不再追问。他听说王继勋是回京探望如月，方才愤怒的情绪大为缓解。

“太好了！”

“起来吧！你先去宫里看看吧。待我回去，再找你聊。”

“谢陛下。”王继勋说着，从地上缓缓站起身来，拍了拍膝盖上的泥土。

王继勋见赵匡胤神色缓和了，便又讪笑起来，说道：“今儿还真巧了。方才在城外遇到光义兄弟。”王继勋比赵光义略长些，平日都把光义叫“光义兄弟”。

“这么巧？”赵匡胤有点吃惊。

“他带了一个婢女。问他做什么去，他说去城外骑马散散心。我没好意思问他为何没带弟妹。”王继勋说话间，继续拍着膝盖上灰尘。

“只带了一个婢女去散心？”

“是啊。”

“嗯——小符前几日去看望你姐，还送了几副金钗子。朕尚未谢过她呢。”

“那微臣倒是该替我姐谢谢弟妹去。陛下，要不，我这就先告退，先进宫去看阿姐。”

“记着，慢慢骑马，别撞了行人。”赵匡胤叮嘱道。

“遵命，陛下！”王继勋知赵匡胤不再怪罪，又露出了笑容。

赵匡胤看着王继勋带着那个随从骑马慢慢往北行远，方才招呼李神祐、楚昭辅，继续往南骑行而去。围着看热闹的行人也在议论纷纷中散去了。

到了封禅寺门口，赵匡胤一行三人下了马，正要往寺内走，却见一个脸上有一道大刀疤的和尚，身披着大红僧袍，脖子上戴着一大串佛珠，一摇一摆正走出寺门。

赵匡胤老远望见那和尚，不禁哈哈一笑，冲李神祐、楚昭辅两人说道：“莫非大和尚算到我等要来。”

守能和尚此时也已看到赵匡胤三人，慌忙迎了上来，说道：“哎哟，这不是陛下嘛！真是巧啊。”

“守能，看你正要出去的样子，这是要去哪里？”赵匡胤问道。

“是啊，贫僧这不正想进宫去觐见陛下嘛，没有想到陛下倒是自己上门了。”

赵匡胤一听，哈哈大笑，说道：“看来心有灵犀之说，亦不可不信啊。还是回大和尚的禅房一叙吧。”

“如此甚好！”守能也不与赵匡胤客气，话说完，便在前面引着赵匡胤三人前往自己的禅房。

赵匡胤令李神祐和楚昭辅在禅房外间休息，自己与守能和尚进了禅房内室。

待赵匡胤落座，守能和尚令小沙弥泡了好茶端了上来。

“守能，你要进宫，可有事情要与朕说？”赵匡胤不待饮茶，便开口询问。

“陛下今日前来，估计是想打听南唐国的消息吧？”

“哈——你怎么猜到的？今日朕前来找你，正为此事。”

“陛下派李处耘、王承衍去吴越国之后，便嘱我留意南唐国的动静，尤其是要紧盯着韩熙载，贫僧怎敢怠慢。今日陛下亲自前来，八成是迟迟未得我的情报，等不及了吧。”守能哈哈大笑。

“还真是！怎么，南唐国有动静了？”

“不错，昨晚，贫僧刚刚得到一点消息。”

“说来听听。”

“陛下，据报告，南唐国主李煜紧急召见了林仁肇。而且，韩熙载自四月初以来，频繁进入南唐宫，似乎是与李煜有密谋。察子还发现，南唐正将其西北的一部分兵马悄悄调往东部吴越国边境。”

“调动的兵马多吗？”赵匡胤听到这个消息，顿时提起精神。如果南唐国将大量兵马调往东边与吴越国接壤的边境，那就说明，他将计就计借窅娘传出情报迷惑韩熙载的计谋发生了作用。

“不，调动的兵马似乎并不多。”

“哦？”赵匡胤颇感失望。

守能和尚见赵匡胤露出失望神色，心中感到奇怪，却也不便发问。原来，赵匡胤进行了最大限度的保密，虽然叮嘱守能抓紧收集南唐的情报，却未将与李处耘商定的计谋告诉守能。

“确定南唐调动兵马不多？”赵匡胤追问了一句。

“至少在察子送出情报时，南唐并未将大量兵马调往吴越边境。”

赵匡胤听了，心头一沉，低头寻思：“莫非韩熙载识破了我的计谋，因而只是少量调动兵马，想要反过来迷惑我。”

“还有何发现？”

“还真有一个可疑迹象，据报，韩熙载派几拨人出了金陵城，不知去往何处。我们在南京城的秘密察子人数有限，并不能跟踪那些派出之人。”

“不知去往何处？”赵匡胤喃喃自语，神色变得凝重起来。

“大和尚，你继续派人盯紧韩熙载。有任何发现，随时去皇宫见朕。你的情报非常重要，今日，朕没有白来。来，喝茶！喝茶！”说罢，赵匡胤端起了茶几上的茶盏。

这日夕阳未落之时，有两匹马儿慢慢地往汴京城的南熏门奔去。其中一匹马背上的骑手操控着另一匹马的马缰绳。那匹马的马背上，横卧着一个女子。粉色的衣裳，翠绿色的腰带，身体无力地耷拉在马鞍上，垂着的头，随着马儿的慢速奔跑无力地来回晃悠着，乌黑的云髻看上去仿佛随时会散开似的。任何一个人都能看出来，那个女子已经死了。马儿背着的是一具尸身。骑在另一匹马背上的，是一个男人。此人戴一顶黑色的软脚幞头，身穿一件墨绿色的锦袍，腰里系着革带，神色看上去甚是悲戚，又有些恍然若失，甚至还仿佛有些愤怒。这个男人，不是别人，正是皇帝赵匡胤的弟弟、开封府尹赵光义。死去女子，是他的婢女夏莲。

南熏门的城门尚未关。

两个城门的看守拦住了赵光义。

“你是何人？”其中一个卫兵将手中的枪往胸前一横，大声喝问道。

“这个女人怎么了？死了吗？你给我下马！”另一个卫兵盯着赵光义的脸，手中的长枪警惕地指向了赵光义。

赵光义没有回答这两个卫兵，阴沉着脸，从腰带上摘下开封府尹的铜铸腰牌，在两个士兵的眼前晃了晃。

两个卫兵见那面腰牌上的铭文是“开封府尹”四字，不禁大惊，都慌忙闪在一边，立起手中的长枪，肃立行礼。

赵光义将腰牌随手揣入怀中，一言不发，抖了抖手中的马缰绳，操控着两匹马儿穿过城门，往北行去。

两个卫兵目瞪口呆地望着赵光义的背影，好久方才缓过神来。

赵光义并没有从正门直接进自己的府邸。他从正门南面的小门进入南院。为了搬挪夏莲的尸身，他唤了两个马夫来帮忙。

两个马夫见了夏莲的尸身，不禁大惊，一时间都吓得战战兢兢。

赵光义阴沉着脸，从马背上抱起夏莲的尸身，冲两个大惊失色的马夫说道：“你们把马儿牵走吧。”说着，便往通向北院府邸前堂的小门走去。走了两步，他停了了下来，扭头对两个马夫说道：“马失前蹄，她不小心跌下来了。你俩明早，也来送送她吧。”

两个马夫认识夏莲，虽并未曾与她说过几句话，对夏莲也无很深的感情，但是听了赵光义的话，两人都露出悲伤遗憾的神情，垂着头，牵着马儿走开了。

赵光义横抱着夏莲的尸身，穿过小门，进了北院，沿着甬道慢慢往前堂走去。管家正好从厢房中出来，看到赵光义抱着夏莲的尸身，顿时吓呆了。

“府尹，这是？”

赵光义看了管家一眼，摇了摇头，阴沉着脸，说道：“快叫人帮忙吧。夏莲没了。”

赵光义将夏莲的尸身小心翼翼地放在前堂的地上。

这个时候，管家已经将几个男仆和婢女喊到了前堂来。小符得到婢女的通报，匆忙间让乳母们在后堂厢房看好小德昭与两个小公主，自己便惊慌失措地赶到了前堂。

小符看着躺在地上的夏莲，方才的惊惶顿时变成了茫然。过了片刻，她突然掩面痛哭起来。就在不久前，她还因夏莲勾引赵光义而心怀怨怒，心底暗中诅咒夏莲不得好死，但是此刻她自己也没有想到，竟然会因夏莲的突然死亡而感到无比悲伤。能够促使人的思想发生巨大改变的原因可能有多种，亲眼见到死亡，便是其中之一。年轻美丽的夏莲突然之间香消玉殒，在一刹那间，令小符心底产生一种人生如梦的幻灭之感。

夏莲静静地躺在地上，额头有块红肿，却没有血迹，脸部看上去似乎很平静，仿佛突然睡着了一般。

“怎么，怎么——会这样？”小符啜泣着，不知是询问赵光义，还是质问无常的命运。

“她骑得很快，马儿突然失蹄，她从马背上跌下来，当场便——”赵光义的双眼，也突然红了起来。

“今早还好好的一个人，这会儿怎么就——”小符说不下，又啜泣起来。

“别哭了——管家，你令人将前堂西头的那间屋子收拾一下，给夏莲设个灵堂吧。明日挑个吉时，去城东安葬她。你们都去收拾吧。我和夫人在这里陪夏莲一会儿。”赵光义吩咐管家。

管家答应了一声，慌忙唤了仆人和婢女走开了。

“我没有想到你会为她而哭。”赵光义忽然扭头，以一种奇怪的语气冲小符说道。

小符呆了一呆，悲戚地说道：“我也不知道。我也不知道我会为她而哭。也许，是因为突然觉得，人活着，只不过像一场梦吧。你看她，说没就没了。”

“这也许就是她的命吧。”赵光义的口气中带着悲伤，似乎也带着愤怒。

“毕竟，我和她主仆一场。前些年，她的爹娘在老家去世了。可怜的人儿，如今在京也没有亲人来送送她。”

赵光义听了，沉默片刻，说道：“不，她有个妹妹，叫秋棠。现在也在京城。”

“她刚来时，好像提过有个妹妹，不过应该在老家吧。”小符有些吃惊。

“她告诉过我。秋棠是皇兄的御侍。”

“什么？”小符惊呆了，一时不再哭泣。

“她怕宫里忌讳，所以一直不敢公开说有个妹妹在宫里做御侍。”

“皇兄收御侍，是在太后仙逝后的事情。”

“是的，夏莲也是不久前才知道妹妹做了御侍。”赵光义说着，迟疑了一下，眼神犀利地盯着小符，压低声音继续说，“明天一大早，你去求见皇兄，请求他让秋棠来送她姐吧。你与皇兄说，是夏莲告诉你，秋棠是她妹妹，不要说是夏莲告诉我的。听夏莲说，她是从秋棠那里听说了传位的盟约，如果这不是皇兄放风出来试探我，那么夏莲的意外之死，一定不会令皇兄大为震惊。如果那样，传位盟约就可能真的存在，秋棠知道了有一份传位盟约，也确实是偶然，而皇兄并不知道消息已经泄露。但是——但是如果皇兄乍闻夏莲死讯而大为吃惊，那么，夏莲的妹妹秋棠就很可能是按照皇兄的秘密安排，用所谓的传位盟约来试探我是否会觊觎大位。所谓的传位盟约，有可能真有，也极可能是子虚乌有之物，不过是皇兄故意虚构出来的事件，目的就是为了试探我。不论怎样，我就得非常小心了。不——是不论哪种情况，你我就都得非常小心。因为，你也知道所谓的传位盟约了！这样说吧，如果那个传位盟约真的存在，我们就得在皇兄发现秋棠知晓这个秘密之前，先管住秋棠的嘴。”

小符听了赵光义的话，看着他那突然变得既悲戚又冷酷的眼神，心里忽然闪过一个念头。她含着眼泪，默默地点了点头，又扭头看了一眼躺在地上的夏莲，顿时间，不禁浑身发凉，一股强烈的恐怖感迅速从心底弥漫到了全身。

十六

次日一大早，因为也没有朝会，赵匡胤便在内廷的正寝殿——福宁殿旁边的一个小殿内接见了早早赶来的小符。

遵照赵光义的意思，小符没有开门见山地说出夏莲的死讯。

“陛下，今日求见，是请求陛下放一名御侍出宫一日。”

赵匡胤感到有些意外，问道：“要朕放哪名御侍出宫？又是为何？”

“御侍秋棠。她的姊姊，是我的婢女夏莲。”

“秋棠？朕没听她说起过有个姊姊啊？”赵匡胤微微露出吃惊的样子。

小符观察着赵匡胤的神色，说道：“秋棠可能因为担心宫里规矩多，所以不敢说有个姊姊在我那里。陛下你想，她是陛下的御侍，她的姊姊又在皇弟的府内做婢女。她一定是担心陛下若是知道了，会多心。”

“这么说来，秋棠也是一个细心的女子。”

“一个弱女子，独自在深宫，这样小心保护自己，也不奇怪。”

“可是，为何你今日突然来找秋棠出宫？”

“她的姊姊——夏莲——”小符说到这里，忍不住有些哽咽。

“怎么了？”

“夏莲昨日出城，从马背上跌了下来，当场便断了气——今日便要下葬了。我是想让秋棠去送送她姐。”

“昨日在马道街遇到王继勋，他说看到光义与一个婢女骑马出城散心，莫非那个婢女便是夏莲？”赵匡胤想到昨日王继勋的话，不禁感到有些吃惊。

“昨日可是光义带着夏莲出城？光义没事吧？”

小符方才见赵匡胤显出微微吃惊的神色，心便噗噗急跳了起来，再听他有此一问，不禁大为吃惊，脱口问道：“陛下怎知夏莲昨日是随光义出城的？”

赵匡胤见小符的反应有些强烈，不禁有些奇怪，呆了一呆，方才说道：“哦，昨日朕在马道街上遇到王继勋，他说起在城外遇到了光义。”

“原来是这样啊！”小符心中略安。

“想不到会遇到意外。朕这就与你一同去嫔妃院，你一会儿便带秋棠赶紧出宫去吧。”

已经快子时了。

烛光之下，枢密使吴廷祚刚刚抄完一章《楞严经》为老母亲祈福，忽然接到了赵匡胤的传召。他感到有些紧张。他寻思着——昨日赵匡胤刚令人送来一棵高丽人参，也没说要召见之事，今日突然深夜召见他，肯定是出了大事。

吴廷祚令仆人备好马，在马头前方支起灯笼，带了两个随从，匆匆赶往皇宫。他在东华门前下了马，令随从在门外等候。东华门的守卫早就得到皇帝的命令，打开大门将吴廷祚接入。吴廷祚从大门进入后，沿着东华门与西华门之间的横街，往内东门小殿赶去。皇帝赵匡胤正在那里等着他。

内东门小殿在紫宸殿的东北方位，在延英殿的东面。在延英殿与内东门小殿之间，种着一溜高大的松树。内东门小殿本来偏僻，有了这排松树的遮挡，便更显得幽静了。这个小殿本是皇帝召翰林学士夜对、经筵官讲学之地。吴廷祚猜想，赵匡胤一定是在召翰林学士夜对或召经筵官讲学之后没有离开，直接在此召见他。

进入小殿，吴廷祚看见赵匡胤穿着常服坐在小殿正中的龙椅上。在丹墀阶的左边，立着内侍李神祐。在丹墀阶下，小殿的东西两边的椅子上，分别坐着老宰相范质、翰林学士李昉和吏部尚书张昭。殿内再无其他人。如果只有翰林学士李昉出现在这个殿内，那很正常，但是，此刻范质和张昭都在场，他不免觉得有些奇怪。

吴廷祚依礼拜见后，赵匡胤令他在范质旁边坐下。在前殿、后殿视朝的过程中，大臣们都是按班次立着的。原先，宰相可以在视朝过程中坐在绣墩上。后来，赵匡胤令人撤掉了视朝时为宰相准备的绣墩，通过这种微妙的方式来加强皇帝在所有大臣面前的威严。从此，赵匡胤只有在特殊情况下，才给宰相赐座。不过，在夜对和经筵官讲读时，因为时间长，翰林学士、经筵官或者被临时召见的大臣照例都被赐座，可以坐着与皇帝交谈。

“庆之，这么晚召你来，辛苦你咯！”赵匡胤说道。

吴廷祚听赵匡胤称呼自己的字，心里略感不安。他是周世宗旧臣，入宋以来，继续担任枢密使一职，常常内心惴惴不安，担心稍有差池便被皇帝怪罪。令他感到欣慰的是，这么长时间以来，赵匡胤似乎对他器重有加，并没有设防或刻意压制。但是今日被夜召，他见宰相范质和吏部尚书张昭在场，心里自然有些忐忑。

“陛下言重了。朝廷有事，微臣自当鞠躬尽瘁。”吴廷祚起身答道。

“坐下说话，坐下说话。”

“卿家的老母亲近两日可好？”

“承陛下惦念，老母近来心情颇佳，昨日还嘱微臣再向陛下谢恩呢！”

“老人家心情好就是福气啊！”

“谢陛下。”

赵匡胤笑笑，说道：“说正事。方才，尚书左丞高防送来一封战报。秦州告急了。”

“秦州！”吴廷祚凛然一惊。

秦州东至汴京二千一百里，东至西京一千六百多里，东至长安八百里，州境东西四百二十里，南北一百九十里，唐开元时有二万八千八百多户，宋初有一万九千多主户，有二万四千多客户，乃是宋王朝的西陲重镇。秦州这时的州理在成纪县。在古时，秦州即《禹贡》中的雍州之域，所谓“西倾朱圉、鸟鼠，至于太华是也”。

周以前，此处为西戎之地，至孝王时，这片土地才始为秦邑。按《秦本纪》云："造父之后有非子，好马善养息之，孝王召使主马于汧、渭之间，马大蕃息，孝王曰：'昔柏翳为舜主畜，畜多息，故有土，赐姓嬴，今其后亦为朕息马，朕其分土为附庸'。邑之秦，使续嬴氏祀。"按徐广的说法："今天水陇西县秦亭是也。"至厉王时，西戎叛王室，杀了非子的曾孙秦仲。其长子被称为庄公，庄公伐西戎，破之。宣王于是复以秦仲后人为西垂大夫。及幽王为西戎所杀，庄公之子襄公率兵救周有功，平王赐襄公岐、丰以西之地，所以春秋时该地为秦国。秦始皇分天下为三十六郡，这片土地被划为陇西郡。汉武帝分陇西，置天水郡。王莽末，隗嚣占据这片土地，最初叫平襄，随后又叫冀县。建武之后，该地更名天水，为汉阳郡，所以《地道记》云："汉阳有大坂名曰陇坻，亦曰陇山。"至灵帝中平五年，分豲道，立南安郡。魏黄初中，分陇右为秦州。这是遵照秦初封地的称呼。这一时期，同时建立了凉州，秦州、凉州领郡国十，设置了州理，以为重镇。明帝时，诸葛武侯引兵至，南安、汉阳都归顺了诸葛武侯。西晋时期，又分秦州为天水、略阳二郡之地，后魏时，则设置略阳郡。至隋开皇初，废郡为州。隋炀帝初，废州为郡。唐武德二年，平定了薛举，改置秦州，仍立总管府，管秦、渭、岷、洮、叠、文、武、成、康、兰、宕、扶十二州，秦州领上邽、成纪、秦岭、清水四县。武德四年，分清水置邽州，六年，废邽州，以清水来属。八年，废文州，以陇城来属。其年，又废伏州，以伏羌来属。九年，于伏羌废城置盐泉县。贞观元年，改盐泉为夷宾。贞观二年省夷宾县，六年省长川县，十四年督秦、成、渭、武四州，治上邽。十七年废秦岭县。唐开元二十二年，当地发生地震，因此移治所于成纪县的敬亲川。天宝元年，此地改设天水郡，依旧属于都督府管辖。当时的都督府，督天水、陇西、同谷三郡。这年，复还治上邽。唐乾元元年，复为秦州。安禄山反唐，秦州陷入吐蕃之手。大中三年八月，凤翔节度使李玭收复秦州。后周时期，秦州归雄武节度使管辖。入宋后，秦州归入宋的版图，州理设置在成纪县。成纪原来在旧州南一百里的地方。宋初，赵匡胤下令，因后周制度，在秦州设置雄武军节度使。秦州北面是党项人势力，西边是吐蕃。秦州的安危，直接关系着王朝整个西部地区。

秦州既然如此重要，听到秦州告急，吴廷祚如何不惊。

只听赵匡胤继续说道："西戎酋长尚波于率众攻打秦州，抢夺我方控制的林区。高防派兵出战，暂时顶住了尚波于的进攻。但是，尚波于绝不会就此罢休。朕正准备不久后兴建一批宫殿，还要筑造一批船舶，急需木材。一旦秦州的林区被西戎控制，那里产出的木材便会大量减少。宫殿可以缓缓，以后再修无大碍，可船舶不能不造。往京城运粮需要船舶，官民出行需要船舶，日后南下、东进或西进，更缺不了战船！所以，秦州必救，林区必保。高防知秦州，建议在秦州设置采造务，砍伐森林，为京城供给木材，是立了大功的。但是，他毕竟文官出身，并无布阵杀敌的经验。朕再三思量，又与范宰相商量，决定派你前往秦州，接替高防。你可愿意？"

"陛下托以重任，微臣赴汤蹈火，在所不辞。"吴廷祚腾身立起，慨然说道。

"好！既如此，朕授你为雄武节度使，赴秦州便宜从事。"

"谢陛下隆恩！"

"卿家，你就任枢密多年，年齿渐高，朕本欲待时机成熟，令你知一土肥地沃的上州，殊钧劳逸，享享清福，不巧秦州告急，左思右想，唯有你正可担此重任。本想明早下诏，可是朕担心你不在朕的左右，乍见免去枢密接防秦州的制书，不免心有忧虑。所以连夜将你召来，以告朕肺腑之言。秦州是我朝重镇，远在西陲，又为西戎所扰，朕万不得已，请卿家继续劳心劳力！"

吴廷祚听了赵匡胤这番话，顿觉眼睛发酸，情动于衷，暗想："我乃世宗旧臣，自前朝便担任枢密使。皇朝建立，陛下不疑，令我继续任枢密使，实在也顶着不少压力。赵普等人早已觊觎此位，我心里如何不知。如今陛下如此安排，卸去我枢密之职，使我免受赵普等人猜忌，又以封疆之任相托，也给足了我面子。这是陛下的一番苦心啊。"吴廷祚这样思想着，再次立了起来，移步殿中，朝赵匡胤屈身跪拜，口中说道："陛下菩萨仁心，天地当知。微臣所受陛下之恩情，万言难尽，唯有鞠躬尽瘁，方能报陛下大恩。"

"卿家言重了！快快平身！"赵匡胤见吴廷祚这样说，知道他理解了自己做出这样安排的一番苦心，心里颇感宽慰。

待吴廷祚再次入座，赵匡胤继续说道："枢密使一职，朕不日将授予赵普。卿家，你还要鼎力支持啊！"

"微臣心里明白，陛下放心！"

"卿家的几位公子，都很能干。元辅现在是左骁卫将军吧？如果朕记得没错，那个元载，现在正任太子右春坊通事舍人。"

赵匡胤提到的"元辅"是吴廷祚的长子吴元辅，"元载"是吴廷祚次子吴元载。吴元辅字正臣，自幼好学。任公职后，尤其擅长撰写公文书信。后周广顺年间，因父恩荫补供奉官。周世宗继承皇位后，升元辅为洛苑使。赵匡胤陈桥兵变开创宋朝后，继续任命吴廷祚为枢密使，同时任命元辅为左骁卫将军，任命元载为太子右春坊通事舍人，并赐予绯鱼袋，以示恩宠。吴廷祚本来担心入宋后自己家族从此失势，没想到赵匡胤恩宠有加，因此对新王朝忠心耿耿。此时，吴廷祚听赵匡胤过问起自己的儿子，顿时又将一颗心提到了嗓子眼。

"正是。"吴廷祚答道。

赵匡胤看了吴廷祚一眼，见他肩膀微微耸着，眼神专注，神色有些紧张，便微笑着说道："等你离京出镇秦州，朕会升元辅为澶州巡检，年轻人该去外面锻炼锻炼。至于元载，朕拟让他补衙门都校。你今日回去后，跟他俩交代一下，也好提早有个准备，但无须声张。"

吴廷祚未想到赵匡胤考虑得如此周全，如此一来，他虽出镇远在边陲的秦州，他的家族在京城却绝不会因他的出京而被人看轻了。

当下他心中激动，慨然说道："陛下隆恩，惠泽臣子臣孙，微臣怎敢违命，臣必好好嘱咐他们效忠陛下，为国尽忠。"

"好！"

赵匡胤沉吟了一下，继续说道："据高防战报，如今我军死伤数百人，但也抓获了西戎的一个小酋长，还俘虏了四十多名尚波于的人。这些俘虏很快就会被押解到京城。那小酋长交代，尚波于这次进犯，乃是得了南唐国韩熙载的暗中支持。看来，南唐国是想借边事给我朝添乱，故秦州那边，还是应以息事为主。不能中了南唐国的计。”

“韩熙载？”

“正是，此人不可小觑啊！最近，李彝兴也从北方送来密信，说是北汉进犯麟州之军，原本与他处于对峙状态，现在也有些蠢蠢欲动了。北汉的郭无为，也在劝刘钧发兵大举南下。朕也怀疑有韩熙载在暗中作祟。”

“也就是说，我朝西、北两面都面临战事的威胁。”

“是。不过在南面、东面，我朝还是处于主动地位。但是西、北的战事，将会牵制我朝在东、南的作为。故，欲从南面下手以合天下，必先稳住西部和北部。麟州那边，朕已令防御使杨重勋与李彝兴遥相呼应，择机打击北汉之军。西边的秦州，还望卿家劳心费力。”

“微臣明白了。陛下放心，微臣到秦州，会小心处置。”

赵匡胤沉默下来。小殿内顿时安静了，连羊脂蜡烛嗞嗞燃烧的声音都能听得到。

片刻后，赵匡胤说道：“将在外，君命有所不受。你晓得朕的意图，便宜从事即可。西戎无礼，必恩威并济方能使其真正臣服。战，是免不了的，但当效孔明七擒孟获之故事，收服尚波于才是啊。”

“是！”吴廷祚语气凝重地答道。

“李昉，你一会儿就回去起草授节的制书。明日一早，交至门下省，明日后殿视朝时，朕便下诏。”

李昉起身，语气沉稳地应诺了。

赵匡胤令吴廷祚、李昉先离开后，又与范质、张昭两人商量了一会儿。之后，范质、张昭也一起离开内东门小殿。殿内只剩下赵匡胤和内侍李神祐。

看着空荡荡的殿堂、沉默燃烧着的火烛，赵匡胤在龙椅上陷入了沉思，疲惫感渐渐袭来，心情也变得有些低落。

他慢慢将后背靠在龙椅靠背上，仿佛从肺部的最底处，轻轻地叹出一口气。他知道，西部的秦州尚波于之乱、北汉刘钧对北部边境地区的威胁，将在一段时间内牵制自己统一南方的战略推进。他虽然绝对相信吴廷祚的忠诚，也相信吴廷祚的带兵能力，但是战场上胜负难料，一旦吴廷祚远赴秦州与尚波于开战，结果究竟会如何，他心中也是七上八下。

还是得准备好下一步棋，万一吴廷祚出师不利，也好有个接应。谁合适随后去配合吴廷祚呢？

他思索良久，终于想到了一个人。“引进使郭承迁。嗯，此人应该可用。”

想好了这个后备人选，他感到心情略好，看了看龙椅两边的羊脂蜡烛，发现它们都快烧尽了。

他缓缓立起身来，转身对李神祐说道：“明日你随我出宫一趟，朕想去大相国寺附近的勾栏，看一场相扑。”

“陛下怎么突然想去看相扑？”李神祐禁不住好奇地问道。

他淡淡一笑，说道：“朕想看看，当两个相扑者势均力敌时，他们都会怎么做。”

十七

吴廷祚率领三千禁军骑兵精锐日夜兼程地赶路，于六月底到达秦州。吴廷祚与高防一同研究战局，在秦州西部、渭水南岸布下埋伏。尚波于中计，从伏羌城出发，沿着渭水南岸进攻秦州。宋军根据计划且战且退。当尚波于率军攻至夕阳镇附近，早就埋伏在伏羌城西南朱图山的宋军骑兵精锐从山坳中杀出，长驱攻击尚波于后部，同时，从夕阳镇东面的三阳镇也杀出埋伏已久的宋军。尚波于前后受敌，加之三千骑兵禁军乃是最具战斗力的宋军精锐，尚波于之军很快不敌。为了保存实力，尚波于被迫退回伏羌城。

根据既定的战略，吴廷祚向尚波于传讯，表示朝廷已知他乃是受南唐蛊惑为乱，只要他臣服朝廷，便可赦免他的反叛之罪。尚波于权衡利弊，打算归顺。但是，他也提出一个条件，那就是要求朝廷在免罪之外，允许其部属砍伐森林以为生计。尚波于提出的这个条件，并没有超出赵匡胤的预料。赵匡胤在看了一场相扑之后，已经授意吴廷祚，如果在军事上制伏尚波于，朝廷便趁机免去采造务，废除朝廷对这片森林的专伐专采，与当地民众共同采伐林木，以此缓和朝廷与当地居民的矛盾。在观看当场相扑之时，赵匡胤悟出一个道理，有时，退便是进；有时，稳住阵脚，便是胜利。秦州采造务废除后，尚波于的藩兵们因族人生计有了保障，不禁欢呼雀跃。秦州的形势大为好转。

彰武节度使赵赞从延州发来报告，说反叛之军渐次投降，延州局面已经稳定。原来，赵赞在率领麟州军、同州军进入延州时，将精锐步骑置于队伍前后，使队伍在林莽之间绵绵不绝。叛军见林莽间旌旗连绵，不知来了多少官兵，顿时军心大乱，纷纷前来归降。赵赞因此得以迅速稳定了延州的局面。

麟州的战报随后也送到了汴京。如赵匡胤所愿，定难军节度使李彝兴与麟州防御使杨重勋遥相呼应，大破侯霸荣率领的北汉军。北汉郭无为南下攻宋的战略，也因为麟州之败而被打破。

皇后如月的病最近痊愈了，加之秦州、延州、麟州既安，赵匡胤一颗悬着的心渐渐安放下来。

时光荏苒，又过了两个月。

如月又有了身孕，赵匡胤心中更是喜悦。

自夏莲死后，赵光义更加勤于开封府的事务，每有大事，必亲自向赵匡胤禀报。赵匡胤见弟弟近来行事变得更加沉稳周到，心里也觉得大为宽慰。一日，赵匡胤下诏以采邑加恩赵光义。门下省拟《皇弟开封府尹某加恩制》云：

门下，悬法授人，自家刑国，欲名器之无假，在临照以难私。其有地冠维城，望高诸夏，属郊禋之展礼，司羽卫于行宫，供亿且繁，夙夜匪懈，得不顺景风而行赏，增井赋以疏封。用遵平施之方，适表至公之道。皇弟具官某，幼禀义方，生知忠孝。暨赞兴隆之运，弥彰恭顺之心。尹我上京，惠兹疲庶。每假寐而待旦，必辨色以来朝。事莫自专，动皆禀命。成我友于之义。谅兹翊戴之勤，盖宗庙之储祥，实邦家之共庆。则加地进律，吾何愧焉。更图为政之方，用称陟明之典可。[1]

皇弟赵光义加恩制书颁发几日后的一个夜晚，秋棠侍寝。烛光之下，赵匡胤见秋棠形容憔悴，比先前消瘦了许多，不禁惊问道："近来可是身体不适，为何如此消瘦了？"

秋棠眼光忽闪，迟疑了一下，答道："谢陛下关心，秋棠身子并无不适。"

赵匡胤点了点头，叹了口气说道："这样说来，你这般憔悴，一定是因你姊姊意外亡故伤心所致吧。"

听了这句话，秋棠眼眶一红，顿时泪如雨下。

"我与姊姊很小便跟父亲学会了骑马，真想不到姊姊会因骑马出意外。"

"即便是一流的骑士，也防不了马儿意外失蹄啊！你别多想了。"

"只是——"秋棠擦拭了一下眼泪，抬头看了赵匡胤一眼，眼中忽然闪出惊恐之色。她并没有再说下去。

赵匡胤看出秋棠眼中一闪而过的惊恐，心想，看来她姊姊的意外对她惊吓不小，当下微笑着说："我没有与你说过吧。我呢——也是自小就喜欢骑马。骑术还甚是了得。可是，有一次我骑马飞奔，要进一城门，那城门甚是低矮，马儿到了城门前，不知为何，忽然猛然一颠，结果我的头便嘭一声——撞在城门的门楣之上。我顿时

① 《宋大诏令集》卷第二十六《皇弟开封府尹加恩制》，中华书局，1962 年。

跌下马来，当场便晕死过去。所幸我命大，醒了过来。虽说活过来了，却自此落下头痛的毛病。你姊姊骑术好，但马儿失蹄，也是人神难料的意外之事，你休要多想了。人死不能复生，你姊姊也一定希望你能好好地活下去。我也不想你有事啊！”

秋棠恍然若失地啊了一声，心里却回想着夏莲下葬之时情景。这几天来，她不知将那情景回想了多少遍，每回想一遍都觉得在葬礼上的某一刻，赵光义盯着她的眼神有些异样。秋棠当时觉得，在葬礼过程中赵光义对她颇是关心，甚至可以说照顾有加。只有在那一刻，就是她在姊姊坟头烧完纸的那一刻，她扭头不经意地看了赵光义一眼，发现赵光义那一刻的眼神是鹰一般的眼神，仿佛正在观察猎物一样，观察着她的一举一动。日后不断回想起来，赵光义那一刻的眼神就像噩梦一般纠缠着她。“难道——姊姊将传位盟约之事泄露给了赵光义，而他害怕姊姊继续泄露消息给他引来杀身之祸？这不是没有可能啊。五代以来，为了争夺皇位，那些野心家钩心斗角，你害我、我害你，君父为了皇位会残杀亲生儿子，儿子为了皇位会弑杀君父。他真有可能担心姊姊四处乱说，给他招来杀身之祸。所以……难道没有这样的可能吗？难道他不可能暗害了姊姊灭口，而假称姊姊是因马儿失蹄跌落意外亡故吗？”这个念头，在秋棠的脑海中变得越来越强烈。“如果姊姊是被害的，恐怕，他也已经知道了是我将传位盟约之事告诉姊姊的，那么，我也一定有危险了。”秋棠被自己这样的想法吓到了。但是，她想不通的一个关节是，如果姊姊确实是被赵光义暗害的，赵光义也知道了消息的来源，他为何不趁着姊姊葬礼那天，找机会来质问她这个传出消息的妹妹呢？难道赵光义不想确认传位盟约是否真的存在？

突然，她轻轻地发出啊的一声。在这一刹那间，她想通了一个关节。

“是了。如果是赵光义暗害了姊姊，说明他已从姊姊口中听说了传位盟约，并极可能知道了消息源自于我。为了自保，他不惜除掉姊姊。姊姊是他的府中婢女，意外死去不会引人怀疑。可是，我身在内廷，是陛下的枕边人，即便我知道传位盟约，他一定也不敢轻举妄动。况且，他还不敢肯定，所谓的传位盟约是否真的存在，他也许还会怀疑，我向姊姊透露的传位盟约，是得了陛下的授意，故意借姊姊之口去试探他是否有觊觎大位之心。所以，他选择了在一边静静观察我的神色，以选择今后的应对之策。”

想到这里，秋棠心里不禁又是悔恨，又是害怕。她恨自己，很可能正是因为她的一番话最终害姊姊丢了性命。她害怕，不知赵光义今后会用什么手段对付自己。“我应该把无意中听到传位盟约的事情告诉陛下以求他的保护吗？陛下会因此保护我吗？陛下会不会因此而杀了我，以防我泄露秘密呢？不，还是不说为好。就当我什么也不知道。只要赵光义不威胁我，我就什么也不说。”

秋棠打定主意，楚楚可怜地看着赵匡胤，微微颔首说道：“劳陛下担心，陛下说得是，人死不能复生。我还是该好好活下去才是。”

卷三

一

进入盛夏，天气变得非常炎热。出使吴越国的李处耘、王承衎带着周远、高德望、窅娘等人回到了京城，也带回了吴越国王钱俶的一个请求。

与吴越国盟约已经暗中达成，但是根据计划，共同进攻南唐国的时间表并没有具体约定。吴越国王钱俶借这次机会提出请求，希望宋朝能够授予自己的儿子钱惟睿岭南的旌钺。宋帝赵匡胤同意了钱俶的请求，以镇海、镇安节度副使钱惟睿为建武节度使。

对于西部秦州的尚波于，赵匡胤也继续采取安抚政策。

八月中旬，赵匡胤派遣引进使郭承迁前往秦州。郭承迁这次前去秦州，率兵押送着四十余名尚波于的部下。这些人，是之前高防俘获并押送至京城的。现在，他们被送回了故乡。赵匡胤赦免了这些藩兵的反叛之罪。郭承迁本来是作为援军统帅的后备人选，如今，他作为一个和平使者，进入秦州与吴廷祚会合，共治秦州。

在恩威并济的策略之下，秦州叛军首领尚波于迫于属下归降的压力，献出了占据已久的伏羌县地区。九月庚午，关于尚波于献出伏羌城的报告送到了汴京。赵匡胤闻讯大喜。秦州的进一步稳定，意味着统一南方的战略又向前推进了一步。

夏花退后，秋风渐起。

就在赵匡胤陆续平定西部秦州、北部延州和麟州的这段时间内，湖南地区的武安节度使兼中书令周行逢患了重病。当时，周行逢将自己的节度使府邸设立在朗州的武陵城，实际上不仅统辖后楚时期武安节度使管辖的长沙地区，还统辖后楚时期武平节度使管辖的朗州地区。

一日，赵匡胤见宫内槐花渐黄，不禁又琢磨着如何才能早日统一荆、湖。

守能和尚为赵匡胤送来了周行逢身患重病的消息。赵匡胤便想借机控制湖南局势，决定马上派人前往武陵城慰问周行逢。

王承衍自告奋勇承担了这次行动。周远知道这是一个接近张文表、择机报仇的好机会，便力请随王承衍前往武陵，借此寻机找张文表复仇。高德望、窅娘两人一听周远也要随王承衍南下，当即也要求随行。高德望是一个很好的助手，窅娘这样一个女子可不便一起行动！王承衍知道湖南可能随时发生变乱，湖南之行不像出使吴越国那么安全，所以坚持不同意窅娘随行。

窅娘无奈，也只好表示愿意留在京城。于是，去皇宫见过赵匡胤，又与窅娘辞行后，王承衍便带了周远和高德望，夤夜而行，赶往武陵城。出发前，赵匡胤交给王承衍一块可以用来表明身份的御字金牌。

与窅娘的辞行非常匆忙，王承衍走时，窅娘轻轻拽了一下他的袖子，抬手轻轻碰触了一下他的胸前，仿佛想要为他整整衣襟。王承衍翻身上马后，回身朝窅娘看了一眼，见她立在宅子的门口，恋恋不舍地朝他挥了挥手。

王承衍三人去拜见周行逢的那天一早，秋风骤劲。

周行逢节度使的府邸是在一所寺庙的基础上改建的，府邸房屋都是歇山顶式的殿堂建筑。府邸的中心建筑原先是佛寺中的大雄宝殿，经过改造，如今仿如皇宫内五开间的宫殿，雕梁画栋、飞檐翘角，形制上明显僭越。

这日一早，秋风大作，吹落树叶无数。这座面积巨大的节度使府邸的屋顶上、院落里，四处密密地落满了金色的落叶，令人顿生悲秋之意。

进入大堂的台阶，是青石筑的。台阶阴处，青苔渐枯。台阶前，是一片青石地板。在青石板和青石台阶上，隐隐泛着暗红色。就在这大堂前，周行逢曾诛杀过十多位将校，死者的头颅曾经在这片青石板上滚动，暗红色的血液曾经在这片青石板上喷洒。

此刻，金色的落叶散落在这片青石板上、散落在堂前的台阶上，用金色掩盖着下面的血色，却挡不住从下面渗出的阴寒之气。

“苔深不能扫，落叶秋风早。”不知为何，王承衍心中浮现出李白在《长干行》中的诗句。

当王承衍带着悲秋之感踏上那片青石板时，脆干的落叶在他的脚下发出嚓嚓的碎裂声。他的心，蓦地紧张起来。

周行逢本是一个身材魁梧、孔武有力的大汉，可这日出现在王承衍等人面前的，却已是一个病入膏肓、骨瘦如柴的病人。见到这样一个周行逢，王承衍虽有心理准备，却还是颇感意外。

在府邸前堂的卧榻上，周行逢背靠卧榻的背板，肩头披着一件暗红色大氅，盘膝而坐，虽然一副病态、消瘦异常，脸上却依然有一股凛然杀气。也许由于形容消瘦，他右脸颊上的刺字仿佛更加刺眼了。周行逢左手中攥着一串佛珠，手臂无力地搭在左膝上。右手搭在右膝上，右膝旁摆着一册黄皮经折，似乎是一卷佛经。

周行逢的卧榻左右，除两名带刀亲兵，还站着一位穿着命妇服饰的女子。那女子虽然也是面容憔悴，但眉目清秀，隐隐有一分英豪之气。王承衍猜想，这女子必是周行逢的夫人了。

王承衍亮出金牌，先行表明身份。

“有劳陛下派使者前来慰问，恕臣重病在身，无法起身远迎。”周行逢冲王承衍等人说道。

他说话的声音很低。

“节帅不必拘礼。身体要紧。”王承衍答道。他见周行逢虚弱如此，知其时日无多，心里不免生起怜悯之心。此时，他瞥见周行逢膝边的那一册经折，原来是《金刚经》。

当下主宾寒暄一番。

王承衍猜得不错，周行逢卧榻之旁的女子，正是其夫人严氏。

之前，周行逢滥杀反叛将校的无辜家属，严氏因为向他谏言不被接受便赌气回了娘家。南唐国主李景去世后不久，周行逢又派人暗杀了馆驿巡官邓洵美，更令严氏愤恨不已。当时，宋翰林学士李昉私访旧友邓洵美。周行逢知道后，怀疑邓洵美私通中朝，便派人扮成强盗闯入邓洵美家中，将其杀害。如今，周行逢病重，严氏毕竟因夫妻情重，于心不忍，便回到周行逢身边照料。

王承衍吩咐随从抬上两只箱子，奉上赵匡胤令其带来的慰问之物。周行逢示意两个亲兵将礼物收下，抬到一边。

周行逢冲王承衍说道："这次陛下是有话令贵使带给臣吧。"

"节帅所料不错。"

"说吧。"

"陛下问，节帅对湖南军府事可已有安排？"

周行逢淡淡一笑，说道："湖南之地，臣自有安排。"

"哦，既如此，不知节帅可否将计划告知一二？"

"时机一到，自然会告知阁下。"

"节帅，不早为计，恐到时局面难以收拾。"

"哼，没什么可怕的。我这一辈子杀人无数，到如今，怎会怕什么局面难以收拾！"

"节帅！我有一事相告。只是——"王承衍看了看护卫在周行逢左右的亲兵。

周行逢会意，微笑着说道："不必多虑，他们都是誓死效忠于我的人。"

"既然如此——节帅，陛下提醒你要小心一个人。"

"谁？"

"张文表。"

周行逢听了，只是眼皮耷拉了一下，脸上却毫无表情。

"周远，你来说吧。"王承衍冲周远说道。

周远等待这个机会已经很久了。当下，他将张文表如何利用自己绑架长公主的事情前前后后都细细说了一遍。说到自己的妻儿被张文表所杀之时，周远禁不住怒发冲冠、义愤填膺。

周行逢听完周远的叙述，沉默了一会儿，问道："原来张文表想嫁祸荆南高家，挑起朝廷与荆南争端，然后乘机夺取荆南，再图湖南。真是野心不小啊。当时，陛下为何不派人告知微臣此事？"

"当时，昭义节度使李筠、淮南节度使李重进正在筹划叛乱，陛下不欲荆湖之地事端再起。况且，如果那时告知节帅此事，节帅或疑陛下欲离间你与张文表。"王承衍如实相告。

周行逢点点头，抬眼看了周远一眼，说道："这位周远兄弟，一定希望手刃仇人。只是，张文表身边护卫森严，近身刺杀是不可能的。他的手中兵马不少，要行剿灭，亦属不易。"

"恕在下直言，万一节帅大病，难理军府事，湖南落入张文表之手，恐怕荆湖将会大乱啊。陛下正是有此担心，才令我等南下武陵，拜见节帅，告以张文表之事。"

周行逢叹了一口气，仰面沉默半晌，从膝盖上缓缓举起右手，摸了摸右脸颊上的刺字，方才缓缓说道："陛下思虑周全，非吾能及也。"

"节帅可有诛杀张文表之妙策？"王承衍追问道。

周行逢不答。

过了许久，周行逢仿佛是使出浑身的力气，微微举起手掌，示意王承衍不用再说了。接着，他往堂外的遍地落叶指了指，吃力地笑道："瞧，秋风吹落了许多树叶啊。"

王承衍见周行逢神情有些凄然，一时不知如何接话。

只听周行逢继续说道："虽然一切如梦亦如幻，只是既然尚活在此世，臣还是要最后一搏。陛下之心，臣岂不知，只是臣亦有臣之命数也。"

最后一搏？王承衍听了周行逢之语，不禁暗暗敬佩，心中叹道："看来周行逢虽口中不说，心中却已有打算。不愧是一个枭雄！病入膏肓，尚有如此志气！"

周行逢说话之际，严氏扭头看着自己的夫君，眼泪夺眶而出，轻轻啜泣起来。

"唉，女人家，哭什么！"周行逢斜了严氏一眼，轻声喝道。

那严氏听周行逢一喝，心中悲伤难忍，反而更加大声地啜泣起来。

周远在一旁见周行逢夫妻情深，心里不禁想起了亡妻，顿觉黯然神伤。

只听周行逢好像念偈一般，喃喃说道："时有冬夏，木有枯荣。冬夏枯荣，皆为幻境。"

周行逢说完这句，便冲身旁亲兵说道："带几位去驿馆住下，好生招待。"

王承衍知一时无法获得周行逢的明确答复，只得先听任安排。现在的他，已经变得比两年前更加沉着，更加能够在复杂的局面中保持冷静。他为自己短短两年内的经历感到吃惊，也为自己在当世诸多重要人物与政治势力之间所扮演的角色感到吃惊。自随父亲王审琦参加在西京举行的天下牡丹会以来，他见到了宋帝赵匡胤，见到了南唐前国主李景和新国主李煜，见到了吴越国王钱俶，见到了南平王高保勖，如今又见到了割据湖南地区的武安节度使周行逢。他看到了他们之间的斗争，也参与了他们之间的斗争。他看到了他们的雄心，体会到了他们的失望，感受到了他们的勇气，察觉到了他们的怯懦，触及到了他们的恐惧，也目睹了他们的坚持。他终于发现，自己一直置身于一股巨大的洪流之中。他确实在努力凭借着自己的力量影响这股洪流，但是真正左右这股洪流的，并非他和这股洪流中的任何一个独立的个体，而是这人世间所有的人，不论是皇帝或国王，还是节度使或普通士兵，不论是高尚的君子，还是卑劣的恶人，没有任何一个人，可以绝对地左右他人的努力与坚持——不管这种努力与坚持是对是错，也没有任何一个人，可以绝对地剥夺他人的欢喜与悲伤——每个人都在命运之中，都在各自的情感之海中沉浮。现在，他更清楚地意识到，赵匡胤说得没错——如四方割据的局面无法改变，如天下不能统一，在神州这片土地上，血腥杀伐必将持续不断。"是啊，即便是统一的天下，亦不可能统一天下之人的喜怒哀乐，不过，亦如陛下所言，统一之中国，和平之天下，方可使人们安居乐业，到那时，将会有伟大的诗人，用美好的诗词写出天下之人的喜怒哀乐，将会有伟大的作家用文章记录我大宋的盛世繁华。但是，开创一个统一安定的天下，何其难啊！”

王承衍、周远和高德望在驿馆安顿下来后，三人聚在王承衍屋中，商量下一步的对策。

“看来，周行逢并不会轻易归顺朝廷。对张文表，也不会轻易下手。”王承衍说道。

“难道就这样再次放过张文表那贼？”周远愤然道。

“还是静观其变，伺机而动。”王承衍道。

高德望突然说道：“少将军，周远兄，你们发现没有，周行逢似乎并未增设卫兵看守驿馆。”

王承衍一呆，猛然想到一点，说道：“你的意思是，周行逢并未严格限制我们的行动。他这是有意如此？”

“少将军，这我不知道，只是此前去吴越国，那钱俶在我等身边安排了不少卫兵，去哪里都被人盯着。所以到了武陵，颇觉不同。”高德望摸了摸脑袋，愣愣地说道。

“这么说，周行逢留了一手，并不想得罪朝廷。”周远说。

王承衍听了周远的话，若有所思地点了点头。

次日，一早便下起了大雨。天气骤冷。

王承衍等刚起床不久，周行逢的一名亲兵匆匆赶来，来请他们去节度使府邸。

几个人撑着油伞，冒雨赶到节度使府邸大门前，但见门口已然添了不少士兵，守卫森严。

“看样子要出大事。咱们见机行事。”王承衍对周远、高德望说道。

周远、高德望二人心领神会地点了点头。

进了大门，王承衍等三人更是大吃一惊。原来，府邸前堂之前，有数十名将校一动不动，默然伫立在雨中。大雨哗哗地下着，无情地浇落在这些将校的盔甲上、战袍上，可这些将校仿佛完全没有注意到那从天而降的瓢泼大雨，他们的眼睛，都齐刷刷地往前堂里面看去。

那名亲兵走在王承衍等三人前面，口中喊道："都让让，让上使过去。"

那些雨中伫立的将校们听到喊声，方才纷纷让出一条路来。

王承衍等三人于是穿过人群，往前堂走去。穿过那群将校让出来的路，他们再次看到了周行逢。只见周行逢身穿中书令的朝服，由夫人严氏扶着，端端正正坐在卧榻正中，一个十一二岁的年轻人正跪在他的膝前。周行逢卧榻旁边，还站着几个高级将校与幕僚。

王承衍觉得，周行逢看着比昨日更消瘦了，眼中的神采也更加黯淡了。王承衍顿时明白了，周行逢肯定是料想自己在世时间已经不多，便将其将吏召集在一起，以托付后事。

周行逢看到王承衍等来了，惨白干瘦的脸上露出了一丝笑容。

"好，上使来得正好。保权，起来拜见上使。"周行逢的声音听上去比昨日更加虚弱了。

周行逢膝前的少年啜泣着起身，向王承衍行了个礼。

周行逢向王承衍招了招手，示意他过去。

王承衍迟疑了一下，前趋数步，靠近周行逢。周行逢眼中猛然精光一闪，对王承衍轻声说道："上使，今后若我儿真有缘归顺朝廷，还望上使在陛下跟前美言几句。"

王承衍默然点点头。

周行逢见王承衍点头，猛然将腰背使劲一挺，头转向前方，盯着雨中伫立的数十名将校，仿佛是使用全身的力气大声说道："吾起于陇亩，当年于吾一同起事的有十人，除衡州刺史张文表，尽皆已伏诛。张文表独存，常因不能当上行军司马而怏怏不乐。吾死，张文表必叛。那时，尔等当推戴杨师璠率军讨伐张文表。若不能如此，据城固守，归顺朝廷即可。尽管杨师璠今日未能到场，尔等休要违背我之愿。至于吾子保权，就托付给各位了！"

雨中，数十名将校中，不少人大声应诺，亦有些人啜泣起来。

周行逢说完托孤之语，扭头看了严氏一眼，惨然一笑，说道："以后也没人能再气着夫人了。"

严氏一听，顿时泪如雨下。

周行逢费力地抬起右手，轻轻拍了拍正扶着自己肘臂的严氏的手，然后，他将脸微微往上一仰，仰天长叹一声便断了气。

周行逢死后，其子周保权继承了周行逢在湖南的实际统治权。其时，周保权年方十一。

周行逢卒后，王承衍担心张文表闻讯立反，便建议严氏仿照诸葛武侯的故事，暂时不为周行逢发丧，而先行向朝廷奏报周行逢死讯，同时暗中发兵攻击张文表。但是，严氏与湖南诸将商议后，认为张文表尚未反叛，即便反了也不足为惧。他们坚持要按照周行逢的遗愿大办法事，为他的亡魂超度。周行逢生前最后一段时间极其好佛，广度僧尼，设施不辍。凡是遇到僧人，无论老幼，他都礼拜有加。请到府邸中来的僧人一旦生了病，他都亲自为他们端茶送水，煎服汤药。他常常与部下说：“我一生杀人无数，如不假佛力，如何能够解脱？”如今，周行逢一死，当初受到他恩惠的僧尼听到消息，纷纷前来府邸，要为他超度。节度使府邸一时之间，塞满了僧尼。

王承衍见严氏等不听己见，无奈之下，便带着周远、高德望离开武陵，前往潭州求见行军司马廖简。

现在，王承衍将希望寄托在廖简身上，希望能够劝服廖简先下手为强，发兵剿灭张文表。

二

转眼已经入冬，天气渐寒。

周保权从武陵送来的奏报是十月初到达汴京的。王承衍也派人送来急件，告知已赴潭州游说廖简之事。赵匡胤闻知周行逢已卒，心知湖南局势恐怕会很快发生动荡，当下便责令造船务加紧增制战船，以备南下之用。他又派人带着密诏前往秦州，令吴廷祚务必在今后一段时间保证上好木材的供应。

这一日一大早，赵匡胤令中使备了酒果，带着几个侍从前往国子监慰问。

在受禅之初，赵匡胤便下诏修葺国子监内的祠宇，塑绘先圣、先贤、先儒的像。他亲自为孔子、颜回写了赞文，又令宰相、翰林学士等分别为其他的先贤、先儒撰写赞文。今年六月，左谏议大夫崔颂判国子监事，开始在国子监内聚生徒讲书。当时，赵匡胤听闻，对崔颂大为嘉奖。随后，他下诏用一品礼，在文宣王庙前立起了十六戟。

从国子监回皇宫的路上，赵匡胤坐在马车之中，只觉寒气逼人，手脚冰冷。他心念一动，想起周世宗每到冬天便给近臣赐冬日官服的事情。

回到宫中，赵匡胤召来宰臣、户部、礼部等部门官员，商议给官员赐冬服之事。

“凛冬将至。朕欲给百官赐冬服。不知可符惯例？”赵匡胤问诸位大臣。

礼部侍郎窦俨进言道：“前朝的惯例，冬天赐服，只限于将相、学士及诸军大校。”

“国库开支近来紧否？”

老宰相范质、户部郎中沈仪伦等人顿时面露难色。

赵匡胤将范质、沈仪伦等人的神色看在眼中，当下沉默不语。

沉吟片刻，赵匡胤道：“暂时把内廷开销压缩一下，省出些钱来，给百官制作冬季官服。”

“文武常参官都赐吗？”范质问道。

“不及百官，不如不赐。”赵匡胤说道。

于是，宋朝赐文武常参冬季官服的先例，就在这一天开创了。

为百官赐服之后，赵匡胤将整个心思用来应对湖南、荆南可能出现的变局。他接连数次视察了造船务，又观习了水战。

冬十月己亥日，赵匡胤又命诸军习射。

辛丑日，赵匡胤以枢密副使、兵部侍郎赵普为检校太保、充枢密使。从赵普开始，枢密使不带正官。赵匡胤又以宣徽北院使李处耘为宣徽南院使、兼枢密副使。自此，赵普成为名副其实的朝廷重臣，李处耘也进入枢密院，参知枢秘事。赵匡胤开始为南下行动做出了人事方面的长远准备。

“我与行逢俱起于微贱，立功名，今日安能北面事小儿乎！”衡阳刺史张文表听闻周保权袭父行逢之位，终于忍不住说出怨愤之语。

周保权听了杨师璠的建议，令行军司马廖简从潭州派出一部分军队，前往衡阳南面的永州更戍。杨师璠用意是借更戍永州之名，刺探衡阳刺史张文表的动静。其时，王承衍、周远和高德望已在廖简军中，听了杨师璠的计策，坚决反对。

“若想擒张文表，应快速全军出击。分兵更戍永州，实乃自折实力之策。”王承衍向廖简谏言。

廖简不听，遵周保权、杨师璠之令，分兵前往永州。

张文表探知消息，心中大喜，在湘水西岸、潭州南界的岣嵝山设下了埋伏，迅速包围了前往永州更戍的军队。那支军队兵力远不及张文表部，其将领心知没有后援，若是抵抗必遭张文表屠杀，便带领所部降了张文表。

张文表收了这支军队后，兵力大增，便以前往武陵为周行逢奔丧为借口，从岣嵝山进入潭州，长驱北上。

这一日，天寒地冻，潭州行军司马廖简令人在府内生起火炉，大备酒食，请了麾下将校一同饮酒作乐。王承衍、周远和高德望也受邀赴约。

王承衍自小随父亲王审琦在军中，深谙军事，心知潭州乃是湖南要害，张文表欲控制朗州，很可能从潭州下手。因此，探知张文表带兵北上武陵吊丧后，王承衍颇为紧张。这日接到廖简的宴会邀请，便想借酒宴之机再次劝谏廖简出兵，主动攻击张文表，以防其北上占据朗州。

宴会进行正酣，忽然一军士踉踉跄跄奔入。

“将军，张文表的兵马已到城外。”

廖简已经喝得半醉，闻报，哈哈大笑："来得正好，只要他敢动手，必为我所擒。来，诸位继续喝酒，不必怕他。"

"将军，张文表为人阴险，善诈能谋，切切不可大意啊！"王承衍再次苦口相劝。可是，他的劝告是无用的。廖简根本听不进他的劝告。

"他是北上吊丧，何必如此紧张！"廖简已经喝得面红耳赤，哪里将张文表放在眼内。

"少将军，我看事态紧急，不如我等赶紧舍了廖简，退回武陵。"周远移步王承衍跟前，附耳低语。

王承衍略一沉吟道："不可，潭州若失，朗州便危。张文表若攻城，廖简醒悟，必可顶得一阵。我看他军中无大将，你我在此，或可帮上一点忙。只要守得一时，陛下必会发兵南下。"

宴会又进行了许久。忽然，府邸外面一阵喧哗，纷杂的脚步声响起。

"不好！"周远听到那脚步声，一跃而起，抽出腰刀。

王承衍和高德望见周远如此，突然惊悟过来，也都腾身而起。

正在此刻，只见张文表带着一帮全副武装的虎狼之士已经拥入大厅。

"你是怎么进城的?！"廖简见张文表突然出现在眼前，不禁大声惊问。

"人是可以被收买的，特别是处于恐惧中的人。"张文表哼了一声，此时，他在人群中留意到周远，不禁吃了一惊。原来，张文表是用重金收买了守卫城门的士兵，并向他们承诺只抓廖简，不杀普通士兵，因此得以兵不血刃地进入了潭州城。

仇人相见，分外眼红。但是，周远现在所能做的，只能对仇人怒目相向。对方人多势众，全副武装，己方却几乎是喝得烂醉之人，根本没有抵抗的能力。

半醉的廖简挣扎着站起来，却全身无力，根本拿不起刀剑。他跌跌撞撞地倒在一根柱子前，心知已无力抵抗，满怀歉疚地看了一眼王承衍，便将身子靠在柱子上箕踞而坐，冲张文表破口大骂。

张文表任廖简骂了一通，只是露出狡黠的笑容，并不说话。

“衡州刺史张文表，我乃朝廷特使王承衍，你若识得时务，我劝你速速放下武器，率众归顺朝廷。”王承衍努力稳住情绪，厉声喝道。他希望自己借朝廷之名能够镇住张文表。

张文表听了王承衍的话，愣了一愣，旋即皮笑肉不笑地说道：“原来是上使啊。我本是带人前往武陵去为节帅吊丧，可是这个廖简，竟然在潭州城外欲派兵杀我，我怎能放过他。上使，你旁边这两位，可是与你一起的？”

“张文表！拿命来！”周远怒喝一声，挥刀往张文表砍去。

只听嗖一声，一支弩箭已经射向周远。周远一惊，本能地将身子一转，却未能将那弩箭躲过去，那弩箭射中了周远的肩窝。周远翻身倒地。高德望见周远受伤，顾不得多想，腾身冲到周远跟前。

这时，张文表向王承衍、周远和高德望三人一指，冷冷喝道：“除了这三个，其余都杀了！”

一时间，大厅上刀剑舞动，惨叫声不断。廖简和部下将吏十余人力战片刻，全部被害。王承衍、周远和高德望力战不敌，被张文表令人绑了，押回了军营。

杀了廖简后，张文表搜出了廖简的官印。

次日，张文表令人将王承衍押到了他的帐中。

“昨日情形所迫，不得已委屈上使了。”张文表屈身抱拳，向王承衍说道。

王承衍轻蔑地看了张文表一眼，说道：“我劝你还是早日归顺了朝廷，若不然，亡无日也！”

张文表眼中闪过一片阴翳，旋即哈哈讪笑道：“上使说得是。这不，今日我正是要与上使商议归顺朝廷之事。”

“哦？”王承衍微微一愣，不知张文表要耍什么花招。

“周保权乃是乳臭未干的小儿，如何能理军府之事！上使，只要朝廷能授我节钺，允我朗州、潭州，我自然唯朝廷马首是瞻。”

“既如此，先放了我们。”

“上使，你这是说笑了。若我现在放了你们三个，不就少了与朝廷谈判的砝码了吗？”

王承衍听张文表这般说，料想周远、高德望二人一时不会有生命之忧。

“你先令人将周远的伤治好。”王承衍说道。

“只要上使能够为我在陛下跟前美言几句，这又有何难。快快为王将军松绑。”张文表笑着说，说完便向旁边一个亲兵使了眼色。

张文表的爽快语气令王承衍颇感意外。因为在王承衍心里，尚没有充分意识到，在张文表眼里，周远只不过是一颗自己曾经利用过的棋子而已。他曾经救过周远的性命，但为了达到自己邪恶的目的，利用了周远，并且冷血地杀害了周远的妻儿。在他心里，他以前可以让周远生，一度也可以让周远死，现在也可以让周远活。现在，在他看来，让周远活着才有利用价值。所以，他爽快地答应了王承衍。

那亲兵得令，赶忙解开了王承衍背后的绳索。

“来，上使请。这就请上使给陛下写封短信吧。就写廖简已经伏诛，你三人暂于我帐中待命。其他都不用写。别忘了签上名，画个押。”张文表往旁边一指。

这时，王承衍方才看到大帐一侧的书案上，已早早放好了笔墨纸砚。

王承衍心知这是亲自向赵匡胤传达讯息的唯一机会，略一沉吟，便走到书案边，拿起毛笔，飞快地写了起来。

待王承衍停笔后，张文表走过来，往桌上看了看。

“不错，不错。谢谢上使。快，送上使回去歇息。记住，加强警卫，一定要好好保护上使的安全。”张文表说完，哈哈大笑。

迫使王承衍写了一封给皇帝的信后，张文表自己也写了一封上表。在这份上表中，他自称权留后事，同时反咬一口，声称潭州行军司马廖简欲除杀他，他不得已先杀廖简以求自保，目下周保权年幼难以理事，湖南局面恐难收拾，望朝廷将湖南军府事委托于他，又称朝廷使者及随从尚在他处，待正式委任下达，自当将使者及随从送还朝廷。

张文表派人将王承衍的亲笔短信与上表一起送往汴京，呈送给皇帝。旋即，他继续率兵向朗州进军。

十月底，周保权得到信报，知张文表进军武陵，慌忙命杨师璠率军抵御张文表。

朗州军得令，在武陵城外匆忙集结。

稚气未脱的周保权在大军之前，泣然向杨师璠下拜，说道："先父将湖南安危托付于将军，望将军率诸军士，奋力御敌，保我乡土！"

杨师璠亦热泪盈眶，望着众将士慨然道："诸位将士，你们都看到了，郎君年未成人，而贤若此。我等敢不从命！"

众将士听了，无不慨然动容。

于是，杨师璠率大军离开武陵城，向张文表方向挺进。

周保权旋即派使者赴荆南求援，又派使者飞骑前往汴京，向朝廷请求援军征讨张文表。

三

宋建隆三年十一月初，张文表的上表、王承衍的信、周保权的乞师表都送达到了皇帝赵匡胤手中。

湖南事态的发展，一部分如赵匡胤所料，一部分却大出他的意料。他没有料到，王承衍、周远和高德望竟然会落在张文表的手中。

"不能再失去这个拿下荆南、湖南的机会。只是，如何才能先救下王承衍他们呢？"赵匡胤思索再三，决定无论如何，该先做好发兵南下的准备。

十一月辛酉日，赵匡胤下令在西郊大阅禁军。

这一天的上午，除去担任皇宫、城内各处护卫职责的卫士，近十万禁军在汴京城西郊的一片旷野上集合，接受皇帝赵匡胤的检阅。赵匡胤如今实际也是禁军的最高统帅。

天气非常冷。天空是灰色的，看不见太阳。各支禁军部队按照番号，依次排列。战马不时发出的嘶鸣声、马蹄在地上的践踏声，成为整个阅兵场上主要的声音来源。冬日的阅兵，比沙场秋点兵多了几分肃杀之气，但更显出训练有素的大军的威严。

赵匡胤身着铁甲，头戴凤翅铁盔，外披一件缺胯赤色战袍，骑在他那匹心爱的枣红大马的背上，缓缓从队列前面经过。他骑行很慢，眼光从许多将校、士兵的脸上扫过。每个被他注目的士兵，都感受到了他目光中的威严，同时也感受到了一股奇妙的力量，仿佛经由这股力量，自己与某一种不可战胜的力量融为了一体。很多新加入禁军的士兵，仿佛自己在这一刻获得了重生，愿意为了眼前这个人而牺牲自己的生命。

在禁军龙捷左厢军的队列前，赵匡胤勒住了马缰绳。他在马背上，朝队列前一名身材魁梧的大将看去，向那员大将点了点头。那员大将是龙捷左厢都指挥使马全义。赵匡胤不会忘记，正是眼前这个马全义，在建隆元年平定李筠叛乱的战斗中，率领敢死队第一个杀上了泽州城头。战斗中，马全义被飞矢贯臂，流血披体。赵匡胤自己也被一颗飞石击晕，险些丧命。那次攻打泽州城时，马全义还是禁军控鹤军左厢都校。潞、泽平定后，赵匡胤升马全义为禁军龙捷左厢都指挥使。“二狗子高德望那小子，也参加了那场战斗。如今他落在张文表之手，凶多吉少啊！”他因为看到马全义，便自然想起了曾经做过自己贴身卫士的高德望。

在禁军虎捷左厢军的队列前，赵匡胤也停下了马。他不曾忘记，虎捷左厢都指挥使马仁瑀在鏖战潞泽的战斗中，身先士卒冒死攻城。他对虎捷军喜爱有加，近来，琢磨着要增编一支水军，关于这支未来水军的命名，他早早就想好了，就叫“水虎捷”。

在眼前的队列中，赵匡胤看到了不少熟悉的面孔。但是，当他想要在队列中搜索某些熟悉的面孔时，却没有找到。寻之不得后他猛然想起，某个人已经在某次战斗中阵亡，此时他会不禁感到一阵战栗，鼻子发酸，眼眶含泪。但是，他也提醒自己，不能在士兵们面前流泪。每当这种时候，排在队伍前列的细心的士兵，会察觉到这位威风凛凛的阅兵者眼中似乎有晶莹的泪花闪动。每当这种时候，这些士兵便会不知不觉地感到，这位禁军的最高统帅也是他们的袍泽，仿佛曾经一起与他们在沙场上并肩冲杀过一样。他们想的，也确实没有错。这位阅兵者，昔日就是一位冲锋陷阵的战士。

甲子日，赵匡胤再次于西郊举行大阅兵。

借这次大阅禁军之机，赵匡胤对群臣说道："晋、汉以来，朝廷卫士不下数十万，然可用者极寡。朕数次亲自检阅禁军，去除冗弱，教授击刺骑射之艺。如今，禁军皆为精锐，是顺时令而讲武。"

这次大阅兵后，赵匡胤下诏，令殿前、侍卫两司将校，今后不得冗占兵员，限定了禁军两司兵员的数额。

关于如何应对湖南之变，赵匡胤找了新晋枢密使的赵普来商量。赵普见连续两次大阅兵于西郊，心知赵匡胤有立刻发兵南下取荆南、湖南之意。不过，赵普并不觉得最佳的发兵时机已经到来。

自从订立传位盟约后，赵普每次见赵匡胤都非常小心。但是，令他奇怪的是，赵匡胤对于传位盟约一次也没有再提起过。他尽管心底忐忑不安，但既然赵匡胤不再提起，他觉得自己最好还是不要去碰这个话题。他曾一度担心，赵匡胤说不定会狠下心来，找机会除掉他，使传位盟约成为一个永远不被人知晓的谜。不过，他也反复掂量着自己对赵匡胤的价值，他相信，只要赵匡胤真的有统一天下开创太平的梦想，就不会杀了他这个得力助手——至少在取得天下之前。于是，他相信，他与皇帝之间已经有一种默契，谁都不去轻易破坏这种默契。对于传位盟约，他下定决心，不会透露给任何人。如今，被赵匡胤加授为枢密使，更使他坚信，赵匡胤一方面确实对他寄予厚望，一方面也是借机笼络他、安抚他，以消除传位盟约令他产生的担忧。这次，赵匡胤来征求他对湖南之变的应对之策，进一步加强了他的自信。他内心的激情再次高涨起来，相信凭着自己的谋略，必可以助赵匡胤一举拿下荆南、湖南。如此一来，离他的梦想也就更近了。

赵普这样回答赵匡胤："张文表刚刚起事，锋芒正盛。周保权挟行逢余威，用杨师璠御文表，足可对抗一时。此两虎相争之势也。陛下若此时便下令南下取湖南，无意于为周保权挡文表之劲旅，即便取胜，损耗必大。不如让两虎相争，少待毋躁。”

“保权乞师表已到，若不发兵，恐天下轻朝廷无义！”赵匡胤微微板起脸。

赵普微微眯起眼睛，用冷静沉着的语气说道：“陛下可先在各州调兵遣将，造舆情令天下知文表之反；然后，派遣中使赍诏南下，宣谕张文表归顺朝廷，并令荆南先行发兵助保权。如此一来，借湖南之变，消荆南实力。待时机成熟，再发大兵一举而下荆南、湖南之地。”

听完赵普这段话，赵匡胤再次露出在做重大决定之前常有的凝重之色。

沉吟良久，赵匡胤微微颔首，说道：“掌书记之计甚佳。朕得掌书记一人，胜得十州之地也！”

赵普面露惭色，慌忙作揖称谢。

“好，今日就说到这里，掌书记先回去歇息吧。哦？怎么，你还有事情要说？”

赵普脚下不动，点头说道：“正是，臣有一策，思度良久，便借今日之机献给陛下。”

“说来听听。”

“五代以来，节度使飞扬跋扈，私自补署亲随为镇将，与县令抗衡，凡是公事，专达于州，县吏失去应有之职权。如此一来，节度使独揽方镇，成为天下大乱之源。臣建议，今后每个县都复置县尉一名，排在主簿之下，俸禄可与主簿同。凡是盗贼、诉讼之事，以前都由镇将负责，今后可以诏令重新由县令与县尉负责。”

赵匡胤听后不语。

赵普继续说道：“同时，可令自万户至千户，择一定数目的强壮能武者，充当弓手。这些弓手，日常由朝廷委县令管理。但用兵之时，弓手的征招、发遣之权，可出自陛下，经由枢密下达县令调度。由此，可以分节度使、镇将之兵权。”

赵普说话间，见赵匡胤面无表情，心下不禁暗暗不安，不知自己酝酿良久的治国之策是否能被采纳。自夫人去世后，赵普几乎所有心思都用在政事方面。设置县令、县尉的政治计划，正是他一直在筹谋并力图推动的。近来，为了这个计划，他抓住一些与朝廷大臣交谈的机会，以和风细雨的方式，影响他们的观点，希望以后赵匡胤在征求大臣意见时能够起到积极的作用。这天，他借赵匡胤同意他提出应对湖南的计谋之际，说出这个计划，是希望能够立刻得到首肯。在赵普的心里，设置县令和县尉并赋予职权的计划，要比发兵南下湖南、荆南的计划更为重要，也更为长远。消除天下武力杀伐的根源，开创一个重文和平的国家，这是赵普心中最大的理想，统一中原也好、统一天下也好，在赵普看来，那并非最终的目标，只不过是通往实现那个最高理想的道路。他说完心里话，用期盼的眼神热切地盯着赵匡胤，希望能够立刻听到肯定的答复。

但是，赵匡胤的反应令赵普稍稍有些失望了。

赵匡胤说道："消除五代杀伐的根源，正是朕的梦想。只是，如果过度剥夺节度使的兵权，恐今后将帅不愿效力，长久以往，朝廷将乏镇边捍境之猛将。"

"陛下，猛将发于卒伍，与兵权大小并无直接关系啊！"

"此事，容朕细细考虑。"赵匡胤心里觉得赵普的建议不错，但是出于慎重，他并未明确表示自己的态度。

赵普因自己的重要建议未被当即采纳，颇有怏怏不乐之色。

十一月下旬，又有一个重大消息传到了汴京。

原来，就在周保权向荆南求助后不久，荆南节度使高保勖病卒了。据说，高保勖去世前，召来衙内指挥使梁延嗣征询意见，问他该将荆南军府事交给何人。梁延嗣对高保勖说："当年正懿王舍弃其子高继冲，而将军府托付给你，如今高继冲已经长大成人喽！"

高保勖于是听从梁延嗣的建议，令高继冲判荆南内外军府事。

十一月二十日，高保勖病卒，高继冲成为荆南的实际统治者。

荆南的变化，令赵匡胤感到吞并荆南的机会也来了。他再次征求了赵普的意见。

为了稳住湖南的周保权，赵匡胤于十二月初下诏，正式授武平节度使副使、权知朗州周保权为武平节度使。周保权得授武平节度使心中大喜，督促杨师璠继续进攻张文表，同时再次上表，请求朝廷发大军助其剿灭张文表。

此间，杨师璠与张文表之军多次交战，互有胜负。赵匡胤则听了赵普的计谋，在京城与各州四处调兵遣将，制造大军将发往湖南的紧张气氛。

实际上，赵匡胤却私下授意慕容延钊在襄州暂时按兵不动，等待时机。

四

王承衍自被张文表羁押，最初窝在一顶军帐中不得自由，即便是出帐去上茅厕，也有四个带刀士兵看着。这几个士兵，显然都是张文表的亲信，而且看上去武功都不弱。王承衍见没有逃跑的机会，也便安下心来，静观其变。他几次与看守士兵套近乎，想从他们口中打探一星半点周远、高德望的消息，无奈都吃了闭门羹。

天气越来越冷，一天入夜前，一名看守士兵竟然给王承衍送来一床厚厚的锦被。此前，王承衍入夜盖的都是一般士兵的行军铺盖。王承衍也不客气，坦然收下。他知道，张文表还想留条后路，并不想刻意折磨他。

这天夜里，王承衍刚刚睡下不久，便听外面突然喧哗起来，马蹄声、人的呼喊声、厮杀声响成一片。

王承衍一惊，慌忙穿起衣服，待要出帐去看，两名看守的士兵已经冲了进来。

“敌人夜袭，攻势很猛，前面估计可以抵挡一时，留后令我等带上使往潭州方向撤退。快！跟我们走！”其中一个士兵说道。王承衍一听，只得跟着他们走出军帐。他抬眼一望，但见西北方向的夜空中火光冲天，红色的火团中，举着刀枪的人影、马的影子四处晃动，呈现出一幅诡异而壮丽的景象。

“夜袭之军是哪里的？”王承衍忍不住问。

“听说是杨师璠的部队。”紧急情况下，其中一个看守士兵回答道。

王承衍一听是杨师璠的部队，暗暗有些失望。他心里盼的是朝廷的军队前来征讨张文表。

四个看守士兵举着松油火把，带着王承衍离开了军帐，匆忙跟随着一队步兵往东南方向奔去。

夜晚的战斗一直进行到次日凌晨，王承衍跟着张文表的主力，一直行经一个山隘才停下。张文表派出一些人马在山隘两侧的山头上埋伏好，方才在山隘外的平地上重新扎营。

远处的战斗还在进行，杨师璠的部队正在与张文表的后卫部队大战。燃烧的火焰，在远处黑色的夜空中发出恐怖的光芒。

在重新扎营的时候，王承衍看到了周远和高德望。他俩也分别被几个士兵看押着。在两队押送之人挨近时，王承衍和周、高二人彼此对视了一下。他见二人都还活着，不禁颇感欣慰。借着这个机会，王承衍向周、高二人使了使眼色，右手手掌做出往下按的手势，微微动了两下，示意两人少安毋躁，等待时机。周远、高德望跟随王承衍多时，都对他的眼神和手势心领神会。

周远、高德望没有机会与王承衍交谈，身后的几名士兵，推搡着他们，马上走开了。其中有一名士兵更是恶狠狠地推了周远一把，还瞥了王承衍一眼。

王承衍自己也被身后的士兵推搡着走开去了。

不到午时，只听山隘北边人马喧嚣，王承衍知道是杨师璠的兵马已经追至，想到张文表已经在山隘两侧山头设下埋伏，不禁心里暗暗叫苦。

果然，不出王承衍所料，杨师璠的追兵以为张文表已败，急切杀入山隘。山隘两侧山头的伏兵见敌人进入圈套，立时排山倒海般杀出。杨师璠的追兵处于不利地形，几无还手之力，拼命抵挡了片刻，便匆匆丢盔弃甲撤去，在山隘里丢下了数百具士兵的尸体和一些难以撤退的伤员。

为了震慑杨师璠的士气，张文表令手下杀尽所有杨师璠军丢下的伤员，方才引兵从容往潭州撤去。

退入潭州城后，张文表下令死守潭州城。

张文表将自己的指挥部安置在原潭州留后廖简的府邸之中，又暗中在城中另租赁了一大处宅子。他将家眷秘密安顿下来，以备不测。

在重新驻扎廖简府邸时，张文表把王承衍、周远和高德望也押入了这座府邸，分别软禁在后堂的三间厢房之中。

这一日晚上，王承衍躺在床上，辗转反侧不能入睡。他自己也没有想到，对窅娘的思念会与日俱增。孤独往往会加剧一个人对爱人的思念。被软禁中的王承衍又想起了窅娘，想起了那日晚上几个人一起吃饭的情景，想起了自己往窅娘碗里夹菜的一瞬间，窅娘微微抬头看他的那一眼。他不自觉地微笑起来，仿佛窅娘就出现在对面，正羞红了脸望向他。“她现在可好？不知她一个人在京城，是否会过得寂寞？”他瞪着眼睛，望着头顶黑黢黢的虚空，痴痴地想着。

西郊大阅兵之后没过几天，赵匡胤突然得到一个坏消息。龙捷左厢都指挥使、江州防御使马全义的家人来报，马全义在大阅兵之后突然病倒了，而且病得非常重，估计时日无多了。赵匡胤闻讯大悲。几天前，他在阅兵时刚刚见过马全义，怎能想到，短短几日，马全义竟然被病魔击倒了。

赵匡胤慌忙让人去请光禄寺丞王袭、都水监主簿米琼。王袭曾经是翰林医官，自从治好了宰相范质的病，便被赵匡胤提升为光禄寺丞。与他一起得到提升的，还有翰林医官米琼。米琼治好了宰相王溥的病，被赵匡胤提升为都水监主簿。不久前，王袭也治好了皇后如月的病。这次，赵匡胤再次想起了王袭和米琼两人，希望能借他俩的妙手，从死神那里抢回马全义。

但是，王袭和米琼两人去为马全义会诊之后，垂头丧气地进宫禀报说，马全义已经病入膏肓，恐怕没有办法救治了。

赵匡胤听了禀报，沉默半晌，心中悲伤不已。此后每日派出中使三次，前往马全义府邸问候病情，又另择御医前往探视。

十二月初的一天，天气大寒。赵匡胤一早起来，想起在泽州城为救小皇子德昭而死的柳莺，顿觉心情郁郁，又想起一同在泽州鏖战的旧将马全义重病卧床，更是惆怅万分。于是，他令内侍李神祐安排了马匹，披上一件灰色的大氅，带着李神祐，顶着凛冽的寒风，出了宫，往马全义府邸方向行去。

马全义的家人没有想到皇帝会亲自前来探病，慌忙之间不知所措。

赵匡胤令不必拘礼，由马全义夫人带着，径往马全义病榻之前探视。

此时，马全义闭着眼睛躺在病榻上，已经无力起身。他的床边，站着一个男孩，六七岁的样子，正是他的爱子。

"陛下来看望你啦！"马夫人眼内噙着泪光，俯身在马全义耳边说道。

听到这句话，马全义费力地睁开双眼，眼内的精光闪了闪，挣扎着要坐起来。马夫人慌忙帮着扶起他，让他背靠着床头坐好。

"陛下——"马全义说了两个字，却一时哽咽无语。

原先精壮无比的马全义，如今几乎瘦成了一副骨架，那颗硕大的脑袋，如今因为生病显得尤为干瘦。

赵匡胤看到马全义变成了这个模样，心里难受，也是一时间说不出话来，只是走上去攥住马全义的一只手，紧紧地握着。

"恕末将无礼，不能起身叩见。"

"何出此言！何出此言！你好好养病，等病好了，朕还要授你河阳节钺哦！"赵匡胤话一出口，顿觉惭愧。"若是早早授他节钺该多好！此时说这个，恐怕是晚了，但愿能有奇迹发生！"赵匡胤心里这般祈求道。

马全义听了赵匡胤这句话，只是微微一笑，呆了片刻，仿佛使出全身力气说道："陛下，末将知陛下有意于荆南、湖南，可惜，我不能再为陛下一战沙场了！可惜，我看不到陛下合一天下之时了呀！”

此言一出，君臣二人顿皆泪流满面……

两日之后，马全义病卒。

赵匡胤闻讯，为之涕流，旋即下诏，赠马全义为镇国节度使，又将马全义的七岁幼子召入宫中，赐名马知节，补为西头供奉官。

马全义之死似乎触动了赵匡胤，令他觉得不要错过时机办该办之事。没过几日，赵匡胤诏中书门下：每县复置县尉一员，在主簿之下，至于俸禄，则与主簿相同。凡是抓捕盗贼、办理诉讼等之前委任镇将的事宜，则都诏县令及县尉复领。另外，自万户至千户，各设置一定数额的弓手。

这些新政，正是不久前新任枢密使赵普提出的。赵匡胤终于使赵普的这些治国政策变成了现实。自此，县令、县尉在地方上逐渐拥有了实权，节度使所私任的镇将掌握的权力，渐渐被压缩在了城郭之内。节度使的权力，因此也大为压缩。

赵匡胤随后派出使者赵璲南下宣谕潭州、朗州。

使者赵璲带着招安张文表的诏书到达了朗州，正值杨师璠败绩不久。张文表恃潭州之固，继续扣押着王承衍，以向朝廷讨价还价。

赵匡胤听取赵普的建议，在招安张文表的同时，又派出使者前往荆南，令荆南发兵援助湖南朗州的周保权。

这日夜晚，赵匡胤在内廷的御书房里批阅奏折。御侍秋棠侍立在侧。

自从姊姊夏莲去世后，秋棠每次踏入这间书房，一颗心都突突直跳。“传位盟约”不正藏在这间书房的墙壁中嘛！

尽管秋棠努力克制着内心的恐惧，但是，就在赵匡胤低头批阅一份奏折的时候，她还是情不自禁地往那面藏着秘密壁龛的墙壁瞥了一眼。

也是凑巧，就在秋棠往那面墙壁偷偷看去的时候，赵匡胤突然抬起头说道："快，去把那支蜡烛的蜡芯剪一剪。"这时，他看到了秋棠的眼光正投向那个秘密壁龛的方向。"莫非藏传位盟约的地方，秋棠知道?！"他的心猛然一惊。

"怎么了？秋棠，你怎么好像有些魂不守舍？"

秋棠忽然意识到赵匡胤正看着自己，心中大惊，慌忙答道："官家，姊姊意外逝世，臣妾，臣妾——"

"朕觉得，你似乎心里藏着什么事情。"赵匡胤小心地试探着。

秋棠听了这话，神色顿显慌张，一时不知如何作答。最近这段时间，她先琢磨着一定是赵光义害了夏莲，随后又觉得也不一定，心里翻来覆去一直猜测。不过，不管她怎么左思右想，姊姊夏莲恐怕真是被人暗害的想法始终很强烈。她最怀疑的一个人是赵光义，但是此刻，她突然想道："莫非是姊姊说漏了嘴，被陛下听到风声后派人暗杀了姊姊？"这个念头一起，秋棠不禁吓得花容失色，满头大汗淋漓。

赵匡胤见秋棠神色异样，额头汗珠子直冒，也不禁大惊。"看样子秋棠心里一定藏着什么事情。"他心里想着，不觉口气严厉地喝问："有什么事，告诉朕便是，朕替你做主！"

"听陛下这么说，姊姊也不该是陛下所害。这么说来，如果姊姊不是意外身亡，暗害姊姊可能性最大的人就是赵光义了。不如——不如豁出去请求陛下保护我的安全。"秋棠一瞬间心思转动，联想到自己也可能被杀害，便决定寻求赵匡胤的庇护。

打定主意后，秋棠扑通一声跪倒在赵匡胤跟前。

"陛下恕罪，臣妾听到了不该听到事情。请陛下饶命！"

"说吧，究竟何事？"赵匡胤心底咯噔震动了一下。

"去年——去年，臣妾无意中听到了陛下与太后的传位盟约。"

赵匡胤一听这话，全身几乎立刻僵在了那里。

"怎么回事？"

秋棠在赵匡胤的追问下，便将无意中听到传位盟约的经过细细说了一遍。

赵匡胤听完她的诉说，尽力使自己平静下来，沉吟半晌，说道：

“若上天开恩，给朕足够的日子，待皇子长大成人，朕便自然该将皇位传给皇子。若朕的命数如世宗，为了国祚绵长，大位自然不能交给小儿。你不过是听到了部分的对话。”

赵匡胤坦诚地承认有所谓的传位盟约，并说出了对传位的想法，令秋棠大感意外。她本以为，他不会对她提起任何他关于皇位的想法。她原本所期望的，就是他能够饶她一命。

“你可知道，你虽是无意听到了不该听到的事，但是私议立储传位，也是犯了死罪？”赵匡胤低头看着秋棠，露出一种奇怪的神色，这种神色，既不是愤怒，也不是责备，倒像是一种怜悯。

秋棠跪在那里，一时无语，只是瑟瑟发抖。

赵匡胤呆呆看着窗边一支蜡烛的烛光，过了许久，轻轻叹了口气，说道：“朕曾经欠一个人一条性命，这次，朕留着你的性命，便当是朕还给那个人的。”

秋棠听了赵匡胤的话，不禁恍然若失。陛下欠了人一条性命，那个人会是谁呢？又会是什么样一个人呢？她痴痴地想着。

“谢陛下不杀之恩。”

“不过，你要记住，此事不可再向任何人透露。”

“可是，陛下，臣妾之前——之前已经告诉了一个人。”

“谁？”赵匡胤大惊。

“臣妾告诉了姊姊夏莲。”

“夏莲？”

“是的。就在姊姊意外身亡之前。”

“事情竟然这般蹊跷。”

“你可叮嘱你姊姊不要告诉其他人？”

“姊姊可比我明白了，我告诉她此事时，是她反复叮嘱我不要告诉任何人的。”

赵匡胤听了，不禁微微点头。他将目光从秋棠脸上移开，再次望向窗边的那支燃烧的羊脂蜡烛。那支蜡烛的火焰在黑暗中无声地燃烧着。没有风，蜡烛的火焰仿佛静止一般。书案旁边的另一支羊脂蜡烛烧着烧着，忽然嗞嗞一响，赵匡胤一惊，眼光收了回来，脑中电光一闪，一个念头冒了出来。“夏莲意外身亡，倒是有些蹊跷。听王继勋那天的话，当时陪夏莲出城的人，应该只有光义。若说是光义杀了夏莲，也说不通啊。光义即便听说有传位盟约，传位盟约对他有利，他也不该杀了夏莲啊。莫非，当时光义不在夏莲的近处，不知夏莲的马儿因何会失足。也许，夏莲之前已把消息泄露给了其他人！而那个人或那些人为了维护朕的利益，便借夏莲出城骑马之机暗中设伏，除掉了夏莲。如果是这样，知道消息的人应该不会做不利于朕的事情。当然，夏莲也可能确实是意外身亡，而没有将消息透露给任何人。至于赵普——以他与朕的默契，定然不会将此事告诉任何人。如夏莲死前，已经向某人或某些人泄露了消息，那么如今，知道传位盟约的，除了我、赵普、秋棠，还有某个或某些神秘人。不过，不过——听秋棠的话，夏莲警惕性本来很高，泄露消息的可能性不大……”他想到了很多可能，唯独没有想到的是——赵光义的想法。

“我担心——”秋棠突然说道。

“什么？”秋棠的话让赵匡胤从沉思中惊醒过来。

“我担心，姊姊无意中说漏嘴，将消息告诉了某人。我担心，姊姊是被人暗害的。”

赵匡胤听秋棠这么说，心里又是一惊。看来，秋棠这个女子并不简单，她也想到了这一层。

“若是那样，你认为你姊姊最可能将消息泄露给谁？”

秋棠迟疑了一下，怯怯地说道：“我想，姊姊很可能——很可能会私下里与开封府尹大人说。我担心是府尹大人杀了姊姊。”

赵匡胤的心突突突地猛颤了几下。“光义？”他在心底惊呼了一声。

秋棠说完这话，早已是脸色惨白。

“为何这般猜想？”

“陛下，你想，府尹大人若听姊姊说出传位盟约的事情，必然追问消息来源，一旦他知道是我透露给姊姊的，便可能怀疑我是否经过陛下授意，暗中放消息给姊姊，以试探他是否有不臣之心。但府尹大人也可能想，我是真的无意中听到了传位盟约。如果这样，涉及大位的事情，府尹大人一定是怕有口难辩，为了避免消息进一步扩散，被陛下误解，最终惹火烧身，府尹大人很可能因为一时恐惧除掉了姊姊。”

赵匡胤听秋棠这么说，不禁暗暗惊叹秋棠的心思之密。

“若真是他所为，难道他不担心夏莲是朕的人，杀了她，会得罪了朕？”

“府尹大人当然可能会有这种担心。如姊姊是府尹大人所杀，那么，府尹大人确实有可能怀疑夏莲是陛下派出的人，他还有可能怀疑是我得到陛下授意，借姊姊之口试他之心。不论何种情况，他这样暗害了姊姊——若真是这样——即便被发现姊姊是他所杀，他也可以辩解说，杀我姊姊乃是为了维护陛下的利益。陛下自然不好归罪于他的。”

赵匡胤心情沉重地寻思了好一会儿，再次将目光投向秋棠，眼前又浮现出柳莺的一颦一笑。“她的模样，真是与柳莺姑娘有些相像啊。柳莺啊，莫非是你舍不得我，而借秋棠重新来到我的身旁帮我？”此刻，他看着秋棠的眼神，已经充满了爱怜。

“对朕的兄弟，你今后不要再胡乱猜测。你平身吧，记住，关于传位盟约，休要再与任何人透露。若没有人再提起，就让它暂时尘封起来吧。有朕在，没有人能够害你。”

秋棠听了这话，看着赵匡胤的眼神，心里一暖，刹那间从眼眶中滚出了两行热泪。

五

建隆三年年底，天气异常地冷。周郑王柴宗训自西京上表，请求移居房州。赵匡胤阅表后心情惆怅，知道柴家一定是担心他疑惧其有不臣之心，所以主动提出移居房州。“也罢，就让柴家落得个心安吧。”赵匡胤抱着这样的想法，批准周郑王柴宗训携家族移往房州。周郑王出发之前，赵匡胤带着侍从近卫，亲自冒着大雪赶往西京送行。

赵匡胤自西京回京城后的一天，李处耘急匆匆前来求见。

“陛下，那个窅娘——如是留着，恐怕有后患。不如——”李处耘抬手做了一个格杀的手势。

“她也是苦命人啊。”赵匡胤皱着眉说道。

“陛下！”

“这样吧，你就送她出京，天下之大，任由她去吧。”

李处耘想再多说，赵匡胤摆了摆手，止住了他的话头。

次日一早，天色阴沉，下起了大雪。雪花很快便在天地间弥漫开来。

李处耘内穿一副软甲，外披缺胯大绿战袍，又披上一件褐色大氅，带上几名亲兵，各自骑着战马，迎着漫天飞雪，径往王承衍的宅子赶去。有一匹背上无人的战马，也跟着这一小型马队，一同在风雪中飞奔。

这天，窅娘穿着一身红色的衣裙，被漫天飞雪一衬，比平日更显妩媚艳丽。当李处耘见到窅娘时，也不禁再次为她的曼妙身姿所惊叹。

“李将军——”对于李处耘的突然到来，窅娘心里有些吃惊。

“还不快快施礼。”李处耘身旁的一名亲信喝道。

“他怎么亲自来了？难道是承衍出事了——”这一刻，窅娘没有想到自己，而是想到了王承衍的安危。她突然感到手脚由于紧张而发僵了。尽管异常紧张，但她还是装出镇定的神态，缓步走到李处耘跟前，庄重地施了礼。

“枢密大人，是不是王承衍将军有消息了？”窅娘问道。她的声音，微微有些颤抖。

“不。”

“是雪菲姑娘有事？”窅娘忽然又想到了李雪菲。她依然没有往自己身上去想。

“不。本官今日是为娘子而来。走吧！”李处耘阴沉着脸说道。

此刻，窅娘突然感到李处耘的神色有些恐怖。

“去哪里？”

“陛下令本官护送娘子出京城。”

“出京？”窅娘大吃一惊，这时，她意识到，自己秘密向南唐传递情报的事情恐怕已经暴露了。

“对，马上就走。”李处耘冷着脸斩钉截铁地说。

“陛下这是要将我逐出京城吗？”

“你自己心里清楚！快，收拾东西，马上出发。”

窅娘瞪大眼睛看着李处耘的眼睛。她顿时确信，自己的南唐间谍身份一定是暴露了。“可是，为何陛下不杀我呢？”她的心里，有些困惑。

她呆了一下，亦不再辩解，说道：“有点事情，我先跟管家作个交代。”

“我会把管家叫来，你去收拾东西吧。”

窅娘见李处耘面无表情，心里知道再多说也无益。

于是，窅娘转身往自己的卧房走去。李处耘给身旁的一个亲兵使了个眼神，示意他跟上去。

不一会儿，窅娘从卧房内出来，右肩上挎了一个小包袱，身上披了一件红色的大氅，怀中抱着一件折叠着的红色衣裳。那是她刚刚为王承衍裁制好的战袍。

管家孙忠此刻已经被叫到了李处耘的身旁。仆人们听说窅娘突然要离开，这时也纷纷聚了过来。

“等少将军回来，请把这转交给他，就说是窅娘给他做的，当作个纪念。”窅娘说完这句话，将亲手缝制的战袍递给孙忠，眼睛一红，便流下泪来，往日与王承衍相处的情景一幕幕地涌上了她的心头。

管家孙忠不明白窅娘为何突然要离开京城，而且还是当朝枢密使亲自前来送行，所以大为困惑。平日里，窅娘对管家、仆人们都很亲善，此刻突然告别，管家孙忠也不禁觉得伤感。她的婢女小萱，更是扯着她的衣袖恋恋不舍。

窅娘把那件亲手裁制的战袍交到孙忠手里后，又拉着小萱的手，说道："小萱，前几日我与你一起做的那些鱼酱，再过十来日便熟了。你们别忘了吃。因是十二月里做的，即便是过了夏天也不会生虫子。小萱，我教你的制作鱼酱的办法，你都学会了吧？"

"嗯，嗯。小萱记得，鱼要去鳞片、洗干净，揩干，要切成条，去掉刺。如果鱼脍用一斗，就用两升黄衣来发酵，一升要整的，一升须捣成粉，还要加两升盐、一升干生姜、一盒橘皮丝。"

"是，须都混合均匀，方好放入瓮里。"

"嗯，然后用泥密封好，放在太阳里晒。熟了后，就用好酒冲稀来吃。"小萱说着说着，开始抽泣起来。

"你们以后也可以自己做，不一定十二月里才可以做鱼酱，其他各月也可以，不过要尽快吃掉，不能久放。"

小萱睁大了眼睛，使劲点点头，突然哭了起来。

窅娘将小萱拥在怀中，抱了一会儿方才松开手。

随后，窅娘转过身子，看着李处耘，从怀中掏出一个粉色的小绸布包，递到李处耘眼前，说道："这根钗子，是我平时戴的，就当送给雪菲姑娘做个纪念吧。"

李处耘听了这话，微微一愣，嘴唇动了动，却没有说话，只是默不作声地接过了那个粉色的小绸布包。

这时，突然从门口方向传来一个声音："爹爹，你怎么今天一早来这里了？窅娘姐姐，这是怎么了？"

李处耘听到声音，扭身一看，自己的宝贝女儿雪菲已经走近身旁。

"你怎么来了？"

"我一早找爹爹不见，一问，才知道爹爹是来承衍哥哥府上了。我以为是承衍哥哥回京了，所以便慌忙骑马追来了。"

"爹爹是奉旨来送窅娘离京。"

"陛下要窅娘姐姐离京？是让姐姐回南唐办事吗？"雪菲看了看李处耘，又看了看窅娘。谁都没有回答她。

气氛显得有些古怪。

李处耘愣了一愣，说道：“回头爹爹再与你解释。拿着，这是她送你的。你且回家去吧。雪下大了。”

李处耘把手中那个粉色小绸布包递给雪菲，然后仰头看了看天。天是铅灰色的，像是一个巨人阴沉着脸。

雪确实越下越大了。天色依然很阴暗。天地间处处弥漫着肃杀之气。

“一会儿恐怕雪会更大。菲儿，你快回吧。”

“不，既然来了，就让我陪爹爹一起送窅娘姐姐吧。姐姐，你，你不能等承衍哥哥回来吗？”

李雪菲虽然将窅娘视为自己的情敌，但是她心地单纯，与窅娘相处久了，也从内心喜欢上了这个姐姐。此刻，突然要与窅娘分离，她内心还真是不舍。

李处耘再次劝雪菲回家，雪菲硬是坚持要送窅娘一起出京。李处耘叹了口气，算是默许了。

“我去叫辆牛车吧，这大雪天的。”管家孙忠说道。

“不必了，已为娘子备了马。会骑马吧？”李处耘看了看窅娘。

窅娘点了点头。

“好！走吧。”李处耘点了点头。

于是，李处耘带着窅娘出了宅子。一行人骑马往京城的东南方向行去。

他们出城门时，地上已经铺满了厚厚的雪。风吹得很劲，卷着鹅毛般的雪花。天色很阴，雪花很密，整个天地看上去是一团灰白色的混沌。

因为天下大雪，出城大约行了两三里地，方才看到几个行人灰色的影子在雪中艰难行进。

“爹爹，这鬼天气，窅娘姐姐一个人怎么出行啊？”

“放心吧，爹爹已有安排，他们会护送她到最近的客栈的。”

“可是，可是，你看看这大雪——”

“圣意难违。既然陛下责令她今日离京，也只能如此了。”

说话间，一行人又行了一段路。

“好了，窅娘，本官就送你到这里了。”李处耘向两个亲兵使了个眼色，继续说，“接下去，就由他俩送你吧。”

窅娘在马上扭头看看李处耘，又看看雪菲，说道：“雪菲妹妹，记得代我向少将军问好！”

说完，她抖了抖缰绳，催马慢慢往前行去。她此刻不知道自己该去哪里，去南唐找韩熙载吗？

李处耘的两名亲兵骑马跟在她的身后，也慢慢往前行去。他们两个腰间挂的箭壶，跟着马的跃动一晃一晃的。

李处耘勒着战马，立在原地一动不动，注视着窅娘红色的背影渐渐消失在灰白色的风雪之中。

忽然，雪菲呼喝一声，纵马往前奔去。

“爹爹，我要再去送窅娘姐姐一程。”雪菲在马上扭头对李处耘喊了一句。

“雪菲，别胡闹，快回来！”李处耘迟疑了片刻，方才慌忙去追女儿。

雪菲骑马往前飞奔，不一会儿便看到前面白茫茫风雪中渐渐显出一个红点。那是窅娘！

这时，雪菲留意到那个红点身后不远处，两个灰色的身影仿佛一起在马背上做了什么动作。然后，那个红点晃了一晃，便仿佛突然从半空中坠落了。

雪菲一惊，有种不祥之感，慌忙催马往前疾奔。

她飞快地掠过风雪中勒马而立的两个士兵，瞥见他们的手中拿着弓。

这时，她看到一个红色的身影躺在雪地里，一动不动。

雪菲感到自己的心渐渐变冷了，收缩了。

她的马，终于飞奔到了那个红色身影的跟前。

窅娘已经死了。她静静地侧卧在雪地里，背上插着两支点钢箭。因为天气极冷，伤口很快被冻住了，从她身上流到雪地里的血不是很多。但是，鲜红的血，在雪地上显得很是刺眼。

两名亲兵骑在马背上，手中各拿着一副弓，停在离窅娘倒地处数丈远的地方。

片刻之间，李处耘也赶了上来。

雪菲呆呆地看着死去的窅娘。

“为什么？爹爹，为什么你要让人杀窅娘姐姐？难道是陛下令你杀她？”

李处耘面无表情，冷冷地说道：“不，陛下只令我送她出京，不是陛下的意思。也不是爹爹杀她，是将士们要取她的性命。”

“爹爹，你为什么这样说，究竟是为什么啊？”

“她是南唐的奸细！”

“奸细？不，不会的。爹爹，你们一定弄错了！不会的。爹爹，是你杀了她，是你杀了她！”

雪菲在马背上捂住脸失声痛哭。

雪还在下，老天仿佛想要尽快将窅娘的身体淹没在雪花之下。

李处耘回城后，速将窅娘的死讯向赵匡胤作了汇报。

赵匡胤闻讯愣了半晌，心想：“我当初既已经想饶了窅娘性命，却为何只交代李处耘送她出京，为何不说送她回南唐国呢？莫非，这才导致李处耘擅自揣度我的意思，安排人取了她的性命？这么说来，还是我夺了窅娘的性命啊！”

如此一想，赵匡胤心情惆怅无比。到了晚上，他一个人怅然坐在内廷御书房的烛光下，面对着书桌上的一大堆奏表、札子发呆。烛光静静地燃烧着。窅娘的死，令他再次想起了为救皇子德昭而死的柳莺，也令他再次想起为了给家人复仇而死的韩通之子韩敏信。

“窅娘是为了保护南唐国而死，柳莺是为了我能够实现统一天下的宏愿而死，韩敏信是为了杀我为其家人报仇而死。窅娘、柳莺、韩敏信，他们各有各的信念，虽非我亲手杀死，却可以说都因我而死。柳莺死后，只给她立了一个墓碑，却连篇墓志铭也没有。如今，窅娘死了，她是南唐国的间谍，我甚至没有理由为她立个墓碑。韩熙载啊，韩熙载啊，你会为窅娘立个碑、写篇墓志铭吗？说到韩敏信，虽然他死后我赐授他为尚食副使，令人将他与其父韩通合葬了，又令陈保衡为韩通重写墓志铭，且在那篇墓志铭中，韩敏信的名字也改用他的本名守钧，落款则故意仍然记为韩通下葬时的建隆元年的二月二日，这难道不是我想故意隐去韩敏信的事迹吗？不过，这些曾经发生的事情，一定也会在民间流传吧。他们的名字，可能会变成别的名字；他们的故事，可能会掺入他人的故事，如果他们能够在后世的故事中活着，也许能够证明他们在浩瀚的历史中也曾是多么鲜活的生命啊。”赵匡胤想到这里，不禁从椅子上立起身来走到书架前，费了一点时间方从书架下部的一格中翻出了一份叠着的文稿。

赵匡胤缓缓展开文稿，走回桌旁，将它平摊在书桌上。此文稿正是他授意前乡贡进士陈保衡所撰的韩通墓志。

墓志云：

故检校太尉同中书门下平章事使持节郓济等州观察处置等使兼侍卫亲马步军副都指挥使仍加食邑五百户食实封二百户中书令韩公墓志

前乡贡进士陈保衡撰

崇兰之馥，信有败于商飙；瑞玉之华，忽无荐于清庙。靡不有此，曷致厥中。我相公讳通，字仲达，太原人也。享年五十三，时耶命耶。

……

值今皇帝天命有属，人心所归，雪刃前交，莫辨良善，云师才定，已崩干戈，亦犹火炎昆仑，玉石俱焚。圣上哀诊忠赤，追年移时，乃命天人用营葬事，兼赠中书令。长子钧，二十二终尚食副使。大小娘子适彭城刘福祚，充西头供奉官。二小娘子年十三，保安年十一终，充节院使。三哥九岁终。三小娘子五岁。四小娘子四岁。七哥三岁，授东头供奉官。守谅、侄男守琉，充东班第二班都知。

……

建隆元年庚申岁正月辛丑朔二月二日壬申寄葬于河南县平洛乡杜泽村，记耳。[1]

这篇墓志文稿中提到的韩通长子“钧”，即韩通的长子，其本名“守钧”，墓志中只略去了表示辈分的“守”字。韩守钧是韩通与前妻董氏所生，后来改名为韩敏信。陈保衡写墓志，用了韩敏信的本名“守钧”。韩通曾为守钧早早定下婚约，但终于未能成婚。墓志中提到的“大小娘子”在韩家被王彦升屠杀之前，早已出嫁给了彭城刘福祚，因得幸免。韩通从子守谅、侄儿守琉，韩通其他儿女，十一岁次子保安、九岁的三哥、三岁的七哥、十三岁的二小娘子、五岁的三小娘子、四岁的四小娘子，皆在那次屠杀中蒙难。直到韩敏信死后，赵匡胤念韩通忠赤，追赠其中书令，同时对其子女各追赠了官职。

此时，赵匡胤重读这篇经过他同意后才刊刻的韩通墓志铭，抚摸着那篇文稿，回忆着那些逝去之人的容颜，不禁感慨万千。

“白驹流影，过隙而无回！再也不会有韩通，再也不会有韩敏信，再也不会有柳莺。窅娘死了，一样不会再回来！”赵匡胤悲伤地想着。

他连夜召来李处耘，交代道：“窅娘既死，便在京城外择一风水宝地，秘密将她好生安葬了。她作为南唐国的臣民，为南唐国效忠，自是为了完成她的使命。至于窅娘的死讯，暂时要保密。”

李处耘遵照赵匡胤的意思，安葬了窅娘。

---

① 参见郭茂育、刘继保编著《宋代墓志辑释》，中州古籍出版社，2016年。该书中对韩通墓志的释文与原碑文有出入，今从原碑文，并加标点。

六

建隆四年[1]正月的一个夜晚，赵匡胤独自坐在内廷御书房中，思考着统一荆南、湖南的策略。他突然想起了之前曾经派酒坊副使卢怀忠出使荆南。当时，卢怀忠自荆南回京，他曾与卢怀忠有一段简短的对话。

他记得他当时对卢怀忠说："你之前曾出使荆南，江陵的人情去就、山川向背，我欲尽知之。"卢怀忠回答道："荆南高继冲甲兵虽整，而控弦不过三万，虽连年丰收，但因横征暴敛，百姓生活甚为贫困。江陵，南通长沙，东距建康，西迫巴蜀，北奉朝廷。仔细考察它的形势，盖日不暇给，取之易耳。"

此时，赵匡胤再次想起卢怀忠这段话，不禁心潮澎湃。"如今张文表作乱，湖南向江陵求救，高继冲一方面要稳固江陵，一方面要应付湖南大乱的威胁，统一荆南、湖南的机会看样子已经来了。"

这个夜晚，赵匡胤彻夜未眠。在御书房中的烛光之下，他找出荆南、湖南地区以及周边地区的地图，整整琢磨到东方微白。

次日清晨，趁着诸位官员在东华门待漏院等待进宫上朝，赵匡胤令人去东华门待漏院，将宰相范质、王溥、魏仁浦、枢密使赵普、宣徽院南院使兼枢密副使李处耘等人先请到内东门小殿东侧的御书房。

几位大臣被提前召见，都意识到皇帝肯定有要事紧急商议，前往御书房的路上，每个人都面色凝重。

清晨天色未明，寒气弥漫在皇宫内的廊宇之间。赵普跟在范质等三位宰相之后，见老宰相范质脚步略有蹒跚，便慌忙上前搀扶。

"范相，这一大早，真是辛苦你咯！"

① 该年十一月，宋改元乾德。

“为朝廷出力，老臣唯有鞠躬尽瘁啊。我们三个都老啦，朝廷之事，以后要多赖枢密使啊！”范质说话间，笑着指了指走在两旁的王、魏二人。

王溥、魏仁浦听了范质的话，都颔首微笑。

“范相此言，折煞我咯！三位老相公，陛下现在可缺不了你们啊。”赵普说着，瞥了一眼李处耘，却见他落在后面几步，面无表情地走着。

御书房里的几支羊脂蜡烛还亮着。几位重臣进去的时候，赵匡胤坐在书桌前，正在低头看一张荆、湖地区的地图。

赵匡胤听到内侍李神祐将几位大臣引入御书房的声音，缓缓抬起头来。

赵普等人见赵匡胤两眼布满血丝，面露倦容，便知他一宿未睡。

“免礼了，一早急召诸位，乃是有大事要定。”

赵普听了这话，心中一凛，立刻意识到赵匡胤可能决定要对荆南、湖南下手了。他下意识地看了李处耘一眼，心想：“看来，李处耘这次上位的机会来了。我这次且助他一助，也好借机将慕容延钊的势力压下去。”

“你们过来看。”赵匡胤指了指书桌上摊着的地图。

几位大臣便一起凑到书桌前面，往那地图看去。

“如今，张文表作乱，湖南周保权向朝廷乞师。掌书记，你认为我军如何行动为佳？”赵匡胤看了赵普一眼。

趁南下援助湖南之机，借道荆南，顺势吞并湖南，此乃天赐之机也！赵普正想说出心中的计策，忽然想到方才赵匡胤说第一句话时似乎已经胸有成竹，当下故作犹豫状，并不开口作答。

赵匡胤见赵普沉默不答，又看了一眼范质，问道：“老相公有何佳策？”

范质捻着胡须，沉吟道：“之前，老臣一直觉得南下荆湖的时机不成熟。不过，此次湖南乞师，倒是王师南下之机。以老臣之见，可令大军从复州南下，自洞庭湖东侧向潭州进军。”

“卿家如何看？”赵匡胤又问魏仁浦。

魏仁浦眼光不离地图，略一沉吟道：“复州离南唐太近，大军集于复州，沿着洞庭湖东边南下取长沙，南唐可能自鄂州派大军偷袭我军左翼，如南唐与张文表联盟，我军将两面受敌，此不可不虑。故，最佳的进军路线，乃是借道江陵。”

赵匡胤满意地点点头，说道：“说得好，借道江陵！”说话间，赵匡胤又意味深长地看了看赵普。赵普只是点头微笑。

“只是——不知江陵是否愿意借道给王师？春秋时，晋献公向虞国借路去攻打虢国，虞国国君不听劝谏，答应晋军过境，晋国灭掉虢国后，立即灭虞。此乃历史之鉴。江陵岂会无宫之奇？”王溥问道。

王溥谙熟历史，说的乃是春秋时晋国“假道灭虢”的典故。他说的“宫之奇”乃是虞的大夫，此人进谏：“虢国乃虞国的近邻，它一灭亡，必会导致虞国之亡。”但是虞国君主没有听他的劝谏，最终被晋国顺道而灭。

赵匡胤笑道：“那个虞国国君不是没有听宫之奇大夫的劝谏嘛！”

李处耘道：“不错，事在人为。只要我军筹备充分，以五倍、十倍之军对江陵与张文表之军，即便江陵抗拒，我军亦可一鼓而下之。”

赵匡胤听了李处耘的话，用沉稳的语气斩钉截铁地说道：“用兵之法，全国为上，破国次之；全军为上，破军次之。先用借道之策，以保全江陵。江陵，乃四分五裂之地，今我假道出师，因而下之，蔑不济也。”他说到这里，略一停顿，继续说道：“当然，首先要使我军立于不败之地，做好江陵拒绝借道的准备。若要那般，则我以十倍之军围之，以五倍之军攻之！”这句话收尾的时候，他轻轻一拳，坚定地敲打在地图上。

赵普在旁，只是微笑着点头。

这日朝会上，赵匡胤下诏，以山南东道节度使兼侍中慕容延钊为湖南行营都部署，以枢密副使李处耘为都监，派遣使者十一人，前往十一州，发十一州之兵，会兵襄州，以讨张文表。

襄州是慕容延钊驻军之地，已有五万大军集结。其他十州是：

安州、复州、郢州、陈州、澶州、孟州、宋州、亳州、颍州、光州。

安州：《禹贡》中称为“陪尾”的地方。春秋时为郧子国，后来被楚国所灭。宋初，安州有安陆、孝感、云梦、应城、应山、汉川六个县。安州州境东西三百里，南北二百七十里，东北距汴京一千一百里，西北至西京一千二百里，西北至长安二千二百里，东至黄州三百一十里，南至南阳军三百一十里。西南至复州三百四十里，东北至光州四百三十里。唐代开元时，安州有两万两千多户。宋初，安州有四千二百多主户，八千三百多客户。赵匡胤派去使者，令安州兵八千前往襄州。

复州：《禹贡》中所说的“荆州之域”。春秋战国时属楚。秦属南郡。宋初，领景陵、沔阳、监利三县。复州州境东西一百八十里，南北四百五十里。复州北至汴京一千四百里，西北至西京一千四百二十五里。西北至长安一千六百八十五里。西至江陵府四百八十里，北至郢州私路二百五十里，官路三百里。东北至安州三百四十里。唐代开元时，安州有八千二百多户。宋初，复州有三千一百多主户，四千三百多客户。赵匡胤令复州发兵两千，前往襄州听候慕容延钊差遣。复州军大部分依然被留在当地，这是为了防备南唐从东南方向的鄂州前来偷袭。

郢州：唐武德四年，设置了郢州。宋玉就是郢人。宋初，领长寿、京山二县。郢州州境东西一千零六十五里，南北五百二十五里。郢州北至宋都城汴京一千二百里。西北至西京一千一百二十五里。西北至长安一千三百八十五里。东至安州三百二十九里。南至复州三百里。西至江陵府二百零八里。北至襄州三百一十六里。东南至复州界一百五十六里。西南至江陵府界八十里。西北至襄阳界三百一十六。东北至随州四百六十里。唐开元年间，郢州有一万二千户。宋初，郢州有一千三百多主户，二千六百多客户。郢州人口不多，但地理位置相当重要。为了避免来回调动军队耗费军粮，赵匡胤令郢州装备好一千精兵，在郢州待命，只令其派主要将领前往襄州听候慕容延钊的调遣。

陈州：陈州是《禹贡》中所说的“豫州之域”。秦代为颍川郡。

唐代为陈州。宋初，领宛丘、项城、商水、南顿、西华等县。州境东西一百三十里，南北一百四十五里。西北到汴京二百四十里。西至西京七百里。西至长安一千五百里。东至亳州二百里。南至蔡州平舆县二百零五里。西至许州八百八十里。东南至颍州三百里。西南至蔡州二百一十里。东北至于宋州二百二十里。唐开元年间，陈州有五万二千多户。宋初，陈州有主户一万一千八百多，客户一万一千多。五代时期的战争令陈州地区户口锐减。赵匡胤令陈州发兵一万二千，赴襄州集合。

澶州：唐代武德年间，在汉顿丘县地设置了澶州。宋初，澶州领顿丘、观城、清丰、濮阳、卫南等县。澶州州境东西一百八十里，南北一百六十里，虽非大州，却是自北向南通往北宋都城汴京的门户。澶州东南至汴京只有二百五十里。西南至西京六百七十里。南至长安一千五百里。东渡河至濮州范县一千一百里。南渡河至滑州韦城县一百三十里。唐开元年间，澶州只有七千户。宋初，澶州有一万九千户主户，四千多客户。为了防备北方的敌人，赵匡胤并未让澶州多出兵，只令澶州发精兵三千赶往襄州。

孟州：孟州在《禹贡》中所说的冀州、豫州之域。宋初，领河阳、温县、汜水、河阴、济源等县。孟州是个小州，东西二百九十四里，南北五十里。孟州虽小，但地理位置甚是重要，历史上乃是兵家必争之地。孟州东南至汴京三百五十里。西南至西京七十里。西南至长安九百一十里。东至滑州四百四十里。西至绛州五百六十里。南至汝州二百五十里。北至怀州七十里。东至郑州二百里。宋初时，孟州有一万四千住户，七千多客户。赵匡胤令孟州发兵五千前往襄州会师。

宋州：宋州也属于《禹贡》中所说的“豫州之域”。秦并天下，在该地区设置郡。隋朝时设置宋州。宋初，领宋城、楚丘、拓城、谷熟、下邑、虞城、宁陵等县。宋州州境东西二百二十五里，南北二百六十五里。西至汴京三百里，有通济渠，水陆皆通。西至西京七百二十里。西至长安一千五百八十里。东至徐州西界二百一十里。南至亳州西界一百三十二里。西南至陈州二百八十里。唐代开元年间，宋州有十万三千户。宋初，有二万一千多主户，二万四千多客户。宋州是人口密集的大州，赵匡胤令宋州发兵二万前往襄州。

亳州：亳州也属于《禹贡》中所说的“豫州之域”。北周武帝时期在该地区设置亳州。宋初，领谯县、城父、蒙城、鄼县、鹿邑、永城、真源等县。州境东西二百六十七里，南北二百里。西至汴京四百八十六里。西至西京八百九十里。西至长安一千七百四十里。东至徐州五百里。正南微东至颍川径路二百六十里。西至陈州二百里。唐代开元年间有七万多户。宋初有三万多主户，二万六千多客户。亳州亦是人口密集的中原大州，赵匡胤令亳州发兵三万赶往襄州。

颍州：颍州亦属于《禹贡》中所说的“豫州之域”。秦代在该地区设置颍川郡。后魏景明四年，设置了颍州。宋初，颍州领汝阴、沈丘、颍上、万寿等县。颍州周境东西三百七十里。南北三百三十五里。颍州北至汴京六百五十里。西至西京九百二十里。西取陈州路至长安一千八百二十里。东至寿州二百五十里。南至光州三百八十九里。北至亳州二百六十里。西北至陈州三百里。唐开元年间，颍州有二万八千多户。宋初，颍州有一万五千七百多主户，有一万七千多客户。赵匡胤令颍州发兵一万二千，前往襄州会师。

光州：光州属于《禹贡》中所说的“扬州之域”。秦朝，该地区属于九江郡。唐武德三年，设置光州。宋初，光州领定城、光山、仙居、固始等县。光州州境东西二百三十里，南北一百五十里。西北至汴京九百里。西北至西京一千三百二十里。西北至长安一千七百三十里。东至寿州四百里。南至黄州三百六十里。北至蔡州三百里。西南至安州七百里。东北至颍州三百二十里。西北至许州六百二十里。唐代开元年间，光州有二万九千多户。宋初，光州有五千多主户，一万三千多客户。赵匡胤令光州发兵六千前往襄州会师。

在很短时间内，十一州大军共十五万会师襄州，号称三十万大军，不日南下征讨张文表。

春正月戊午日，赵匡胤派酒坊副使卢怀忠、毡毯使张勋、染坊副使康延泽等率领禁军步兵、骑兵精锐数千人一同前往襄州。

庚申日，做完一番派遣后，赵匡胤又召见了李处耘，令他也做好准备，不久便率兵南下与慕容延钊回合。为了显示对慕容延钊的信任，赵匡胤令身为都监的枢密副使李处耘暂时待在京城，统筹军粮事务。

张文表得到赵璲到达朗州的消息，便暗中派人携重金悄悄潜入朗州拜见赵璲，表达了要归顺朝廷的决心，同时向赵璲透露，赵匡胤的私人信使王承衍便在潭州城内。赵璲闻讯大喜。他心里琢磨着，若能招安张文表，同时救出皇帝的私人信使，那是巨大的功劳，回到朝廷一定可以加官晋爵。

七

“少将军，你为何这般看着我？”

桃花红，杨柳绿。窅娘的脸，却显得很白。王承衍感到有些奇怪。

“没有想到一别数月——你怎的如此憔悴？”

“这是窅娘为少将军裁制的战袍……以后，少将军自己要多保重啊！”

战袍。红色的。

“你这是……”

“窅娘今日是特意来与少将军道别的，窅娘要走了。”

王承衍心下一痛，舍不得窅娘离开，见窅娘说话间泪光盈盈，忍不住伸出手去抓住窅娘的肩膀。可是，他没有想到，就在他伸出手的那一刻，窅娘在他眼前倏然无影了。他心头大惊，扭头往四周看去，身子恍恍惚惚转了几个圈，却哪里看得见窅娘的踪影。

“窅娘！窅娘！”王承衍大声呼唤起来，忽然，身子一震，他睁开了双眼，见四周灰蒙蒙一片，却是身在一个屋子中。他顿时明白过来，方才见到的窅娘、红桃、绿柳、红色的战袍，都只不过是梦中的幻影。

从这个梦中醒来，王承衍觉得四周空荡荡一片，有一种从未有过的可怕的空虚感。不祥的感觉渐渐袭上了他的心头。

"不知窅娘现在好不好？在汴京城内她举目无亲，雪菲也不可能天天陪着她。莫不要出什么事情才好。"王承衍心里担心窅娘，哪里再睡得着。他在床上翻来覆去，硬邦邦的床板硌得他背脊生疼。

近来，每隔两三天，张文表就令人将王承衍换个关押的房间。昨日傍晚，王承衍刚刚被人押到这间屋子里来。连看守的人也更换了。他知道，外面肯定发生了什么事，迫使张文表如此反应。

"莫非，陛下已经发兵南下了？不过，也许是张文表怕陛下暗中派人来救我。如今，我和周远、高德望是人质，一旦情形危急，张文表可能希望利用我等作为筹码换得自己的利益。如果我料得没错，我们应该暂时没有性命之忧。可是，为何想到窅娘，我有种不祥的感觉呢？不，不能这样干等下去，我应该想办法出去，一来可以让张文表失去筹码，二来可以争取机会回到汴京，早日见到窅娘。"王承衍这样想着，心里对窅娘的思念愈加强烈。

就在这天夜里的辗转反侧中，他开始慢慢明白，自己已经爱上了窅娘。对窅娘的爱，不同于对雪菲的喜欢。他觉得他愿意为了窅娘去冒任何风险，即便是牺牲性命也在所不惜。费了很长时间，他才抑制住对窅娘的思念，开始冷静地盘算出逃计划。

王承衍开始仔细观察囚禁着自己的屋子。屋子并不大，里面有一张床。离床沿四步远处，有一张桌子，紧贴墙摆着。桌子旁边，有一张椅子。从床头坐起来时，可以看到正前方是一个方形的窗子。窗子并不高，完全可以攀上去。只是，如今，窗子已经用宽厚的木条从外面给钉死了。透过窗棂的缝隙，可以看到那些钉在窗外的木条。

"不知道能不能从里面蹬落那些木条？"一个念头在王承衍心里蹦了出来，但是很快被他否定了。"外面还有看守，由不得我慢慢蹬落木条再逃出去！”他看了看屋子的门，门露出一条缝，微弱的晨光正从门缝中漏进来。但是，那光并不明亮刺眼。他从床上爬起来，慢慢走到那扇门前。透过门缝，他看到外面的门把手上穿绕着大铁链，用大铁锁锁着。他侧身往门缝外看了看，感觉门外左右侧都没有特别刺眼的光线。“估计这间屋子是朝西的！”他在心里推测道。

他又慢慢走回去，在床沿上坐了下来，静静地思索着。

“早饭！”随着一声吆喝，一个粗瓷碗从门缝中递了进来。一张脸在门缝里闪了一下，便不见了。这张脸他并不认识。他知道，更换看守的士兵，也是张文表的谨慎之举。“熟悉的人，更加容易被收买，被利用。张文表一定是怕我与看守的士兵混熟了，找到机会利用看守脱身，所以每隔几日，便更换看守的士兵。”现在，有了明确的要逃脱囚禁的目标，冷静的头脑便开始运转起来，使他能从一些细节中不断推出隐藏的意义。

所谓的早饭，不过是两个干冷的素蒸饼，里面并没有夹肉和菜。

王承衍一口一口咬着蒸饼，慢慢咀嚼着。干冷的面块擦过嗓子，又涩又痛，他费劲地将蒸饼咽下肚中。

这时，一个念头在王承衍的脑海闪现。

“张文表现在并不想让我死，这便是我脱身的机会！”王承衍将最后一口蒸饼咽入肚中，嘴角不禁露出了微笑。

可是，就在一瞬间，他嘴角的笑容便僵住了。

“即便我逃脱此屋，却不知周远和高德望在哪里。抓不到我，张文表说不定会狗急跳墙取了他俩的性命。不行！我不能将他俩置于死地。”

想到这层，王承衍不禁感到又是痛苦又是失望。逃脱牢笼的念头既然已经产生，再要把它硬生生按下去，谈何容易！

他重新躺回到床上，闭上了双眼。“一定得想个办法！让我想想，再想想！”他在脑海中回忆着这几日发生的一切。“或许在所发生的一切中，可以找到某种讯息，让我有机会知道他俩被囚禁在何处！”自小跟随父亲学习行军打仗的王承衍，已经培养起了超强的分析能力，一旦目标明确，他便往往能够为了达成目标，在各种微小的细节中寻找机会。此刻，他的头脑再次高速运转起来。“别放过任何一个细节，别放过任何一个细节！”他在意识中不断用这样的念头暗示自己。

王承衍在脑海中来回倒腾着几日里发生的事情，特别是近一天中发生的各种事情的细节，他反复地在脑海中加以回忆、琢磨。

是傍晚。

两个士兵。每人带刀。

被系上布条。

被蒙住了眼睛。

“快走！磨蹭什么！”看守士兵的话。

出门。左拐。行了很短的一段路。右拐，行了大约三十步。再右拐。走上了石子路。行了大约两百多步。

一群士兵的脚步声。

“听说杨师播占领平津亭了。”某个士兵的声音。

等等，杨师播，这是周行逢的得力干将。看来，张文表遇到对手了。

几步上行石阶。

停住了。

有人喝问：“口令?！”

“风卷残云。”其中一个押送者的声音。

“走吧！”

几步下行台阶。

又是土路。

又行了大约三百步。

“这个更重要。千万别大意了！”“大哥，放心吧。”押送者的对话。

往右拐了大约一百步。

再右拐。好像斜着行了大约二十步。

几步台阶。

脚下踩到了木板。

咔咔的开门声。

“到了。进去！”

蒙眼的布条被扯掉了。

在将近来所发生的一切回忆了数遍后，王承衍已经隐约感到，从昨天傍晚至今发生的一切中，隐藏着解决问题的办法，但是他一时间还没有抓住那最关键的一点。

此时，屋子的门不知为何被外面的守卫重重踢了一脚。

“真他妈无聊！”

“得了！别抱怨了。轮着干这事算不错了。莫非你想上战场去厮杀？”

“没听说吗，上阵厮杀，杀敌一个，赏钱五百文。我一身好武艺，做一个看守，岂不是可惜！”

“丢了你小命，那五百文有个屁用！”

王承衍听到门口两个守卫嘟哝着，突然浑身打了一个激灵。

“轮着干这事，算不错了。”

“这个更重要。千万别大意了！”

刚刚听到的这句话，与他回忆起来的另一句话，仿佛被一团火焰包融在一起，在他脑中闪动着。

“这么说来，这两个看守是与其他几个看守一起轮着看我的。听他们的口气，似乎还在近期内看守过其他人。是周远，还是高德望，还是他们两个被囚禁在一处？这么说来，我只要控制住这两个，就可能从他们口中知道周远、高德望被囚禁于何处。若是——若是他们看守的是其他人，我该怎么办？”他极其冷静地注意到其中可能存在的风险：“必须想好应对之策！”

“那个给我送饭的人。再想想，再想想。不，我见过他，就在张文表被夜袭的那个晚上，他就在押送周远、高德望的那几个士兵中。

对，就是那个推搡周远的人！”

远处的火光。松油火把的火光。一张张神色紧张的脸被火光映照着。他推了周远一把，斜眼瞥了我一眼。

王承衍回想着过往的一幕。是的，就是他！他感到一阵兴奋，如此推测，他八成知道周远、高德望的关押地。

琢磨了好一阵，他终于决定，如果无法从那两个看守口中知道周远、高德望的下落，就打听张文表的下落。擒贼先擒王，若是那样，我便冒险去刺杀张文表！他打定主意，开始细细琢磨起逃脱囚禁的每一个步骤，包括可能要用到的应变之策。

王承衍在屋子里一会儿在床上躺躺，一会儿在椅子上坐坐，不知不觉便到了中午。

中午时分，照旧从门缝里塞进来一个碗，碗里上面是两个蒸饼，下面是半碗菜蔬。王承衍趁着从地上取午饭时，透过门缝观察外面。他注意到外面站着两个挎着腰刀的士兵，两个人都背对着门站着。这两个士兵的前方，是一片密密的竹子，不知道那片竹子的另一边是什么。

“还是等到晚上天黑了再动手！”王承衍打定了主意。整个下午，王承衍几乎都在床上闭目养神，反复琢磨着心里的计划。

待到傍晚时分，门吱地响了一声，从门缝里塞进来一个碗，里面还是两个蒸饼，蒸饼下面还是半碗菜蔬。

一双筷子被门外看守的那个士兵——正是那天夜晚推搡周远的那位——顺手放在碗边的地上。

“快吃！”

“我要喝水。”王承衍从地上端起碗时大声说道。

门外没有答应的声音。

“按照被押送时走过的路线推测，我应该位于潭州留后府邸的东北部，之前关押我的那间屋子，则在西南方向。周远、高德望说不定就被关押在原来关押我的地方。”王承衍心里默默回忆着这座府邸内的房屋位置、花园景物。之前，他与周远、高德望二人曾经在这座府邸中待过几天，那时，廖简曾经带着他们在这座府邸中转了转。因此，他对府邸内的一部分，大致有个印象。

过了片刻，王承衍又喊了一声："水！我要喝水！"

其中一个士兵扭过头，冲王承衍狠狠地瞪了一眼，说道："当自己是谁呢！"

"若是渴死我，张文表非砍了你俩的脑袋！"王承衍毫不示弱地盯着那个士兵看。

那个士兵眼神忽闪了一下，冲旁边的同伴说道："兄弟，你看紧了，我去给他端碗水。"说罢，便扭身往一边走去。

不一会儿，一只碗被塞进了门缝，放在地上，里面盛了半碗水。

王承衍就着菜很快地吃完了两个蒸饼，然后端起那半碗水，一口喝完。

"吃完了！"

王承衍将两个碗放在门缝旁的地面上，然后走回到床边，躺了下来。

天渐渐地黑了。留后府邸内的灯笼亮了起来。

当门缝里射入了一道光的时候，王承衍的心加速跳动起来。那是门口屋檐下挂着的红灯笼发出的光。时机到了。他从床上坐起，走到门旁，用力拍着门，大声叫了起来。

"冷水喝坏肚子了。肚子痛！快开门，我要上茅厕！快点啊！"

门外两个看守的士兵听了，对视了一眼。自被转押到这间屋子，王承衍还未上过茅厕。出现这种生理反应，似乎并不奇怪。之前去端水的那个犹豫了一下，方才慢慢挪到门边，用系在腰带上的钥匙，打开了系着铁链的铁锁。另一个此时已将腰刀从刀鞘中抽出，满怀戒备地执在手中。王承衍往那大刀瞥了一眼。灯笼的光照在那把刀的刀身上，映射出周围事物部分的、隐约的影子，显得有些诡异。

"在哪里？"

"这边。走吧。"开锁的那个往王承衍左手一侧指了指。

王承衍顺着那个士兵给他指的方向走去。他用眼睛余光扫了扫两边，见没有其他人，却不知那片竹子后面有没有藏着军士。开锁的士兵向拿刀的同伴使了眼色，两个人紧紧跟在王承衍的身后。

王承衍见那个抽出腰刀的士兵双目有神，肩宽腰细，手中执刀很稳，而且警惕性很高，知他身上功夫不弱，加之不清楚那片竹子之后是否有其他人，因此一时间不敢仓促冒险。要在平时，他知道自己对付五六个普通士兵不成问题。可是，此刻容不得他有丝毫闪失。万一失败，不仅他会失去再次逃脱的机会，而且可能危及周远和高德望两人的性命。

耐心等待机会吧！王承衍暗暗稳住自己的情绪。

其实，王承衍根本没有闹肚子。说是喝了冷水肚子疼，只不过是为了给逃脱囚禁寻一个机会。

茅厕距离囚禁王承衍的屋子大约三十多步远。走到茅厕近处时，王承衍猜测，囚禁自己的屋子，位于一个长方形的小院子中，院子的东侧，是一排厢房。院子中间，种着一片竹子。茅厕位于这个小院子的东南角。在前往茅厕的路上，他不时看一眼那片竹子。透过竹叶的缝隙，他似乎没有看到竹子那边有其他人。他暗暗感到庆幸。

为了麻痹两个看守者，王承衍不得不进了茅厕，装模作样蹲了片刻。出了茅厕，他伸了个懒腰，装出一副舒服放松的样子。

“兄弟，我想见张将军。”

“张将军不在。再说，张将军是你想见就可以见的吗？”那个开锁的恶狠狠地说了一句。

“听说杨师璠占领平津亭了。”

之前听到的这句话此刻闪过王承衍的脑海。“莫非，张文表带兵马去了平津亭与杨师璠交战了？果真如此，此刻正是逃脱的良机。”王承衍这样想着，更加坚定了逃跑的信心。

“少说一句。别搭理他。”那个执刀的冷静地提醒他的同伴。

走回到屋子门口的时候，王承衍放慢了脚步。他准备在进门的那一刻动手。那一刻，一定是两个看守者思想最松懈的时候。

王承衍慢慢走到了门边。

这时，一阵微风吹过那小片竹林，发出哗哗的声音。

在迈进屋门之前，王承衍瞥见那个执刀士兵正将手中的腰刀往刀鞘中收。

就在这一刻，王承衍身子猛然一蹲，右肘重重击在那个拿铁链子的士兵的小腹上。

那士兵痛苦地大叫一声，往下蹲去。王承衍身子一转，举掌击向其后颈。那人顿时晕厥过去，重重趴在地上。这些，都是在极短时间内发生的。

另一个士兵惊了一下，刀尚未完全抽出，王承衍已经飞腿踢向他的面门。

王承衍眼看自己的脚要踢到那士兵的面门，只听那士兵张口痛苦地大吼一声，手中的大刀落地，身子却往前扑了过来。

这是怎么了？王承衍一惊，哪有主动寻挨踢的？正在王承衍吃惊的时候，那士兵的脸已经被他的脚踢中，头一扭，身子倒向一边。

更令王承衍吃惊的是，那士兵倒在地上一动不动，背上却多了一支弩箭，鲜血正从那士兵的后心处流出。

“莫非此箭的目标是我?！”王承衍大惊，心下道，“如再有弩箭射来，我命休矣！”这一刹那间，父亲王审琦、母亲、窅娘、雪菲、赵匡胤、周远、高德望……这些人的脸仿佛一下从黑暗深处冒出来，涌现在他的眼前。他们似乎是倏忽闪过的，却显得如此清晰。刹那间，他已经泪盈双眼。“窅娘，你在哪里呢？如果能再见到你，该多好啊！”他悲哀地想着，竟然愣在原地动弹不得。

正在王承衍已经做好了面对死亡的心理准备之时，从那片竹林的北侧，蹿出两个黑衣蒙面人。其中一个人手中端着弓弩，另一个拿着一把短刀。

“少将军！”其中一个蒙面人喊道。

好熟悉的声音。王承衍微微一愣，由于惊喜，不禁浑身微颤。

此刻，那两个黑衣蒙面人已经扯下了脸上的黑巾。

“王牧，李诚！”

王承衍马上认出了两人。这二人是他父亲王审琦手下的两名亲信，从小便是他练武时的伙伴。其人不仅武艺高强，而且为人极其忠诚。他们年岁都比王承衍大一些，王承衍一直视其为兄长。

方才一刻以为自己必死无疑，一转眼却见到故人，王承衍怎能不惊喜万分，但是，他还是克制地抓住王牧的手臂，压低了声音问道："你们怎么会在这儿？是家父派你们来的？"

王牧警惕地看了看左右，回答道："正是，节帅听说陛下发十一州兵马前往襄州，害怕张文表狗急跳墙取少将军性命，因此暗中派我二人带人南下，解救少将军。"

"可还有其他人？"

"是，还有十来人，不过现在都在城外。现在，潭州城警戒很严，我等已经在城外耽搁了数日，今日碰巧张文表刚刚发兵平津亭，与杨师播交战。我俩这才得空潜入潭州城。其他人都在城外接应。"

"杨师播果然去了平津亭。"说完，王承衍看了看地上那个方才被自己击晕过去的士兵。

"少将军，快走吧。出城再说。"

"不行，我还有两个同伴，一定要救出他们再走。你们可查到他们被囚禁在哪里？"

"少将军，我俩好不容易才找到囚禁少将军的地方，却不知另外两位被囚禁在何处。目前形势紧张，耽搁久了，怕凶多吉少！"

"不能丢下他俩。如果你们不知道他俩的囚禁地，希望就只能寄托在此人身上了。"王承衍指了指地上的那人。

说着，王承衍蹲下身来，托起那个昏迷者的脑袋，掐了掐他的人中，又将他的脸使劲拍打了几下。那士兵终于醒了过来。

"快说，另外两个人囚禁在何处？说出来，便饶你一命。"王承衍压低了声音，喝问那人。

那人迷迷糊糊地看了看王承衍，又抬眼看了看王承衍身边的两个人，心里顿时清楚了局面，颤抖着说道："姓周的就在你之前被囚禁的屋里。另一个在他的隔壁——"

“今日的口令是什么？”王承衍没有忘记这个细节。

“三月三日可种瓜。”

王承衍微微愣了一愣，便点了点头，心里暗想，这个口令，农家出身的士兵们倒是人人都能懂，也好记。

王承衍见他不像说谎，说了一句“对不住”了，便挥拳在他的脑袋上猛然一击。那个倒霉蛋一声未出便再次晕厥过去。他从此人手中拿了铁链、铁锁，便站起身冲王牧、李诚二人道：“先将这两人抬进屋去。李诚，你脱了夜行衣，换上此人的衣服。这二人的腰间应该有块府邸内通行的腰牌。别忘了，用你的腰带将他绑起来，撕块衣角，堵住他的嘴。”就在王牧、李诚出现的那一刻，王承衍便在心里快速调整了逃跑的计划。他感到又是意外，又是兴奋，有了两个助手，救出周、高二人后再逃脱的机会更大了。

王牧、李诚二人依言而行，果然从两个士兵的腰间找到腰牌。

待王牧、李诚二人从屋内出来，王承衍用铁链、铁锁将屋门锁了起来。

“少将军，现在怎么办？”

“我有一计策去救人。李诚，你装成张文表派来的人，来府中提我、周远、高德望去平津亭军营。王牧，你继续隐身在暗处，以防不测，必要时加以援手。你就是我们的后备队。”王承衍说话斩钉截铁，给两人安排任务如同排兵布阵一般。

“就派一个人来提三个人，这可信吗？”王牧问道。

“问得好。”王承衍微微一笑，继续说道，“方才你们不是说，城外有咱们的人吗？就让那几个看守，一起帮着你，提我等三人去城外不就行了。这样，他们自然便信了。”

王牧点点头，说道：“少将军好计策。”

“如果还需要提人的暗号，该怎么办？”李诚问道。

“只能随机应变了。”

“走！我带路！”王承衍说完，让李诚持刀跟在自己身后，往南走去。王牧则再次隐身于黑暗中，在院子内假山、草木之间不近不远地跟着王承衍和李诚。

在王承衍的脑海里，被押送过来时走过的路线，经过多次回忆，已经像刻在铜板上的线条一样清晰……

在从后院通往前院那道门时，王承衍用上了“三月三日可种瓜”的口令。看守那道门的卫兵尽管露出怀疑的神色，但还是将王承衍、李诚放了过去。王牧则从其他地方翻墙到了前院。

一路上，来回巡逻的军士并不多。王承衍猜想，一定是为了应对平津亭之战，张文表尽量抽调了人手。在路上没人处，他又向李诚交代了几句应答之策。

经过一段石子路，然后往南拐，便看到了大院西南角的一排厢房。那排厢房的屋檐下，零零落落挂着几盏红灯笼。有四个士兵，站在两个门前。

“应该就是那两间屋子了。”王承衍心里想着，扭头向李诚使了个眼色。

李诚会意，点点头，跟上一步，推着王承衍的背，缓缓往那两间厢房走去。

“站住！这是怎么回事？”一个负责看守的士兵问道。

“张将军令我来提人，你们几个随我一道带人出城。”李诚铁青着脸，严肃地说道。

四个看守的士兵朝李诚和王承衍看了看，彼此对视了一下，却一时没有人回答。

“平津亭军情吃紧，此人和他两个同伴是中朝皇帝的亲信，张将军急需提他们到阵前，以此挟制杨师璠。你等若是耽误了军情，吃罪得起吗？”李诚加重了语气。

“这——杨福来和孙二呢？”四个看守士兵中的一个问道。看起来，他是这几个士兵的小头头。

李诚知道，此人问的，正是看守王承衍的那两个士兵，便按照王承衍的交代，沉着地说道：“平津亭吃紧，张将军已经令他二人直接前往北城门，从那里抽调人手，先行赶往平津亭支援。”

原来，王承衍早就猜想，那个被王牧用弓弩射死的军校，一定不是一般士兵，八成是张文表的亲信，所以已然在来路上交代李诚，以平津亭战事作为借口。

这个说法果然管用。那个质问者听了李诚的回答，点了点头，冲其他几个士兵说道："快带人，咱一起随他送人出城。"

几个士兵听了，慌忙打开两扇房门。

当再次看到周远、高德望时，王承衍感到一阵心痛。周远、高德望的双手都戴着木枷，脚上戴着铁脚镣。显然，张文表并不敢对皇帝的私人信使太过分，但对于信使的手下，就没有那么客气了。况且，他知道自己还是周远的仇人，因此对于周远，不敢大意。

周远、高德望看到王承衍，一时不知发生了什么变故，都有些吃惊，露出了紧张的神色。

王承衍见周远虽然神色憔悴，但双目眼神坚定，精光暗藏，又见他左肩头的血迹已经变成了黑褐色，知道他之前的箭伤应该没有大碍了。

"走吧，你们几个都提起精神了，随我一起出城。别出什么差错！"李诚厉声说道。

趁着几个士兵被李诚的话语吸引注意力之际，王承衍向周远、高德望微微点点头，使了眼色。两人跟随王承衍多日，一看王承衍的眼色，便知他一定有所定夺，当即都沉默不语。

李诚带着四名士兵，"押着"王承衍三人出了留后府邸，便往城北方向行去。一路上，周远、高德望脚镣上的铁链哐啷作响。为了避免那四个士兵起疑心，李诚没有令他们松开周远和高德望的脚镣。

行了三四里，突然有一个士兵抱怨道："站了一天，还要完成这押送任务。真他娘的累！这样走到平津亭，还不得大半夜。张将军也真是的，既然军情紧急，怎的不安排几匹马！"

李诚、王承衍听了，都不禁微微一愣，生怕这几个看守者起了疑心。

李诚反应快，当即哼了一声，说道："笨蛋，就咱几个，要押送这三个危险人物，若是给了马匹，万一给他们跑了呢！难道有这样安全？"李诚说着，指了指周远的脚镣。

方才抱怨的那个听了这话，点点头，说道："说得也是。"

这时，城北方向突然火光冲天。只听得马的嘶鸣声、人的呼喊声、哭叫声，乱哄哄地从北边传来。火光中人影重重，成百上千名士兵沿着街道，跌跌撞撞地奔跑过来。

一个半边脸上鲜血淋漓的士兵慌慌张张地撞到了李诚，口中惊惶地喊道："兄弟，快逃命吧，咱们打败仗了！"

"是啊，快逃吧，杨师璠已经一路杀来了。"又一个人喊道。

李诚一把抓住那个脸上流血的士兵，问道："张将军在哪里？"

"谁知道！说不定已经被砍掉脑袋了！"那人使劲甩开了李诚的手。

负责看押周远、高德望的四人听说张文表可能死了，都是脸色大变。那个小头目抽出腰刀，冲李诚说道："兄弟，既然张将军已死，这三个人不如任由他们自生自灭，咱们各自逃命如何？"

李诚听了这话，正中下怀，当即仰头长叹一声，说道："也好！大势已去。咱都散了，各自逃命吧！"

四人听了，如获大赦。那个小头目冲李诚一抱拳，扭头便要逃跑。

李诚突然想起一事，冲那小头目喝道："兄弟，等等，我改变主意了！"

那小头目一惊，问道："怎么？"

"这三人是中朝皇帝的亲信，我要带他们去投奔杨师璠，讨个前程。你们四个愿意跟随吗？"李诚问道。

那小头目原来以为李诚不放他们，听了这话，冲三个手下看看。那三人满脸惊惶，皆不说话。他们身旁，残兵败将们正疯了似的跌跌撞撞、乱纷纷地往南逃命。

"还是先逃命再说吧！"那个小头目见手下表现不积极，叹了口气说道。

"那就将木枷、脚镣的钥匙留下。"李诚说道。

那小头目既然已经下定决心逃命，想也不想，一把扯下腰带上的一串钥匙，丢给了李诚，随后便带着三个手下，匆忙逃命去了。

李诚将那串钥匙接在手中，长长地舒了一口气。

王承衍见身边的威胁解除，方指着李诚，向周远、高德望说道：“认识一下，他叫李诚，是家父派来救我们的。”

李诚一边与周、高二人打招呼，一边用钥匙陆续开了二人的木枷和脚镣。

周远、高德望二人被囚禁多日，受了不少恶气，此时得脱，又得以与王承衍重聚，自然兴奋不已。

“少将军！”随着一声呼喊，王牧在乱军中向他们奔跑过来。

王承衍见了王牧，心中大喜，随即又将王牧介绍给周、高二人。

“少将军，节帅吩咐，若救得你，便带你回军镇。还千万吩咐，别落在杨师璠手中。”王牧说道。王牧说的军镇，乃是华州。之前，赵匡胤为削弱王审琦的兵权，已经调任他去华州任忠武节度使。

“怎么？”

“节帅说，陛下已经发了十一州兵马，应该有意南下取荆南、湖南，说不定，杨师璠、周保权很快会成为朝廷的敌人！”

“少将军，你随他们回军镇吧。我要寻到张文表，活要见人，死要见尸。若是他还活着，我要亲手杀了他，为妻儿报仇！”周远双目含泪，目光炯炯地盯着北边的火光，语气坚定地说。

王承衍也看了看北边城门处冲天的火光，说道：“你我一起出生入死，情同手足。周兄的仇，就是我的仇。我陪着周兄，一起去杀张文表！”

“我也是！”高德望说道。

王承衍看了看王牧、李诚，问道：“你们呢？”

王牧、李诚面面相觑。

沉默片刻，王牧说道：“既然如此，我们到城北寻到咱们的人，然后一起寻找张文表。”

王承衍看了周远一眼，用眼神征询他的意见。

周远略一沉吟，点点头，说道：“好！各位之大恩，周远没齿难忘！”

八

一封来自襄阳的密札令赵匡胤大为头痛，这份密札是慕容延钊派亲信连夜从襄阳送到京城的。在密札中，慕容延钊说，十一州大军已经在襄阳城外安顿好，但是部分州军携带的军粮有限，一旦发生大战，军粮恐怕难以为继，希望朝廷能够派人尽快增运军粮。慕容延钊又言，近日不幸染上重病，恐一时无法统率大军南下，请朝廷稍待时日，借机也可令湖南周保权与张文表相斗，耗其实力。

赵匡胤读完密札，陷入沉思。

“慕容延钊自称得了重病，不知是真是假？之前，我听赵普之言，免了他禁军统帅之职，他心中岂能没有芥蒂？莫不是借机表达不满，以此胁迫我？”这般想着，赵匡胤的额头渐渐渗出了冷汗。尽管他一向在心底劝告自己要信任慕容延钊，但是，终于还是抑制不住心头的疑虑。如今慕容延钊统帅着十一州大军，近二十万精锐，万一不听朝廷号令，岂非要发生惊天大乱？

疑心如同可怕的毒蛇，会悄无声息地缠绕住人的心。它会吐着可怕的血红信子，冷酷静观自己的猎物被恐惧折磨。也不知在哪一刻，它会对自己的猎物狠狠咬上一口，将致命的毒液注入其中。

密札是午后送到赵匡胤手中的，在遭受了整整半天的心理折磨之后，赵匡胤趁连夜令人将枢密使赵普从家中传到内廷御书房密商。

“掌书记如何看？”赵匡胤在赵普读完密札后，尽量用沉静的语气询问。

慕容延钊一向不将赵普放在眼中。之前，赵普与慕容延钊也在多个场合有不谐之举。赵普从来没有忘记，在建隆元年那个寒冷的冬日发生的一幕。那天，赵匡胤带着赵普等人于金明池观水战演习，演习的指挥，正是慕容延钊。当慕容延钊询问赵匡胤的战略目标时，赵普以一句“军机大事，岂可轻言”之语，暗讽慕容延钊。那一刻，慕容延钊铁青着脸，狠狠白了赵普一眼。赵普忘不了，那一眼带着一种刻骨的轻蔑与不屑，深深刺痛了他的心。那时，赵普还是枢密副使。此后，赵普把握机会，说服赵匡胤在慕容延钊南下襄州之前，罢免了其统典禁军之职。

赵普读完慕容延钊的密札，心下暗喜。他决定再次把握机会，削弱慕容延钊的军权。

“陛下，我看——慕容延钊这次称病，是借机在陛下面前摆架子。他定然心知，陛下发十一州大军，是为了南下收荆、湖。难道真是这么巧，在陛下用将之际，他却偏偏得了重病？”

赵普这句话，正好敲中了赵匡胤的心坎。

赵匡胤面对着赵普，头低垂着，微微皱起了眉头，双眼埋在阴影之中。

羊脂蜡烛燃烧着，发出嗞嗞的声音，听起来仿佛是毒蛇吐信发出的声响。

赵普见赵匡胤如此神色，心知自己的话语已然触及了他的心病，当即微微一笑，继续说道：“不过，陛下不必担心，微臣以为，不如顺水推舟，借机派人钳制慕容延钊，以分其权，防患于未然。”

“哦？掌书记有何计策？”

“可借慕容延钊生病之由，派一两名文职官员前往襄州，协助其处理当地政务，而责令慕容延钊主管军务，不日率兵南下。如此，既表示了陛下对他的关心，又可顺势削弱他的势力。”

赵普对付慕容延钊的计策，显然出自公报私仇的动机，然而，这条计策与他削弱武将权力的政治主张一致，而这种政治主张，又恰恰符合赵匡胤要创立一个文官主政的和平王朝的政治理想。赵普知道，赵匡胤不会否定这条计策。

果然，赵匡胤听了赵普的话，微微点了点头。

“这的确是一个比较稳妥的办法。”赵匡胤坐在御书案后，右手食指笃笃笃地在书案上轻轻地敲击着。

过了片刻，赵匡胤说道：“嗯，朕就先派太常卿边光范权知襄州，任户部判官滕白为南面军前水陆转运使，从京城粮仓紧急运送一部分军粮前往襄阳。”

赵普一听，行礼称颂道：“陛下英明！”

几日后，赵匡胤下了诏书，又任毡毯使张勋为南面行营马军都监，任酒坊副使卢怀忠为南面行营步军都监。

之前，张勋、卢怀忠二人已经被派往襄州协助慕容延钊处理军务，此次任命，赋予两人实权，名为替病中的慕容延钊分忧，

又过几日，赵匡胤又下诏书，诏令荆南发水兵三千人赴潭州听候调迁。

又过数日，赵匡胤再下诏书，令枢密副使、南面行营都监李处耘南下，协助慕容延钊统领大军。

李处耘南下时，将自己救下的尹勋带在了身边。

慕容延钊并不像赵匡胤、赵普想的那样是装病。他是真得病了，而且确实病得不轻。

连续发来的诏书、连续任命新的将官，都令慕容延钊既感到不快，又感到担忧。他在密札中称病的本意，乃是希望赵匡胤下旨延缓南下荆南、湖南的时间，一来为了继续筹措军粮，保证后勤万无一失，一来也好借周保权与张文表交战之机，自己养好病。虽然李处耘的都监之职是早就任命的，任命滕白为军前水陆转运使也是为了回应自己的求粮之请，但是，赵匡胤连续派出权知州、两名副都监，明显是对外派大将的戒备之举。这一点，慕容延钊何尝不清楚。作为坐镇一方的大将，慕容延钊知道伴君如伴虎，心想事情既已如此，也只能忍一忍。

为了便于南下，慕容延钊将十一州大军的大本营安置在距离襄阳城南八九里处岘山脚下的一片原野、山地上。这片原野、山地位于襄阳城南面，汉江的西侧。汉江在东边对这片肥沃山地形成了天然的屏障。慕容延钊又在岘山顶和岘山西面六里地的虎头山上驻扎了少数精锐。岘山和虎头山海拔都为一百多丈，虽然不太高，但是在两座山的山顶，却正好可以北眺襄阳城，也可看到从西往东又折

向南的汉江。在这两座山上驻扎精锐，一来可以远观军情，一来可以呼应山下的驻军。在扎营布军问题上，即便在自己的地盘内，慕容延钊也不敢掉以轻心。

慕容延钊率军，一向亲临一线。因此，他尽管身有重病，却并未住在襄阳城内的节度使府邸内，而是与将士们一起在岘山脚下的大本营中。

李处耘到达襄州的那日，早晨天气阴沉，不久便下起了小雨。

得知李处耘很快便到襄州的消息，慕容延钊不顾儿子德丰和部将们的劝阻，坚持亲自带人前往汉江北岸迎接李处耘。他倒并不是惧怕李处耘，但是考虑到目前赵匡胤对自己心有疑惧，而李处耘以枢密副使兼都监，身负皇命，便不敢怠慢。他认为，亲自率人出迎，一来可以削弱君主的疑心，一来可以借机向都监展示军容，稳固自己在军中的威信。

这日一早，慕容延钊穿上铁甲，戴上头盔，一身戎装，背上负着那柄令敌人胆寒的巨剑“血寒铁”。

慕容延钊的次子德丰、南面行营马军都监张勋、南面行营步军都监卢怀忠等主要将官亦听主帅之令，全副披挂。

“天下着雨，父亲有病在身，还是由我代父亲去迎接都监吧！”慕容德丰在慕容延钊走出大帅帐篷的那一刻，再次劝阻。

“少废话！走吧！”慕容延钊拍了拍德丰的肩头，一掀大帐的门帘，走了出去。

大风吹着冷冷的细雨在外面漫天飞舞。

慕容延钊仰着脸，闭着眼睛站了一会儿，仿佛故意要让细雨落在自己的脸上。

亲兵们早就备好了马匹。被慕容延钊点到的将官们，也都候在了大帐之外。

“上马！”慕容延钊大喝一声，随即翻身上马，带着儿子德丰和主要将官，率领数十骑亲兵，在细雨中纵马飞奔，急速前往汉江。

汉江南岸，停着几艘慕容延钊水兵的战船。有几艘当地渔民的小渔船也停在附近。慕容延钊带着人，登上几艘事先安排好的战船，冒着小雨渡过了汉江。

慕容延钊等人登上汉江北岸时，雨稍微下大了一些。因为担心父亲淋雨着凉，慕容德丰建议父亲在官道旁边的一个废亭子里等候李处耘一行。慕容延钊坚决不同意。慕容德丰只好顺着父亲，随同众人从汉江北岸出发，又往东北方向前行五里。

此时，雨越下越大，不一会儿竟然变成了倾盆大雨。

几名亲兵得了慕容延钊的命令，继续前行，去向李处耘通报迎接事宜。慕容延钊自己则率诸将官在倾盆大雨中策马立于路边，静候枢密副使、都监李处耘的到来。

大雨噼里啪啦地打在慕容延钊和诸位将官的头盔上、铁甲上。慕容延钊渐渐感到浑身发冷。“该死的大雨，存心与我作对啊！”慕容延钊暗自在心里咒骂。

德丰从旁边瞥见父亲脸色发白，不禁暗自担心。

“父亲，你没事吧？这么大的雨，不如你先行返回？”德丰说道。

慕容延钊扭头，沉着嗓子，低声对德丰说道：“雨再大，能比战场难熬吗？你可知，李处耘是什么人？他既是都监，又是陛下的亲信，为父这样做，是为了在日后的大战中，争取他的信任与支持。有他的信任与支持，就可以得到陛下的信任与支持。淋这点雨算什么！”

“是，我明白了！”慕容德丰何尝不知父亲的一片苦心，当下只能顺着父亲的心意。

约莫过了一盏茶的工夫，只听嗒嗒的马蹄声由远及近而来，十多骑人马的影子渐渐在雨雾中显现。

迷蒙的雨雾中，那些人马越奔越近，看得出，他们一个个也是头戴铁盔，身披战甲。慕容延钊很快认出，当先一骑，正是皇帝赵匡胤的亲信、新任枢密副使、都监李处耘。

原来，李处耘一行已经碰上了慕容延钊派出报信的亲兵。他得知慕容延钊亲自带人过了汉江，冒雨前来迎接，不禁大为感动。尽管他对慕容延钊心存戒备，却不敢怠慢，匆忙带着随行亲兵，冒雨往汉江岸边赶来。

转眼间，李处耘一行飞马奔近。在距离慕容延钊一行十步远的地方，李处耘猛然勒住了自己的坐骑—— 一匹通身乌黑的战马。那匹战马长长地嘶鸣了一声，腾然立起，两只前蹄高高踢在空中，旋即重重踏在泥水地上，溅起了一片水花。李处耘不待战马立稳，已然翻身而下，快步走向慕容延钊。

慕容延钊也翻身下了战马，往前迈了两步。

“大帅冒雨来迎，真是折煞处耘了！”李处耘走到慕容延钊跟前，作揖说道。

“好！好！好！有处耘老弟前来，南下取荆、湖，指日可待啊！”慕容延钊迎上去握住了李处耘的手。

李处耘一握慕容延钊的手，只觉触手冰凉，不禁心下一惊，再细看慕容延钊，只见他雨水披面，面上毫无血色，尽显憔悴。“他果真是有病在身！这次是陛下多疑了。”原来，在李处耘离京南下之际，赵匡胤亲自密嘱他，令他观察慕容延钊气色，判断他是否真如密札中所说得了重病。

“大帅，看你这脸色——”李处耘装作并不知道慕容延钊有病在身。

“不瞒老弟，身子不适已有一阵子咯！走，这雨太大，咱们回营再叙！”慕容延钊说道。

这时，李处耘扭头喝道：“尹勋，快过来见过大帅！”

李处耘身后一人大声说道：“罪将尹勋，拜见大帅！恳请大帅容在下戴罪立功！”

慕容延钊扭头一看，见五步之外，身材魁梧的尹勋正双手抱拳，向着他这边低头作揖。

“好！”慕容延钊冲尹勋点点头。

“老弟是收了一员猛将啊！走——”慕容延钊话刚说完，忽然身子一晃，要不是德丰抢上一步扶住，几乎跌倒。

“大帅，没事吧？”李处耘问道。

慕容延钊稳了稳心神，推开德丰的手，冲李处耘说道：“不打紧！一起回营！”

风雨中，慕容延钊、李处耘等人翻身上马，纵马往汉江北岸方向奔去。一匹匹战马载着各自的主人，在浓重的雨雾中穿行，仿佛在雨雾中劈开了一条条道路。马蹄溅起的泥水，和满地的雨花混在一起，仿佛是一朵朵灰白闪亮的莲花，将一名名战士托在中央。

汉江北岸官道旁边的一个废亭子里，两个披着蓑衣的人，似乎正在躲雨，当他们看到一群骑士从雨雾中渐行渐近，不禁露出奇怪的眼神……

九

王承衍带着周远、王牧诸人逆着散兵败将的人流，往城门方向奔去。那些匆忙逃命的败兵虽然对他们几个人的行为感到奇怪，但并没有人真正关心他们的去向。在这种疯狂逃命的时刻，大多数人根本顾不上冷静观察周围发生的事情。一些败兵惊恐地呼喊着：“快逃啊！杨师璠马上杀进来了！”不过，这些呼喊并没有明确的针对性，只不过是在极度恐慌时的下意识反应。

潭州城的北城门，火焰冲天。

当王承衍等人赶到北城门时，城门已经被攻破了。

城楼显然已经燃烧了许久，还剩下半个楼梯在黑烟火海中勉强伫立着。不过，战斗还在继续，杨师璠的部队与张文表的人马，在城楼上、城楼下、城门口四处乱战。

王承衍等人放眼在乱军中张望，却哪里找得到张文表的踪影！

“抓一个问问！”王承衍呼喊道。

经王承衍一提醒，周远、王牧等人都提起精神，转眼围住一对正在拼杀的士兵。周远冲上前去，连挥数刀，将两个杀红了眼的士兵强行分开。王承衍、高德望、王牧、李诚分别将两名士兵手中的大刀击落。

“你是张文表一边的?”周远瞪着血红的眼，盯着其中一个士兵。

那个士兵惊恐地看着周远等人，见他们穿着各异，既不是自己一边，也不像是杨师璠一边的，一时呆若木鸡，不知所措。

“你可知张文表在哪里？”王牧厉声喝道。

“杨师璠的兵马刚杀过来时，张将军在城楼上指挥。后来昏天黑地杀将起来，便不知道了。我只是个小兵，哪里知道那么多！”

“说的可是真话？”高德望不得要领地追问了一句。

“小的说的是真话。”

王承衍见那个士兵不像说谎，将目光转向另一个士兵。

“你可知张文表往哪里去了？”王承衍问道。

“我只是个小兵，只管杀敌，哪晓得张文表那厮去哪里了！”

“那杨师璠呢？”王承衍追问。

“我也不知道。”那杨师璠麾下的士兵也是茫然地摇头。

“现在谁在指挥你们？”

“指挥使高超将军负责指挥。”那个士兵往四周望了望，往东边城楼下指了指。

王承衍顺着那个士兵手指的方向望去，果然在乱军中看到一面绣着“高”字的军旗。

正在此时，只听旁边有个士兵大声冲他同伴呼喊:“兄弟，咱跑吧，张刺史都往西门跑了，咱还傻傻在这拼杀干啥？”

“张文表似乎不在这里。走，咱们去西门找找！”王承衍反应很快，看了看周远等人，拔腿往西跑去。

周远、王牧等人慌忙舍下那两个士兵，跟着王承衍往西城门方向跑去。那两个士兵木然对视了片刻，几乎同时捡起地上的大刀，再次拼杀在一起……

王承衍带着诸人，抄一条斜街往潭州城西门奔去。一路上，到处有散兵缠斗在一起。有些士兵——看上去显然是杨师璠的麾下——已经开始抢砸沿路的民居。王承衍等人看到有抢砸民居的散兵，便忍不住上去劝阻，或者直接挥刀砍杀，将施暴的散兵驱散。

老百姓的哭喊声四处响起，在火光冲天的黑夜中，显得格外凄厉、悲惨。王承衍等人往城西门方向奔跑着，仿佛穿行在一片地狱之中，眼见四处发生的惨象，尽管也不断地去阻止看到的暴行，却也渐渐感到无能为力。

“哈哈哈，哈哈哈——”

一阵狂笑声从前方传来。

周远跑在前面，但见街边一所屋子的门板已经被撞开，五个散兵扯着一个女子往外走。女子挣扎着，凄厉地呼叫着。那几个散兵将女子顺势按倒在街边，其中两个人按住了女子的双手，两个人拽开了那女子的两条腿，另一个人正跪在那女子两腿之间，狂乱地撕扯着女子的衣裙。

“少将军！”周远回望了王承衍一眼，便往那几个散兵冲去。

王承衍等人都明白周远想干什么，慌忙跟随上去。

周远奔到那几个正在施暴的散兵身后，大吼一声，挥刀一下砍翻了跪在女子身前的那个士兵。那士兵惨叫一声，斜斜倒在地上。

其他四个散兵见状，惊骇不已，舍了地上的女子想要逃跑。

周远赶上几步，手起刀落，又砍翻一个。剩下的三个散兵吓得魂飞魄散。

此时王承衍等人已经追了上来，一鼓作气，将剩下的三个士兵全都砍杀了。

“快回屋躲藏起来，我们帮你用门板堵住大门。”王承衍扶起那女子，叮嘱道。

女子惊惶之间顾不上感谢，慌忙跑回了屋里。

王承衍等人将被撞翻的门板抬起来，斜靠在门前，勉强挡住了大门。

“杨师璠的军队已经疯了。这样下去，潭州城可能面临屠城的危险！”王承衍神色凝重地说道。

“咱们怎么办？”高德望焦急地问道。

“周兄，看来，当务之急是找到杨师璠，劝他约束部队，稳定治安。”王承衍略一犹豫，盯着周远说道。

“少将军，我明白你的意思。我懂！咱们先找杨师璠，保全一方百姓要紧。张文表这厮，我迟早让他血债血还！”周远斩钉截铁地回答。王承衍见周远双目充血，满脸悲愤，不禁心头一阵绞痛。他又望了望四周，但见到处火光，浓烟滚滚，仿佛传说中的地狱一般，不禁暗想：“善与恶，有时真是难以分清楚，张文表作恶多端，可是此刻征讨他的杨师璠却成了烧杀抢掠的元凶。是善的，可能变恶；是恶的，或亦有善根。周远，原来是一个心狠手辣的杀手，现在却成了一个舍己救人的义士！”

王承衍冲周远意味深长地点点头。

“走，还是先去西城门。不过，咱们先找杨师璠，再寻张文表！”王承衍以命令的口吻毅然向诸人说道。

老天往往不能如人所愿。王承衍等人赶到潭州城西门时，发现那里城楼的断壁残垣尚在燃烧，一些垂死的战士在四处呻吟，但是他们没有看到杨师璠，也没有找到张文表。

周远等人都拿期待的眼光注视着王承衍，听候他的指令。不知不觉中，他已经成为他们几个人中的领导者。

王承衍略加思索后说道：“杨师璠已破潭州城，不管是否杀了张文表，他十有八九会占据原留后的府邸作为指挥部。王牧！李诚！我们先跟你俩摸出城，找到你们带来的人，明天一早，我再以朝廷使者身份，公开去潭州留后府找杨师璠，劝他停止屠城。”

“陛下刚刚发十一州大军聚集在襄州，有南下之意，目前的局面，如果以公开身份去见杨师璠，恐怕遭他毒手啊。”李诚面露忧色。

“是啊，另外，陛下的使者赵璲之前也已经南下，宣喻张文表投降朝廷。如果陛下南下取荆湖的战略被识破，周保权、杨师璠可能会将朝廷作为新的敌人。”王牧补充道。

王承衍沉吟了一下，说道：“王师十一州大军齐聚襄州，即便没有南下，谅他杨师璠也不敢动朝廷的使者。我等是陛下亲派的人，那杨师璠胆子再大，也不敢在此刻对我等下毒手。王师一旦与湖南开战，就不好说了。所以，欲约束杨师璠，一定要抓紧时间，要抢在王师发兵南下之前。不过，你俩的话，倒是提醒我一件事。李诚，你还是连夜赶回华州，替我向家父报个平安。让他一定放心！王牧留下，随我等一起去找杨师璠。”

李诚迟疑道：“只是——”

“不必废话，王师南下之前，我们不会有事。等一会儿出了城，找到人，你带几个人，连夜赶回去。”

“是！”李诚不敢再质疑。

出了城，王牧、李诚带着王承衍等三人躲过乱军，直奔进城前与属下约好的地点——城外三里之外的一个偏僻客栈。在那里，他们找到负责接应的人。随后，按照王承衍的计划，大家在客栈休息了一夜。王牧、李诚的属下取出随身带来的金疮药，为周远、高德望的脚踝上敷了一些，并小心包扎好。

次日一早，天刚蒙蒙亮，众人便起来准备。李诚带了三个人先行返回华州。王承衍、周远、高德望则都换上了干净的衣裳，与王牧一起，带着众人，匆匆赶往潭州城北门。他们打算从那里进城去找杨师璠。

清晨的雾霭中，潭州城的北门城楼尚在冒烟。四处散发着木头的焦味和尸体烧焦的臭味。城楼北门两侧的空地，堆放着很多战死的士兵的尸体。一些士兵在就近挖坑，正准备将尸体掩埋掉。

潭州城北门的木头城门已经在攻城战中被撞碎。现在，一群士兵正在抢修城门。守城门的士兵已经换上了杨师璠的人。这些士兵见王承衍一行人大摇大摆地要进城，便拦下他们盘问。

王承衍自称是当今朝中皇帝的私人信使，让那几个拦住他们盘问的士兵速速去通报杨师璠。王承衍提出这样的要求，一来亮明了自己的身份，二来是为了试探杨师璠的所在。士兵见王承衍器宇不凡，又跟着一帮气势汹汹的随从，哪里敢得罪。慌忙跑上城楼，去向上峰通报了。

不一刻，从城楼上下来一位军官打扮的人。

“这位兄台自称是皇帝信使，可有凭证？”那个军官见了王承衍，不敢怠慢。

王承衍从怀中掏出御制信使金牌，在那个军官面前亮了亮。那个军官虽然从未见过这种金牌，但是金子倒是认得的。他暗自在心底嘀咕：“天下应该不会有人敢假冒皇帝的使者吧！”

“杨师璠现在何处？”王承衍厉声喝问。

那个军官被王承衍的气势所慑，慌忙哈着腰答道：“杨将军昨夜已经入驻留后府了。上使，可要末将去请杨将军出来迎接？”

王承衍心想，杨师璠果然进了留后府。他担心若令那个军官去报信会夜长梦多，当即便道：“那倒不必，你负责带路即可，我们这就直接去留后府！”

那个军官不敢怠慢，与旁边的几个士兵交代了几句，便亲自带着王承衍一行匆匆赶往城中的留后府。

潭州城内依然乱糟糟一片，散兵四处游荡，到处都有强抢老百姓财物的人。不过，在去留后府的路上，王承衍一行有那个军官带着，倒是没有遇到什么麻烦。

到了留后府门口，自然有人跑进去先行通报。

不一会儿，只听一阵喧哗，从留后府的大门中出来几个全身披挂的人。

王承衍抬眼望去，只见当中的人五十来岁的模样，留着一脸络腮胡，左脸嘴角有一道疤痕，相貌甚是狰狞。此人身后，跟着几个将官，其中一人个子高大，约莫四十来岁，大长脸，高颧骨，留着山羊胡，眼神阴森。此人头戴着凤翅红缨铁盔，身穿铁甲。王承衍注意到此人胸前铁甲上有一点点猩红，似乎是刚刚溅上去的血滴。

“不知上使驾到，杨某有失远迎，罪过！罪过啊！”中间那个五十来岁的将军迎了过来，远远向王承衍抱拳作揖。

“原来此人便是杨师璠。”王承衍心中暗道，“不知那个胸前沾血的高个子将官是谁，看他一脸阴森，我等得小心提防才是。”

王承衍亦还了礼。

杨师璠哈哈笑道：“进去再说，进去再说！”

主宾之间寒暄几句，杨师璠便带着王承衍一行往留后府内走去。

刚刚绕过巨大的影壁，还未到留后府正厅，众人便听到凄惨的吼声传来："快杀了我！快杀了我！"

王承衍等人听到那吼声，不禁脸色一变。其中，最感震惊的是周远。

"听这喊声就是张文表！我这辈子，都不会忘掉他的声音！"周远暗想，"看来，杨师璠抓住了张文表。这可真是踏破铁鞋无觅处，得来全不费工夫！夫人、孩儿，我为你们报仇的机会来了！"

"怎么回事？"王承衍惊问道。

杨师璠哈哈一笑，说道："上使进去便知了。"

杨师璠带着众人走进留后府的正厅。

王承衍等人往正厅里望去，顿觉触目惊心。

原来，在正厅的一侧，一个人被反绑在正厅的一根柱子上。此人披头散发，上身赤裸，胸前血肉模糊，鲜血从胸前淋漓而下，左大腿上也有一道长长的刀伤，血红的伤口从里往外翻着。此人腿上的伤口，看上去应该是战斗中被砍伤的，可是胸口的伤口却是有些奇怪，仿佛是被割去了一大块肌肉。

周远、王承衍和高德望都先是一愣，然后才认出那个被反绑着的人就是张文表。

这时，那个胸前铁甲上溅着鲜血的将官哈哈大笑道："嗯，好香！张文表，快闻闻，你的肉都快烤熟了啊！要不要尝一口！"

那张文表却忽然没有了声音，似乎已经痛得晕死了过去。

王承衍一行听到这话，方才注意到大厅正中安放了一个铁炉子。炉内炭火正旺，炉子上架着一个铁格子烤架，两块暗红色的肉条正被炭火烤得嗞嗞作响。

王承衍顿觉一阵恶心。他的身旁，高德望却没有控制住自己，哇的一声，几乎将早晨喝的吃的都吐了出来。就连发誓要手刃张文表为亲人报仇的周远，也不禁眉头皱成一团。

原来，烤架子上正烤着的肉，竟然是从张文表胸前割下来的人肉。

这座留后府的正厅，王承衍、周远和高德望三人是很熟悉的了。之前，廖简曾经是这里的主人。后来，张文表叛乱，带兵入潭州，就在这里杀了廖简。没有想到，如今这里又被杨师璠占据，而张文表则落入了杨师璠的手中，成了刀俎之下的“鱼肉”。

“高超，上使在此，不得放肆。”杨师璠装模作样地喝了一句。

“是！”高超冲杨师璠抱拳作揖说道，却并不将王承衍一行放在眼内。

王承衍朝高超看了看，心想，原来昨晚在北城指挥战斗的指挥使便是此人。此人真是残忍至极啊！

杨师璠旋即请诸人落座。

王承衍一边坐下，一边轻声向周远说道：“别急！”

周远点点头，将复仇的怒火暂时压制在心底，缓缓坐到了王承衍的身边。

“恭喜杨将军克复潭州！”王承衍冲杨师璠道。

杨师璠哈哈一笑，说道：“听说，之前上使被这张文表囚禁多日，今日杨某正好为上使出一口怨气！不知上使今日前来，可是有朝廷宣谕？”

“我等奉陛下之命，原是来协助廖简讨伐张文表，未料廖简不听建言，以致惨死于张文表之手。如今，将军大败张文表、克复潭州，自是大功一件。我等本欲立刻返京，向陛下禀报将军大功，但是，眼见城内有不少散兵游勇，目无军纪，强取豪夺，欺凌百姓。故特来拜见将军，还望将军以民生艰辛为念，严明军纪，约束部下！”王承衍严厉而沉稳地说道。

杨师璠一听这话，面上顿时露出不悦之色，说道：“上使说得是，只是，士兵们鏖战多时，战后稍微放纵一下，碍不了大事。不过，既然上使开了这口，杨某自然会让部将们各自约束麾下将士，严明军纪。”言外之意，士兵们的作乱，是部下将领未好好管教士兵的缘故。

“如此甚好！”王承衍见杨师璠如此回应，亦不再多说。

“听到没有，高超！还有你们几个，都给本将军好好约束你们麾下的将士，若是弄出什么乱子，本将军拿你们是问！”杨师璠拉长了脸，冲高超等将官吼道。

高超等将官都黑着脸，颇不耐烦地应承了一声。

这时，张文表突然呻吟几声，醒了过来。他睁着血红的眼睛看着厅中的诸人。“有种就杀了我！杀了我啊——”吼声又是凄厉，又是愤怒。他吼了几声，垂下头，鼻涕鲜血混在一起，从脸上流下来。仿佛忽然想起了什么，他突然抬起头，将眼光落在周远的脸上。

“是你吗？周兄弟，你不是要找我报仇吗？快！快杀了我！别让他们吃了我！”张文表几乎是在向周远哀求。

周远盯着眼前已经被折磨得失去了人形的仇人，缓缓地拔出了腰刀。

“来！快！快啊！”张文表用期待的眼神，看着周远。

“你的人杀了我无数弟兄，难道现在就想死？没那么容易！”高超说完，猛地从铁架子上抄起匕首，飞快走到张文表身边，一刀往他胸前扎去。

张文表痛得放声惨叫。

“慢着，高超，你不要杀了他。朝廷使者赵璲大人已来信，说要带张文表回朝复命。”杨师璠怕高超把张文表立刻杀了，慌忙喝止。

周远听到杨师璠的话，不禁一惊，手按刀把，便想站起身来立刻上前杀了张文表。

王承衍听到中使赵璲已经与杨师璠有了联络，担心其中有什么隐情，当即冲周远使了眼色，示意他少安毋躁。

高超听了杨师璠的话，斜着眼看了张文表一眼，万分不乐意地垂下匕首。他走到杨师璠身旁，俯下身子在杨师璠耳旁说道：“此前，张文表往外散消息，说自己去朗州为周行逢吊丧时，廖简轻辱于他，故他因私仇而杀廖简，并非反叛朝廷，真正欲叛朝廷的乃是朗州！若是中使令张文表活命，带他返回朝廷，他不知会在皇帝面前说什么，万一他反咬一口，诬陷朗州有反叛之举，朝廷恐怕会以此为借口对朗州用兵。探子昨晚得到确定的消息，朝廷已经在襄州集合了十一州大军，由慕容延钊统帅，说不定已经对朗州有看法了。将军，咱们不能将张文表交给赵璲啊！”

杨师璠看了高超一眼，低声沉吟道：“嗯，看情形，陛下私人信使旁边的那个周远与张文表有仇，既如此，不如借他之手斩了张文表！”

“还是将军高明！”高超一边说话，一边斜眼瞟了瞟周远。

“那就这样办吧！”杨师璠说道。

高超于是直起身，冲周远说道：“方才，我与杨将军说了，既然这位周兄与张文表有仇，我们就将他交给周兄处理吧！”

“周兄，快，快！杀了我！”张文表再次冲周远乞求道。

“好！”周远再也按捺不住愤怒，猛然立起身，快步走到张文表跟前。王承衍见此情形，呆了一呆，亦不劝阻。

“张文表，没有想到你也有今日！”

“快杀了我！”张文表仰着已经被痛苦折磨得变了形的脸，努力睁开眼睛看着周远。周远盯着他，但见他眼中流出红色的血泪来。

“你就这么想死吗！想想那些被你害死的人吧，你欠的债太多了！”周远道。

张文表忽然嘿嘿嘿嘿诡异地笑了几声，又连连咳出几口鲜血，然后慢慢地垂下了头说道：“可惜，可惜！成王败寇，自古如此。若是我的计谋成功了——”

“呸！死到临头，还在痴心妄想！为了挑拨大宋攻打荆南，然后渔利其中，你竟然利用我绑架长公主，还残杀我那无辜的妻儿！我杀你十次，也不为过！”

“哼——哼，哈哈，哈哈——”张文表忽然努力抬起头，翻着眼皮，像是一只受伤的怪兽，用血红的、诡异的眼神盯着周远，一边呻吟，一边说道：“周兄，你以为，我不挑起大宋攻打荆南，荆南就能没事吗？你以为，荆南不乱，大宋就会容它吗？太幼稚了！太幼稚了！我犯了错，是我太急于求成了！来吧！动手吧！”

张文表低下了脑袋，乱发零散着垂在血肉模糊的胸前。

周远听张文表这么说，知道在张文表的心里，对那些被他害死的人和那些无辜死难的人毫无怜悯之情。他咬着牙，怒目盯着张文表，缓缓举起了大刀。

这一刻，愤怒、痛苦、伤心、无奈……万般感受激荡在周远的心头。终于，他微微仰起脸，双目涌泪，沉默了半晌，猛然一刀挥了下去。

只听一声巨响，张文表的脑袋应声滚落到地上，鲜血从断颈中喷出，溅满了周远的脸和前胸。

周远长叹一声，仰天喃喃道："夫人、孩儿，我终于为你们报仇了！你们可以瞑目了！"

正在这时，只听一名士兵跑进大厅，大声向杨师璠报告："将军，朝廷使者赵璲大人到了！"

"快请进！快请进！"杨师璠说着，慌忙起身去迎。

不等杨师璠走两步，只见一个穿着官服的人带着几个随从匆匆忙忙进入大厅。

来人正是赵匡胤不久前派出的使者赵璲。赵璲欲招降张文表回朝廷请功，又在南下潭州的路上收了张文表的重礼，答应为他说好话。但是，若仅仅是因之前受了张文表的重礼，还不足以令赵璲如此火急火燎地前来找杨师璠。就在今日一早，赵璲收到了一封来自皇帝的加急密诏……因此，他一听到潭州被杨师璠攻克，便慌忙进城来要人。不过，他没有想到，他比王承衍等人晚了一步。他赶到时，张文表刚刚人头落地。

赵璲见张文表已死，心下暗叫遗憾，表面却不多言，只让杨师璠赶紧处理，尽快向朝廷写个札子说明张文表之死的始末。王承衍是赵匡胤派出的私人信使，赵璲则是被正式任命的朝廷使者。赵璲知是王承衍身边的人私斩张文表，显然没有将他这个正式使者放在眼里，口头没有说什么，心里头却大大不悦，想着一定要在赵匡胤那里参王承衍一本。

赵璲并不知道，其实赵匡胤早就向周远允诺过，总有一日要杀张文表，一来为周远的妻儿报仇，一来也为长公主阿燕被张文表绑架之事做个了结。赵匡胤在赵璲离开汴京出使之前，示意他想办法招安张文表，是因为当时王承衍、周远和高德望都在张文表手中。赵匡胤担心张文表狗急跳墙杀害人质。

张文表被周远斩杀后，赵璲果然写了一份札子给赵匡胤。在这份札子里，赵璲斥责王承衍目无朝廷使者，纵容手下私斩俘虏。赵匡胤收到札子，只将札子留中不出。赵璲得不到皇帝的答复，也只好悻悻然作罢。王承衍也写了一份札子，将张文表被杀始末一一说明，并告知赵匡胤，自己将带人立即取官道前往汴京复命。他派人先行将札子加急送入京城，随后带着周远、高德望、王牧等人，赶往汴京复命。赵璲则暂时留在潭州，按照赵匡胤的授意观察潭州与朗州的动静。

离汴京越近，王承衍便越想念窅娘。初见窅娘的情景在他的脑海里不时浮现出来。窅娘曼妙的舞姿，晃动不定的烛火，舞裙上珍珠闪烁着的璀璨的光，韩熙载夜宴的场景，记忆一片一片，在他的眼前飞舞着，旋转着，重叠着。有时，他会因为怕失去这些记忆而长时间沉默不语，仿佛一开口与人说话，这些记忆碎片就会消失得无影无踪；有时，他会费劲想要在记忆中拽出更多碎片，他想尽力拼凑它们，拼凑出一幅完整的记忆画卷，他希望它——那在他脑海中关于初遇窅娘的记忆——变得更加完整、更加清晰。想着窅娘的感觉，让他觉得所有经历过的磨难与痛苦，都是值得的。记忆中窅娘的一颦一笑都让他觉得美好，让他觉得周围的一切都被这种感觉蒙上一层暖暖的、轻柔的薄雾。他多么希望在这一层薄雾中，慢慢拉住窅娘的手，感觉她指尖的温柔。但是，有时，他也会因这些纷沓而来的记忆碎片感到紧张与不安。他害怕见到窅娘之后，他的感觉得不到呼应。无法得到共鸣的爱，不过是伤感的哀鸣啊！他更担心，在他离开汴京这段时间，窅娘会遇到不好的事情。他也会想起雪菲，想到她，他依然觉得美好，却对她心怀愧疚，觉得自己辜负了她的一片情谊。可是，这又能怎么办呢？他知道，他真正爱上的人，不是雪菲，而是窅娘。

周远、高德望无法体会王承衍那复杂而细微的感情。张文表死后的最初几天，周远也经历着情感的折磨。复仇的快感慢慢消失殆尽，取代这种快感侵入他内心的，是一种沉重的悲哀感、空虚感。他思念着死去的妻儿，连着几日，沉浸在怀念妻儿的伤感之中。过了好几天，他的心情方才渐渐好转。

虽是春正月，天气尚寒，但是不少地方已经有了初萌的春意。王承衍一行是取官道回返汴京的。每到一个驿站，王承衍便取出御制信使腰牌，驿站见了这腰牌，自然好生接待。因此，前往汴京的旅途倒也非常顺利。

兴许，流逝的时间加入大自然的美景，就是最好的疗伤药。虽然寒冬的肃杀之色还有些残余，但江南的山水已经透出了春的气息，一路上湖光秀丽，山色旖旎。在湖光山色中行走，王承衍一行人也都慢慢放下心头愁绪，开心地说笑起来。然而，王承衍还不知道，他思念的窅娘，他发自内心真正爱上的人，已经与他天人永隔。命运就是这样残酷地在他的前方冷冷地等着他。

一日，王承衍一行夜宿于一个驿站。

王承衍在房内坐下，刚喝了两口茶，便听到有人敲门。

“进来！”

进来的人，是一个驿站的军校。

“信使大人！”军校抱拳作揖，行了礼。

“何事？”

“在下冒昧，有一事启禀大人！驿馆来了一位朝廷信使，在楼下打听，问是否有从潭州方向来的王承衍大人从此经过。那位信使说，他是陛下亲自派出的，要沿路寻找王大人。”

“他说是陛下派来的？”

“是，在下已经验过了他的腰牌。”

“好！你让他上来便是。”

那军校得令，出了房门去唤那名信使。王承衍心下奇怪：“陛下有何事这么着急要寻我？”

不一刻，那名信使上了楼，找到了王承衍。

王承衍向那名信使出示了自己的御制腰牌。

那名信使也不多说，从怀中摸出一个半个巴掌大小的小金丝楠木盒子。只见他一脸肃穆地打开盒子，里面是一颗蜡丸。

王承衍心中一凛，慌忙双手接过盒子，将那颗蜡丸小心翼翼地取出，打开。

只见蜡丸里面，是一个小小的纸卷。

王承衍打开那个小纸卷，一看，心中咯噔一下。“看来，陛下这次是决心取荆、湖了！”他在心里说道。

原来，在密诏中，赵匡胤令王承衍等人尽量严守张文表的死讯，同时令他们随路散布谣言，说张文表已逃亡朗州一带。王承衍心思敏捷，一看密诏，立刻明白，赵匡胤欲借征讨张文表之由发兵湖南。若张文表的死讯迅速传开，发兵湖南岂非没有了由头！如今，十一州大军已经齐集襄州，赵匡胤怎肯放过此千载难逢的统一荆、湖的机会呢！

卷四

一

农历二月的荆南地区，春寒料峭。

荆南衙内指挥使梁延嗣一早便起来了。匆匆洗漱完毕，他便与夫人一起在餐室用餐。窗外，梨花如雪。

梁延嗣刚刚拿起筷子，便见堂外一名亲兵满脸慌张、脚下匆匆地往餐室跑来。进门时，那名亲兵脚下在门槛上一绊，几乎跌倒。

“怎么回事？慌慌张张的！”梁延嗣喝问道。

“节帅，刚得到谍报，说是朝廷的枢密副使李处耘已经到了襄州。”

梁延嗣听了，心头一惊。此前，他已经得到报告，说朝廷近日于襄州集结了十一州兵马，由慕容延钊统帅，准备应湖南周保权之请，南下平定张文表之乱。

此时，张文表其实已经在潭州城内身亡。但是，消息尚没有传到荆南。原来，张文表死后，杨师璠听了高超的建议，暂时封锁张文表的死讯，乘机在潭州城周边以搜寻张文表为由，大肆扩张地盘。身在汴京的赵匡胤得到赵璲和王承衍的密报后，当即密诏他们对张文表的死讯尽量不要宣扬。如此一来，张文表的生死仿佛成了一个谜。有人说他已死，有人说他未亡。

王承衍在去汴京的路上，接到了加急密诏，一看便明白了赵匡胤的心思。那赵璲一开始并不明白皇帝为何下令对张文表之死尽量保密，思索再三才终于明白，朝廷是想继续以讨伐张文表为由，出兵取湖南。

听到朝廷枢密副使李处耘到达襄州的消息，梁延嗣心想，看来事态又有新的发展了。深受荆南节度使高继冲的重托，梁延嗣有权处理荆南所有的军旅、调度事务。他不敢掉以轻心。

“是哪名间谍亲眼看到的？”梁延嗣想继续确认一下消息的可信度。

“这——”那名亲兵犹豫道。

“他在哪里？带他来见我。我想问问细节。”

“那名间谍没来，是派了他的儿子来报告的。”

“哦？那还不带他来。快带来！”

“是！”那名亲兵说着便跑了出去。

梁延嗣往嘴里匆匆夹了一口咸菜，喝了一口粥，仿佛忽然想起什么，扭头对夫人说道：“夫人，你先去后面！”梁夫人听了，慌忙起身往后庭去了。

过了片刻，那名亲兵带上来一个年轻人。此人身穿短褐，卷着裤腿，脸膛黝黑，看上去像是个农夫。

“快拜见指挥使梁大人。”那名亲兵冲那年轻人说道。

那年轻人听了，慌忙向梁延嗣行了个大礼。

“就是你带来的消息？”

“是，正是在下。是俺爹让俺来的。”

“仔细说说。”

“是。那一日，一早下着小雨，汉江边来了一大群将官。他们登上战船，冒雨前往汉江北岸。我们的小渔船当时正好停在南岸。俺们看得清清楚楚，渡江之人中，有大宋名将慕容延钊。俺爹和俺不敢马上划船跟上去。他们去往北岸后，下起了大雨。俺爹和俺趁着江上雨雾弥漫，划着船到了汉江北岸。慕容延钊等人乘的战船，也停靠在岸边。这几只战船，没有很快返回南岸。俺爹说，瞧着情形，慕容延钊等人一定很快会回来。于是，俺们在慕容延钊乘坐的战船旁边停下渔船。等了片刻，俺爹说还是跟上岸看个究竟，便带着俺悄悄登上北岸。那个时候，雨越下越大。俺们披着蓑衣，到了官道旁，装作躲大雨，在北岸官道旁边的一个废亭子里歇息。又过了一些时候，俺们看到慕容延钊骑着马，带着一群将官，踏着泥水，往岸边飞奔回来。他们个个戴着头盔，穿着铁甲，甚是威风。俺爹当时悄声跟俺说，瞧见没，多了不少人，慕容延钊一定是去接什么重要人物了。”

“你们怎知，慕容延钊当时接的是何人？”梁延嗣忍不住插口问了一句。

那个年轻人说道：“俺们当然不知道。后来，俺们回到汉江南岸。俺爹让俺摸进襄阳城内打听消息。后来，俺又出襄阳城，往城外慕容延钊的大营那边去打听消息。花了好几日，俺才混入慕容延钊的大营。直到那时方才得知，几日前慕容延钊冒雨去接的人，是朝廷派来的枢密副使李处耘。那个李处耘还有一个身份，是大军的都监。”

“这么说来，慕容延钊马上要发兵南下了。”梁延嗣扭头望向窗外。

此时，外面正刮起大风，梨花朵朵，如雪翻飞。梁延嗣看着梨花飞舞，慢慢低下头，双眉紧锁，满脸哀愁，陷入了沉默。

派李处耘前往襄州后的某一日，赵匡胤带着皇弟赵光义、京城巡检楚昭辅等人检阅禁军。想起亲信大将中，石守信被自己罢免了军权，韩令坤、王审琦、高怀德、王彦超等远在各自军镇，而李处耘刚刚被派往襄州，此刻这些亲信大将都不在身边，赵匡胤不觉忽起凄凉之感。

“身旁没有一个大将统典禁军，还真是有点空荡荡的感觉啊！”赵匡胤扭头对跟在身旁的弟弟赵光义叹了一句。

赵光义听了这话，心念一动，迟疑了一下，蓦地说道：“皇兄要不要诏符王来京？”

赵光义说的“符王”，是他的老丈人——天雄军节度使符彦卿。

“符王……”赵匡胤听了赵光义的话，眉头微微一动，却沉默不语。

对于符彦卿，赵匡胤是非常了解的。赵光义的建议确实打动了赵匡胤的内心。“符王乃一代名将，为人又谦和豁达，在军中的威望与慕容延钊不相上下。威望与人品都是没有问题的，或许是统典禁军的合适人选啊！”

沉默了片刻，赵匡胤对赵光义说道：“符王今年六十五了吧！”

符彦卿是唐光化元年生人，到建隆四年，正好六十五。赵光义听赵匡胤提到了符彦卿的年纪，而且记得不差，微微有些吃惊。“看来，皇兄对符王是了如指掌的。若是这次能让符王统典禁军，尽管对我今后的计划非常有利，我也得小心才是！”

“嗯，皇兄好记性！”赵光义道。

“符王年事已高，就不下诏传召了。如符王哪日有心来朝，我再召见他吧。”赵匡胤说道。

“是！”赵光义心领神会，当即不再多说。

检阅结束之后，赵光义匆匆给老丈人符彦卿写书一封，告知皇帝有心等他进京朝拜的消息。符彦卿为人甚是谨慎，对君主之心更是不敢怠慢，得到消息后，心想：“自陈桥兵变，圣宋立朝，我一直未进京觐见。今上若是往好了想，会认为我没有野心，安于逸乐；若是往坏处想，会认为我割据军镇，目无朝廷。不如，趁着这次机会，入京觐见，一来可以让今上安心，二来也可以顺便看看我那宝贝小女儿！还有，先帝赐给我的那座京中的宅子，也多时未住了，这次也好去看看，住上几日。”

二月丙戌，天雄军节度使符彦卿到达汴京觐见。

符彦卿来朝，令赵匡胤甚是欣喜。他在广政殿接见了符彦卿。

这日一早上朝，符彦卿特意穿上最华贵的朝服，以示对皇帝的尊敬。只见他两道宽宽的眉毛横在一双丹凤大眼上，唇上的白胡子和下颌的白须修得整整齐齐，头上戴着七梁进贤冠，冠上有镂空刻花，饰以金花，冠上加貂蝉笼巾，身上穿着紫色的盘领大袖袍，腰间系着镶金宽皮带，看上去又精神，又威严。

赵匡胤许久不见符彦卿，见他来朝，又见他优美庄严的仪容，不禁打心底感到高兴。他步下龙墀，赐座符彦卿。待他坐定后，方才登墀阶回到自己的宝座。

符彦卿献上了金银珠宝、名刀良马作为觐见之礼。赵匡胤则赐给了符彦卿袭衣、玉带，以示恩宠。

“符王虽年事已高，却依然精神矍铄啊！”赵匡胤望着符彦卿，微笑着称赞他。

“岁月如白驹过隙，不饶人哪！老咯，老咯！”符彦卿手捋白须，笑着说。

“符王数败契丹，威震胡虏，扬我大宋之志气，今日朕再见符王，看符王是老当益壮啊。如果朕没有记错，天成三年，符王于嘉上大败契丹。天成八年，契丹大举南侵，其骑兵数万，在铁丘围困了高行周，诸将都观望不前，不敢救援，唯有符王你率数百骑兵挺戈突进，于万人中救出了高行周。开运二年，符王又率军在白团卫村附近趁狂风大作，高呼突进，猛击契丹军。这一战，使契丹军八万人丢盔弃甲，土崩瓦解。高平大战时，符王不畏年事渐高，再次率兵随世宗出征。符王之威烈，至今流传在民间啊。每每想起符王战斗的场面，朕虽未亲见却也不觉感到符王与将士们的威风扑面而来呀！”

符彦卿没有想到赵匡胤会细数起他盛年时的军功，一时间往事历历在目，百感交集于心。他双目噙着热泪，说道：“陛下所说，那都是陈年往事了啊！其实，阳城、白团卫村那一次大战，说起来也实在是凶险。当时，老臣身在晋军，与李守贞、杜重威协作，趁契丹军北撤，统军进逼幽州。契丹闻讯，派八万北撤军卷土重来，迫使我们退到了阳城。我们与契丹军大战于阳城，将他们北逐了十多里。契丹人退到白沟后，我们也列队南撤。不料，契丹人派出骑兵突袭。我们无奈，退到了白团卫村，在那里，我军被契丹军包围。那契丹耶律德光军中也有高人，他们用奇兵截断了我们的粮道。当时刮起大风，契丹军一边放火，一边派出铁甲骑兵攻击我们。我们又饿又渴，因为那里根本就没有水源。危急时刻，杜重威主张，等风势小了再出战。我和李守贞却认为，那样简直是坐以待毙。所以，我们冒险乘着狂风，率万骑横冲契丹军。大风中昏天黑地，契丹军不知我们有多少人，以为神兵天降，顿时被杀得一败涂地。耶律德光只能率一些残兵败将突围而去。如今，想起此战，老臣也是心有余悸啊！”

符彦卿最后一句话，虽是自谦，但其双目中隐隐露出寒意，脸色也变得凝重了。显然，当时的战阵确是凶险无比，方令他在近二十年后说起，依然觉得凛然之气四处弥漫。

赵匡胤与符彦卿又就那几场战事聊了片刻，兴致颇高，说道：“朕甚想瞻仰一下符王的身手。这样吧，一会儿，朕请符王一起去金凤园宴射。不知符王意下如何？”

赵匡胤语气虽是征询，符彦卿自然不可推辞。当然，他一方面不想令赵匡胤扫兴，一方面回想起当年的烈烈军功，也来了兴致，所以说了几句谦辞，便高兴地应承了。

“好！既然符王乐意，便请先回府换上戎装。一会儿，朕派人去接符王到金凤园。朕在那里等符王。”

金凤园是皇城西面的一个皇家宴射苑，虽然不如玉津园大，但是宴射设施非常完备，所以赵匡胤平日也喜欢到此园中宴射、休息。

巳时，符彦卿被人接到了金凤园。赵匡胤也早已经换上了戎装，在赵光义、楚昭辅、赵普等人的陪同下，静候符彦卿的到来。

符彦卿此时换上了金盔金甲，外裹一件缺胯红色战袍，显得非常威武。

赵匡胤又对符彦卿大赞一番。

这日天气晴好，金凤园内春意盎然。赵匡胤心情大好。

距离宴席桌案百步外的两根木桩上，早就挂上了两个靶子。

“神祐，将朕的弓箭拿来。”赵匡胤对侍卫李神祐说道。

李神祐得令，将早就在一边准备好的宝弓递到了赵匡胤手中。

赵匡胤将那宝弓拿在手里，试着开了开弓，笑着说：“此弓需两石之力方能拉满弦，朕闻符王年轻时能开三石之弓，箭术高超，在遂城盐台的一次射猎，一日内射得狼、狐、獐、毚、兔等四十余只，众人皆称神！今日，朕就请以这两石之弓，与符王比比箭术。如何？”

符彦卿哈哈大笑，说道：“射猎驰驱，乃是老朽此生之好，如今老虽老矣，尚能饭也！陛下既有射箭雅兴，老朽陪陛下射几箭。”

赵匡胤被符彦卿豪气感染，有意要给符彦卿制造点压力，看看这位上了年纪的符彦卿武功究竟如何，当即笑道：“看来朕不能掉以轻心哪！好，每人八箭。朕先射！”

“甚好！”符彦卿欣然答道。

席间诸位大臣见赵匡胤与符彦卿两人比射箭，一时间都睁大了眼睛，兴致高昂，不想错失这百年难逢的射箭比赛。

赵匡胤屏息凝神，连射七箭，箭箭都射中了靶心。唯有第八箭，稍稍偏离靶心五六毫。

众人见皇帝取得如此好的成绩，无不拍手称贺。赵匡胤也甚是高兴，这是他近来射出的最好成绩。

符彦卿见赵匡胤七箭连中靶心，也不禁暗暗叫好！

“轮到符王了。”赵匡胤微笑着将宝弓递给了符彦卿。

符彦卿接过宝弓，一把便将弓弦轻松拉了满弓。

“好！符王好臂力！”赵匡胤喝彩道。

符彦卿弯弓搭箭，连射五箭，箭箭都中了靶心。待到射第六箭时，符彦卿渐感开弓吃力，手臂发酸，将拉满弓时，手臂不禁微微发抖，当即摇摇头，坦然一笑，笑道：“老咯！老咯！再射下去，老朽一世英名就要毁于此地咯！”

说着，符彦卿放下宝弓，继续说道：“不成了，不成了，老朽认输！”

赵匡胤也将符彦卿手臂发抖的细节瞧在眼里。他对符彦卿能够开两石之弓已经很吃惊，再见他连射五箭都一一命中，不禁暗叹符彦卿果然名不虚传。当下，赵匡胤也不为难符彦卿，从他手中接过宝弓，笑着说道：“符王承让了！来来来，符王与朕一起坐下先喝几杯。”

如此一来，这场射箭比赛，宾主皆大欢喜。

宴席在轻松、欢快的气氛中进行。

宴席结束后，已是晚上。赵匡胤回到宫中，心中高兴，当即想让符彦卿提点禁军，任殿前都点检一职。都点检一职，在慕容延钊之后，就一直空缺。赵匡胤将自己最信赖的智囊赵普传到御书房。实际上，这次赵匡胤自己主意已定，叫赵普过来，是希望从他口中听到支持的意见。但是，赵匡胤这次却大大失望了。

“陛下，符王名位已盛，不可复委以兵权也！”听了赵匡胤的想法，赵普直言进谏。

赵匡胤未想到赵普与他想法不一致，不禁颇为失望，心头大大不悦。

“殿前都点检一职空缺，无人统典禁军，着实不便。让符王提点禁军，朕也是考虑再三的慎重决定。”

“陛下好不容易才免去慕容延钊殿前都点检一职，难道要再造一个军权大握的人吗？”赵普厉声反问。

赵匡胤脸色变得凝重，说道：“掌书记不用说，朕意已决。”

“陛下，请三思啊！”赵普作揖再谏。

“行了，行了！别唠叨了！掌书记，看样子得给你物色一位新夫人，也好有人劝劝你！你先回吧！”赵匡胤说道。

皇帝下了逐客令，赵普无奈，只得告退，悻悻然出了御书房。

赵匡胤旋即令人立刻去将翰林学士陶谷传到御书房，令他起草任命符彦卿为殿前都点检的诏书。

陶谷大笔一挥，很快写就了任命诏书。

“你辛苦一下，速速将诏书送到门下省去，不要耽误了。”赵匡胤叮嘱道。

陶谷得令，怀揣着诏书，出了御书房，匆匆往门下省赶去，未走多远，便迎面撞上了赵普。

原来，赵普离开御书房后回到枢密院，想想符彦卿任命一事，心头不甘，又再次折了回来。

“翰林这么匆匆忙忙，是要去哪里啊？”赵普试探道。

“这不，陛下让微臣起草了一份任命符王的诏书，正要送去门下省。”陶谷知道赵普是赵匡胤的心腹，当即也不隐瞒。

“什么任命？”赵普心中一凛，喝问道。他没有想到赵匡胤的动作这么快。

“陛下任命符王为殿前都点检了。”陶谷答道。

“什么？真的？”赵普听了，眼皮一跳，上身往前微微一倾。

“这事——我吃了豹子胆，也不敢与枢密开玩笑啊！”

“拿来！”赵普板起脸，瞪着眼，右手手掌摊开，往陶谷面前一伸。

陶谷一惊，问道：“啥？”

“装什么糊涂，起草的诏书啊！快！拿来！我瞧瞧！”赵普一脸志在必得的模样。

“这——这怎好随便给枢密！未经陛下允许，微臣不敢。”陶谷把头摇得像拨浪鼓似的。

“少说废话！秀实兄，你今日不把它拿出来给我瞧，就休想走。”赵普开始要起赖，强硬起来。

陶谷料想赵普今后必得皇帝重用，终有一日会成为宰相，所以一直以来讨好赵普。之前，为了阻止自己的对头窦仪为宰相，他便通过赵普，暗中说窦仪的坏话。赵普有日后为相之图，尽管与窦仪无冤无仇，但为了消除为相道路上的对手，还是转而将窦仪不宜为相的说法在赵匡胤耳边说了多次。

此刻，陶谷见赵普态度强硬，知道若不依他，定会就此将他得罪了。犹豫了一下，陶谷方磨磨蹭蹭从怀中掏出那份诏书草稿。

“若是陛下怪罪下来，枢密可要为兄弟做主啊！”陶谷哈着腰，对赵普说道。陶谷此时已经年逾六十，对赵普毕恭毕敬，完全是为了讨好这位未来的宰相。

赵普一把将那草稿抓到手里，打开看了看，指了指其中一句话，说道：“秀实兄，你这一句话写得不妥啊！得改改才行！”

“这——怎么不妥了？”陶谷苦着脸，有些无奈。

“行了，我也知这可能不是秀实兄的意思，这草稿，我先拿着，请陛下再斟酌字句。”

陶谷吓了一跳，颤声说道：“枢密是要扣下这草稿，拿回给陛下再商榷不成？”

“是啊，怎么不成！”

“这——”

赵普一瞪眼，说道：“秀实兄，不必担心！你这是为大宋社稷做了件好事，陛下不但不会怪罪，日后还会感谢你的！”

陶谷听了，欲言又止，终于还是讪笑道：“微臣不求有功，但求无过。先行告退，先行告退。”

“好！秀实兄先回去。我正有急事要去禀报陛下！”

听赵普这么说，陶谷慌忙向赵普作揖告辞，急匆匆走远了。

赵普自扭头往御书房方向走去。

赵匡胤听人报告，说赵普求见，不禁有些奇怪。

“掌书记怎么又回来？”

“臣有事禀报陛下！”

“是为了符彦卿的事情吗？”赵匡胤沉着脸说道。

赵普见赵匡胤满脸不悦，当即心思一动，说道：“不是。是其他事情。”

“说吧。何事？”赵匡胤神色缓和下来。

赵普心思百转，将不久前往襄州调动的几位将官的近况一一禀报了一通，又说，滕白筹措的粮草也开始往荆南运送了。

听了赵普的汇报，赵匡胤对襄州的军事准备感到满意，显出欣欣然之色。

善于察言观色的赵普于是从怀中掏出那份陶谷起草的任命诏书，双手递到赵匡胤眼前，说道：“符王之任命，臣请陛下再思之。”

赵匡胤翻眼看了赵普一眼，说道：“果然还是为了此事。”

“臣冒死请陛下收回成命。”

这回，赵匡胤并没有发怒，只是问道：“这怎么会在掌书记手中？”

“方才微臣遇到陶谷，借了此诏书草稿看看，以言辞未备为由，从陶谷那里拿回来了！”

“掌书记，你真是吃了豹子胆了啊！”赵匡胤一脸肃穆地说。

“为陛下着想，微臣万死不辞！”赵普作揖道。

赵匡胤知他一片忠心，无奈地摇摇头，问道：“卿家这般疑彦卿，究竟为何？朕待彦卿至厚，彦卿岂能负朕耶？”

赵普再作揖，大声问道：“陛下何以负周世宗？”

赵匡胤一听这话，一时间思绪万千，恍然呆坐，沉默不语。

赵普知谏言起了作用，轻声说：“微臣告退！”说罢，悄声退出了御书房。

赵匡胤依然坐在那里，头也未动一下，任由赵普退了出去，过了许久，他手中拿着那份诏书草稿，缓缓向桌上的烛火凑去。

那份诏书草稿被火苗点着了，无声地燃烧起来……

就在次日一早，赵匡胤在汴京收到了李处耘自襄州紧急送来的密札，得知慕容延钊确实有重病在身，心下不禁又是惭愧又是内疚。“是我多疑了啊！如是昨日任命符彦卿为殿前都点检，肯定会伤了慕容延钊之心！我险些毁了一名忠臣啊！我负慕容延钊多矣！”

赵匡胤心下内疚不已，立刻想下一份诏书，令慕容延钊回京养病，可是再转念一想，慕容延钊不久前被免去禁军统帅权，要是此刻令他回京养病，恐怕误解会进一步加深。“取荆、湖之机，稍纵即逝。如此关键的时候，如果将慕容延钊调回京城养病，对他无疑又是一次打击。况且，大军出兵在即，临阵换帅，兵家大忌。那十一州军马，仅靠李处耘尚难以统率。慕容延钊的荣誉在军旅，不如此刻责令带病率军南下，一来表示对他的信任，二来也不至于错过千载难逢的统一荆、湖的机会。”打定主意后，赵匡胤连夜下诏，派人十万火急送到襄州。此诏中，令慕容延钊“肩舆即戎事”，意思就是让慕容延钊带病统率大军作战，允许他上阵可以不骑马，而乘坐“肩舆”。

慕容延钊接诏后，知赵匡胤下此命令，乃是为了表示对自己的信任，当下精神大振，为南下荆、湖做好了最后准备。

李处耘离京之前，已得到了赵匡胤的授意，明确了假道荆南取湖南、趁势兼并湖南的战略。慕容延钊与李处耘深谈后，也对此战略甚为认同。

荆南衙内指挥使梁延嗣知道了朝廷已派枢密副使李处耘到了襄

州后，思度数日，心知这次朝廷发十一州大军南下湖南，虽名义上是应湖南周保权之请征讨张文表，但事情可能不会如此简单。

“恐怕，这次到了我荆南该何去何从的时候了。我该怎么办？若是主公向我征询意见，我该怎么说呢？”这个问题如同巨石，压在了梁延嗣的心头。

接连几日，梁延嗣寝食难安，最后他决定，还是先把担忧向节度判官孙光宪说明，共同商议对策。其时，荆南节度使高继冲将荆南的民事、行政、赋役都委托给孙光宪处理。可见，高继冲对孙光宪是绝对言听计从的。高继冲自己曾对身边人说道：“使事事得中，人无间言，我又有什么可忧虑的呢？”

荆南节度判官孙光宪听了梁延嗣的汇报，当即大惊失色。

孙光宪与梁延嗣接连两日商议，万一朝廷军马真的南下荆南该如何应对。

“若要取湖南，取道荆南是最近的路程。此前，荆州城北面的‘北海’，已经被迫填平，成了良田。如果朝廷大军悍然派骑兵南下，借机袭击我荆南，一日之间便可兵临城下。我荆南怎生抵挡？”孙光宪如梁延嗣一样，对荆南的命运感到忧惧。

正在孙光宪、梁延嗣为荆南的命运苦思冥想之时，慕容延钊令李处耘为先锋，先率两万人马直趋荆州，自己则率大军跟在先锋部队之后徐徐南下。

二

王承衍带着周远等人回到汴京，于城门关闭之前进入城内。王承衍令王牧及其他手下去城中找一处客栈歇息，静候他的消息，择时返回军镇，他自己则带着周远、高德望，直接往位于秀巷的宅子去了。

王承衍往西边看去，此时，夕阳西下，西边的天空一片金色。

近一点的天空飘浮着一朵朵黑灰色的云，阳光为天空上那些大的云团镶嵌了一圈金色的边，小而且稀薄的云，一片连着一片，飘浮在蓝灰色的天空中，仿佛在宣纸上泼了淡墨。天空下的马路、河道两旁密密支棱着的旱柳枝条，被明亮的天空背景衬托着，灰黑色的剪影也像用毛笔精心画出来的一样。天气尚寒，河面还结着冰。由于强烈的夕阳的照射，仔细看那冰面，会发现它并非完全平滑，上面有轻微的起伏——冰冻的涟漪，仿佛微风拂过的河面被瞬间冻住了。

结冰的河面反射着夕阳的光，有些刺眼。王承衍的眼光在那冰面停留了一下，又移向了天上镶着金边的黑色云团。就在这一刻，窅娘的俏鼻、红唇、妩媚温婉的笑容，以及她曼妙的舞姿，异常清晰地浮现在王承衍的眼前。但是，这些意象很快消失了。这刹那间的幻影，在王承衍迫切想见窅娘的心里，突然莫名其妙地制造了一种不祥的感觉。

“咱们快一些！”王承衍对周远等人说道，扬起鞭子，狠劲抽了一下马屁股，急急催马往秀巷方向去。

“马上就要见到窅娘了，少将军也不必这般心急哦。”

“是啊，是啊！少将军，你莫把马儿累坏了！”

周远和高德望一边口中取笑着王承衍，一边纵马紧跟在王承衍之后。

宅子的门紧紧地关闭着。

王承衍在门前翻身下马，随手将缰绳一丢，两步跨上台阶，咚咚地敲响了大门。

不一会儿，大门开了。来开门的人是管家孙忠。

“少将军！哎哟，总算把你盼回来咯！快进来！快进来！”孙忠眼睛盯着王承衍，眼珠子闪着光，说完这句话，慌忙低下了头转身往里走。

“窅娘可好？”

孙忠立住身子，扭头看了一眼，道：“少将军，进来再说。”

王承衍见孙忠神色有些异样，带着周远等人紧跟着往里走。

到了天井，王承衍见厨子陈福、丫鬟小萱以及其他几个仆人都立在天井，一个个神色木然，面有悲戚之色。

“你们——怎么不见窅娘，窅娘呢？”王承衍嗓子有些发涩。

这时管家孙忠缓缓转过身子，嘴唇颤动了几下，轻声说道：“少将军，窅娘她——人走了。”

“什么？走了？去哪里了？”王承衍心头一凉。

“窅娘她，人没了！”孙忠好不容易说出这句话，眼泪便从眼眶中涌了出来。

孙忠身后的小萱此刻已经伤心地抽泣起来。

孙忠说的那句话，仿佛一个晴天霹雳打在王承衍的心头。

王承衍怎么也没有想到，好好的窅娘怎么会“人没了”。他只觉眼前一黑，蓦地晕厥过去，身子往后便倒。

周远见王承衍晕倒，一个箭步冲上去扶住……

王承衍悠悠醒来，见自己已然躺在卧室的床上，管家孙忠和周远等人立在床的旁边，高德望则耷拉着脑袋，在靠墙的桌边坐着。

王承衍挣扎着从床上坐了起来，又摇摇晃晃站下地。

“究竟发生了什么事情？”王承衍双手抓住孙忠的肩膀，颤着声音问道。

“少将军走后不久，有一天——我记得，那天下着大雪。李处耘将军突然来了。李将军说是奉陛下之命，护送窅娘出城。当时，窅娘也没有说什么，只是有点依依不舍的样子。走前，还留了那件她亲手缝制的战袍，说是让小人等少将军回来亲手交给少将军。她交代了其他一些事情之后，便准备在李将军的护送下出城。出发前雪菲姑娘也来找窅娘。我等便告诉雪菲姑娘，说窅娘离开汴京，要回南唐去了。于是雪菲姑娘便缠着她父亲，一起去送窅娘，可是——”孙忠说到这里，忽然停住不说了。

“可是怎么了？”王承衍追问道。

“可是，后来。过了两天后，雪菲姑娘突然来，一见到我们便大哭起来。我等问她发生了什么事情，她哭了许久方才说，窅娘死了！我等一再追问，雪菲姑娘才说朝廷查出来窅娘是南唐奸细，所以杀了她。听雪菲姑娘这么说，我等也是大为吃惊，却也不敢再多问。”

孙忠说完，转身走了几步，从窗边的桌子上捧起一件大红色衣物。那正是宿娘为王承衍缝制的战袍。孙忠将那件大红战袍递到了王承衍面前。

王承衍哆嗦着伸出双手接了过来，一时间，双眼泪水迷蒙。他跌坐在床沿上，将头埋在了那件战袍里，呜咽着痛哭起来。

周远眼中噙着泪走到王承衍跟前，将手搭在他的肩膀上，希望能够给他一点点安慰。周远能够深切体会这种痛苦，因为，在知道妻子无辜被张文表杀害的那一刻，他同样感到了绝望与崩溃。

过了许久，王承衍抬起头，缓缓将那件战袍放在床上，瞪大了血红的双眼，蓦然说道：“这么说，雪菲知道宿娘是怎么死的。我要去见她，问个究竟！”

“少将军，今日天色已晚，不如明日吧！”周远劝道。

“是啊，少将军还是明日再去找雪菲姑娘吧。”孙忠也劝了一句。

王承衍站了起来，神情固执地摇了摇头，说道：“你们先歇息吧。我去去就回。”

高德望从椅子上站起来，正想开口说话，周远冲他摆摆手，示意他不用再说了。

“我一定要知道，宿娘是怎么死的！”王承衍说完，大步往屋外走去。

“既如此，我陪少将军去。”周远说道。

“我也去。”高德望说道。

此时，王承衍稍稍冷静下来，心想此时已是夜晚，自己一个人去找雪菲的确不合适，当即略一沉思，说道：“也好，就有劳周远兄与我去一趟。二狗子，你先留在此处，安顿一下。既然回京了，明日一早，还得进宫向陛下禀报湖南的情况。”

周远也冲高德望点头说道：“那就有劳兄弟了。”

高德望无奈，也只好由着王承衍带着周远去找雪菲。

从秀巷到位于南城景福坊的李处耘新宅子，并不是很远。王承衍与周远骑着马飞奔，转眼便到李处耘宅子门前。门房见有人夤夜来访，又是要找雪菲姑娘，不禁大为吃惊，不敢擅自让他们进门，说要回去通报后再说。

王承衍虽然心焦如焚，但也不敢造次，只好与周远在宅子门口等着。

李雪菲正在屋内陪着母亲说话，一听门外王承衍求见，不禁顿时满脸绯红，可是突然之间，她的脸色又变得煞白了。“承衍哥哥从来没有主动找过我，今日入夜求见，莫非是因为窅娘之死？”想到这点，她一时心下大慌，不知如何是好。

母亲一眼便看出女儿神色异样，不禁担忧地问道：“你怎么了？脸色突然变得这般难看？”

“不，不，没什么。”李雪菲慌忙掩饰。

之前，母亲早就察觉这个宝贝女儿心里有了什么人。方才，李雪菲乍听王承衍求见，脸色一红，母亲心里便有了数。可是，转眼之间，母亲又见她脸色煞白，不禁大为吃惊。她略一迟疑，便道：“娘本就不该放你此刻出去。是他缠着你？若不想见，让人打发他回去便是。夜晚冒失求见，本就是大大失礼了！”

李雪菲听母亲这么一说，心里一急，慌忙站起来说：“不，不是。”

“不是什么？”

“我想见他。”

母亲见女儿如此，心里一痛，叹了口气，说道：“娘也不拦着你。你出去见他吧。”

李雪菲得母亲允许，匆匆跑出房去。

李雪菲从大门里出来，却站在台阶上，踟蹰着不敢再往前走了。

王承衍冷着脸，走到台阶上，站在了李雪菲的跟前。

夜空里布满繁星，夜光照着寂静忧伤的大地。

“雪菲，窅娘究竟是怎么死的？”王承衍问道。

雪菲听王承衍上来便质问她窅娘的事情，不禁心里又急又气，红着泪眼，说道：“承衍哥哥，你这么晚要见我，就是为了问窅娘的事情吗？”

王承衍愣了愣，硬着口气说道：“是的。究竟是怎么回事？”

雪菲一下子明白了，王承衍此刻心里想着的完全是窅娘。她在王承衍的心里，并没有窅娘那样要紧。她这样想着，心里难受，眼泪一下子流了下来。她哽咽着说道：“朝廷查出来，窅娘是南唐安插在承衍哥哥身边的奸细。”

王承衍全身僵了片刻，吼道：“不，不！一定是误会了，窅娘之前已经向我承认，她是被韩熙载逼迫来到我身边的，她并未做对不起我的事情，也没有做伤害朝廷的事情。”

“承衍哥哥，你不知道——”

“究竟是谁查出来，是谁说窅娘是奸细？”王承衍怒冲冲地瞪着眼睛，喝问道。

雪菲看着王承衍的眼睛，感到有些害怕，支吾着说道：“是——是——我爹爹查出来的。”

“你爹爹怎么会查窅娘？”

“听我爹说，是陛下怀疑之前那次偷袭江陵城的情报泄露，所以让他在京城内搜捕奸细，结果，查到了窅娘。”

“陛下让查的？不，你爹爹一定弄错了！”

“不，我爹说，正是窅娘——向南唐传递了情报。朝廷之前准备偷袭江陵城的情报就是窅娘传给南唐韩熙载的。”

王承衍一惊：“难道窅娘真的暗中向南唐传递了情报？”他犹豫了一下，又想：“那绝不可能，她已经向我说明了她的身份，怎会继续为韩熙载卖命呢，一定是李处耘为了万无一失，宁肯错杀，也不放过窅娘。”他这样想着，便厉声道：“这么说，是你爹杀了窅娘？”

“不，不，不是我爹！”雪菲慌得连连摆手。

“那究竟是谁杀了窅娘？”

“是——是——我爹本来要放窅娘走的，可是，可是我爹手下的两个军校，从背后射死了窅娘。”雪菲呜咽着说道。

雪菲想要维护他爹爹，实际上却是“欲盖弥彰”。

王承衍很清楚，如果不是李处耘暗中授意，其手下怎敢随意杀人，况且是杀一个他们根本就不认识的年轻女子呢。

窅娘既然是李处耘令人杀了，说明她是以“奸细”身份被暗中处置的。想到这一点，王承衍在伤心之余还感到无比愤怒。“不行！我一定要调查个水落石出，要还窅娘一个公道。”

“你爹在哪里？”

“我爹，他——他去襄州了。”

“襄州？这么说，朝廷要开始对荆、湖动兵了！”王承衍呆立在雪菲面前，各种想法在脑中纷沓而来，乱成一团。

王承衍呆若木鸡地站着，脸色苍白，神色又是悲哀又是愤懑。

雪菲心里对王承衍既是怜爱，又是担忧。她靠近两步，拽着王承衍的一只手臂，轻轻摇了摇，说道：“承衍哥哥，你怎么了？你别难过了！”

王承衍默不出声，用另一只手缓缓扯开雪菲的手，冷冷地朝她瞥了一眼，然后转身对周远说：“我们走！”

雪菲被王承衍那冷冷的眼神惊呆了，她从未见过自己心爱的人露出这样的眼神，空洞、愤怒，还蕴藏着无限的悲哀。她仿佛顿时掉入一个冰冷且不见阳光的冰窟窿。

周远怀着歉意望了雪菲一眼，抱了抱拳，跟在王承衍身后走了。

雪菲傻傻地站在原地，看着王承衍的背影渐渐远去，感受到一种从未有过的痛苦。她已经明白，自己心爱的人真正爱的不是自己，是另一个女子，而那个女子偏偏又死去了。她还能得到他的爱吗？雪菲站在黑夜中，泪流满面，浑身颤抖……

三

这一日上午，荆南节度使高继冲正同节度判官孙光宪、衙内指挥使梁延嗣等人在节度使官署正厅议事，忽然亲兵来报，说湖南道行营都监李处耘派的使者丁德裕前来拜见。

高继冲一听，大惊失色，忙令人赶紧请丁德裕进来。

丁德裕乃是临洺人，在朝任阁门使，此次跟着都监李处耘从汴京南下，随军听候调遣。

一番寒暄后，丁德裕开门见山道："微臣前来，乃是奉湖南道行营都部署慕容大帅之命，向节帅假道江陵城，前往湖南讨伐张文表，还请节帅在城内备好粮草、饮水，以供大军。"

丁德裕的声音尽管平稳温和，却坚定果断，似乎没有丝毫商量的余地。这句话，高继冲等人听着，不啻惊雷贯耳。

高继冲年轻，从未遇过如此场面，当即目瞪口呆，不知如何作答。

孙光宪勉强镇定心神，对丁德裕说道："此事重大，我荆南弹丸之地，要为大军准备粮草、饮水，需要点时间，还请上使先到驿馆歇息，容我等好好准备！"

丁德裕见高继冲等人神色惊惶，知他们不敢违抗，当即同意回驿馆等待消息。

待丁德裕出门后，高继冲满脸恐惧，连连跺脚："这可如何是好？这可如何是好？供给薪、水，如何供给？难道让朝廷大军进我江陵城不成？"

梁延嗣道："若令朝廷大军入江陵城，慕容延钊必占我江陵。"

"那如何应对？如我江陵不向他们供给薪、水，慕容延钊必以此为借口，攻击我江陵啊！"

孙光宪沉吟许久，说道："不如，以民庶恐惧为辞，请供刍粮于城百里之外。"

"孙判官的意思是，委婉请朝廷大军绕过江陵城南下？"高继冲问道。

"正是此意。现在只好冒险一试了！指挥使意下如何？"孙光宪道。

梁延嗣捻着胡须思考良久，最后也只好无奈地点了点头。

是夜，江陵忽然天降大雨。孙光宪站在自家天井旁边，仰天而立，望着雨珠子从那一方乌黑的天空纷纷落下，心中大喜，暗想："天护我江陵呀！老天，你这雨来得及时啊，若是能够连下十天半月，路途泥泞，粮草难行，说不定朝廷大军就会自行退回啦。”

一夜大雨，江陵地区的江湖水面大涨，汉江中的一个巨大沙洲竟然一夜之间便被江水淹没，不知所终。

可是，老天没有满足孙光宪的愿望，次日清晨大雨便停了，天空一片晴朗，空气明澈，仿佛从未下过雨一般。

孙光宪望着晴朗的天空，一声长叹。他心里清楚地知道，这一夜大雨，不仅对阻止朝廷大军南下没有用，还有助于朝廷的大船在江陵水道中航行。因为，一夜大雨，已使很多浅水位河道的水位上升，有利于吃水深的大船南下。

卯时，孙光宪亲自前往驿馆，将商定的办法告知丁德裕，请他回去报告，具体供给粮草的办法，再行商议。丁德裕当然不敢自己做主，便带了消息匆匆返回。

李处耘听了丁德裕的汇报，心下暗喜，当即派丁德裕再次前往江陵。

这次，李处耘有恃无恐地提出了明确的条件。他令荆南方面在荆门犒师。这实际上已经将自己的进军路线告诉了荆南方面。

高继冲见了丁德裕之后，慌忙召集其僚佐商议对策。孙光宪、梁延嗣等人都建议同意李处耘的条件。

这时，诸僚佐中站出一人，大声喝道：“不可！”

说话之人，浓眉厚唇，虎背熊腰，身穿铁甲，头上戴一顶铁兜鍪，下巴留着一把灰黄的胡须。此人乃荆南兵马副使李景威。

只听李景威大声说道：“如今王师虽假道去收湖湘，但是，观其发兵的数量、行军的路线，恐怕绝非仅仅想假道于江陵。”

高继冲惊问：“你的意思是？”

“主公，以末将之见，此次王师来势汹汹，有乘机袭取江陵之意。”

高继冲闻言脸色大变。孙光宪、梁延嗣听了李景威的话，都不禁默然垂下了头。他们二人，不是没有想到李景威所担忧的情况，只是思虑再三，心里尚存着侥幸，揣摩着可能事不至此，所以没有在高继冲面前把话说透。但是，当李景威明确说出荆南未来可能的命运时，他们实际上在心底已经默认了这种可能性。

高继冲见孙、梁二人默然不语，转而问李景威：“既如此，你有何建议？”

李景威抱拳作揖，大声说道：“景威愿效犬马之劳！请主公许我精兵三千，于荆门中道险隘处设伏，候其行，发伏攻击其上将。如此，王师必知难而退！之后，主公可出荆南之师，回军收张文表以献于朝廷，则主公之功业大矣！不然……”

“不然怎的？”高继冲问道。

李景威微微一迟疑，便肃然道：“不然，末将恐荆南有摇尾乞食之祸！”

高继冲沉吟片刻，说道：“吾高家历年来侍奉朝廷甚勤，朝廷一定不会对我荆南动武的。李将军恐怕是过虑了吧。况且，即便出兵，你能够抵挡那慕容延钊大军吗？”

李景威说道：“旧时传说，江陵诸处有九十九个沙洲，若是满百，则会有王者兴。自武信王之初，江心深浪之中，忽然生出一洲，洲数遂满百。近日，百姓纷纷议论，这一沙洲忽然漂没不见。末将想起旧时的传说，甚是为主公担忧啊！”

孙光宪蓦地从座位站了起来，看了李景威一眼，但欲言又止，终又坐回了座位。

议事厅内，人人面色凝重。

高继冲一会儿拿眼盯着孙光宪，一会儿看看梁延嗣，一会儿又瞧瞧李景威，不知如何决策。

过了片刻，孙光宪手撑椅子扶手，仿佛费了巨大的力气才再次站立起来。孙光宪平时对李景威甚是看重，知他一心为公，且富有智谋，勇武过人，是难得的上将之选，平日也对李景威提携有加，但是，此时听了李景威之话，他却在心中暗暗叫苦，悲哀地想着：“景威啊，你何以看不到大势，而欲将高家置于万劫不复之险境，将江陵千万黎民抛往战火地狱之中呢？如今，王师大发，对荆南、湖南有必取之势。之前，扬州李重进身为前朝名将，以扬州兵防重地尚不敌王师，我荆南四战之地、江陵弹丸之城，失了‘北海’，如何抵得住数十万慕容大军?！李景威啊，为了全荆南之民，为了全高家之裔，你休要怪我！”

孙光宪神色奇怪地盯着李景威，沉默片刻，方才对高继冲说道：“景威所担忧的，不是没有道理。我荆南的确已经到了生死存亡的关键时刻！”

高继冲一听孙光宪这么说，脸刷的一下变白了。

孙光宪继续说道：“但是，景威只不过是峡江之民，怎知天下成败之大势！况且，自周世宗时，已有混一天下之志。圣宋受命于天，建朝以来，所施行的一切，规模更加宏远。如今，发十一州大军讨伐湖南张文表，如以山压卵耳。湖湘一旦平定，朝廷大军怎么可能假道而去呢?！收我江陵必是朝廷之志。光宪冒死，为主公谋，不若早早献出疆土，归朝廷，召回安插在各地的间谍，封府库等待朝廷接管。如此一来，荆楚可以免祸，而主公一族，也可不失富贵！”

孙光宪的话令李景威一阵心寒。他想不通，一直看重他、提携他的孙光宪为何在最关键的时候，将他贬抑为“峡江之民”，将他的建议视为峡江之民的陋见。他用困惑、愤懑的眼光看着孙光宪。

孙光宪却不看李景威，只拿眼睛死死盯着高继冲的脸。

豆大的汗珠从高继冲的额头上冒出。高继冲那张尚显稚气的脸惨白得像一张白纸。过了许久，他的嘴角痛苦地抽动了几下，忽然泣声道：“可惜我高家数十年基业啊，我对不起武信王，我对不起列祖列宗啊！”

高继冲呜呜哭泣了几声，忽然止住哭泣，大声说道：“孙判官所言甚是，那就依孙判官之言吧！”

大事既定，高继冲众僚佐各怀心思告退而去。

李景威一言不发地退出议事厅。在议事厅的台阶上，李景威仰天长叹：“大势去矣，何用生为?！”

孙光宪出了议事厅，站在台阶上，望着李景威远去的背影，木然而立。过了片刻，他仿佛想到了什么，忽然拔足追去，追出十余步，又猛然停住了脚步……

次日清晨，孙光宪刚刚洗漱完毕，正在插髻束发，只见梁延嗣慌慌张张跑了进来，说道：“孙判官，景威他——他——”

“他怎么了？”

“昨日夜里，景威自缢而亡啦！”

孙光宪一听，大惊，披发猛立，忽又颓然跪地，放声大哭：“景威，是光宪对不起你啊！”

这个月的壬辰日，慕容延钊率大军到达了荆门，与先锋李处耘会合。

荆门距离江陵只有百余里。

荆南使者衙内指挥使梁延嗣，高继冲叔父、荆南节度掌书记高保寅奉高继冲之命，带着牛、酒到达江陵犒师，一早到达荆门。高继冲并未完全放弃希望，暗中嘱咐梁延嗣等人借犒师为名，侦察朝廷大军的行动。

李处耘接见了梁延嗣、高保寅等人，礼遇有加。他让梁延嗣先派人回江陵报告高继冲，请高继冲不用担心，称朝廷大军不会进入江陵。同时，他又令梁延嗣、高保寅等人在营中稍稍休息，以便晚上拜见主帅慕容延钊。

梁延嗣听李处耘说朝廷大军无意进入江陵城，不禁大喜，慌忙派人快马加鞭，先回去报讯。

是晚，慕容延钊在帅帐中设宴，召请梁延嗣、高保寅前往。两人既得了李处耘的口头承诺，心下大宽，欣然赴宴。

在梁延嗣等人前往慕容延钊大帐赴宴的同时，李处耘根据与慕容延钊商定的计策，率轻骑数千，背道前行。

高继冲最初听汇报说朝廷大军不会进入江陵城，喜出望外，正在等着叔父高保寅和梁延嗣回来，忽然军校报告说朝廷先锋大军正往江陵城前来，不禁大惊失色。惊惶间，高继冲只好率领主要僚佐出城迎接。他们在江陵城北十五里处遇到了李处耘。

李处耘见高继冲率僚佐来迎接，当即下马向高继冲行礼。

“劳节帅来迎，折煞处耘了！还请节帅在此地等待慕容大帅。”

李处耘的话，说得礼貌，言辞间却不容任何商量。

高继冲见李处耘兵马精锐，手下个个如狼似虎，哪敢多言，当即战战兢兢，答应在原地等候慕容延钊率大军前来。

李处耘不待与高继冲多言，便立刻上了马，带数千精锐骑兵从高继冲及其诸位僚佐的队列旁呼啸而过，直奔江陵城北门方向去了。

待高继冲接到慕容延钊一起来到江陵城时，李处耘的亲兵已经占据江陵城头，数千精锐，已经分居要冲，布列街巷。

高继冲大惧，匆忙回到节度使府邸。他担心慕容大军入城后妻妾被掳受辱，惶恐之际，想到子城中有一井，便令人将一顶肩舆去掉底板，置于井上，然后令人陆续去请妻妾登肩舆出城。可怜高继冲的妻妾，一个个被骗入去底肩舆，尽数淹死在井中。

高继冲又找出牌印，令客将王昭济、萧仁楷奉表，前往汴京归降。高继冲献上的是荆南地区三州、十七县、十四万二千三百户。

慕容延钊大军终于不伤一兵一卒，收了荆湖。

高季昌自唐昭宗天复七年开始在荆南渐渐开创的小王国，历高季兴、高从诲、高保融、高保勖、高继冲诸主，至此覆灭。

四

慕容延钊坐在中军大帐内，在羊脂蜡烛的烛光下，手中不停地把玩着高继冲献上来的荆南牌印。近日来，他的病情已经渐渐好转。不伤一兵一卒拿下荆南，他的心情大好，身上的病又不觉去了三分。

中军大帐内，除了慕容延钊，只有李处耘。

“都监，你说，究竟是这玩意儿使人拥有了权力，还是——是人使这玩意儿拥有了权力呢？”慕容延钊突然神色肃然地问坐在一侧毡座上的李处耘。

李处耘未料到慕容延钊有此一问，见他神色肃穆，略加思索，方道：“大帅此问甚好！牌印之权力源自‘名’，子云，‘名不正，言不顺’。名能符实，名方有权。故，依附于牌印的权力，实出自于实力！”

慕容延钊点点头，淡淡说道："嗯！都监的回答甚妙。"

"大帅过奖了。"李处耘慌忙称谢。

慕容延钊看了看李处耘，说道："明日一早，大军即发朗州，但愿周保权能够识大势，否则——免不了兵戈之事。都监，你如何看那周保权？"

李处耘道："江陵毕竟是四战之地，兵力亦不如湖南。湖南所实际控制的地域，广于荆南，麾下兵马的实力也大在荆南之上。周保权不过一小儿，恐受左右挟持。以我之见，周保权的僚佐们恐怕不愿轻易归顺朝廷。"

"陛下的诏书中，示意尽量以实力震慑湖南，迫其归顺。延钊揣测圣意，陛下发十一州大军南下的本意是不战而屈人之兵。不过，万一周保权抗拒王师仍不免要有一场恶战。届时，还望都监鼎力相助，与延钊一同向陛下言明利害啊！"慕容延钊说这话的意思是，万一大战避免不了，还望李处耘作为都监身份，共同上奏请战。

李处耘当然明白慕容延钊的意思，当即抱拳，慨然道："处耘愿与大帅共立不世之功！"

慕容延钊听了，岩石一般冷峻的脸上露出了淡淡的微笑。

当夜，慕容延钊令李处耘率先锋部队，混编了数万江陵步卒，浩浩荡荡往朗州方向进军。

慕容延钊大军占据江陵后迅速进军朗州的情报，很快被朗州方面的斥候汇报给了武平节度使周保权。

周保权毕竟年少，初闻朝廷大军占据江陵，便心头大惧；又闻朝廷大军直趋朗州，更是惊恐不已。

"快召李观象前来！快去！"周保权接到报告时正在用午饭，慌得将饭碗一搁，令身旁的亲兵速速去找李观象。

李观象是武平观察判官，富有谋略，甚得周保权的信赖。接到传召时，李观象长叹一声，喃喃道："所畏之事，终于来了！"

李观象跟着那个亲兵慌忙赶到了武平节度使的府邸。

"这可如何是好？李判官，你倒快说说！"周保权用期待的眼神盯着李观象。

在来节度使府邸的路上，李观象一直在考虑如何向周保权开口。如今，面对周保权的这个问题，李观象还是欲言又止。

在周保权的再度催促下，李观象手捻胡须，用尽量平静的语气徐徐说道："少主当初上表请朝廷援助，乃是希望朝廷派兵诛讨张文表。如今，张文表已伏诛，而王师不还，那是想借这机会尽取湖湘之地也。然我湖南所恃者乃是北面的荆渚，荆渚之地是为湖南之唇齿。如今，高继冲已经对朝廷束手听命，我朗州势不能独全。不如——"他说到这里，停住了，看了周保权一眼。

周保权圆睁着一双明亮的大眼睛，稚气的脸此刻显得异常白皙，他怯怯地问道："不如什么？"

"不如负荆归朝，或能不失富贵。"

周保权听完李观象的话，歪着脑袋沉思了一会儿，默默点了点头。

刚点了头，周保权忽又将头猛地一抬起，说道："我湖南何去何从，还是召诸将官再议议，或有万全之策。"

李观象见周保权脸有犹豫之色，知他尚未下定决心归顺朝廷，当下不再多言。

旋即，周保权领着李观象移步议事堂，同时召来了诸位僚佐。

对于朝廷大军直趋朗州的消息，除了周保权，知道的人尚不多。等周保权将消息一公布，众僚佐立时惊惶失色，议论纷纷。

议事堂内喧嚣声一片，周保权皱着眉头，难以决断。

这时，诸僚佐中站出一人，此人身披交领左衽锦袍，面圆体胖，唇上留着短短的胡须，一双绿豆小眼闪着精光。

众人朝那人看去，乃是武平指挥使张从福。

只听张从福一声断喝："主公，决不可将朗州拱手于人啊！"

周保权见张从福一脸凶相，不禁吓了一跳，脸上露出惊惶之色。

"为何不可？"周保权颤声问道。

"归顺朝廷，朝廷如何待我不可知。主公盘踞湖南多年，今上岂容主公继续植根于此？若是今上欲行斩草除根之事，主公与我等，俱为俎上之鱼肉也！我湖南如今带甲十万，战舰千艘，主公据朗州，杨师璠据潭州，黄从志据岳州。慕容延钊尽管号称雄兵二十万，我看他要吃下我湖南也没那么容易。不若，且以山川之险暂阻慕容大军于朗州之外，然后暗中乞援南唐。只要南唐一出兵，他慕容延钊也不敢轻举妄动。届时，朝廷大军必知难而退，北向而归也。"

周保权说道："不错，南唐主李煜近来倒是在鄂州、袁州一带增兵不少。张指挥，现在南唐镇守鄂州的是谁？可否赶紧联络？"

"目前，鄂州是节度使黄延谦镇守。只要主公一声令下，末将立即派人前去联络。"张从福说道。

"只是，慕容大军不日便可兵临城下，恐远水救不了近火。张从福，你有何计，可暂阻慕容大军？"周保权急切问道。

张从福哈哈一笑道："这个容易，我朗州周边多山多水道，只要主公下令尽撤部内桥梁，沉船坊，伐大木堵塞道路，他慕容延钊人再多，一时之间也难以有所作为。"

李观象听张从福这么说，慌忙进言道："主公，张指挥的计谋，虽然挡得慕容大军一时，却不是长久之计。船坊皆沉，道路堵塞，日久民怨必生，民怨生，乱易作！再者，万一南唐不能出兵援助，慕容大军必开山搭桥，强攻我朗州。主公难道忍看生灵涂炭?！"

张从福厉声道："唇亡齿寒，南唐岂会见死不救？"

"对于荆南，南唐可能出援。但是，南唐与我湖南世代结仇，岂会轻易出援？"李观象针锋相对地说道。

张从福的脸色渐渐变成绛红色，恼羞成怒道："即便南唐不援，我朗州背水一战，慕容延钊也未必能赢。判官也恁贪生怕死！"

李观象听张从福这样一说，怒发冲冠，气道："我李观象一心为主公打算，岂是贪生怕死之辈！战便战，我李观象顶多一死以报主公便是！"说完这话，李观象当即甩袖退了下去，不再言语。

周保权沉思半晌，终于说道："张从福之策甚好！就依他之计行事。张从福，你速速派人前去鄂州，务必说服黄延谦派兵支援。"

李观象这时忍不住又站出来说道："主公，光游说黄延谦恐怕不行，估计他也不敢做主。微臣以为，如今南唐国内，最富谋略者乃是韩熙载，若能联络韩熙载，晓以利害，通过韩熙载说服南唐国主与我朗州结盟，或能保我朗州也！”

“嗯——甚好，这样吧，李判官，你速速安排可靠之人带重金前往金陵，去找那个韩熙载。”周保权冲李观象说道。

“是！少主！”李观象退下了下去，心下暗自嘀咕：“只好冒险一试了。谋事在人，成事在天，愿上天助我！”

五

去往南唐的路上，桃红柳绿，春色满眼。但是，王承衍的心情却是极其灰暗的。

王承衍没有想到，自己竟然会为了一个女子，而且是为了一个死去的女子，为了一个可能是南唐间谍的女子而再次踏上前往南唐的路。他也没有想到，自己竟然不顾皇帝的劝阻，执意要去证明这个女子不是南唐间谍，要去证明一定是李处耘搞错了。

“张文表在湖南反叛周保权之前，朕本制订了偷袭江陵城的计划，但是，此计划被南唐事先得知。南唐因此陈重兵于江陵之东，令朕不得不放弃计划。若不是有间谍向南唐传递消息，南唐的动作不会这么快！李处耘调查的结果，认为是窅娘通过你获知了朕的计划，然后暗中传递给韩熙载。而且，在第一次偷袭江陵的计划流产后，朕试探过，窅娘一定还在继续为韩熙载递送情报。”赵匡胤心知王承衍对窅娘有了感情，不想说得很明白，令他难堪，所以语气委婉，留下了一点余地。

但是，王承衍并没有体会到赵匡胤的用意。他激动地说道：“陛下这么说，就是没有明确证据可以证明窅娘就是南唐间谍！”

赵匡胤只得说：“事态的发展都证明，窅娘一直在为韩熙载刺探我大宋的情况。承衍，你要接受这个事实。”

“不，窅娘之前已经向我坦白了身份。她说，是韩熙载逼迫她这样做的。她不可能欺骗我！不，一定是李处耘搞错了！或者——窅娘又因其他原因被韩熙载控制了！我一定要查清楚。”

“承衍！你这是白费工夫！”

“我一定要找到韩熙载，是韩熙载害死了窅娘！我要他亲口说，窅娘究竟是否一直在向他传递情报。”

“韩熙载是个不简单的人物！难道凭你几句话，他就会承认吗？他是一个权谋家，即便他为南唐操纵了窅娘，他也不会承认的。若是承认了，就等于授人以柄，就等于为我大宋征讨南唐提供了一个很好的借口。他不会承认的！”

“难道，窅娘就只能这样不明不白地死了？”

赵匡胤想起是自己后来将计就计利用窅娘向韩熙载传递了假情报，面上微微露出愧疚之色。他沉吟了片刻，神色肃穆地说道：“不，窅娘，和你、和我一样，和韩熙载一样，是一个战士。她知道自己为何而死！”

回到秀巷家中的那些日子，每次吃饭，小萱都会端上一盘鱼酱。“这鱼酱，是娘子与我一起做的。”他第一次吃那鱼酱时听小萱这么一说，他便再也忘不了那鱼酱的味道。很香美，有鱼肉的鲜味，有美酒的浓香，橘皮的气味会在入口后慢慢在舌尖弥散开来……连续多日，他一贯冷静的头脑因难以遏制的悲伤、愤懑和对窅娘的思念，仿佛塞满了乱麻。如今，他渐渐冷静下来，仔细回忆起离京之前与赵匡胤的一番对话，他隐隐感到，赵匡胤还有些话没有说透。

“……朕试探过……”

“……窅娘，和你我一样，是个战士。她知道自己为何而死！”

“陛下这么说，究竟是什么意思？陛下是如何试探的？为什么，陛下说窅娘是个战士？为什么，陛下说这些话的时候似有愧疚之色？”这时候，王承衍才渐渐觉得，赵匡胤话中有话，一定有所保留。他并不知道，赵匡胤通过李处耘基本确定了窅娘的身份之后，更进一步利用窅娘，将错误的情报传递给了韩熙载，从而假吴越国之力牵制了南唐的注意力，为南下取荆、湖创造了更大的机会。赵匡胤说窅娘一样是个战士，是想说，韩熙载在用计，窅娘在用计，他与他们一样，也在用计，都在为自己的使命而战。赵匡胤知道，王承衍爱上了窅娘，所以不忍心将话说得彻底通透。另外，想到自己也利用了窅娘，赵匡胤内心的确产生了一种罪恶感，这也使他不自觉地在言语方面显得有些含糊，仿佛这样一来，就可以稍稍减轻一点自己的罪孽。但是，当时正处于极度激动与悲伤中的王承衍，又如何能够观察思想得那么细致呢！因此，王承衍直到在前往南唐的漫长道路上，在一颗心渐渐冷静下来之后，才开始仔细琢磨赵匡胤那些话背后可能隐藏的深意。

这次前往南唐，周远、高德望执意要陪着王承衍。王承衍拗不过他俩，知他俩对自己情深义重，只好同意他们跟着。至于王牧，王承衍则令他带人回华州，向他父亲王审琦汇报近况。王牧也苦口婆心劝王承衍不要去南唐，可是连皇帝都无法动摇王承衍的决心，他又怎能劝说成功呢？王承衍心里很清楚，如果他不往南唐走一趟，不把事情搞个水落石出，他这一辈子都不会安心。

慕容延钊大军襄州集结时，南唐已经开始调动兵马，防备大宋军队乘机进攻南唐。但是，由于之前赵匡胤联盟吴越，制造出有意择机攻打南唐的假象，南唐担心如果支援江陵、湖南，有可能导致吴越借大宋之势，乘机从东面进攻南唐。那么一来，南唐将面临两面作战的困境。所以，当慕容延钊派先锋李处耘南下江陵时，南唐方面也只是在自己与荆南、湖南的交界加强了警戒，并不敢将陈列在与吴越国交界地带的大军往西边调动。

由于大宋已经开始对湖南用兵，南唐对出入南唐的他国人员加强了盘查。王承衍、周远和高德望三人乔装打扮，装成前往金陵的生意人，好不容易混过一道道关卡。将到金陵时，坊间已经有传言说，慕容延钊大军已经拿下江陵，荆南已经归顺朝廷。尽管这是个特大喜讯，但是王承衍心里苦念窅娘，一心想要找到韩熙载查出个究竟，即便听到了这个好消息也依然闷闷不乐，高兴不起来。

“既然慕容延钊已取荆南，他必很快进军湖南。所谓唇亡齿寒，湖南一紧张，南唐这边的警戒必然升级！咱们务必多加小心。”王承衍不忘提醒周远和高德望。

鉴于此前赵匡胤的提醒，王承衍这次再赴南唐，打算直奔金陵，然后潜入雨花台韩熙载的别宅绑架韩熙载，一切只为迫使他开口，为了还窅娘一个公道。

到达金陵城南时是午后，他们先找了一家偏僻的客栈安顿下来。等到天黑，王承衍三人换上夜行衣，用黑巾蒙住脸，带上匕首、鹰抓钩、缒城索等工具，来到金陵城南雨花台韩熙载的别宅外。就在这个别宅内，王承衍、周远和高德望都曾经被软禁过。不过，王承衍、高德望二人大部分时间被囚禁在室内，所以对整个宅子并不很熟悉。三人中，只有周远曾经逃脱软禁，偷偷进出过别宅，因此唯有他对宅子内部的情况略知一二。

“咱们先去书房找韩熙载。他很可能在那里。”周远建议。

听从周远的建议，三人翻过围墙，进入宅子，在山石、草木的掩护下，一路专挑暗处摸往韩熙载的书房。

好不容易靠近书房，却发现那间屋子黑黢黢一片。

“莫非韩老儿已经睡了？”周远暗中低声说道。

“到窗棂边听听可有动静。”王承衍道。

三人蹑手蹑脚摸到书房的窗棂之下，屏息听了一会儿，却未听到里面有任何轻微的响动。“恐怕韩熙载不在此处。怎么办，少将军？”高德望有些着急。

王承衍一时不知如何是好。

“刚才摸来书房的路上，我见有一处屋子内亮着火烛，不如先去那里看看。万一不行，就抓个韩熙载的仆人或侍女，问问韩熙载在哪里。少将军以为如何？”周远轻声道。

“也只好如此了。”王承衍环顾了一下四周，答道。

于是，三人又往来路摸去，很快找到那间亮着火烛的屋子，悄无声息地摸到窗棂之下。

只听屋里有个清脆的声音笑着说道：“这只鸳鸯，姊姊绣得可真好！不过，这一只绣得倒是有些丑了。”

另一个声音说道：“你这丫头，就爱取笑姊姊。你绣得好，你来绣呗。”

“阿若姊姊，我更不行啦，我还指望着你教我怎么绣呢。韩大人不是老夸你绣得好，让你多教教我嘛。姊姊如此讨大人欢心，真叫妹妹嫉妒！哎哟，姊姊别挠我痒痒啊，我求饶，快停下！”

一阵嬉笑打闹过后，只听那个被叫作“阿若”的说道：“说实话，最近大人整天阴沉着脸，我看着都有些害怕。”

“是啊，我也发现了，韩大人近来好像非常不开心。阿若姊姊，你说，韩大人是不是遇到什么事情了？”

“阿若，这个名字好像在哪里听到过。”王承衍忽然心念一动，“是了，那天夜宴时韩熙载正是叫这个阿若去窅娘房中搜查，正是这个阿若，从窅娘房中搜到了那块画着南唐军事地图的绢帛。不错，正是阿若，将那块绢帛带回到夜宴上，韩熙载因此指证窅娘是我大宋的奸细。韩熙载利用窅娘设的局，应该就是从那时开始的。这个阿若一定深得韩熙载的信任，她一定知道一些内情。”此刻，因屋里人的那句话，王承衍记起了这个阿若，也记起了当时阿若听到韩熙载的吩咐时看了一眼窅娘，那一刻，她的眼神似乎有点诡异。

这样想着，王承衍冲周远、高德望做了一个手势，指了指屋子旁的一座假山。周远、高德望会意，跟着王承衍一起向假山摸去。他们摸到假山背后，躲入假山漆黑的阴影中。

“屋里那个阿若，一定知道关于窅娘的内情。我们先抓住她问问。周远兄，你觉得如何才能得手？”王承衍来不及细说。

“二狗子，你一会儿去方才窗棂下叩叩窗户，吸引屋里人的注意。少将军，我们从屋子正门进去。屋子里是两个人，屋门可能没有从里面闩上，万一上闩我也有办法。二狗子，你按着心跳的节奏默默数数，数到一百时再敲击窗棂，我与少将军那时应该已经到了屋子正门处并做好了进屋的准备。待我俩进屋控制住人后，你在窗前放风，有动静赶紧再敲窗提醒我俩！”

王承衍、高德望听了，当即默默点了点头。

高德望依计而行，再次来到方才那屋子的窗棂之下，静静蹲下，默默地数起数来，待数到一百时，高德望直起身子，不轻不重地敲击了几下窗棂。

“什么声音？”阿若问。

“什么？哪里？”

“好像有人敲窗子。”阿若的声音听起来有些紧张。

高德望又轻轻敲击了几下。

“谁在敲窗？”阿若惊问。

高德望听到屋内有两人的脚步声。“她们往窗边走来了。”高德望暗想。

突然，高德望听到里面两声惊呼，随后马上没有了声音。

“少将军他们得手了！”高德望一边想，一边下意识地用指尖蘸了点口水，捅破窗户纸往里看了看，只见周远、王承衍各自从背后捂住一个女子的嘴，都用匕首抵着女子的脖颈。

“都别出声！如不然，取你俩性命。”周远压低声音，用低沉冷酷的声音说道。自杀张文表报仇之后，他已无杀人之心。此时这么说，完全是为了控制住这两个女子，以防她们的呼喊声引来院内的看守。

“好好回答问题，我们不会伤害你们。”王承衍补上一句。虽然他语气温和，但两个女子被匕首抵着脖子，也吓得花容失色。

“好，现在我们慢慢松开手，记住，不要呼喊！”周远再次提醒。

两个女子瞪着惊恐的眼睛，使劲点了点头。

高德望屏住呼吸，盯着屋内发生的一切，心提到了嗓子眼儿。他担心这两个女子控制不住情绪，发出惊呼声。

所幸，两个女子尽管恐惧万分，但都按照周远的警告，表现得很安静。

“阿若！”王承衍冲着阿若说道。他在窅娘翩翩起舞的那个夜宴上见过阿若，所以记得她的长相。

阿若满脸惊惶，听到面前的黑衣人叫她的名字，不禁大声惊问道:“你怎么知道我的名字?”

“嘘——轻点儿。”王承衍低声提醒，慢慢拉下了蒙着脸的黑巾。

“啊!你是——大宋的王承衍少将军!”阿若低低地惊呼一声。她认出了眼前这个年轻人。

“阿若，你别怕，我只想问你一件事情!”王承衍盯着阿若，虽然口气温和，但是神色极其严峻。

阿若见了他的神色，不禁打了个寒战，慌忙点了点头。

“那天——夜宴那天，你拿回来的那张绢帛地图，可确实是窅娘所画?”

“这，这——我不知道。韩大人说那是窅娘画的。”阿若眼神飘忽，神色慌张。

“她在说谎。依我看，不如一刀结果了她，咱们直接去找韩老儿问个究竟。”周远故意冷冷地说道。

“我——我说，是韩大人事先安排好的，事前，他亲自让我在那幅绢帛上画了地图，令我先藏在身上，等到夜宴那晚，听他吩咐拿到窅娘房中，后再拿回夜宴，当着王将军的面，指证窅娘是大宋安插在南唐的奸细。我问韩大人为什么陷害窅娘，韩大人说那不是我应该知道的。夜宴那晚，我只是按韩大人的吩咐办事而已。王将军，你们别杀我!”阿若哀求道。

王承衍听阿若这么说，心里一阵难过。“韩熙载为我设的局，果然是从那时开始的。可是，窅娘在向我坦白身份后，难道会依然为韩熙载卖命，继续给他递送情报?窅娘为韩熙载递送情报，究竟是被逼迫的，还是自愿的?”他悲伤地想着。可是，他又如何能够猜透窅娘那千回百转的复杂心思啊。

“一定得找到韩熙载!”王承衍呆了片刻，恨恨地说道。

“韩老儿现在何处?”周远朝阿若看了看，又冲另一个女子瞪了一眼。

“就在半个时辰前，来了三个人，韩大人见了那三人后，便急急离开了，说是去南唐宫。”另一个女子颤声说道。

“南唐宫?”王承衍看了周远一眼。

“韩老儿可说过何时回来？”周远问。

“大人没说啥时候回来。”那个女子回答道。

“那他离开时还说了什么吗？”周远继续问。

这时，阿若凝眉略想了一下，颤声说道：“大人说是有急事，要进宫一趟禀报国主。还说或有紧急差遣，若是他明日午时未归，让我去金陵城内给老夫人报信，就说他有王命在身，外出一阵，望勿念。”

王承衍听阿若这么说，追问了一句：“你可知他因何事急急进宫？”

“这个——小女子实在不知。”阿若面色惨白，惶然摇头。

“你叫什么？”周远扭头向阿若的同伴问道。

“我叫阿芷。”那女子怯怯地说道。

“好，阿若，阿芷，你们两个听好了！如是韩老儿回来，你们什么都不要说，装作什么都没有发生。若是你们告诉他我们来过，让他知道你们透露了他陷害窅娘的事情，即便我们不回来杀你俩，那韩熙载也不会放过你们的。听明白了吗?！”周远用冰冷的眼光扫过两个女子的眼睛。

阿若、阿芷两人，听了周远的话，忙不迭地点头。

“怎么办，少将军？”周远问王承衍。

“出去再说。”王承衍冲周远使了个眼色。

两个惊恐的女子呆立在原地看着两个不速之客出了屋门。

王承衍、周远出了屋，叫上高德望，趁黑摸出韩熙载的别宅。

出了韩府，王承衍对周远、高德望说：“去南唐宫！”

“现在？”高德望有些吃惊。

周远道：“少将军，匆忙之间夜闯南唐宫太危险了！”

王承衍略一沉吟，摇摇头说道。“不！韩熙载急急进宫见李煜，一定是得到了什么重要情报。南唐或许有什么重要行动。听阿若说，韩熙载说他自己可能会有差遣，又让传话告知老夫人，果真如韩熙载所说，他极可能连夜离开金陵。周兄，之前我随着唐镐进南唐宫，暗暗记住了宫内的地形和路径。夜闯南唐宫，不是没有可能。我们必须尽快乘夜潜入宫中找到韩熙载所在，盯着他，跟踪他，择机绑了，问个究竟。万一——万一韩熙载连夜离开了金陵，不知去处，再抓他就难了。”

六

南唐主李煜嗣位不久，句容县尉张泌曾于宋建隆二年八月二十八日上表李煜言事，表云：

我大唐之有天下也，造功自高祖，重熙于太宗。圣子神孙，历载三百。丕祚中否，烈祖绍兴。大勋未集，肆我大行嗣之。德则休明，降年不永。袭唐祚者，非陛下而谁？臣闻昔汉文帝承高祖之后，天下一家，已三十年，德教被于物也久矣，而又封建子弟，委用将相。合朱虚、东牟之力，陈平、周勃之谋，宋昌之忠，诸侯之助，由中子而入立，可谓正矣。及即位，戒慎谦让，服勤政事，躬行节约，思治平，举贤良，赈鳏寡。除收孥相坐之法，去诽谤妖言之令。不贵难得之货，不作无益之费。其屈己爱人也如此，晁错、贾谊、贾山、冯唐之徒，犹上书进谏，言必激切，至于痛哭流涕者。盖惧靡不有初，鲜克有终也。而文帝优容不拂，圣德充塞，几至刑措。

今陛下当数岁大兵之后，邻封袭利之日，国用匮竭，民力罢劳，而野无刘章兴居之人，朝无绛侯曲逆之佐，可谓危矣。试使汉文帝之才，处今日之势，何止于寒心消志而已也！臣惟国家今日之急务：一曰举简大以行君道，二曰略繁小以责臣职，三曰明赏罚以彰劝善惩恶，四曰慎名器以杜作威擅权，五曰询言行以择忠良，六曰均赋役以恤黎庶，七曰纳谏诤以容正直，八曰究毁誉以远谗佞，九曰节用以行克俭，十曰克己以固旧好。亦在审先代之治乱，考前载之褒贬。纤芥之恶必去，毫厘之善必为。密取与之机，济宽猛之政。进经学之士，退掊克之吏。察迩言以广视听，好下问以开闭塞。斥无用之物，罢不急之务。此而不治，臣不信矣。《诗》曰“敬之敬之，天维显思”;《书》曰“儆戒无虞，罔失法度”;《易》曰“其亡其亡，系于苞桑”。言君人者，必惧天之明威，遵古之令典，作事谋始，居安虑危也。臣观今日下民，期陛下之致治，如百谷之仰膏雨。愿陛下勉强行之，无俾文帝专美于汉。臣死罪死罪，谨言。[①]

李煜阅表后，批云：

读书不只为词赋口舌也，委质事人，忠言无隐，斯可谓不辱士君子之风矣。况朕纂承之始，政德未敷，哀毁之中，智虑荒乱。深虞布政设教有不足，仰嗣先皇，下副民望。卿居下位，而首进谠谋，观词气激扬，决于披览，十事焕美，可举而行。朕必善始而思终，卿无今直而后佞，其中事件，亦有已于赦书处分者。二十八日批。[②]

李煜的批文，说明他嗣位以来，深感自己责任重大，并立志广纳忠言，也鼓励官员们直言政事。从李煜的批文也可看出，当时李煜对张泌所言的南唐政治之弊并非毫无所知。如张泌所言，李煜嗣位，乃在南唐大兵之后，当时南唐国用匮竭，百姓劳顿，李煜要重振南唐并非轻而易举之事。当时南唐的局面，也影响着李煜对主要竞争对手——大宋——的态度。

自建隆三年初以来，南唐发生了很多大事，很多事都影响着南

① 《全唐文》卷八百七十二《上后主书》，上海古籍出版社，1990 年。
② 《全宋笔记》第一编之二《江表志》(卷下)，大象出版社，2004 年。

唐与大宋的关系。

建隆三年春三月，南唐国主李煜派冯延鲁再次入贡于宋，努力维护与大宋之间的关系，同时提防吴越国利用大宋之手打压南唐。

也在这年三月，清源节度使、中书令、晋江王留从效薨。留从效之子留绍镃未经南唐国主李煜任命自称留后。泉州将陈洪进闻从效死，出兵清源。四月，陈洪进大败留绍镃，将他押送到金陵。李煜令清源节度使副使张汉思为留后。

为了进一步向大宋献媚，李煜于六月派遣客省使翟如璧入贡于宋。赵匡胤于是放南唐降卒千人南还。

为了赢得土著大臣的支持，李煜下诏，洗雪宋齐丘之罪，大赦其家属，令居金陵。李煜又重用土著大臣陈乔等人，以神武统军朱匡业为宁国军节度使，以林仁肇为神武统军。

这年七月，南唐失去了一武一文两位国家重臣。南唐的名将陈诲、礼部尚书潘承祐都在这个月去世了。借陈诲去世之机，李煜对国内的兵马安排再一次进行调整。他以何敬洙为左武卫上将军，封芮国公，改朱匡业镇守江州，以林仁肇为宁国军节度使。

到了建隆三年的十一月，南唐国主李煜派遣水部郎中顾彝再次去大宋进贡。但是，他的一系列进贡，并没有打消赵匡胤统一天下的想法。

建隆四年二月，大宋出师荆南、湖南。大宋的这次出兵，使韩熙载大为紧张。

几天前，韩熙载派去汴京探寻窅娘的间谍终于回来了。根据这个间谍的说法，几个月来，陈家青铜照子店还安然无恙，但与窅娘接头的老陈和那个“卖货郎”都再没有见到过窅娘。秀巷的那个宅子门口也再没有见到窅娘出入，窅娘仿佛人间蒸发了一般。韩熙载得报，不禁黯然神伤。便在这时，他收到了来自李处耘的一封书信。信是李处耘得赵匡胤授意而写的，文辞都是外交辞令，暗示窅娘已经因间谍罪被他属下处死了。随信送来的，还有窅娘的简单遗物。

韩熙载捧着李处耘的来信，信未读完，便已经老泪纵横。他找出了窅娘曾经在金陵别宅夜宴上穿过的那件舞衣。舞衣只被窅娘穿过一次，上面缀着的夜明珠依然光彩夺目。他将那件舞衣拿在手里抚摸了好久，整整一天未出一语。随后，他令人在金陵城外，在他雨花台别宅的不远处找了一块风水宝地，将窅娘只穿过一次的舞衣连同李处耘从汴京送来的窅娘的遗物一同埋葬，修了一个衣冠冢。他亲手为窅娘撰写了一篇长长的墓志铭，却又亲手在蜡火上烧掉。在窅娘的衣冠冢前，他令人立起了一块碑，碑上终是未刻一字。

南唐国主李煜从韩熙载处得知窅娘的死讯，想起与窅娘短暂的恩爱时光，不禁凄然泪下。多年后的一个春夜，李煜望着天际残月将息、云气将散的天空，思念起窅娘，怀着惆怅的心情，写了一首小词《喜迁莺》，词云：

晓月坠，
宿云微，
无语枕频欹。
梦回芳草思依依，
天远雁声稀。

啼莺散，
余花乱，
寂寞画堂深院。
片红休扫尽从伊，
留待舞人归。

曾经许多个夜晚，李煜都怀着深深的歉疚之情，盼着窅娘能够自大宋的汴京城回到金陵，回到他的身边再续前缘。可是，自建隆三年的那个冬天之后，那个曾经在他的眼前留下曼妙舞姿的窅娘，再也不能归来了。

连日来，韩熙载感到心情沉重，尽管他尽了最大的努力来遏制大宋进攻荆南和湖南，但是他发现，自己还是被赵匡胤的计谋给牵制了。窅娘的死讯使他猜想，赵匡胤可能早就查出窅娘是他安插在王承衍身边的间谍。“赵匡胤一定是顺水推舟，利用窅娘传出情报，用大宋与吴越联合的计谋来误导我。然后，他趁机集结大军对付荆南、湖南。”韩熙载想到这点，不禁再次为窅娘之死感到伤痛。

如今，南唐已派重兵防备与吴越交界地区，而要发大军去支援江陵则为时已晚。但是，韩熙载并未认为自己完全中计了。“吴越那边，是不得不防的。既然赵匡胤使出利用吴越牵制我南唐的计谋，以吴越攻击南唐这一步棋，他迟早会走。荆南、湖南如果真的归入中朝，我南唐与大宋之间缺了屏障，压力定然大增。不过，大国交邻，赵匡胤至少在很长一段时间内不敢轻举妄动。只要我南唐抓紧时间增强国力，他大宋又奈我何！”这样想着，韩熙载很快振作起来。

正巧，就在王承衍等人潜入金陵的这天夜晚，韩熙载接见了湖南周保权派来的秘密使者。使者给他带来了重金，也带来了一封密函，请求南唐学三国时孙、刘合力抗曹，发兵湖南，共同抵御慕容大军。韩熙载之前已经风闻慕容延钊占据荆南，本自暗暗叫苦。他担心大宋一旦取下荆南、湖南，南唐国将成为赵匡胤的下一个猎物。此时湖南暗中前来求援，他不禁暗暗欣喜，心想，这或许是南唐扳回被动局面的机会。所以，韩熙载等不及次日，当即便决定连夜进南唐宫，面禀国主李煜。

韩熙载入得南唐宫，被告知国主将在“移风殿”接见他。

近期，韩熙载每次进到金陵南唐宫，穿行在宫殿内锦簇的花团之间，心情都异常沉重。

韩熙载生来率性，对于奢侈的器物，自己也颇为喜好，所以见到繁华旖旎的风景，并不感到奇怪。但是，李煜的奢华，却让他感到有些过分了。

金陵南唐宫内，自李煜继位以来变得更加锦绣奢华。登基后没过多久，李煜便令巧匠在宫殿的梁栋、窗壁、柱拱、阶砌等处都做上了隔筒，又在这些隔筒内，密密插上了各色鲜花。李煜笑称，他要将金陵南唐宫，变成世上最美的“锦洞天”。

李煜又下令在南唐宫内增建了几处小宫殿。这些宫殿，占地七八平方丈至十一二平方丈不等。其中一殿，名曰“移风殿”，殿不高，只有一层。移风殿南门两边，植有两棵大樟树。殿的周围，种了一圈不高不矮的连翘。大樟树在春夏时树叶繁茂，到了冬季，便树叶凋落。去年三月下旬，李煜听说庐山僧舍有麝囊花，花开正盛，花色红紫，号曰“紫风流”，便诏令取老枝数十根，扦插到了移风殿门两侧。原来殿门两侧的部分连翘便被刨掉了。李煜给这数十根麝囊花赐名云“蓬莱紫”。这些“蓬莱紫”甚是娇贵，春冬喜欢阳光，夏秋又喜欢阴凉。春节期间，它们便会开花。如果阳光充分，娇贵的花朵可以一直开放两三个月。移风殿南门的这片地方，恰好是“蓬莱紫”生长的佳地。春天，移风殿南门的“蓬莱紫”并不会因高大的樟树而无法晒到阳光；夏天，南边两棵大樟树倒是正好为这些“蓬莱紫”遮阳挡雨，使它们娇贵的花朵可以免去阳光的曝晒和暴雨的浇淋。到了秋冬，大樟树树叶逐渐凋落，阳光可以毫无遮挡地洒落下来，保证这片“蓬莱紫”的生长。因为“蓬莱紫”花朵娇艳，香味浓郁，李煜对它们甚是喜爱。这天，韩熙载要去的地方，正是在“蓬莱紫”映衬的“移风殿”中。

是夜，韩熙载进了“移风殿”，抬眼看去，只见李煜穿着绣着金丝云纹的黄袍，斜倚在金丝楠木宝座上。韩熙载没有想到，李煜的身旁，还坐着那位以美丽著称天下的女人——周后。这是韩熙载第一次进入“移风殿”，也是他第一次在此殿内见到周后。韩熙载看了看李煜和周后，又环顾了一下四周——殿内点着一支支巨大的羊脂红烛，殿壁与柱子上，到处垂挂着销金红罗幕，有些地方，罗幕用白金钉固定在柱子、殿壁上，有些地方，则用缀着玳瑁的销金带系束着。殿内，一个个端然站立的内侍也都身着华服。整个移风殿内，所有的一切，都显得无比辉煌、华美、绚丽。韩熙载恍然之间不禁有种错觉——那宝座上的一对男女，莫非是神仙下凡到了人间？

“韩侍郎，快快坐下！”李煜主动招呼韩熙载落座。

“谢陛下！”韩熙载作揖落座。在南唐宫内，臣子们依然称国主为“陛下”。

这时，周后腰身一动，欲起身离去。李煜一把按住她，笑道：“娥皇，怎么了？”

周后嫣然一笑，说道：“陛下与韩夫子论国事，我还是回瑶光殿陪寓儿和宣儿吧。再不陪他俩，估计他俩只认得乳母，不认识亲娘了。”

周后所说的寓儿和宣儿，是李煜的长子仲寓和次子仲宣。两个孩子，今年一个五岁，一个三岁，都聪明伶俐，可爱无比。几日前，次子仲宣刚刚学会了背诵《孝经》，而且是全文背诵，一字不漏。李煜对两个孩子非常喜爱。此刻，李煜听周后这样说，也是心中欢喜，便笑道：“也好，那你便去瑶光殿陪陪孩儿们，等这边议完事，孤家便去陪你们。”

周后朝李煜嫣然一笑，又扭头冲韩熙载微笑着点点头，便莲步轻移，由一名内侍领着，出殿而去。

韩熙载对周后报以礼貌的微笑，以钦慕的眼光，目送这位绝代佳人离开。

待周后出了殿，李煜把眼光转向韩熙载，笑着说道：“孤家正想找韩侍郎，没有想到韩侍郎主动来了。孤家嗣位以来，知天下百姓生计艰难，希望能够蠲赋息税，以裕民力。近来，孤家陆续召了一些大臣，咨询他们的意见，不料各有各的看法。所以，今日我也想听听韩侍郎的看法。”

韩熙载听李煜这么说，斜瞥了一眼四周垂挂着的销金红罗幕，不禁感到有些滑稽。他没有马上回答，思虑片刻方缓缓说道：“陛下爱民心切，天下幸甚！不过，自先帝归天后，我南唐国势削弱，内帑有空竭之危。当务之急，不是蠲赋息税，而应设法增富民之税，以输军用，以固国防。”

“增税，不可不可！”李煜连连摇头。

韩熙载沉吟道：“即便无法对富民增税，也可变通上税之法。”

“如何变通？”

“我朝常赋征收，沿用两税之制，烈祖之时，曾一度改为征收实物。后来，又恢复旧制，秋税征收实物，夏税征收缗钱。如今，国内钱荒，百姓以实物折阅缗钱，往往损失巨大。”

“为何？”

“每逢夏税之前，富商巨贾料想百姓要以实物折阅缗钱上税，市面上必然急需缗钱，有些商人便乘机压低物价，以此方法，在短期内牟取暴利。所以，通过变通上税之法，允许百姓以实物交纳夏税，如此便可以稍缓民力也！”

李煜微微歪着头，想了想，满意地点点头，说道：“甚好，甚好！”

“不过，今日微臣急急请求觐见陛下，乃是另有一事。如今，大宋兴兵取荆南。近日，慕容大军已经进军朗州。大宋取朗州之日，是我南唐国危之时也！”

李煜虽然对大宋的压力感到紧张，但是他从来没有放弃对大宋的幻想，听韩熙载这么说，便说道：“我南唐侍奉他大宋甚勤，他怎会对我南唐动兵？度大宋皇帝之意，不过是要我南唐臣服而已。韩侍郎是否言重了？况且，此前孤家派唐丰使宋，暗带重金予大宋重臣赵普，并向赵普允诺，我一旦继位，必与大宋联盟。赵普是大宋皇帝的心腹智囊，大宋皇帝岂能不知我心意？”

韩熙载振袖作揖，厉声道：“陛下，难道那荆南、湖南就没有名义上臣服大宋吗？不，大宋皇帝不仅要名义上的臣服，而且要真真正正的统治权力！”

李煜听了韩熙载的这番话，心头顿生不悦，一脸苦恼，皱眉道：“那你说，如何是好？”

“如今有个难得的机会。”

“快说来听听。”

“微臣方才刚刚见了三个人。这三人，是周保权手下的武平观察判官李观象派来的。他们带来了李观象所书的蜡丸密书。李判官在密书中说，中朝这次对湖南是志在必得。其书言辞恳切，不似有诈。根据李判官所说，湖南方面会利用坚壁清野的办法，抵挡中朝慕容延钊的进军。他们希望我南唐能够尽快出兵援助，否则，潭州、朗州等湖南之地，恐迟早会落入中朝之手。”

“我南唐，与湖南为世仇，岂能发兵助仇家！”李煜作色道。

“此一时，彼一时，既然湖南已经先行秘密乞援，这正是我南唐与他抛弃前嫌，共同对付中朝的机会。”

“帮助世仇，岂不是自埋祸患！”

“陛下！荆南如今已经落入赵匡胤手中。江陵控遏着长江上游咽喉，中朝对我朝的优势已经大大增加。我朝以长江为天堑，号称可当十万甲兵，但是江陵一落中朝之手，长江天堑的阻敌之用，已大大削弱。保住湖南，我朝实际上就保住了一道屏障，可以大大减轻长江防线的压力。万一中朝水兵顺长江而下，我朝也可将兵力集中于长江沿线。但是，一旦湖南落入中朝之手，我南唐西境皆成中朝可攻击之处也！”

李煜低眉垂首，沉默不语。

韩熙载腾然从座上立起，抱拳大声道：“陛下，此时湖南乞援，乃是我南唐千载难逢的机会！借这次机会，我南唐可联合湖南之力，阻中朝南扩东进之步伐，一改天下的大局。请陛下授我行营都监一职，微臣愿为陛下之‘班固’，星夜赶往鄂州，督鄂州黄延谦之部，直击慕容延钊大军侧翼，如此一来，慕容延钊必不敢大军急进。随后，陛下再调朱匡业、林仁肇将军率大军前来，那时，慕容延钊必不战自退，我南唐从此便可专守长江防线，江山可以大固也！”

很长时间以来，韩熙载一直在等待机会，等待一个能令他一展宏图大略的机会。如今，这个机会正以危机的方式呈现在眼前，他怎会轻易放过呢。所以，他慷慨陈词，越说越激动，说到最后，仿佛已然兵符在手，即可提雄兵百万直杀沙场。

李煜听了韩熙载的陈词，犹豫了一下，说道：“孤家刚刚嗣位，内帑尚空虚，要发大军支援湖南，谈何容易啊！韩侍郎说的也不是没有道理，孤家亦知韩侍郎一片赤胆忠心！只是——发大军支援世仇，也恐诸位大臣与百姓不见容啊！”

李煜的态度和话语仿佛一大盆冷水，顿时泼到了韩熙载滚烫的心头。韩熙载刚刚感到中兴的梦想几乎触手可及，刹那间变得无比遥远，变得难以企及。他盯着李煜的双眼。在这双眼中，韩熙载没有看到奋然一搏的激情，也没有看到沉静坚忍的决心。韩熙载心里明白，李煜所言亦发自其内心。当下，韩熙载不禁长叹一声，既感无奈，又感悲哀。他两次欲言又止，终于还是微微摇头，默默坐回到位子上，仿佛一下子苍老了许多……

王承衍与周远、高德望离了韩熙载别宅，径往金陵城南门赶去。因已入夜，金陵城的城门早已关闭。三人躲在城外灌木的阴影中，观察城墙上的灯火位置与哨兵情况。他们很快便找到一段灯火昏暗又无哨兵的城墙。

周远本是杀手，武艺高强，飞檐走壁、翻越城墙对他而言，并非难事。王承衍自小在军营中接受军事训练，在城墙内外攀爬翻缒也是小菜一碟。只有高德望是出身于农家，对攀爬城墙的技能并不熟悉。不过，他曾经历过残酷的泽州攻城战，虽不能熟练轻松地攀爬城墙，却并不缺乏勇气。在王承衍、周远的帮助下，高德望费了一番工夫，终于也翻过城墙。所幸，三人都未被发现。

进入金陵城内，他们专挑偏僻的巷道，躲过城内巡夜的军士，急急往南唐宫赶去。

虽然是皇宫，但是城门、城楼上的守卫并不比外城守卫更加森严。中宗李景在世时善待城内居民，民间很少有私闯皇宫的事件发生，故皇宫与外城相比，反而似无森严守卫的必要。王承衍、周远和高德望在皇宫外观察少顷，也照着翻越外城的经验，在灯火昏暗处翻过了皇宫的城墙。

翻墙进入皇宫后，王承衍带着周远、高德望，先躲藏在一大丛灌木的阴影中。

“可是，李煜会在哪里接见韩熙载呢？恁大一个南唐宫，有大小宫殿数十所，李煜、韩熙载究竟在哪里呢？”这个问题，自决定夜闯南唐宫开始，王承衍便一直在想。

是夜，天上的云很厚，月光很暗。入夜的皇宫，与墙外的城区一样，大多地方是漆黑一片，只有少数几处宫殿在黑夜中亮着灯火。大部分的建筑，都隐没在黑黢黢的夜色中。松树、柏树、槐树、梓树等各种树木，在黑夜中被淡淡的月光勾勒出一根根枝干、一簇簇树叶的形状，仿佛姿态各异的鬼魅。

“韩熙载连夜求见国主李煜，李煜接见他的地方，必然灯光通明，多半也会增加金吾卫看守。咱找一队巡逻的金吾卫跟着，每到灯火明亮的宫殿，就多加留意，看看是否有重兵警戒，这样或能很快找到李煜所在地。实在不行，就只好抓一两个金吾卫问问。”王承衍低声与周远、高德望说。

行动方案既明，他们便在灌木丛的阴影中藏着，静静等待机会。

没多久，一点红光在黑暗中越来越近，光点也慢慢变成了红色光团。原来，是一小队金吾卫，正沿着道路慢慢走来。

王承衍三人仔细看去，那队金吾卫总共有八个人，前头一个身披铁甲，头戴红缨铁盔，左手提着一只灯笼，右手按着腰刀的刀柄，一边走，一边转着脑袋，有些机械地扫视着四周，随着脑袋的扭动，此人胸前铁甲中间的护心铜镜，不时反射着灯笼发出的红色光芒。此人身后，每人也都身披铁甲，手执长枪。

“就跟着他们。”王承衍轻声向周远、高德望说。

三人等那队金吾卫稍稍走远，便猫着腰，在灌木丛与树木的阴影中往前跟去。

那队金吾卫连着经过三座殿宇都没有停下，其中一座殿宇还亮着光，门口站了四名金吾卫。王承衍犹豫了一下，示意周远、高德望不要停下，继续跟着那队金吾卫往前行去。

过了一阵子，那队金吾卫不再前行，而是在一座小殿之外的灌木丛边细细地巡查。那座小殿南边有两棵大树。小殿周围的灌木大多约一人高，正好围成一个圆圈，只留南面一条甬道通往里面。甬道北端，则是一座小宫殿的南门。此刻，那宫殿的殿檐之下挂着一圈大红灯笼，殿内显然亮着火烛，火烛的光芒从窗棂中射出来，与灯笼发散出的光芒融在一起。这片光芒轮廓并没有清晰的边缘，而是逐渐弥散，渐渐隐没在黑色的夜空中，呈现出一派奇妙、瑰丽的景象。

王承衍三人藏在那圈花丛附近的一座假山后，只觉一股奇异的香味传来，虽然神经处于紧张之中，也不觉有心旷神怡之感。三人正对奇异暗香感到吃惊时，听到有一个金吾卫开口说话了。

“真香！”

“可不是，这便是‘蓬莱紫’发出的香味。”另一个金吾卫呼应道。

“难怪陛下最近喜欢在这‘移风殿’召见大臣。”又一个金吾卫说道。

王承衍听到这话，与周远、高德王彼此对望一眼，各自心里都想：“原来南唐国主李煜便在眼前这座殿中。”

“行了，少说两句，注意警戒。我去里面问问刘将军有什么吩咐。”那个提灯笼的金吾卫说了一句，便沿着那条甬道往里面的宫殿走去。

方才那两个说话的金吾卫朝着王承衍三人躲藏的方向缓步踱来，见队长走远，一个道：“估计又是寻机去向刘将军拍马屁去了！”

另一个道：“那个刘澄可是陛下的藩邸旧人，我看，他迟早会做节度使。他去拍马屁，若是跟着升官了，你我不也可以跟着吃香喝辣吗！让他去多拍拍才好！”

“说得也是，说得也是！”方才那个回应道。

另一个又说：“今天也不知怎的，这么晚了，韩夫子还进宫觐见。”

“这韩夫子可是咱江南的奇才，他能为国事操劳，也是我等之幸。”

“别说什么韩夫子了。憋死我了。走，到那边撒泡尿去！”

“哈哈，兄弟我也正有此意！”

王承衍三人听两个金吾卫这样一边说着，一边匆匆往他们藏身处走过来。

“一会儿，打晕这两人。”王承衍轻声说道。

王承衍伸出一个指头，往其中一个指了指，又回指了一下自己，跟着指了一下另外一个金吾卫，又指了指周远。接着他又朝高德望指了一下，将两个指头屈起来，放在眼前，朝向小殿方向。他的这些动作，是示意由他和周远两人，分别负责搞定两个金吾卫，由高德望负责望风，观察小殿方向的动静。周远、高德望当即会意，都点了点头。

两个金吾卫转眼走近，就停在离王承衍三人五六步远的一丛灌木旁。

这两人下意识地看了看两边，却并未注意到躲在附近阴影中的“入侵者”。

接着，只听到解开衣襟的窸窣之声。

王承衍冲周远使了个眼色。旋即，两人身子一动，迅速悄无声息地摸到两名金吾卫的身后。那两个金吾卫听到了声音，想要转身观察，但为时已晚。

王承衍和周远几乎同时举起手臂，猛然击中了两个金吾卫的脖颈。

随着两声闷哼，两个金吾卫翻身便倒。

王承衍和周远将他们轻轻放倒在地。

“换上他们的盔甲！”王承衍轻声说道。

周远立刻明白了他的意思。

两人以最快的速度换上了金吾卫的盔甲，又用绳索绑好了这两个倒霉的家伙，割下衣襟塞住了他们的嘴巴，拖到了灌木丛后。

盔甲穿戴停当，王承衍和周远从旁边拿起两名金吾卫方才放在一旁的长枪，便大摇大摆走回到高德望身边。

“你留在这里接应。我俩绕到殿后看看。见机行事。”王承衍轻声对高德望说道。

说完，王承衍和周远一起，走出假山的阴影，避开在殿前巡逻的其他几名金吾卫，装作警戒巡查的样子，不紧不慢地往殿后绕去。

两人绕到殿后，竟然也没有其他金吾卫跟过来。

殿后也被灌木丛围着，并没有通往移风殿的道路。灌木丛有些宽，植得很密，周围也没有高大的树木。许是安排岗哨的将领估摸着没有人可以轻易通过这圈灌木丛，这殿后倒是没有设固定的金吾卫岗哨。

“怎么办？”王承衍看了看周远，低声问道。

“看来殿前甬道是通往殿门唯一的道路。不过，那里设有岗哨，我们会被人认出，风险太大。”

“这里也过不去啊！”

“仔细找找，或有比较稀疏的缝隙。”

“也只好如此了。”

两人沿着灌木丛，慢慢地走着。不一会儿，竟然真让他们发现一处灌木较为稀疏。

“从这里钻过去。”王承衍道。

“好！”

他们轻手轻脚地钻进灌木丛，一会儿弯腰，一会儿扭身，一会儿用长枪拨开枝条，小心地避免被密密的灌木树枝划伤。在灌木丛中钻行了十余步，眼看就要钻出灌木丛，王承衍忽然脚下一绊，似乎蹚到了一根绳索，正暗叫“不妙”时，脚旁已经响起了叮当、叮当、叮当的铜铃声，铜铃声从脚旁响起，竟然沿着灌木丛越传越远，往殿前传去。

“是警铃。原来有机关！”周远低呼一声。

“快往外走，咱们撤！”王承衍心知，既然行踪已经暴露，再硬行闯进去，定然难以脱身。

周远听到王承衍的呼喊，也慌忙往来路钻去。

可是，两人一心急，在灌木丛中的行动变得更加艰难，他们的衣甲接二连三被灌木的枝叶挂住。

在灌木丛外，已经有不少金吾卫跑了过来。

“什么人?！”

“快出来！”

有几个金吾卫冲着灌木丛大喊。

虽然殿后的廊檐下也挂着一圈灯笼，但是在灌木丛的外围，夜色浓厚，昏暗不明。金吾卫们一时间弄不清楚“铃铛”声具体来自何处，也看不清灌木丛中的状况，所以只围着殿后的灌木大喊。

“我们装作是进灌木丛查看的，缓缓退出去！”周远低声对王承衍说。

王承衍会意，当即跟着周远，低着头，缓缓退出灌木丛。

“你们两个，发现什么了？”近旁一个金吾卫问道，南方口音非常浓重。显然，他将周远、王承衍两人当成了金吾卫的一员。

王承衍、周远不敢回答，怕被听出口音，都头冲灌木丛，使劲摇了摇头。

黑暗中，那金吾卫也不再追问，自顾往灌木丛中仔细查看。

见所有赶来的金吾卫都在细细搜索灌木丛，王承衍、周远无奈，只好低头弯腰，跟着他们一起，东瞧瞧，西看看。

不一会儿，只听整齐的脚步声响起，一队金吾卫拥着一个首领，打着灯笼往殿后走来。

前面那个金吾卫首领个子不高，长着一张圆脸，身子有些胖，头戴兜鍪，护腰把小肚腩勒得紧紧的。他不紧不缓地走着，就在王承衍、周远的五六步开外停住了脚步，眯起一双小小的眼睛，皮笑肉不笑地扫视了一下四周，忽然喝道：“都停了，都停了！”

王承衍、周远都吃了一惊，不知此人为何下令停止搜索。

“刘将军，一时还没发现什么情况！或许是野猫吧。”

王承衍用眼睛余光瞟了一眼，发现说话的人正是方才那个走入甬道去找“刘将军”的人。他又偷偷看了一眼那个刘将军，觉得有些眼熟，似乎之前在哪里见过，却又一时间想不起来。

只听那个刘将军说道：“铃铛声很大，不像是野猫无意中碰到。似是有人无意中触及绳索，触动了一连串的铃铛。”

“还是刘将军高明。”

“我已经安排人在灌木丛里面围成一圈，护住宫殿。你把你的人，列成两队！从这里开始，一边一队，从两个方向，绕着这灌木丛搜。如果是人，而且已经从灌木丛中溜走了，咱暂且不用管，保护国主安危是首要的。怕就怕，还躲藏在这里面！”那刘将军说着，往灌木丛里指了指。

方才那个去找刘将军禀报的小头领得令，冲着自己的手下大喝：“弟兄们，都到这边列队！”

王承衍、周远一时间都暗呼“不好”。这队金吾卫整日在一起巡逻，彼此熟悉，一列队，定然就被发现了！

“走！”周远对王承衍轻声道。王承衍也只好点了点头。

就在金吾卫们列队时，王承衍、周远两人拔腿便朝逆着高德望躲藏的方向奔跑。他们可不希望高德望也被发现。

他俩这一跑，金吾卫们一时间没有立刻反应过来。

还是那个刘将军反应快。他大呼道：“抓住那两个家伙！”

众金吾卫听到喊声，猛然醒悟，纷纷往王承衍、周远身后追去。

王承衍、周远二人对南唐宫内的道路和事物毕竟不熟悉，加之黑暗之中难辨道路与方向，两人疯跑了一阵，便被金吾卫们从四面包抄了。

两人挥舞长枪，左冲右突，与众金吾卫打斗了一番，刺伤了几名金吾卫，但毕竟寡不敌众，还是被围困在包围圈中。

王承衍、周远经过一场恶战，均已经筋疲力尽，手臂酸麻，几乎再难以举起长枪。他们喘着气，咬着牙，都暗暗做好了最后拼死一搏的准备。

这时，那个刘将军已经赶到近前，在众金吾卫的簇拥下，盯着两个“囊中之物”看了看，忽然面露奇怪的神色。

“要活的！”刘将军喝道。

众金吾卫得令，再次向“猎物”发起了猛攻。他们挺枪刺向两人，却并不指向要害。王承衍、周远鼓起最后的力气，左挡右闪，拼死搏杀。最终，两人被密密的长枪压住了肩头，丝毫动弹不得。

那刘将军见王承衍、周远二人被治住，当即缓缓踱步到他们的跟前，朝他们的脸上仔细看了看。

过了片刻，那刘将军忽然哈哈一笑，冲王承衍说道：“如果我没有记错的话，这位可是中朝的王承衍少将军？”

此言一出，不仅众金吾卫感到吃惊，连周远、王承衍也感到吃惊。其中，最吃惊的是王承衍。

王承衍默不作声。他并不愿意承认。

“我在弘冀太子的墓前见过少将军。那天，先帝率人去弘冀太子墓前道别，你们也随着去了。王少将军那时是中朝皇帝的私人信使，可能不会注意到我，我却记得王少将军。”

王承衍听他这样一说，知道再不承认也没用，便问道：“你是何人？”

“末将刘澄，乃是当今国主的藩邸旧人，当时末将便跟在国主的身旁。王少将军可记起来了？”刘澄道。

王承衍听出来，刘澄特意将“藩邸旧人”这四个说得特别重。

原来是那天见过他一眼！王承衍这时想起了那日的情景。他记得，自己当时站在李景身后数步之外，注意力都放在李景身上。他曾环视过李景身边的一圈臣子，眼光扫过了一张脸，但并没有特别注意那张脸的细节。

现在，从他脑海中浮现出来的沉睡的印象告诉他，刘澄说得没错，他当时见到的，正是刘澄。这种心理活动不止一次地出现过。王承衍知道他有时会有这种能力——可以在无意识中唤醒那些对解决问题特别重要的“沉睡的”记忆。就像之前，他曾从记忆深处召唤出在更换囚室的路上所知觉到的事物、所听到的声音，以及由此产生的种种印象；就像之前，他曾因再次听到“阿若”这个名字，而将在夜宴上看到阿若那一刻的印象，于记忆中再现出来。

不过，尽管王承衍已经确定眼前的刘澄正是自己见过的那个人，他依然不想正面回应他。

见王承衍沉默不语。刘澄忽然眯起眼睛，微笑着问道：“王少将军，你们这是为何？若要觐见国主，直接拜访便是了。何必弄成这样？”

王承衍哼了一声，沉默了一下，昂首道：“今日前来，并非为了国事，乃是为了私事。也不是要找国主，而是要找韩熙载！”

正说话间，忽然一阵嚷嚷声传来。“是二狗子的声音！”王承衍、周远一惊，“看来二狗子也被发现了！”果然，转眼间，几个金吾卫押着穿着夜行衣的高德望走了过来。

“就你们三个？”刘澄问道。

王承衍不再隐瞒，点了点头。

“刘将军，怎么办？”一个金吾卫问道。

刘澄微笑着沉默了一下，说道：“这三人身份非同一般，押他们去见国主。正好韩侍郎也在，王少将军，你不是要见韩侍郎吗？这就带你去见他。”

王承衍见刘澄态度温和，心底暗自奇怪。他不知道，刘澄在李煜身旁做事多年，为人八面玲珑，只要不伤害他自己的利益，他能不得罪人就不得罪人。他办事利索，各方都能够招呼得来，深得李煜信赖。又因为他年轻时练过一番武艺，会打几套拳法，李煜嗣位后，便令他做了金吾卫的首领，一来使他可以继续跟着自己，二来也觉得此人被自己用了多年，深可信任。

于是，在刘澄的喝令下，一队金吾卫押着王承衍三人，顺着灌木丛绕到南面，沿着甬道往移风殿南门行去。

方才，移风殿内，韩熙载正在向李煜谏言提兵支援湖南。李煜犹豫半晌，并不同意韩熙载的建议。韩熙载正沮丧地在座位上思索着下一步的办法，突然听到外面喧闹起来。李煜听殿外金吾卫喊声不断，远远还有金戈碰撞之声传来，不禁有些慌张。他在宝座上有些坐立不安，便派了一个内侍出殿外打听情况。

韩熙载倒是镇定，只是静静地坐着，警惕地盯着殿门。这一刻，韩熙载的脑中浮现出一个念头：“莫非发生了兵变？”但是，随后传来的呼喝声很快使韩熙载否定了这个想法。他心里很清楚，如果是兵变，动静不会这般小。

不一会儿，方才那个出去的内侍进来禀报：“陛下，刘澄将军率金吾卫捉了三名中朝奸细！其中一人称要见韩侍郎。令他们押进来否？”

李煜听了，脸色一变，心想：“大宋的奸细怎么会在此刻潜入宫中？”

他犹豫了一下，说道：“让刘澄押人进来！”

那名内侍得令，复出殿门去传令。

转眼间，刘澄带着六个金吾卫，押着王承衍等三人进入移风殿内。

王承衍等三人已经被反绑得结结实实，被押进殿后，均昂首望着李煜。王承衍、周远身上，还穿着金吾卫的衣甲。高德望则是一身夜行衣。

李煜、韩熙载看到王承衍三人这番打扮出现在眼前，都不禁大感意外。

“这是怎么回事？”李煜没有问王承衍等三人，而是看着刘澄，质问起来。

刘澄当即将发现和抓住三人的过程说了一遍，又道：“王少将军说有私事找韩侍郎。末将一时不知如何处理，故请国主定夺。”

李煜听了刘澄的陈述，冲王承衍道：“王少将军曾是大宋皇帝的私人信使，不知今日为何私事，要如此潜入我南唐宫啊？你们又是怎样知道韩侍郎此刻正在宫中的？”

韩熙载暗想，王承衍三人必已去过他在雨花台的别宅，否则就不可能如此碰巧知道他此刻进了南唐宫。他听李煜这么问，也不插嘴点破，乐得听一听王承衍方面的解释。

“今日又为何私事，要如此潜入我南唐宫呢？”

不知为何，王承衍感到李煜简单的一句问话竟在他的脑海中掀起了一片巨浪，他仿佛听到了巨浪排空而来发出的可怕的轰鸣声。在脑海里响起轰鸣声之后，他感到一阵钻心的疼痛。当被利箭射入肩头的时候，他曾感觉到箭的运动，伴随着箭的运动，疼痛便随之而来。疼痛，是因为利箭射入他的肌肉，在他的身体内运动。此刻，他突然明白了，只要“窅娘死了”这个念头还在他的心里搅动，他的心就会一直感到疼痛。疼痛，与这个念头相联系，而这个念头，不仅一直在他心里搅动着，还一直在往他的内心深处扎去。

王承衍用一种奇怪的眼神环视了一下四周，看看那几个金吾卫，看看李煜，又看看韩熙载。所有这些人，他们的身体，他们的眼睛，他们的表情，仿佛在一刹那间都僵在那里了，就连殿内燃烧着的羊脂蜡烛的火焰，也仿佛在一刹那间静止了。在这些静止的人和事物的包围中，王承衍感到“窅娘已死”这个念头，这个如同利箭一样的念头，正带着嘶嘶的声音，划破空间，穿越时间，继续往他的心头扎下去……

不知过了多久——在王承衍自己看来——他确实不知道过了多久。他听到了自己冷冷的声音：“韩夫子，我只想问你一个问题。”

“请说。”韩熙载沉静地说道。

“窅娘是否曾向你传递过——我受命出使江陵的消息？”

韩熙载听了王承衍的问题，似乎微微一愣，旋即从容答道：“你好不容易从老夫手中要回了她，为何又说她向老夫传递了消息呢？老夫只知道，她是你们大宋安插到我南唐的奸细。”

韩熙载语气平静地回答，令王承衍一时间不知所措。他心里泛起一种奇怪的滋味。

“我究竟是希望听到什么样的答案呢？我究竟是为了挖掘真相，还是希望听到韩熙载说——窅娘并没有给他传递情报呢？”王承衍突然意识到自己并不完全是为了挖掘真相，而是想要证明，窅娘并没有给韩熙载传递情报。如果是这样，那么也可证明，窅娘并没有背叛他，并没有骗他。他以为，如果窅娘欺骗了他，那么她一定并没有喜欢过他。这是他内心最最害怕的答案。在这一刻，他的理性，为他揭示了自己内心的期待。可是，也正是这种可怕的理性，迫使他继续对抗自己最直接的情感。他知道，他还是想要了解真相，哪怕结果是——窅娘欺骗了他。

“那张画着南唐军事情报的地图，是你栽赃给窅娘的吧？”王承衍看着韩熙载，说道。

韩熙载听了，仿佛并没有受到这话一丁点的刺激。他淡淡说道：“那张地图，是从窅娘房中搜出来的。”

说到这里，韩熙载看了李煜一眼，见他面上有悲戚之色。“原来，国主的心里，并非完全没有窅娘啊！既然如此，窅娘之事，也不便在殿堂上说了，免得国主情绪失控。况且，王承衍说是为了私事，我也不便在大殿之上承认窅娘是我南唐的间谍。不能被大宋拿住把柄。”

这样一想，韩熙载起身冲李煜作揖说道：“陛下，时辰已晚，这三位不速之客自称是因私事找微臣，还请陛下责令微臣来处置他们。”

李煜心底正为如何处置王承衍等三人而感到为难，听韩熙载这么说，眉头皱了皱，便说道：“也好！韩侍郎，就由你带走处置吧。不过，王少将军曾是中朝皇帝的私人信使，一定要慎重处置。”

李煜心底不想和大宋撕破脸，之前，韩熙载从他身边要走窅娘，安排在王承衍身边，他和王承衍也曾达成一种默契，想要借窅娘掌握韩熙载的活动情况。可是，事情的发展完全脱离了他和王承衍原先预想的轨道。韩熙载突然之间说发现线索，可以证明窅娘是大宋安插在南唐的间谍。直到此刻，李煜才从王承衍口中听到关于韩熙载栽赃窅娘的说法。李煜的心思并不迟钝，他马上意识到，如果王承衍的话是真的，那么就意味着是韩熙载设下了一个间谍迷局，而他——南唐国主——不管最初是否真的愿意，确实也参与了这一迷局的预谋。这样一来，南唐就可能被大宋抓住把柄，大宋也可能借此发兵讨伐南唐。李煜这样一想，也乐得将王承衍等三人交给韩熙载，让韩熙载作为私人事务来处置。

“既然陛下同意，微臣斗胆向陛下借这几名金吾卫押送这三个人。不过，就不用劳动刘澄将军了。”韩熙载道。

“好。就让他们几个押送吧。”李煜道。

韩熙载向李煜作揖称谢，接着对王承衍说道：“老夫带你们去一个地方。”

夜已经深了，很是凄冷。一弯弦月挂在天上，缓缓地在云层中移动，月光有时强，有时弱。

韩熙载从南唐宫出来时，唤上自己的随从，又冲几个金吾卫说：“你们也回宫复命吧。刘澄将军若问起，你们就说，人已经交给老夫，老夫自会向国主禀报处置情况。”

“韩大人，这——这三个人可是危险人物！”一个金吾卫面露担忧之色。

“这不都绑得结结实实的嘛！不必担心。况且，还有他们！你们回宫便是了！”

几个金吾卫不敢多说，只好从命，将王承衍等三人交给了韩熙载的随从，便告辞回去复命了。

韩熙载令三个随从让出三匹马，将王承衍、周远和高德望三人扶上马背，牵马而行。其他几个随从，骑马在旁押送。

韩熙载自己骑着进宫时骑的那匹马，带着随从，押着王承衍、周远和高德望，往金陵城南慢慢行去。

王承衍清楚地觉察出，他们正在往金陵城南行去。“莫非韩熙载要押我们去他的别宅？”一路上，王承衍这样猜想着。他没有想要逃脱的打算。韩熙载方才在移风殿内看他的眼神使他强烈地感觉到，他一定有话要对他说。

韩熙载并没有带着他们去他的雨花台别宅。在一个岔路口，韩熙载指着另一个方向，让队伍按照他所指出的方向行去。

他们行了许久，来到了雨花台别宅附近的一座长满松柏的山冈。

沿着一条小路，他们从北坡登上了那个山冈。

“你们都回府去吧！我与他们三个有些事情要办。”韩熙载从一个随从手中接过来一个灯笼，对随从们说道。

“大人！他们三人可是危险人物！留大人一人怎么行？”那个随从惊问道。

“老夫心里有数！”

“大人！”

“你们不必多说，都先回去便是！”

那几个随从都是韩熙载的亲信，知道韩熙载的脾气，听他这么吩咐，尽管心里为他担忧却都不敢多说，匆忙骑着马告辞而去。

韩熙载的这一番举动也令王承衍大为吃惊。他不知道韩熙载葫芦里究竟装的是什么药。

“如果你们想知道窅娘的事情，就跟我来吧。”韩熙载看了王承衍一眼，淡淡地说道。

王承衍呆了一下，点点头，又冲周远、高德望示意，跟着韩熙载走。

韩熙载提着红灯笼，自顾往前面走去，似乎并不担心王承衍他们会逃跑，也不担心他们可能从背后攻击他。

他们在松柏林间穿行了片刻，来到一小片相对开阔的空地。王承衍注意到，这边空地位于山冈南坡的高处。从站立的地方望去，可以看到南面低矮的逶迤起伏的山地和一块块平坦的田野。此刻，这些山地、田野都在清冷的月光下静静地躺着。

韩熙载停住了脚步。他转过身来，盯着王承衍。月光正好照亮了他的脸。这张脸，清瘦，悲伤。

王承衍突然觉得，此刻所见的韩熙载仿佛是另一个人，一个他之前从未见过的韩熙载。

这时，韩熙载抬起右手，用食指往前面指了指。

“那里，便是她的衣冠冢。”韩熙载说道。

王承衍脑子里轰一声响。这时，他才注意到，在韩熙载指着的地方有一个隆起的土包。土包上面什么也没有。

他愣了半晌，缓缓走到那个土包前，呆呆地站在那里，泪水已经不知不觉流淌下来。

“这么说，她确实一直在为韩大人传递情报？”他悲哀地、头也没回地问韩熙载。

“是。”这次，韩熙载没有否认。

“只是，我有一件事不明白，她之前为何又向我坦白她的身份呢？”

“这正是我所设之局的关键所在，王少将军机敏过人，迟早会发现她的真实身份，我正是利用王少将军的侠义之心，让她主动向你承认，是我逼迫她潜伏在你身旁刺探消息，只有这样，才能让她赢得你真正的信任。”

“这么说，一切都是假？她从来就——从来就不曾喜欢过我?!”王承衍一阵痛心，感到血液上涌，直往头顶冲去。

王承衍转过身，发现韩熙载已经转过身来，正好面对着他。可怕的空虚感袭上了他的心头。他喉头哽咽，再也说不出话来。

“如果老夫没有看错，王少将军是真的喜欢上了窅娘。”韩熙载盯着王承衍。

“我真傻——我以为——”王承衍双目无神，喃喃地说道。

“不，是她真傻。她心里有了你。”韩熙载的声音里透出了一股浓重的悲伤。

王承衍猛地抬起头。韩熙载的话令他感到震惊。

“在她向老夫传递了你出使江陵的情报后，老夫意识到她可能有危险，便暗中派人送信，令她立刻抽身赶回南唐。可是，她回信说，心有所属，难以再回。尽管她没有说明，但老夫知道，她拒绝回南唐的理由，就是你。她不想离开你。”

王承衍听韩熙载这么说，一时间有些百感交集。“这么说，窅娘是为了我才继续留在汴京。可是，为什么她还要继续为韩熙载送信，为什么还要继续为南唐卖命呢？”他想着这个问题，头脑里乱成一片。

“我想知道，在这之后，她是否继续为你递送情报？”王承衍终于忍不住继续问道。

“是，她继续为我送来了情报。”

“她为什么要这样做？”

“因为——因为她看重我对她的托付。”韩熙载语气悲凉。

“是我害死了她，是我！还有你，你为何偏偏选中她？”王承衍喃喃道。他感到脑袋一阵剧痛，仿佛要炸开一样。他想要伸手抱住自己的脑袋，却发现双手还被反绑在身后。

韩熙载没有回答，只是扭头望向南面那片月光下辽阔的山地和田野。

“不，不，是我害死了她！是我！是我让她死得不明不白啊！”王承衍突然撕心裂肺地喊了一声。

韩熙载愣愣地看着王承衍，沉默了半晌，说道：“不，她并非死得不明不白。她是一名勇士。就像你一样。”

“你这话是什么意思？”王承衍扭头看着韩熙载。他忽然想起了这次离开汴京前赵匡胤对他说过的话。

“不，窅娘，和你、和我一样，和韩熙载一样，是一个战士。她知道自己为何而死！”

为什么？为什么韩熙载和陛下说的话，几乎一模一样?！想到这点，王承衎忽然感到一阵寒意，背脊上的汗毛都竖了起来。

“你刚才的话是什么意思？”王承衎神经质地再问了一遍。

“窅娘死前，最后令人送到南唐的情报，一半是假的，一半是真的。”韩熙载淡淡说道。

“她故意的？”

“不，她一定以为情报是真的。”

“你的意思是——她在送出最后的情报前已经被发现了。”王承衎的声音有些颤抖。

“是的。有人利用了她，往我这边送出了一个半真半假的情报，误导了我南唐的军事布局，使我南唐错过了出兵荆南的最好时机。”韩熙载冷冷地说道。

“有人利用了她?！”王承衎听到韩熙载的这句话，顿时明白了赵匡胤那句话的含义。震惊、悲哀、愤怒，使他的头脑出现一阵剧烈的眩晕。他身子一晃，往后便倒……

七

“我乃慕容大帅麾下丁德裕，现奉大帅之命前来安抚！请速开城门！”丁德裕在马背上冲着朗州城头高声呼喝。他的身后，是一支百余人的精锐骑兵队伍。队伍中间，有两辆牛车，其中一辆车上载着几个大箱子，另一辆车上载着十来个巨大的酒坛。

朗州城楼上，武平指挥使张从福哈哈大笑道：“既来安抚，何带兵马?！”

“所带之人，只是为了护卫酒水与钱帛。勿须多虑。”丁德裕尽量使自己的声音显得从容。说话时，他想起来朗州之前，慕容延钊的叮嘱："先礼后兵！力争不战而屈人之兵，此乃陛下所期！"

"我朗州兵强马壮，粮草充足，不劳慕容大帅操心。丁将军还是请回吧！"

"朝廷应你朗州之请征讨张文表，为何如今拒之于城下？"丁德裕厉声喝道。

"如今张文表已平，还请王师还朝！"张从福冲楼下的丁德裕大声喝道。

"请武平节度使出来说话！"丁德裕恼怒地喝道。

张从福在城楼上又是一阵大笑，旋即怒喝道："朝廷发十一州二十万大军！莫非只为见我主公一面！"

"既知十一州二十万大军，何敢无礼以拒王师?！"丁德裕见软的安抚不成，便说出了威胁之语。

"张某愿以杲卿之舌奉上！"张从福在城楼上说道。

丁德裕闻言勃然大怒，冲城楼上喊道："尔何敢自比颜杲卿?！颜杲卿不降叛臣，以身死节。尔身拒王师，实为叛臣！自比颜杲卿，羞是不羞?！"

张从福自知失言，恼羞成怒，回喝道："废话少说，只请回去告诉慕容延钊，我朗州请王师北还，无复南下朗州！"

丁德裕见张从福无丝毫归顺之意，只得愤愤然带着随从人马向慕容延钊回报去了。

张从福站在朗州城头，望着丁德裕的人马飞奔北去，扬起一路黄尘土。沉默了片刻，张从福扭头对身边的一个军校冷冷地说道："派人跟上，勘明北军来路。沿路令人速速砍伐大木阻塞北军南下，江河渡口，渡船一并凿沉，桥梁尽行撤去！"

"朗州软硬不吃，怎么办？大帅，打还是不打？"丁德裕手指着铺在书案上的军事地图，向慕容延钊请示。

"大帅，打吧！"都监李处耘在一旁说道。先锋部队已经前进到湖南北境，李处耘是慕容延钊从先锋部队驻地专门召回到大本营的。

慕容延钊铁青着脸，看看丁德裕，又看看李处耘，说道：“不，本帅会向陛下禀报朗州的情况，且看陛下有何旨意。”

李处耘想要再劝，转念一想：“陛下任为我都监，一方面令我助他克敌，一方面也有令我从旁监督之意。他既主动要向陛下禀报朗州的情况，待陛下旨意再行事，我又何必阻止呢？”当下，李处耘点点头，表示赞同。

慕容延钊写了一份札子，将朗州的情况作了详细的说明，令人星夜送往汴京。

过了几日，慕容延钊收到了赵匡胤的诏书，告知他朝廷将再次谕令周保权，如其仍然不归顺，则可便宜行事，务必克复湖南。

赵匡胤同时下诏，仍命高继冲为荆南节度使。他遣御厨使郜岳持诏安抚，赐给高继冲衣服、玉带、器币、鞍马，又任枢密承旨王仁瞻为荆南都巡检使赴荆南巡检。为了笼络荆南的地方文武官员，赵匡胤又授梁延嗣为复州防御使，节度判官孙光宪为黄州刺史，右都押衙孙仲文为武胜军节度副使，知进奏郑景玫为右骁卫将军，王昭济为左领军卫将军，萧仁楷为供奉官。

高继冲接到诏书，又喜又忧，喜的是朝廷对他似乎无任何惩罚之意，忧的是，身边多了一个巡检王仁瞻，自己再也不能像以前那样是一地的王者了，今后所做的一切，都必须在朝廷的旨意下行事。他暗暗垂泪，后悔自己在惶恐之际害死了妻妾。为了表示忠心，高继冲广集管内之钱粮币帛，将钱五万贯、绢五千匹、布五万匹奉献给朝廷。

在慕容延钊接到朝廷诏书之后，周保权在朗州接到了朝廷派使者送来的谕告。其时，江陵前往朗州的陆路、水路已经都被封锁。赵匡胤派出的使者先到江陵，再转往潭州，方才找到赵璲和杨师璠。杨师璠派人辗转将谕告送到了朗州，交到了周保权手中。

赵匡胤给周保权的谕告云：

尔本请师救援，故发大军以拯尔难，今妖孽即殄，是有大造于汝辈也，何为反拒王师，自取涂炭，重扰生灵！

周保权接到谕告，召集指挥使张从福、军校汪瑞等人商议对策。张从福等人坚持坚壁清野抵抗慕容延钊的大军南下。周保权见张从福等人信誓旦旦，便听从了他们的意见。

因为朗州方面没有任何归顺的迹象，慕容延钊终于下定决心，开始启动进攻朗州的计划。他将麾下诸将召集到了江陵城内的中军大帐中商议战略。

在列的主要将领有：南面行营都监李处耘，南面行营马军都监张勋，步军都监卢怀忠，军前水陆转运使滕白，战棹都指挥使解晖，战棹都监武怀节，战棹先锋、副都指挥使慕容延忠，战棹副先锋、副都指挥使慕容德丰，军校尹勋。

占领江陵城时，李处耘从江陵城征集数万步卒，与自己的部队合兵，夜趋朗州，已经在荆南南境驻扎。此时，李处耘再次被召回江陵大营商讨征讨湖南的大计。李处耘从京城带来的尹勋为了戴罪立功，亦以军校身份在列。解晖、武怀节原来都是襄州水军的统军使、副统军使，对于荆南、湖南水域甚是熟悉，这次慕容延钊特意征他俩随大军出征。至于慕容延忠和慕容德丰，一个是慕容延钊的亲兄弟，一个是他的次子，他已经令二人在汴京的金明池训练水军多时，南下襄州时，他带着他们，正是希望他们能够在南征的大战中建立功勋。

中军大帐的正中，支着一个木架，木架上绷着一幅巨大的军事地图。

慕容延钊正盯着那幅地图。他的眼光在图上的江陵、岳州、襄阳和洞庭湖之间移来移去。

“大帅，处耘愿为先锋，拿下朗州！”都监、先锋李处耘率先请战。

慕容延钊依然盯着地图，并没有对李处耘的请战作出回应。

“大帅，请以末将为先锋！”慕容延忠见李处耘争做先锋，白了一眼李处耘，站出序列，冲慕容延钊一抱拳，大声说道。此前，李处耘因尹勋之事，扯出了他的兄弟——慕容延卿放高利贷之事。他因此对李处耘大为不满，可是碍于大哥慕容延钊，一直不敢发作。延忠长得很像延钊，但是，他的脸上的线条比兄长柔和得多，脸色绛紫，乍一看，仿佛是酒喝多了的模样。实际上，慕容延忠生性远比延钊洒脱，平日里也确实是好酒，时不时要自斟自饮喝上几口。

慕容延钊见兄弟延忠与李处耘都主动请战，用右手食指点了点图上的朗州，又点点岳州，肃然道："朗州境内，张从福已经坚壁清野，恐难以快速攻克。要取朗州，就得先拿下岳州。否则，在我军取朗州之际，岳州就可发兵袭击我东北翼，甚至可能出兵从北面截断我军粮道。我二十万大军，一旦后勤供给不足，不说克敌，恐怕自保都难。最最可怕的是，假若岳州联合东边的南唐，引南唐大军自东攻入，则不仅将使我军陷入死地，连中原腹地都可能受到威胁。"

"大帅的意思是，先下岳州，然后再南下攻打朗州？"李处耘问道。

"正是！"慕容延钊坚定地点点头。

"这么说，必须先有一场水战。"李处耘脸色也变得异常凝重。他很清楚，中原之军，缺乏水战方面的经验，与水战经验丰富的湖南水军相比，尽管兵力上占优势，但是一到水面上，胜负还真是难以预料。

慕容延钊看到李处耘面有忧色，当即说道："要克岳州，水战确实是免不了的。这水战可不好打！打得不好，我们就是第二个曹操啊！"

他的眼光，慢慢落在了地图上的岳州和三江口处……

岳州，古为三苗国。《史记》云："三苗之国，左洞庭，右彭蠡。"三苗国，又叫子国。《春秋》中记文公十一年，"楚子伐麇"，其中所提到的"麇"，就是在此地。岳州，有青草、洞庭、巴丘三湖，其中要数洞庭湖最大。春秋及战国时，这片土地属于楚。《楚辞》中所说的"汨罗"，指的也是此地。岳州的罗县北面有汨水，就是屈原沉江的地方。秦国统一各国后，此地被归属于长沙郡。《楚地记》云："巴陵即潇、湘之渊，在九江之间。”所说之巴陵，也是这片地方。在两汉时期，此地因袭巴陵之名。吴国在此置巴陵县，又因它在军事上有重要意义，还设有戍兵。建安中，孙权使鲁肃在这里镇守，孙皓时则派万彧镇守。《吴录》云：“晋分长沙之巴陵等六县置建昌郡，在巴陵。”当时，陶侃在建昌郡镇守。随后，建昌郡又并入长沙。在宋文帝时，又隶属长沙属地，设置巴陵郡。齐永明二年，子伦被封为巴陵王，后来被废帝杀害。梁武帝又封齐明帝之子宝义为巴陵郡王。梁元帝时，别立巴州，领巴陵郡。隋开皇九年，废郡，改巴州为岳州。隋炀帝元年改为罗州，三年，又改为巴陵郡。唐朝武德六年，设置巴州，领巴陵郡，乾元元年，复为岳州。岳州州境东西三百四十七里，南北一百二十里。东北至汴京陆路一千八百一十六里，水路四千三百四十里。西北至西京一千八百六十五里。西北至长安二千一百二十五里。西北至江陵府五百七十五里。南至潭州二百八十里。西至澧州三百二十里。东北至鄂州五百七十五里。

唐朝开元时，岳州有户一万七千一百。宋初时，有主户六千三百左右，客户八千三百左右。

岳州，有巴陵、华容等六县一场。其中，最著名的是巴陵县。巴陵县，本是汉下隽县的巴丘地。据《汉书·地理志》记载，下隽县，属长沙国。《舆地志》记载，吴初，巴丘置大屯戍，鲁肃在这里镇守。《蜀志》曰“西增白帝之兵，北增巴丘之戍”，即是在巴陵县。三国时的名将周瑜，便卒于巴丘。《吴录·地理志》云，巴丘县属长沙郡。晋巴丘属庐陵郡，巴陵属长沙郡，建安时乃是荆州地，尚未入吴。《江源记》云：“昔羿屠巴蛇于洞庭，其骨若陵，故曰巴陵。”自吴至唐代，州理都在巴陵县。

巴陵县西南一里五十步，有条河名叫“湖水”，向西流入洞庭湖。洞庭湖周回二百六十里，是岳州地区最大的湖。洞庭湖的北端有一岛，名曰君山岛。据传说，秦始皇想要入湖观衡山，遇风浪，至此山停泊，因此山被称为“君山”。另有传说，湘君游于此地而不走，故名君山。洞庭湖的东岸有著名的岳阳楼。唐开元四年，张说自中书令任岳州刺史，常常与名士登此楼，作诗百余篇，列于楼壁之上。

岳阳楼从此闻名。然而，真正令岳阳楼闻名天下、传名后世的人物和文字直到北宋初年时还未出现。大约在慕容延钊南下三江口八十年之后的一个秋日，范仲淹在岳阳楼写出了《岳阳楼记》。

《岳阳楼记》云：

庆历四年春，滕子京谪守巴陵郡。越明年，政通人和，百废俱兴，乃重修岳阳楼，增其旧制，刻唐贤今人诗赋于其上，属予作文以记之。

予观夫巴陵胜状，在洞庭一湖。衔远山，吞长江，浩浩汤汤，横无际涯，朝晖夕阴，气象万千，此则岳阳楼之大观也，前人之述备矣。然则北通巫峡，南极潇湘，迁客骚人，多会于此，览物之情，得无异乎？

若夫淫雨霏霏，连月不开，阴风怒号，浊浪排空，日星隐曜，山岳潜形，商旅不行，樯倾楫摧，薄暮冥冥，虎啸猿啼。登斯楼也，则有去国怀乡，忧谗畏讥，满目萧然，感极而悲者矣。

至若春和景明，波澜不惊，上下天光，一碧万顷，沙鸥翔集，锦鳞游泳，岸芷汀兰，郁郁青青。而或长烟一空，皓月千里，浮光跃金，静影沉璧，渔歌互答，此乐何极！登斯楼也，则有心旷神怡，宠辱偕忘，把酒临风，其喜洋洋者矣。

嗟夫！予尝求古仁人之心，或异二者之为，何哉？不以物喜，不以己悲，居庙堂之高则忧其民，处江湖之远则忧其君。是进亦忧，退亦忧。然则何时而乐耶？其必曰“先天下之忧而忧，后天下之乐而乐”乎！噫！微斯人，吾谁与归？

时六年九月十五日。[①]

---

① 《范仲淹全集》，范仲淹著，（清）范能濬编集，薛正兴校点，凤凰出版社，2004年。

巴陵县西南四十里有一湖，叫巴丘湖，湖口有一洲，名曹由洲，据说曹操在赤壁被周瑜打败后，为避免战船落入东吴之手，令部下将水军的一部分战舰在此烧毁。巴丘湖有水路与洞庭湖相连。巴陵县西南七十九里处，华容县东的一百里处，又有一大湖。春夏季，此湖边遍地都是青草，故名青草湖。青草湖的轮廓向南面弯曲，沅江、湘水在青草湖南注入后继续汇入东边的洞庭湖。

岳州的三江口，乃是岷江、沅江、湘江的三江汇合处。岷江通过濠河河口，往北打了弯又南折，经君山岛东侧进入洞庭湖，与经过君山岛南侧入青草湖、洞庭湖的沅江汇合——沅江在流到君山岛南侧入洞庭之前，已经汇合了澧水。岷江的江水，同时又在它入洞庭湖时与湘江汇合，终于在岳州巴陵城的对面形成了三江河流的恢弘河口。控制三江口的关键地段在城陵矶，著名的岳阳楼，就位于城陵矶西南部的洞庭湖东岸，三江口的东边。

“你们看这里。襄阳。汉末，刘表死后，其子刘琮屯兵襄阳，刘备屯樊城。刘琮很快便投入曹操阵营。刘备于是向南撤去。曹操担心刘备南下占领江陵，便率领精骑急追。刘备逃到当阳长坂，带数十骑斜取汉津，到夏口。曹操于是得以进军江陵。刘琮数十万水陆军皆为曹操所用。曹操率水陆军数十万征讨刘备，到达巴丘。接下去的故事，各位都知道了吧！”慕容延钊说话间，点在地图上的手指从江陵顺着长江，移到洞庭湖东北处的巴丘，又继续往夏口方向移去。

“赤壁！”解晖说道。

慕容延钊颇为满意地看了解晖一眼，说道：“不错，在巴陵郡与江夏郡交界处的赤壁，曹操的水军与周瑜的水军相遇。当时，孙权派遣周瑜率领水军数万与刘备联合，在赤壁与曹操逆战。曹操水陆军将大营扎在了江北岸，周瑜令黄忠诈降，带战舰数十只驶向北岸，因风放火，曹操大败，从华容道步归，欲退守南都。刘备、周瑜率兵追曹操，曹操于是留曹仁守江陵城。现在，我们的南征大营，就在当年曹仁驻守的江陵！”

“我们不是曹操，那周保权也不是孙权，那岳州的武平统军指挥使黄从志更不是周瑜！”慕容德丰两道剑眉一扬，带着傲气说道。

慕容延钊不满地瞟了儿子一眼，说道：“那武平统军指挥使黄从志是不是周瑜，现在还不知道。但是，我们不能做曹操！如今，要水战，形势对黄从志有利，而实对我们不利啊！”

慕容德丰道：“父帅何故长敌人志气，扫自家威风？”

这次，慕容延钊没有搭理德丰，而是指着地图继续说道：“诸位看这里，黄从志吞并岳州，其水军战舰密布在洞庭湖东岸、西岸。若是黄从志的战舰将我们的战舰堵在长江进入洞庭湖的入口处，我们的战舰再多，又如何能够进攻洞庭湖东岸的岳州城呢？不错，这里是三江口，还有沅水、澧水、湘江可以进入洞庭，可是，它们都在湖南境内，如今完全在张从福的控制之下。巴陵以北的长江东岸，又在南唐境内。而且，南唐还在鄂州屯了大军。如果湖南与南唐联合，我们恐怕真有可能重蹈曹操的覆辙。不过，近日探子从南唐送来消息，南唐方面似无援助湖南的动作，这也算是万幸。只是，要从长江岷江段攻入洞庭湖，确实是个难题。三江口控制不了，就难以拿下岳州！”

慕容德丰不愿被父亲看轻，思索片刻，说道：“父帅，这里，我们可以从这里下手！我们可以从长江的弯曲处，经过陆路，挖一个水道，将我方的战舰引入巴陵城的长江江面，逆流从东北往西南偷偷进入三江口，同时攻击东南岸的巴陵城。”德丰的手指指向巴陵城稍北的一小段长江。这段长江的东南岸是巴陵，西北岸则在荆南境内。

“这个想法倒是很大胆，不过，德丰，你可曾想过战舰逆流而行的风险吗？况且，挖沟造渠，费时良久，用人众多，消息必然走漏，岳州方面，得到消息后必然有备。若是他们先行渡江偷袭，我军恐立刻陷入不利。”慕容延钊说道。

慕容德丰听父亲这么一分析，顿时满脸通红。

“你也不用气馁。就如何控制三江口，为父也是苦思多日，尚不能解。所以，今日召集诸将，就是为了集思广益，看有什么好办法，可以拿下三江口。”慕容延钊拍了拍德丰的肩膀，眼光在其他将领脸上扫过。

这时，一直没有说话的武怀节说道：“大帅，我有一计。”

“哦？你有何计策，细细说来。”慕容延钊问道。

武怀节手指三江口，从容地说出了一番话，将计谋细细说了，又道：“计谋能否成功，一半要看我军那些有拍竿的楼船的表现……”

慕容延钊听了武怀节的计策，低头沉吟片刻后，缓缓抬起头，目光灼灼，口气坚定地说道：“武怀节的计策甚好，我军就依此计而行。延忠、德丰，为了应对南征时的水战，陛下早已经令我等在金明池训练多时。金明池与长江、洞庭湖相比，好似杯水。不过，养兵千日，用兵一时，如今，你们要与解将军、武将军好好配合，拿下三江口！拿下岳州城！慕容延钊这就倚赖诸将了！解晖、武怀节、延忠、德丰、滕白听令。”

解晖等五人听到主帅点到自己的名字，都是心中一凛。

“延忠、德丰，令你二人率水军先锋，由岷江进据三江口，依计行事。解晖、武怀节，令你二人率水军主力随延忠、德丰所部南下，入三江口，依计行事，择机攻击岳州城。滕白，负责各部水军的粮草供给，不得有误。”

“得令！”解晖等将站出序列，慨然受命。

“尹勋，拨你精兵一万，沿岷江南岸进军，不惜一切代价，抢在慕容延忠、慕容德丰的水军到达濠河河口之前，摧毁黄从志的濠河河口兵营。”慕容延钊厉声对尹勋下令。

尹勋愣了一愣，心知拿下濠河河口，对于水军先锋的进军至关重要。水军的战舰顺着长江入三江口，必然会通过濠河河口的这段江面，如濠河河口兵营不拿下，水军可能遭遇岸上投石机的攻击。“看来，慕容延钊并未因我扯出延卿之事而不信任我。”这样一想，尹勋颇为激动，大声接令：“是，大帅！”

慕容延钊冲尹勋点点头，面色沉静，继续传令：“李都监，拨你五万人马，由你率马军都监张勋、步军都监卢怀忠，进军澧州。攻克澧州后，站稳脚跟，且待岳州音讯，如岳州克下，你便率军速速进攻朗州。若是——水上作战不利，岳州不克，大军立刻退回江陵，不得恋战，清楚了吗?! ”

李处耘等诸将见慕容延钊说得异常严肃，一时都神色肃然，从序列中站出大声接令。

在这个天气依然冷峭的二月末，一场水陆大战即将在湖南北部的大地上、江河上展开。岳州、澧州一时成为慕容延钊大军和湖南方面争夺的焦点。

八

如慕容延钊所说，驻守在岳州的，正是武平统军指挥使黄从志。此人多年来统率湖南水军，熟悉洞庭水域，麾下水军有大小战船一千一百余艘，水陆军两万五千余人。

慕容延钊很清楚，要拿下岳州，就必须打败黄从志。黄从志也很清楚，如果无法在三江口阻挡住慕容延钊大军，不仅岳州难保，整个湖南都可能落入慕容延钊的囊中。

当慕容延忠、慕容德丰率军自江陵南下时，黄从志便得到了信报。他将濠河与长江交汇处的一百艘战船自岷江退入三江口，与原来停泊在城陵矶水军大营的三百艘战船一起，正对岷江汇入湘江的入口处。他这样布局的考虑，一是为了集中水军力量，重点防守三江口，阻止慕容延钊大军自三江口南攻岳阳；二是因为即便让那一百艘战船在濠河河口防守，面对大船队进攻时也几乎难以防守。他认为，在濠河河口，长江水滚滚东来，敌船顺流而下，防守的代价太大。但是，为了防止慕容延钊的陆军自濠河北岸南下攻打君山，他并未撤走濠河军营。在那里，驻扎着精兵五千人。他知道，正值二月末，濠河河段几乎干涸，敌军战船不可能从长江逆濠河而上进入君山附近的洞庭湖。

“想要在水面上打败本将军，你们还嫩了一些！”黄从志对中原来的水军一脸不屑，大有轻视之心。

在城陵矶对岸的长江西岸水军大营，黄从志另外安排了三百艘战舰严阵以待。在岳阳楼下的水军兵营，停泊着黄从志的另外三百余艘战舰。这三百艘战舰，是他的水军后备队。他的策略是，在慕容延钊水军的战船进入洞庭湖之前，从三江口东岸的城陵矶和西岸发出战舰，将慕容延钊水军南下的战舰堵截在岷江进入洞庭湖的入口处。他认为，这样的策略应该是万无一失的。

这一天，黄从志带着亲兵登上了岳阳楼，望着洞庭水波浩渺，湘江水滚滚北去，长江自西曲折迂回滚滚而来，不禁豪气大盛，冲着洞庭湖，迎着大风，放声怒吼：“慕容延钊，本将军要让你在三江口，成为第二个曹操！”

天还未亮慕容德丰便醒了，怎么也无法入眠了。长江上黑黢黢的一片，流水哗哗地响着。

慕容德丰站在七百料大将船的船头，望着前方，心潮汹涌。他的左右两侧，站着几名手持松油火把的军校。在这艘七百料大将船的左边，还停靠着一艘七百料大将船，水军先锋大将慕容延忠就在那艘船上。

“打造这战船女墙的木兰树，该可以打造出很多的小渔舟吧！”慕容德丰手抚着船头的女墙。他的眼前，浮现出洁白的木兰花怒放的样子，仿佛闻到了木兰花清新的香味。“金桨木兰船，戏采江南莲。多么美好啊！可是，我们南下，却是来打仗了！”慕容德丰感到有些惆怅。但是，他很快收敛起心神。“我不该在大战前流露出这样的情绪啊！”他默默地想着，使劲拍了几下船头，仿佛是为了给自己鼓劲。

这两艘大将船，是去年在开封建造完工的。它们的形制属于多桨三层楼船，船长三十丈，前船楼、后船楼各三层，每座船楼上都有三层甲板，前船楼很大，最高层甲板中前部是一个高大的舰桥，下面两层都有女墙战格，女墙上开有弩窗枪穴，外面披挂着毡格以防火。这两条楼船，还特别混合了帆船的形制。沿着船的龙骨轴线，在舰桥后部、船的中心部位有一根桅杆。桅杆在第三层甲板以上的部分和甲板以下部分用轴相连，需要用桅杆时可以竖起，遇到大风浪时，桅杆可以放倒，以增强大船的抗风浪性。在船体的后部，有一个独立的三层高的后船楼，后船楼略小，与设有桅杆的前部三层船楼是分开的。它的第三层甲板上有一个兼具攻防功能的器械——拍竿。此船的拍竿设施，是请高明匠人在参考前朝拍竿的基础上经过改进设计而成的。拍竿长约十丈，一端绑着巨石，另一端系着二十根麻编成的拽索，拍竿穿过一根横轴，横轴恰好位于拍竿中心。此横轴又置于一个萝匡木的上部，它的两端搁在萝匡木两根侧柱上部的“鹿耳”木架之上。萝匡木则被固定在一根穿过三层甲板的圆柱上，圆柱穿过第一层甲板，在甲板下部再用木框架框住。框架固定在甲板下的储物舱地板上。那根圆柱却不是被固定死的，实际上是一个可以转动的中轴。圆柱下部距离第三层甲板女墙两尺高处，横穿一木杆，木杆一端穿过圆柱中心，另一端是一个萝匡木结构。拍竿一头的二十根拽索穿过木杆头上的萝匡木，由二十名大力士在一层甲板上拖拽。拽下拍竿一端，拍竿绑着巨石的另一端就会升起。拽索一起松开，拍竿巨石端便会朝前来进攻的敌船拍下，瞬间将敌船击碎。根据攻击需要，负责拽索的大力士还可以在甲板上移动方位，向船左右两舷和后部转动拍竿。这样的拍竿设计，主要是防守楼船的两侧，或从楼船的两侧发起进攻。因为战船近身攻击或防守时，多从两侧船舷出击或防备敌方登船。在每层的甲板和船楼内都布列士兵，摆放着各种形制的炮车、折叠桥、云梯等器械。第一层甲板的两侧船舷处，每侧有二十四个桨座。船的尾部，有一个巨大的船舵，由十个力士共同掌舵。甲板下面，有两层船舱。上面一层船舱是储物舱，被隔舱板隔开，成为三个空间。中间一个大舱是储存粮食的粮舱，前后两个小密封舱是空的，里面放置各类物品，在战船被敌船冲击时可起到缓冲作用，也对粮食有一定的保护作用。楼船的底层是水密舱，水密舱用隔舱板隔成十三个小舱。隔舱板和船壳板都用铁钉上下交叉钉死，所有隔舱板的缝隙都用桐油灰封死了。这样，一旦触礁，船体小范围进水；或战斗中部分小舱被敌人凿漏进水，船也不至于沉没。每个小水密舱，在底部龙骨附近都有一些两寸见方的过水眼。设过水眼，是为了当底舱积水时能够排水，从而增强船的安全性。这两艘大将船建造完成后，曾经在开封新凿的教船池中试行过。

根据赵匡胤的命令，建隆四年初，京城造船务又造好五百料的两层楼船百艘。这一百艘楼船，也有拍竿。如今，在两艘大将船的左右两翼，就停靠着这新造的一百艘两层楼船。驾驶这些楼船的，是在开封训练完成的水兵精锐。他们由慕容延忠、慕容德丰率领，成为这次水战的先锋。

在一百艘两层楼船的两翼，又各停着一百艘三百料的单层多桨战船。在这些战船的空当中，还停泊着一些小艨艟，这些小舟的日常使命是运送人员、传递命令和战报。战时，它们随机应变，有时负责骚扰敌船，有时则在大战船遇到攻击时，从旁支援，或者帮忙抢救落水的士兵。

慕容德丰看着自己的船队，自豪感油然而生。“可惜那五千料的大战船不好用，不然更加威风！”他想起之前皇帝赵匡胤曾令他父亲慕容延钊建造能装五千料粮食的大战船，不禁有些遗憾。慕容延钊确实召集船工建造了一艘这样的战船。但是，这艘大战船在金明池里一试用便暴露出了巨大的缺点。五层大战船又高又大，稍稍一转弯便几乎倾倒。赵匡胤亲自观看了大战船试用，终于明白太大的战船不适合在多弯的内河航道上使用。为了准备在内河的水战，赵匡胤这才又命令建造了数百艘小一些的楼船。那艘五千料的五层大战船便只好暂时停放在金明池中。当然，赵匡胤并不甘心，他又召集了能工巧匠，对它进行改进，希望能改造得更实用些并累积经验，在以后造出更大更实用的大型战船。

此刻，慕容德丰满意地看着自己的战船，思想着、琢磨着。他想，或许有一天，可以指挥更威风的大战船，在一望无际的大海上扬帆航行。

在岸上，一排排密密罗列的军帐内，士兵们正在酣睡。手持松油火把的士兵，正在军营内外例行巡逻。当然，他们此刻并不担心敌人会来夜袭营寨。因为，这里是长江北岸的监利，此地并不在湖南周保权的控制范围内。

慕容德丰和慕容延忠于昨晚率领先锋船队到达长江北岸的监利县南部，在此驻扎修整。

“真是好平静啊！”慕容德丰看着黑色的江面。长江在这里拐了弯变成了北南走向，往濠河河口方向流去。

他继续思考着：“过了濠河河口的江面，长江会拐个弯，变成由南向北流动，然后再拐一个弯后，就是向东南进入三江口的江面。那里，便应该就是与黄从志开战的地方了。”想到这里，他感到有些激动，扶着船头堞口的手有些微微发抖。这是他要经历的第一次水战，而且是具有决定意义的水战。尽管有金明池训练水军的经验，但是一想到真正的大战即将到来，他依然难以遏制心头的紧张。他盯着黑色的江面，江水发出的哗哗声，有些像人的呜咽。深不可测的江水下面，似乎隐藏着可以吞噬一切的怪物。他现在觉得身旁的火光真是很温暖、很珍贵。如果计划顺利，尹勋很快将拿下长江南岸黄从志的濠河军营。清晨时分，水军先锋将会出征。到了午后，按照计划，水军先锋的三百余艘战船将抵达距离三江口五十里处的地方，然后在那里休息一天。在后天的凌晨，他们将会对三江口的湖南水军发起进攻。他希望，在后天的晚上，自己依然可以站在船头，依然可以看到身旁燃烧着松油火把。他往身后的军营看了看，心头有些沉重。“有很多人，将看不到后天晚上松油火把发出的光了。我们的子孙们，会怎样看待我们即将进行的战斗呢？”

慕容德丰愣愣地想着，渐渐让自己的内心坚定下来。“不，我想得太多了。我要争取的，就是完成父帅下达的任务。后天的水战，一定要赢！”他抬起手，重重拍了一下船头的木堞。

这时，慕容德丰注意到左翼的一艘小艋舟亮着火把的光亮，从黑黢黢的江面上向自己的大将船靠过来。小艋舟渐渐靠近了，它的船头上立着一个身披战甲的人，火把的光照亮了他的脸，看上去很年轻，也就是二十出头的样子。他的眉毛很浓，高高的鼻梁，相貌甚是英俊。

“将军，那是先锋大将身边的亲兵任尚杰。”慕容德丰身旁的副将李卫说道。李卫长着一张宽宽的脸膛，颌下留着短短的胡须。

“一个十八岁的小子！”另一名副将裴俊说道。裴俊个子不高，名字中虽然有个“俊”字，长相却不俊，生了一张大马脸，留着两撇老鼠须。

“快接上船来！”慕容德丰下令。

不多时，任尚杰来到了慕容德丰跟前。

“将军，慕容将军刚刚接到尹将军派人送来的捷报，濠河大营已被我军拿下。尹将军捷报说：‘斩杀敌人近千，俘虏八百余人，逃散者不计其数。’先锋大将传令，卯时出征。”任尚杰面露兴奋之色，一口气把慕容延忠的命令和主要军情都说了。他口中的“慕容将军”“先锋大将”，乃是指水军先锋慕容延忠。

“好！”慕容德丰简洁地回答。想到一场可怕的大战竟然不知不觉地如期而至，他一时竟然不知再说些什么，呆了片刻才吩咐任尚杰赶快回去向慕容延忠复命。

当晨曦在天边出现的时候，慕容延忠下达了出发的命令。出征的号角在水军大营呜呜地吹响了。

“出征了！出征了！”传令兵在军营内大声传令。

两艘七百料的大将船升起了旗幡。在水军先锋大将船顶层甲板的前部，右边升起了大红底绣黑字的“慕容”大旗，左边升起了白底绣红字的“先锋”大旗。打旗语的士兵已经到位，就站在慕容延忠的身旁。旗语手的身旁，立着一个手执大盾的甲兵。

军校们、士兵们纷纷行动起来，士气非常高昂。各部的旌旗在风中猎猎飘动，士兵们手执刀枪、大盾，一列列往各自的船舰奔去。负责划桨的水兵们飞快地进入甲板上桨位。甲板上，弓箭手、刀斧手、盾牌手和炮车等器械的操作者都按照命令抵达了自己的位置，各司其职。整个军营、船舰码头和所有船舰的甲板上，都是忙忙碌碌、生机勃勃的景象。慕容德丰开始为自己能够参与指挥这样一支水军而高兴。

卯时，三百余艘战舰在大将船的带领下，在咚咚战鼓的催促下，井然有序地离开监利的临时水军大营，顺着滚滚长江水，往东南方向驶去。

慕容延忠、慕容德丰的先锋船队没有在江面上遇到任何抵抗。船队经过濠河河口时，慕容德丰注意到左岸之上，一团团的黑烟还在往空中升腾，但是，已经看不到红色的火焰了。沿岸似乎布满密密麻麻的人，却看不清这些人在干什么。风不大，风向东南，隐隐从左岸带来一些声音，似乎是呼喊声。

“应该是尹勋的人见到咱们的船队在欢呼吧。”慕容德丰愉悦地想着。

看着宽阔的江面和两岸绿色的原野，慕容德丰觉得自己正在经历的一切似乎有些诡异。“多么美丽，多么宁静啊！难道，马上就要发生可怕的战斗了吗？那已经发生了可怕战斗的濠河兵营，除了还残留下一些滚滚的黑烟，似乎什么都不曾发生。那么多士兵，从这里看去，就像是岸上麇集的蚂蚁。天地之间，人是多么渺小啊。老天，多少人死去，多少人活着，在你眼中，是不是都微不足道？”这样想着，慕容德丰不禁又是悲伤，又是愤怒。

“不，我还是要战斗的。因为，我活在人的世界！我要为慕容家族的荣誉而战，我要为父帅而战！无情的老天啊，你就瞧着吧！你就那样无动于衷地瞧着吧！”慕容德丰心头暗想。他仰头盯着高远的蓝天，紧闭着嘴，一声不响地与老天的意志抗争着。

当天下午，慕容延忠、慕容德丰的先锋船队按照计划抵达了距离三江口五十里的长江右岸。船队靠岸之处，在荆南管辖地之内，并没有湖南的驻军。当地高继冲的原驻兵，早就得到命令在此迎接朝廷水军先锋的船队，并尽量为船队供给军粮和所需的战略物资。此前，慕容延忠已经派人下达了重要的命令，要求高继冲的驻兵迅速扎好千余只大小竹筏，竹筏上面都要扎上厚厚的稻草团。当船队到达这里时，慕容延忠欣喜地发现，他要的一切都已经准备好了。慕容延忠当即令人将这些竹筏子都搬上了战船，放置在甲板上。

这天夜晚降临时，慕容延忠令各部起锅造饭，还特意分发了适量米酒和不少卤制牛羊肉、猪肉。桨手们得到了双倍的分量。他们在各自战船的桨位上，已经轮流划了将近一天的桨，尽管是轮流划桨，也是个个累得够呛。慕容延忠知道，适量的酒肉可以使这些桨手尽快恢复体力。经过适当的休整，他们会再次充满体力，更重要的是，适当的酒肉可以进一步鼓舞士气。

“马上，真正的战斗将要来临。明晚是不能再喝酒了，今晚，能喝的就让他们喝上几口吧！”慕容延忠带着亲兵巡视营地的时候，心里这样想着。

巡视了一圈安排好警戒后，慕容延忠对亲兵任尚杰说道：“尚杰，你去传德丰等诸位将军，只要没有警戒任务，就到本将的营房来，咱们也一起喝几口！”

“是！”任尚杰高高兴兴答应了，然后举着火把跑去叫人。

不多时，慕容延忠的水军先锋大将营房内便聚集了水军先锋队的主要将领。酒肉都已经在坐席上准备好了。慕容延忠在主座上席地而坐。矮矮的食案上，摆着一盘卤牛肉，几碟菜蔬，一壶米酒，点着几支羊脂蜡烛。诸将的食案上，也同样摆着酒肉菜蔬，点着羊脂蜡烛。

慕容延忠说了些鼓舞士气的话之后便举起酒碗，说道：“今晚，本将与诸位共饮，后天一早，咱们一起杀敌！这是从江陵带来的米酒。诸位，都来尝尝。来，干！”

诸将也都举杯喝道：“干！”

众人将碗中米酒一口喝净，都不禁赞不绝口。

喝了几杯后，席间气氛渐渐活跃起来。

副将李卫举着酒碗，笑道：“俺爹当年帮主户酿酒，那酿的酒，可比这好喝上几倍！”

慕容德丰笑道：“从没听你说过你爹还会酿酒，吹牛吧你！”

“嘿！将军，俺可不是瞎说，那酿酒的法子，俺也是清清楚楚的！”李卫眉毛一竖，眼珠子一瞪，宽宽的脸膛上一副严肃的样子，显得有些滑稽。

“李卫，你倒是说来听听！”慕容延忠笑着说道。

“这李卫，在我耳边叨叨过一回。”裴俊哈哈大笑。

“是啊，李将军，说来听听！”任尚杰也在一旁插嘴。他是慕容延忠的亲兵，并未上席饮酒，只是挎刀立在慕容延忠的身后。

李卫将手中的酒碗往食案上一放，捋了一下颌下短短的胡须，正色道：“听好了啊，这酿酒可是有讲究的。酿酒的关键呢，是制曲。制曲的原料有多种，制曲的法子也有十多种。米酒、果酒、药酒的酿制法，都是不同的。咱现在喝的江陵酒，乃是用稻米酿造的米酒。为啥，因为洞庭湖地区多稻米啊！吴越国人喝的黄酒，也是用稻米做投料制曲的。但是，俺们北方酿造的米酒，却多是用小麦、豆子做投料。当然啦，各地还有用糯米、粳米做投料的。”

“这个谁不知道啊！”任尚杰在慕容延忠身后笑道。

“小鬼！你要行，你来说，你就说说酿酒工序行不？来来来，你说！”李卫冲任尚杰一瞪眼，作色言道。

任尚杰向李卫吐了吐舌头，笑道：“还是李将军来说吧！”

慕容德丰看着任尚杰愉快天真的笑脸，心想：“他原是这样一个活泼的年轻人啊！不打仗该多好啊！”他忽然心头一热，眼睛有点发酸。

只听李卫继续说道：“这酿酒啊，有十几道工序呢。俺自小听俺爹说，看俺爹做，记了个大概，诸位听好了啊，酿酒啊——从卧浆开始，然后要淘米、煎浆、汤米、蒸醋糜、用曲、合酵、赊米、蒸甜米、入酒器、上槽、收酒、煮酒。哎，哎，你们都数了吗？我说了几道工序来着？”

说着，李卫得意地东看看，西望望。

“我数了！十三道，是十三道工序！”裴俊扯着嗓门叫道。

“对，对，十三道工序！”李卫得意起来，继续说道，“要细说酿造工艺，那可得说上好一阵子呢。什么干酵法啊，酒母法啊，传醅法啊，可有讲究了！还有经过数次复酿而成的甜米酒，名曰酴醾酒。京城有钱人家，也有用荼蘼花熏香或浸泡的甜酒，也叫酴醾酒。花香入酒骨，光那酒香，便可醉翻人啊！”

“还真是懂得不少啊！”慕容德丰笑道。

“这酿酒的每一道工序都有讲究。就说这制‘三斛麦曲’的法子吧，需用蒸熟的、炒熟的和生的各一斛。炒要炒得恰到好处，炒成黄色即可，若是炒焦了，那就没法用了。生的那一斛呢，务必精细干净，否则做出来的麦曲也不好。这三种料啊，都须细细磨好，随后混合均匀方可用。至于制曲的时间，那最好是挑七月的中寅日，要让一童男子着青衣，在太阳出来之前，面对着‘杀地’的方位，取二十斛净水来和麦粉。那些做曲团的童男子，须在制曲前沐浴干净，可不能让污秽坏了麦曲。曲室也绝不能让人随便靠近的。团曲呢，必须在当日完成，千万不可隔夜。对了，制曲的房屋，屋顶一定是草顶的才好，如今很多人家制曲，都在瓦房里，那是出不了好曲的。曲室的地面，那也要打扫洁净，保持干燥。当年俺爹给主户酿酒，制曲的时候那叫一个讲究。俺记得，制曲时会让曲室地面上分出阡陌来，四面留下巷道。做曲的童男子们都立在巷道里。曲饼做成后，便就着阡陌一排排地摆放好。那个时候，会从主人家挑五个男人，穿上王者衣裳，戴上王者冠冕，扮成‘曲王’的样子。然后，主人家里会再挑出一个男人作为‘主祝’，由他向曲王呈献酒脯。每个曲王会手捧一个曲饼，这个曲饼会捏成碗状。‘主祝’便将酒倒入这个曲饼碗中。献给曲王的干肉、汤饼之类的也会一并放入曲碗中。‘主祝’会诵祝曲文三次，每次诵读之前啊，都要向曲王拜两次。只有诚心诚意，做出来的曲才好。

“啊——诸位还想听俺说吗？怎么都不说话了？啊，将军点头了。好，那俺就继续说。曲室的门啊，最好是单扇木板门。曲饼团好，在曲室地上摆放好后，要关上曲室的木板门，门须得用泥封好。七日后，打开门，将曲饼在地上翻个个儿，然后再次用泥将木板门封起来。再过七日，打开门，将曲饼都堆起来，然后再次用泥将木板门封好。还没好呢。等到第三个七日满了，就打开门，将曲饼都取出来，放入瓮中，然后用泥将瓮密封好，千万不能进风了。第四个七日满了后，将瓮中的曲饼取出来，每个曲饼中间都穿个孔，然后用绳子串起来，放在日头下晒，等到晒干后，方可收起来。这制曲，是不是很麻烦啊？不过，在小孩儿心里，那可是很有趣的事情啊。那时俺还小，每次制曲的时候，都觉得好玩。这转眼便过去好些年了，不过俺至今还记得‘主祝’诵读的祝曲文呀。诸位可知为何？哈，只因那‘主祝’每次诵读的祝文都是老一套，而且诵读时如唱戏一般。不信啊，俺这便给诸位背诵一段——”

东方青帝土公，青帝威神；
南方赤帝土公，南方威神；
西方白帝土公，白帝威神；
北方黑帝土公，黑帝威神；
中央黄帝土公，黄帝威神。
……
谨以七月上辰：
造作麦曲，数千百饼，
阡陌纵横，以辨疆界，须
建立五王，各布封境。
酒脯之荐，以相祈请：
愿垂神力，勤鉴所愿：使
虫类绝踪，穴虫潜影。
衣色锦布，或蔚或炳。
杀热火焚，以烈以猛。
芳越熏椒，味超和鼎。
饮利君子，既醉既逞；
惠彼小人，亦恭亦静。
敬告再三，格言斯整。
神之听之，福应自冥。
人愿无违，希从毕永。
急急如律令！[1]

---

①《齐民要术今释》卷七《造神曲并酒等第六十四》,（北魏）贾思勰著，石声汉校释，中华书局。

李卫背诵着祝曲文，一开始时，音调高亢，慢慢地，变得低沉了。到后来，他的声音变得越来越轻，仿佛风声在远方渐渐消退。一首祝曲文诵毕，众人竟然都沉默了。不知何时起，席间的一切被淹没在浓浓的惆怅气氛之中。这种气氛中弥漫着乡愁，饱含着悲壮。在即将到来的大战面前，在生死未卜的命运面前，一首祝曲文，不知不觉间勾起了众人对亲人的思念、对生命的依恋。

作为主将，慕容延忠不想令酒席气氛变得过于伤感，当即大声笑道："没想到，李太尉还是个酿酒专家啊！喝，别光顾着说了。喝！李卫啊，等以后天下太平了，你便在汴京开个酿酒坊多好啊！来，大伙一起干杯。"

诸将听了，顿时哄堂大笑，纷纷举起了酒碗。忧伤的沉静被打破了。

李卫干了一碗米酒，抬手抹了抹嘴角溢出来的酒水，冲慕容延忠笑道："将军，不瞒你说，你方才说的还真是俺在梦里想过的。若是将军不嫌弃，等天下太平了，俺就到将军府上，专门给将军的一大家子酿酒喝！"

"成！成！这可说好了啊！德丰，你也帮着记住这话，日后做个证人，别让李太尉以后赖皮了！"慕容延忠哈哈大笑。

"是！将军，末将听令！"慕容德丰笑着抱拳，垂首答道。当他抬起头来时，眼眶中已经充溢着晶莹的泪水……

九

卯时已经过半，站在大将船舰桥上往前方望去，大江表面浮动着一层薄薄的青白色的水雾。这层水雾与大江两岸原野上的水雾，在远处连成一片。透过青白色的薄雾，只能看见船头近处的江面。

此刻，慕容德丰的耳边只有江水发出的哗哗声。根据命令，为了尽量晚一些时候被敌船发现，士兵们站列在甲板上，都默不作声；扎着头巾的桨手们在桨位上，闷着头依着节奏划着长长的木桨；没有轮着划桨的桨手们，有的趴在船舷上看着沿江的景物，有的靠在船壳板上休息。趁着这段时间，这些战士们都各自思想着，有的在想自己的亲人、爱人，有的在寻思着自己即将到来的命运。在这些战士的心里，混杂着各种情绪，有恐惧，有迷惘，也有想要尽早开战的激情。但是，不论怀着何种情绪，每一个人都很清楚，大战即将到来了。

太阳开始慢慢在东边升起。江面上的薄雾渐渐散去，露出青黄色的江面。大江流进三江口，水流中从上游携带来不少的泥沙，江水看上去并不很清澈。

不被敌人发现是不可能的。

慕容德丰渐渐看到，在江面的远处，出现了一排黑点。慢慢地，他看清楚了，那是敌人的船队。这些船，仿佛停在那里没动，又好像是慢慢迎面驶来。

“不，一定是因为我们在驶近敌船，而不是他们在向我们驶将过来。解将军说过，湘江水汇合洞庭水会滚滚从南面奔腾而来，岷江水会在三江口的入口处冲入，形成一个扇面，敌船不会冒险突入这个扇面逆水作战，但是一定会在这个扇面的外围，攻击我方战船。”慕容德丰尽量让自己冷静下来。

脚下的大船开始更加剧烈地晃动起来，慕容德丰感觉到了晃动，他开始切身领教这段江面的水流有多么急了。不过，他已经不像之前那样紧张了。多日在大江上航行，他已经有了充分的心理准备。

慕容德丰指挥的这艘大将船，行驶在慕容延忠大将船的前面，处于所有战船的最前列。在他的左右两翼，各有十艘大战船一字排开。

“统军！看，敌船出现了！”武平统军指挥使黄从志身边的一个军校忍不住大声呼喊起来。

黄从志站在大将船的舰桥中间，手扶舰桥的栏杆，紧闭着上下两片薄薄的嘴唇，眼睛冷冷地盯着前方。他看到，一排排宋军战船上旗幡高高飘扬着，正迎面往三江口而来。

“副先锋?！慕容……？”黄从志喃喃说道。

一名军校在旁边说道：“是慕容水军的副先锋慕容德丰。统军，你瞧，对岸副统军率领的战船开始列阵了。”

黄从志往西边江面看去，只见对岸己方的三百艘战舰已经陆续离岸，慢慢在城陵矶至对岸这一段江面上列开了大阵。这三百艘战船，按照既定的方略，在这段江面上顺着湘江水流，船头朝向东北向，一排排一字排开。它们的阵形很有讲究：每三十艘一排，每排间隔着三十余丈；每排中的每一艘战船，又恰好将船头朝向前排两船的空隙间。这三百艘战船第一二排是双层多桨楼船。不过，这些楼船并没有拍竿的设计。后面八排则是大型多桨刀鱼船，每条刀鱼船长十丈，单层甲板，甲板上舰桥一座，面阔两丈，载士兵百余人。这些战船就在江面上排列着，它们巨大的船锚已经沉入江底。它们的策略是，阻止慕容水军船队南下进入洞庭湖。所以，它们采取了守势，而不急于进攻。

现在，慕容德丰可以比较清楚地看到，三江口东岸城陵矶沿岸密密麻麻排列着数百艘战舰。这些战舰都没有出动，只是静静地停泊在那里。

“解将军估计得没错，他们并不急于进攻。”慕容德丰默默地想着。他开始注意到，在三江口的江面中心，江水分成了两种颜色，靠近长江西岸的一侧，江水偏黄；而靠近另一侧，江水则明显偏绿。

“令第一排战船点燃竹筏上的稻草，将竹筏丢入江面！”慕容德丰大声下达命令。

大将船上的旗手按照命令，打出早就操练得滚瓜烂熟的旗语。

慕容德丰两翼的二十艘战船得令，纷纷将甲板上、竹筏子上的稻草点燃，然后将竹筏抛向江面。几十张竹筏子冒着红黑色的火焰和浓烟，顺着长江的水流，很快向三江口的江面漂去。

“慕容的水军在干什么？火攻吗？”黄从志看着远处那些燃烧的竹筏子，哈哈大笑，“敌人真是不了解三江口的水流啊。那些竹筏子有啥用，不到江心，便会被水流冲往下游去咯！”

看到敌人愚蠢的行动，黄从志身边的副将和亲兵们也不禁狂笑起来。

“统军，敌人如此愚蠢，咱们攻击吧！”黄从志身边的一个副将说道。

黄从志摇摇头，说道：“不急，再看看敌人有何举动。如果他们先动，一旦船到了江心，我方便是胜算在握！如此，我方万无一失。”

宋水军先锋大将慕容延忠见城陵矶岸边的敌船依然不动，不禁露出了微笑，心想：“看来，放竹筏子的举动，不仅探测了三江口水流的具体流向，而且麻痹了敌人。”

“尚杰，你记录一下三江口的水流详情，令人乘小艋舟逆流而上告知解将军。看时间，他的主力船队应该在辰时左右就到了。”

“是！”任尚杰一抱拳，大声答道。他拿起舰桥内早就准备好的纸笔，飞快地画下了三江口江面的敌我双方位置，并用箭头标明了竹筏在江心转向的具体位置，以及漂移的方向和线路。将画好的图交给一名传信兵后，他又飞快跑回到慕容延忠身边。

“令副先锋率第一队出击，向右驶向洞庭湖方向！”慕容延忠下达了进攻的命令。

“先锋大将船下令了。”李卫在慕容德丰身边激动地说道。

“好，依令前进！左舷加力，右舷缓划！”慕容德丰大声喝道。

“是！左舷加力，右舷缓划！右转！右转！”李卫低头向一层甲板上的桨手们大声呼唤。

“升起帆，帆面东南！”慕容德丰继续下令。

只听一声声响亮的号子传来，慕容德丰的副先锋大将船缓缓转动了大约九十度角，船头慢慢朝向了西南方向。慕容德丰先是感到船体右舷受到巨大冲击，但是风帆借着东南风使船体不至于向左舷翻倒。过了片刻，随着船身的转向，慕容德丰渐渐感到了船头迎面冲来的大浪的力量。又过了片刻，他的大将船已经处在逆流而行的处境。这时，他注意到两翼的战船也都转过了方向，船头都朝着西南面洞庭湖的方向了。

令慕容德丰感到震惊的是，在他的二十艘战船的正前方不远处，密密麻麻排列着大量战船。

"好吧！来吧！"慕容德丰感到巨大的恐惧从心底升起来。

"好，慕容的水军终于转向了！"黄从志笑了起来。

慕容德丰本来担心己方战船转向时遭到攻击，但是他很快发现，他前方的敌船并没有冲过来。

"你们犯了个巨大的错误。你们错过了最好的机会！"慕容德丰不禁笑了起来。由于恐惧，他的额头上已经布满了汗珠。

"落帆！下锚！"慕容德丰大声喝令，"将士们，咱们要在此坚持住！为主力创造机会！"

李卫、裴俊等诸将士听了号令，个个热血上冲，仰天大吼。

"令先锋水军第二队至第四队跟上，佯攻对面的城陵矶敌船，但要尽量避免与敌船接战，要在城陵矶北面逆流形成第二道防线！"慕容延忠大声下令。

随着命令的传达，一排排战船从先锋大战船两翼驶过，迅速进入了三江口，就在慕容德丰船队的后面，向长江东岸城陵矶沿岸的黄从志船队佯攻而去。因为湘江水从西南冲击而来，这一百余艘战船右舷受到巨大力量的冲击，行进艰难，它们好不容易才突破两股江水的交汇区域，忽然调整船头，往城陵矶北面驶去。

"这是在搞什么花样？怎么突然放弃进攻了？"黄从志见慕容水军的船队突然转向，顺流驶往下游方向，不禁略略有些吃惊。

“估计是害怕交战，往北逃跑了！”一个副将说道。

黄从志哼了一声，突然大声呼喝，下达了命令：“第一队！向正前方敌船进攻！”

黄从志身旁的亲兵得令，冲旗手高声传达统军的命令。旗手依照号令，向左翼第一队三十艘双层多桨主力楼船传达了向正前方进攻的号令。

这时，慕容延忠站在舰桥上，看看身后，但见不远处的长江江面上，密密麻麻的战舰队伍已经渐渐往三江口方向而来。那是解晖、武怀节率领的水军主力，大约有五百艘战舰。这五百艘战舰中，除了两只七百料的三层多桨楼船之外，大约有一百艘五百料的大型马船。每艘马船载马二十五匹，战士、艄公共一百余人。另有两百艘，则是中型刀鱼船。这些刀鱼船船体五丈长，每只载战士、桨手共五十余人。还有两百艘，则是海鹘船。这些海鹘船尾大头小，长四丈余，船舷两边有浮板，橹桨并用，每艘船载战士二十余人，尤其适合在风浪中袭击敌船和近岸快速登陆。解晖、武怀节率领的两万多战士中，有大约三成来自江陵水军。

看到主力前来，慕容延忠下意识地微笑起来。他旋即大声下令，令剩下的两百余艘战舰以扇形队形全速冲向黄从志在城陵矶的战舰主力……

慕容德丰见前方的敌军战舰终于出击了。

见到慕容水军出击，湘江江面上，黄从志麾下副统军指挥的第一排三十艘战舰，顺流收起船锚，向慕容德丰率领的二十艘先锋战舰队列冲来。

“他们没将咱们放在眼里。”慕容德丰见敌军三十艘战船一字排开加速冲来，冷笑了一声。

“水流很快，不能让他们近前！”李卫有些紧张，瞪大眼睛在旁提醒。“等它们进炮车射程之内。炮车、火药球，准备！”慕容德丰冷静地盯着不断靠近的敌船。他注意到位于中间的两艘敌船比较突前。它们比两翼的僚船超出了近半个船身。很好！很好！有破绽了！慕容德丰依然在等待最佳时机。

李卫、裴俊的额头上冒出了冷汗。

慕容德丰突然大声呼喊："炮车，对准中间两艘敌船，投射火球！"

随着他一声令下，旗手将号令发出，二十艘战船的各式炮车几乎同时将点燃的火药球投向对面处于中间位置的两艘敌船。投放火药球的技巧，他们已经在汴京金明池上演练过多次，还曾经在演习中向皇帝赵匡胤展示过。如今，这项攻击技能终于在实战中用上了。

对面顺流冲来的湖南战船上，将领、士兵们见火球从空中呼呼飞来都惊呼起来。冲在前头的两艘战船上的大将，见所有的火球都是冲它们集中投来的，都下意识地令船往旁边躲避，因为各自往两边，他们才能避免在中部碰撞，也才能真正躲过火球的打击，他们的两翼，是他们生存的机会。于是，左边的那艘战船往左躲去，右边的战船往右躲去。

然而，这两艘主力战船的两翼，所有的战船都在加速，根本来不及快速改变方向。

连锁的撞击转眼便发生了。

随着一连串可怕的巨响，恐怖、凄厉的哭喊声顿时爆发出来。攻击方第一排两翼的战船相继撞在一起。前头的两艘战船当即被后面的战船从侧舷撞翻，随着连续撞击，其他各艘战船倾倒的倾倒，断裂的断裂。江面上，到处是碎裂的船体、尚在燃烧的船板和落水的士兵。

慕容德丰的战士们见迅速摧毁了一批敌船，顿时爆发出一阵呼喊，士气空前高涨。但是，随着奔流的江水将破碎的敌船、敌人的尸体和呼喊着救命的敌军水兵漂送到他们眼前，不少人被吓呆了。

"胜利！胜利！"慕容德丰绝不允许恐惧在此刻征服他的战士们。他振臂高呼起来。

在这关键的时刻，大将的呼声再次激发起士兵们战斗的勇气。

“胜利！胜利！”的呼唤声在船队中响起。“是的，我们是来赢得胜利的，不是来可怜敌人、可怜自己的！”慕容德丰暗暗想道。

克服了战场惨象制造的恐惧，战士们重新坚定了作战的决心。

这时，慕容延忠的船队也已经与从城陵矶驶出的黄从志船队交战了。城陵矶附近的江面上，杀声四起。

黄从志从自己的楼船上望去，见慕容延忠的船队已经用各类投石机向自己的船队发起了进攻，己方的船队也开始用投石机进行反击。这时，江面上吹着东南风，因为担心被火反烧，慕容延忠没有投放火球，而是用礌石向东边的敌船展开首轮攻击。黄从志注意到自己船队在数量上的优势，下令船队全面出击，决意与慕容船队近战。他们很快冲入了使大型七梢炮车、五梢炮车变得无效的射程。双方战船渐渐靠近后都开始换用单梢炮车和弓箭进行攻击。

突然，黄从志看到，慕容延忠船队后面的长江上出现了大量战船，这些战船并没有跟着慕容延忠的船队进攻过来，而是在三江口处拐了个弯，顺着长江往下游去了。

“那些又是谁的船队？为何直接驶往下游？”眼前所见的敌船动向，让黄从志感到背脊上一阵发冷。

静默片刻，黄从志忽然疯狂地大声呼喊起来：“右翼所有战船听令！右翼所有战船听令！调整方向，摆脱慕容延忠的攻击，向下游追击那些敌船！向下游追击！”

慕容德丰放眼看去，黄从志副统军的船队在损失了三十艘战船后似乎有些犹豫，他们没有马上向慕容德丰的船队发动攻击。

“莫非，他们想先观望城陵矶的战况再见机行事？但愿他们怯阵了！”慕容德丰暗自寻思。

但是，慕容德丰的想法显然太美好了。

还没过半炷香的工夫，慕容德丰发现，对面的敌船又开始往前移动了。

“准备战斗，准备战斗！”慕容德丰大声呼喊起来。

“他们可能也会用火球攻击我们！”李卫说道。

慕容德丰点点头，略一沉吟，下令道：“炮车，换礌石！远距离投射！”

李卫顿时明白了慕容德丰的意思。礌石投射简单，不需像火药球那样事先点火，在空中飞行时间也比火药球短。在进入炮车射程后，投射礌石可以比投射火药球更快。他们现在要与敌人比速度了。

命令很快传递出去。各船严阵以待。

眼见对方敌船进入炮车射程，慕容德丰果断地下达了命令：“发射！”

一时间，大大小小的礌石如同雨点一样向敌船船队飞去。

很快，远远传来一阵阵噼里啪啦的船板破裂声和哭天喊地声。礌石的打击显然打乱了敌船的攻击计划。不过，依然有几艘敌船在礌石的攻击中发射出火球，几颗火球击中了慕容德丰左翼的两艘战船。所幸，这几颗火球造成的破坏并未能使战船受到巨创，只是击裂了两船的几处甲板，士兵们很快用沙袋扑灭了火焰。

但是，慕容德丰船队展开的礌石打击并未阻挡住敌船的进攻。敌船顺流而下，明显具有进攻的便利性。

慕容德丰见敌人船队第二队三十艘楼船再次向己方冲来，随着敌船越来越近，可以看到敌船的甲板上士兵们正在从礌石的攻击下恢复过来，他们有的挺枪持刀严阵以待，有的在搬动攻船器械。

敌船飞速靠近，由于太近了，七梢炮车、五梢炮车等远距离投石机已经失去了效用。同样，敌船上的大型投石机，也无法再对慕容德丰的船队发起攻击。

慕容德丰和敌船用小型投石机——单梢炮车互投了一些碎石，互射了一阵弓箭，彼此又造成了一些损伤。

随着双方战船越来越近，双方的战士都面临着更加残酷的战斗。

“准备白刃战！”慕容德丰用决绝的眼神看了李卫、裴俊一眼。李卫点点头，宽阔的脸膛上肌肉紧紧绷着。裴俊一手执刀，抬起另一只手臂，用衣袖擦了一下额头的汗珠，也冲慕容德丰点点头。

“裴俊，你到后船楼去，指挥拍竿！”慕容德丰向裴俊下达了具体命令。

裴俊答应了一声，想说什么，却终于没有开口，便下楼往后船楼跑去。

这时，第二队敌船已经近在眼前了。

"擂战鼓！"慕容德丰向舰桥内的战鼓手大声喝道。

咚咚咚的战鼓声响起，这是准备白刃战的信号。

慕容德丰船队所有的士兵，都意识到最残酷最艰难的一刻即将到来。

随着一声巨大的船体撞击声响起，慕容德丰大将船的左船舷，已经贴上了一艘敌方的双层多桨战船。

那艘敌船不想与慕容德丰的大将船"擦肩而过"。当然，慕容德丰也不想将敌船放过去，守住江口——而不是马上攻入洞庭湖，才是他这次水战中的使命。

数十道钩索从敌船上飞起，飞上了慕容德丰大将船的左舷。

铁索钩纷纷嵌入船舷木板内，不断发出笃笃的声音。这声音，在双方士兵的呐喊声中竟然没有被淹没，带着一种恐怖的力量，传入附近的士兵们的耳内。

慕容德丰的大将船的船舷，转眼间被从敌船上抛出的各种铁钩钩住了。

那艘敌船虽然只是双层楼船，但是船舷并不比慕容德丰的大将船低多少。敌船上的士兵们从己方的甲板上向慕容德丰大将船的船舷上放下折叠桥，在有些地方，则用一端带铁钩的云梯钩住慕容德丰大将船的船舷。

敌船上的水军纷纷爬上折叠桥、云梯，强行抢攻慕容德丰的大将船。

慕容德丰的战士们也挥舞着刀剑，向进攻者砍去。

顿时，两艘战船的船舷附近到处是刀光剑影，血肉横飞。歇斯底里的喊杀声响成一片。

"起！"在后船楼，裴俊指挥着二十位力士拉下拍竿一端的拽索，绑着巨石的拍竿另一端高高翘起至半空。

裴俊看准拍竿端头的巨石已经对准左边敌船的舰桥，便大喝一声："放！"

随着一声呼啸，拍竿带着巨石重重拍击在敌船船头的甲板上。敌船甲板裂开了一个大洞，船体剧烈地摇晃起来，船上一片惊慌失措。

"起！"裴俊再次喊道。

二十位力士喊着号子，再次拉起了拍竿。

"放！"

拍竿端头的巨石再次拍在敌船船头。这次拍击，使敌船船头彻底开裂了。

"船要沉了！船要沉了！"敌船上响起了惊呼声。

"拍死你！"裴俊看着渐渐破裂开来的敌船，不禁大笑起来。

这时，慕容德丰大将船右边再次发出一声巨响，又一艘双层多桨敌船靠了上来。

"转动拍竿，拍右边那艘！"裴俊大声喊道。

力士们听令，开始拉动拽索。拽索牵引着连接拍竿中心圆柱的横杆，在船体上转动起来。

突然，一连串火箭向拽索的力士们射来，几名力士来不及躲闪，有的肩膀中箭，有的胸腹、脖颈中箭，顿时纷纷跌倒在甲板上。还有几支火箭，钉射在了拍竿上。

原来，右边敌船上的将领知道拍竿的厉害，正大声下令弓箭手向操纵拍竿的力士们攒射火箭。

"妈的！掩护！"裴俊冲甲板上大吼。

几名士兵持盾赶来，挡在力士们前面。

"起！"眼见拍竿转到右舷，裴俊再次下令拉起拍竿。

"拍！"

这次，拍竿拍中了右侧敌船的舰桥，并没有对敌船造成致命打击。

敌军已经从两边的战船上蜂拥而上。

慕容德丰与他所有的战士一样，与敌人展开激烈的白刃战。

李卫紧护在慕容德丰的背后，不断砍杀强攻过来的敌人。他的铁甲与兜鍪上溅满了鲜血，手中的大刀刀刃也布满了缺口。

这时，李卫注意到，敌方船队的一排刀鱼船正在靠近，刀鱼船上站满了士兵。

“将军，敌船开始全面进攻了。”李卫的声音有些颤抖。

这时，慕容德丰在满地血浆的甲板上稳住身子，猛然砍杀了两名身边的敌人，向着李卫狂呼：“坚持住！”

三十艘敌方的刀鱼船很快贴近了慕容德丰的船队。他的船队中，左翼有一只船已经被敌人占领。

“难道就这样结束了？”慕容德丰看着眼前的景象，有些发呆。

这时，李卫突然看到二层甲板上，一个敌人弓箭手正举弓欲射。“不是冲着我的?！”李卫愣一愣，扭头看那弓箭手瞄准的方向。

“将军！”李卫失声喊道。他同时听见了箭离弦的声音。

来不及了。李卫一腾身，飞扑向慕容德丰的后背。

慕容德丰听到喊声，猛然回头，只听得扑哧一声，李卫应声倒地，一支点钢箭射入了李卫的前胸。

“李卫！”慕容德丰慌忙蹲下身子抱住了李卫。

李卫惨笑了一下。

那名偷袭的弓箭手，此时已经被人砍翻在地。

慕容德丰见李卫口吐鲜血，知他坚持不了多久了，不禁心头大恸。

“咱能胜利吗？”李卫喃喃问道。

慕容德丰一时哽咽，不知如何作答。

正在这时，船上的砍杀不知为何忽然停止了。震天的呼喊声响了起来。

“快看，岸上！岸上！”

“敌人大本营，敌人大本营被我军占领了！快看！烧起来了！烧起来了！”

“解将军攻克敌人大本营了！”

李卫缓缓将头扭向东边，透过模糊的血泪，他看到长江东岸城陵矶那边正升起浓烈的火焰。

“是我们赢了吗？”李卫问道。

“是的。是的。坚持住，李卫，你可是说好要给我伯父酿酒的啊！”慕容德丰抽泣着说道。

“嗯，记着呢……那可是俺的……梦想啊……”李卫的声音渐渐低了下去。

慕容德丰扭过头，泪流满面地看着城陵矶方向不断升腾的烈火与浓烟，感觉到臂弯中李卫渐渐没有了动静……

十

张从福听到战报时正在吃午餐，惊得手猛然一抖，筷子掉落在地上。

“什么？黄从志在城陵矶被解晖、武怀节生擒了?！”张从福瞪眼问前来报信的军校。

“是！是斥候方面得到的消息。慕容延钊麾下的战棹都指挥使解晖派先锋在三江口牵制住黄从志，自己带主力战舰数百艘沿江而下，载两万精兵在城陵矶北登陆。他们突破黄从志岳州北部的陆上防线，攻击了岳州大本营。大本营被占后，黄从志与十余军校弃了大将船，乘艨艟逃往岸上，结果被宋军战棹都监武怀节擒住了。”

“黄从志的那些战舰怎样了？”

“三江口的水战中，黄从志的战舰损毁数十艘，慕容水军的战舰也损毁不少。不过，岳州大本营一失，水军士气大溃，所以，城陵矶水军大营的四百余艘战舰除了已经被击沉的，当时便都降了慕容水军。”

“岳阳楼下不是还有三百艘战舰吗？”

“那三百艘战舰，自岳州大本营被占后，也借机降了。随后，解晖便率兵占领了整个岳州。”

听了军校的报告，张从福脸色煞白，满脸冒汗。岳州落入慕容延钊之手，对他造成了沉重的打击。张从福心里清楚，岳州一失，水军大败，整个洞庭湖实际上已经被慕容延钊控制，朗州的东部，自此了无依屏。这种情况下，即便是南唐派来支援，也只能从外围为朗州分力，而不能直接支援朗州。更何况，南唐方面对乞师的请求一直没有任何反馈。

现在死守朗州不行了！张从福阴沉着脸，思索良久后，抓起桌上的饭碗往地上猛然一掷，吼道："老子就不信这个邪！"

三江口大战中，慕容德丰折了麾下猛将李卫。大战后，慕容德丰也再未见到伯父慕容延忠的亲兵任尚杰。任尚杰也在对黄从志的战役中阵亡了。

慕容延钊在江陵大本营得到了三江口战役的战报，获知此役斩首湖南水陆军四千，获战船七百余艘，生擒武平统军指挥使黄从志和军校十四人。但是，送战报的军校并未看到慕容延钊面露喜色。

当夜，慕容延钊在中军大帐内点燃蜡烛，沉思再三后写了一份战报，令人送往汴京，上呈赵匡胤。在这份战报中，慕容延钊大书战棹都指挥使解晖、战棹都监武怀节的战功，却有意略去了慕容延忠和慕容德丰的战绩。

写完战报，慕容延钊缓缓步出大帐，仰望着黑色夜空中的灿烂星辰，长叹一声，喃喃自语道："莫不贪强，鲜能守微；若能守微，乃保其生。姜太公不欺世人也！"

跟在慕容延钊身旁的亲兵，在旁听见主帅之语，不知主帅是在说湖南的周保权，还是另有所指，只觉微言大义，一时间不禁茫然若失……

三月初，李处耘把猛将尹勋从濠河大营调回到身边，率六万大军占领了澧州。

这日清晨，李处耘留一部分人马留守，带领大军出澧州城，扬幡振旗，浩浩荡荡往朗州方向杀去。

大军刚刚行出十余里地，忽见前方山冈上慢慢出现了大队人马，阵前旗手举着一面黄色红字大旗，旗正中一个大大的“张”字。

尹勋策马立在李处耘旁边，说道：“恐怕是遭遇了张从福的主力。怎么办？”

李处耘盯着对面的旗帜，冷笑了一声，说道：“疾战！”

当即，李处耘下令擂响了进军的大鼓。

咚，咚咚——咚，咚咚——随着战鼓大作，李处耘下令骑兵在前，步兵在后，一起往山冈上的敌军冲杀过去。

李处耘的骑兵尚未冲到对面的敌军阵前，对面“张”字大旗便开始变了方向，往后退却。

原来，对面的来军是张从福率领出击澧州的朗州主力。张从福没有想到，自己的对手会立刻发起全军的总攻。他的部队正在行进中，猛然见前面大军漫山遍野冲杀过来，顿时军心崩溃，尚未交锋，便望风而逃，一路逃窜到了鳌山寨。

张从福在鳌山寨聚集残兵，准备固守。无奈军心涣散，毫无斗志，张从福只得带人马弃寨而走。

李处耘不容张从福的人马休息，立即率军追杀，迅速拿下鳌山寨，俘获甚众。

立在中军帐前，李处耘看着慢慢走过自己眼前的俘虏队伍，忽然心生一计，冷笑数声，冲旁边的尹勋道：“尹勋！你不是爱吃人肉吗，这些肥胖者，就赏赐给你和你部下了！生吞活剥还是烧烤烹煮，各任所好吧！”

尹勋听了这话不禁一惊，愣了一下后立刻意识到，李处耘是要用这种做法制造舆论，从而摧垮敌人的精神。“当初，我因割食民夫之耳差点被陛下处死，是李将军救我一命，今日他既有此令，也该我尹勋命中注定来还他。至于陛下知道后如何处置我，只好听天由命了！”

当即，尹勋略一迟疑，就令手下挑出数十个肥胖的俘虏带回各自的营房。

那十来个俘虏听说要被人作为食物吃掉，均吓得魂飞魄散，绝望地发出哀号之声。

其他俘虏，则遵照李处耘的命令，都被黥面后放回了朗州。这些人，一经松绑，无不连滚带爬奔逃而去……

李处耘、尹勋等当晚便在鳌山寨宿营。

次日天色将明时，慕容延钊率大军赶到。

慕容延钊亲到鳌山寨询问战情，听说昨天李处耘命尹勋及手下分食数十俘虏，不禁面露厌恶之色。

李处耘将慕容延钊脸色看在眼里，心下不悦。

那些被放回朗州的黥面人开始四处散布宋军食人之事，闻者无不人惧。

周保权惊慌失措，下令火烧城池，居民们纷纷逃亡山谷避难。

这月壬戌日，慕容延钊、李处耘率领大军进入朗州。张从福被人在朗州城外西山下擒住。慕容延钊下令，将张从福斩首示众。

张从福死后，其部将汪端劫持了周保权及其家属，往长江南岸逃去。李处耘派遣麾下军校田守奇前去追捕。田守奇在长江南岸一所僧舍中发现了汪端一行。汪端为了保命，丢下周保权及其家属，仓皇而逃。田守奇捉了周保权，也不再追赶汪端。汪端逃亡而去，自此不知所踪。

于是，慕容延钊大军尽收湖南旧地，得州十四，监一，县六十六，得户九万七千三百八十八。

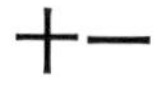

十一

“王承衍，你若心里真还有窅娘，你便助老夫一臂之力，帮老夫阻止赵匡胤吞并南唐！”韩熙载提着刀，立在王承衍的身前。

王承衍吃惊地抬起头，眸子里精光一闪，说道：“你知道，我绝不会帮你！”

韩熙载目光炯炯地盯着王承衍，叹了一口气，说道：“我就知道，王少将军绝不会帮我。”

说着，韩熙载缓缓绕到王承衍背后，慢慢举起了刀。

不过，韩熙载并没有去砍杀王承衍，而是用刀割开了绑在王承衍身上的绳索。

“既然如此，你走吧！你们都走吧！”韩熙载冷冷地说道。

“你不杀我？”王承衍有点发愣。

“不是我不想杀你。只是因为老夫知道，窅娘一定不想你死。”韩熙载仰天长叹了一声。

王承衍垂着头，想着窅娘，茫然若失。

韩熙载瞥了一眼王承衍，厉声道：“荆南、湖南绝不是事情的结束，赵匡胤之志绝不限于此。你既然爱着窅娘，就像她一样，像个战士一样去战斗吧！不要垂头丧气，不要优柔懦弱。铁下心肠，去战斗吧！你我各为其主，今日我不杀你。你走吧！”

王承衍听了韩熙载这番话，心头一震，当即立起身，冲周远、高德望道：“走！咱们走！”说罢，他定睛看了看窅娘的衣冠冢，一转身，头也不回地往来路走去。

周远、高德望向韩熙载一抱拳，默然跟在王承衍身后离去。

韩熙载目送王承衍、周远和高德望的身影消失在黑暗中，提刀缓步走到窅娘衣冠冢前，静静站立着，目光投向星空之下绵延起伏的山冈和原野……

慕容延钊的捷报又来了。

捷报是子夜前送到汴京皇宫的。

御书房内，燃烧着羊脂蜡烛的光芒，大宋开国皇帝赵匡胤一个人坐到书案前，在烛光下慢慢地展开捷报。

胜利了！湖南旧地复归朝廷！

捷报刺激着赵匡胤，令他感到浑身的热血飞奔涌动，但是他的脸上却没有露出笑容，而是紧紧绷着脸，仿佛因某件事情而暗暗升起无名之火。

他的心被胜利的火焰炙烤着，但是，就在那么一瞬间，建隆元年那次在泽州城下昏迷时看到的可怕景象，忽然再次浮现在他的眼前。他感到双脚踩在深深的血水里，正蹚着黏稠的血水，艰难地往前走着。

不！这是在御书房中！这是在御书房中！他神经质地低下头，却看见书案之下，暗红色的血水正从地下汩汩冒出来。

他惊恐地抬起头，扭头下意识地盯着暗藏传位盟约的那方墙壁，心想："光义啊，不会是你杀了夏莲吧。德昭，你快快长大啊！爹爹累了！"

可是，他转念一想，又咬了咬牙关，喃喃说道："不，德昭，你千万别这么快长大，让爹爹弄出个太平清静的天下，你再长大不迟！"

什么声音也没有。

他又扭回头，忽然发现窗前站着一个女子，羊脂蜡烛火焰的光芒照着这个女子惨白的脸。

那个女子冲着他凄然一笑。

是窅娘！他几乎叫出声来。

可是，等他定睛再看，窗前没有窅娘。他又恍惚地看看四周，御书房内，只有他一个人，还有烛光制造出的他的影子……